D0778376

UNA EDUCACIÓN MORTAL

MORTAL

Primera lección de Escolomancia

NAOMI NOVIK

☾ UMBRIEL

Argentina · Chile · Colombia · España
Estados Unidos · México · Perú · Uruguay

Título original: *A Deadly Education*
Editor original: Random House, un sello de Penguin Random House LLC, New York
Traducción: Patricia Sebastián

1.ª edición febrero 2021

© 2020 *by* Naomi Novik
Publicado en virtud de un acuerdo con Del Rey, un sello de Random House,
propiedad de Penguin Random House LLC
All Rights Reserved
© de la traducción 2021 *by* Patricia Sebastián
© 2021 *by* Ediciones Urano, S.A.U.
   Plaza de los Reyes Magos, 8, piso 1.º C y D – 28007 Madrid
   www.umbrieleditores.com

ISBN: 978-84-16517-41-1
E-ISBN: 978-84-18259-42-5
Depósito legal: B-365-2021

Fotocomposición: Ediciones Urano, S.A.U.
Impreso por: Romanyà Valls, S.A. – Verdaguer, 1 – 08786 Capellades (Barcelona)

Impreso en España — *Printed in Spain*

A lim, quien ilumina los lugares oscuros.

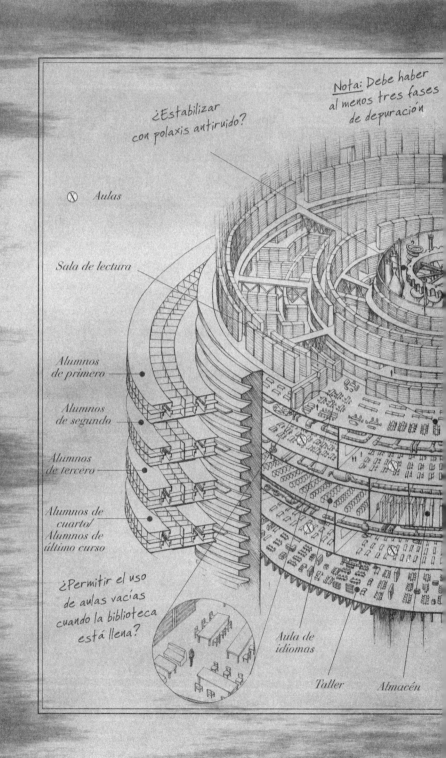

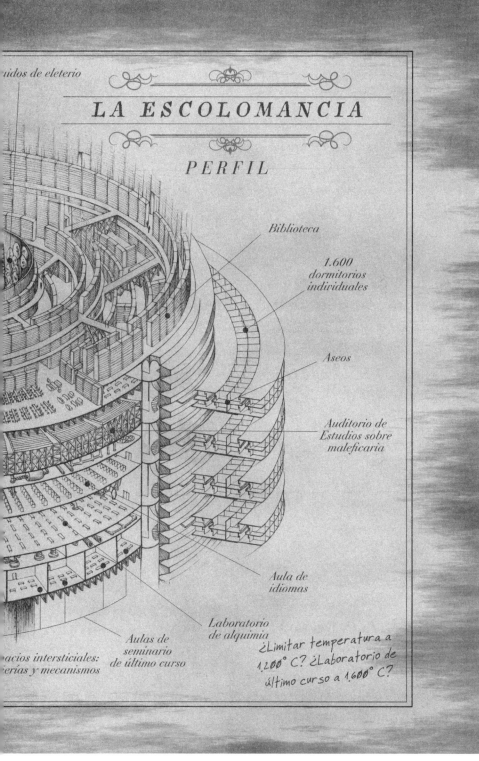

udos de eleterio

LA ESCOLOMANCIA

PERFIL

Biblioteca

1.600
dormitorios
individuales

Aseos

Auditorio de
Estudios sobre
maleficaria

Aula de
idiomas

Laboratorio
de alquimia

Aulas de
seminario
de último curso

acios intersticiales:
erías y mecanismos

¿Limitar temperatura a
1.200° C? ¿Laboratorio de
último curso a 1.600° C?

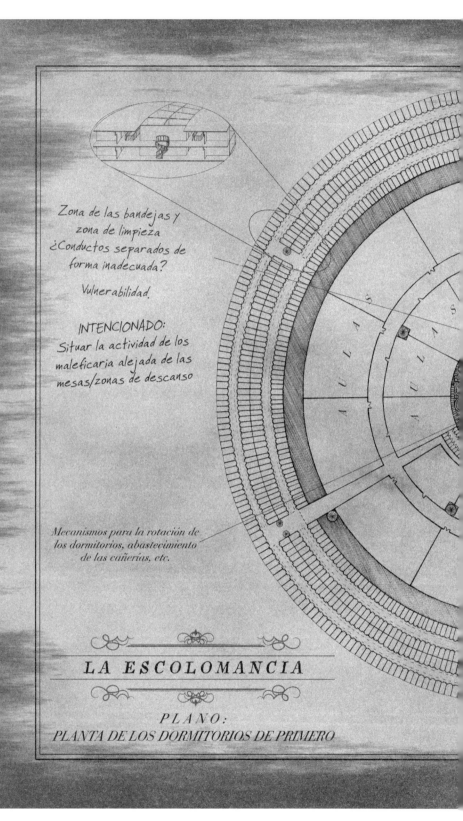

Zona de las bandejas y
zona de limpieza
¿Conductos separados de
forma inadecuada?

Vulnerabilidad.

INTENCIONADO:
Situar la actividad de los
maleficaria alejada de las
mesas/zonas de descanso

Mecanismos para la rotación de
los dormitorios, abastecimiento
de las cañerías, etc.

LA ESCOLOMANCIA

PLANO:
PLANTA DE LOS DORMITORIOS DE PRIMERO

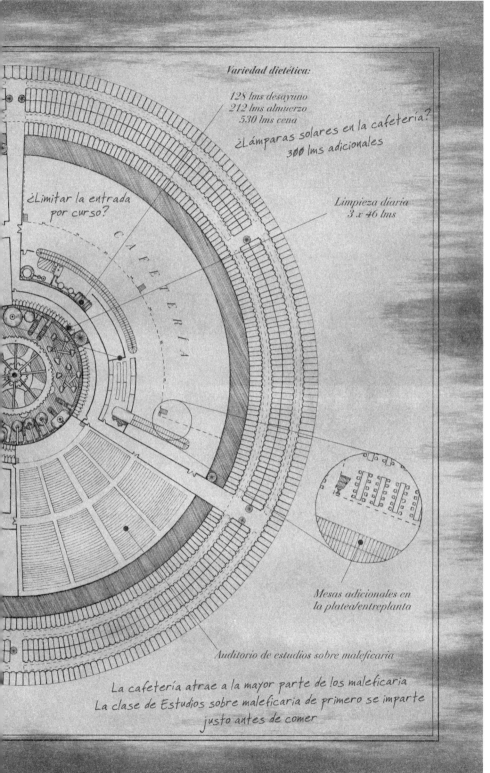

Variedad dietética:

128 lms desayuno
212 lms almuerzo
530 lms cena

¿Lámparas solares en la cafetería?
3∅∅ lms adicionales

¿Limitar la entrada por curso?

Limpieza diaria
3 x 46 lms

C A F E T E R I A

Mesas adicionales en
la platea/entreplanta

Auditorio de estudios sobre maleficaria

La cafetería atrae a la mayor parte de los maleficaria
La clase de Estudios sobre maleficaria de primero se imparte
justo antes de comer

1
DEVORALMAS

Decidí que Orion debía morir cuando me salvó la vida por segunda vez. Hasta entonces su existencia me había sido bastante indiferente, pero una tenía sus límites. No habría pasado nada si me hubiera salvado la vida un número de veces realmente extraordinario, como diez, trece o algo así... el trece es un número con estilo. Orion Lake, mi guardaespaldas personal; podría haber vivido con aquello. Pero para entonces llevábamos en la Escolomancia tres años, y él no había mostrado ninguna inclinación previa a concederme un trato especial.

Pensarás que soy una egoísta por contemplar con mortíferas intenciones al héroe responsable de la continua supervivencia de una cuarta parte de nuestra clase. En fin, mala suerte para los pobres desgraciados que no han podido apañárselas sin su ayuda. De todas formas, se supone que no todos debemos sobrevivir. Hay que alimentar al colegio de algún modo.

Ah, pero ¿y qué hay de mí?, te preguntarás, pues ha tenido que salvarme la vida no una sino dos veces. Y esa era justo la razón por la que tenía que morir. Fue él quien provocó la explosión en el laboratorio de alquimia el año pasado al enfrentarse contra aquella quimera. Tuve que salir de debajo de los escombros mientras él correteaba y aporreaba la cola escupefuego de la criatura. Y el devoralmas no llevaba ni cinco segundos en mi habitación antes de que Orion apareciese por la puerta: debía de haber estado pisándole los talones mientras lo perseguía por el pasillo. La criatura solo se había desviado hasta mi cuarto intentando escapar.

Pero nadie querrá oír mi versión de los hechos. Puede que la quimera no me hubiera atacado a mí en particular, ya que aquel día había más de treinta estudiantes en el laboratorio, pero un rescate dramático en mi dormitorio era harina de otro costal. Para el resto del colegio, ya he empezado a formar parte de la pandilla de pústulas indefensas a las que Orion Lake ha salvado durante el transcurso de su excelente trayectoria, y eso es intolerable.

Nuestras habitaciones no son demasiado grandes. Orion se encontraba a apenas unos pocos pasos de la silla de mi escritorio, con la respiración aún entrecortada e inclinado sobre la burbujeante secreción violácea del devoralmas, que ahora no dejaba de rezumar sobre las estrechas grietas entre las baldosas del suelo: perfecto, así se extendería mucho mejor por toda mi habitación. La cada vez más débil incandescencia de sus manos iluminaba su rostro, que no era nada del otro mundo: tenía una enorme nariz aguileña que tal vez llegara a ser impresionante algún día, cuando el resto de su cara se desarrollara, pero por ahora resultaba demasiado grande, y el pelo gris plata, que se había dejado crecer tres semanas de más, se le apelmazaba en la frente perlada de sudor. Orion pasa la mayor parte del tiempo oculto tras un muro impenetrable de devotos admiradores, por lo que nunca antes había estado tan cerca de él. Se enderezó y se secó el sudor con el brazo.

—¿Estás bien…, Gal, verdad? —me dijo, echando más leña al fuego. Llevábamos tres años en la misma clase de laboratorio.

—No gracias a ti y a tu ilimitada fascinación por cada criatura oscura que hace acto de presencia —respondí con frialdad—. Y *no* me llamo Gal, nunca me he llamado Gal, sino *Galadriel*. —A mí no me mires, el nombre no fue idea mía—. Pero si son demasiadas sílabas para que puedas pronunciarlas todas de golpe, prefiero que me llames El.

Levantó la cabeza y me miró perplejo, con la boca un poco abierta.

—Oh. Ah. ¿Di-disculpa? —dijo, adoptando un tono de voz agudo, como si no entendiera lo que estaba pasando.

—No, no —dije yo—. Perdóname. Es obvio que no estoy desempeñando el papel como se espera de mí. —Me llevé la mano a la frente con gesto melodramático—. Orion, estaba aterrorizada —jadeé y me arrojé sobre él. Orion se tambaleó un poco: éramos igual de altos—. Menos mal que has venido a *salvarme*, nunca habría vencido a un devoralmas yo sola. —Emití un sollozo de lo más falso contra su pecho.

¿Puedes creerte que hizo amago de rodearme con el brazo y darme una palmadita en el hombro? Así de automático le salía el gesto. Le di un codazo en el estómago para apartarlo. Él dejó escapar un ruidito parecido al quejido de un perro, trastabilló hacia atrás y me miró boquiabierto.

—No necesito tu ayuda, mosca cojonera —le dije—. Aléjate de mí o te arrepentirás.

Lo empujé otra vez y cerré la puerta de golpe, dejándola a meros centímetros de su nariz aguileña. Durante un instante, tuve el placer de ver una mirada de absoluta confusión en su rostro antes de perderlo de vista, y luego me quedé a solas frente a la puerta de metal, que tenía un enorme agujero fundido donde antes estaban el pomo y la cerradura. Gracias, caballero andante. Contemplé el agujero fijamente y me volví hacia mi escritorio justo cuando la masa amorfa del devoralmas se desmoronaba del todo, silbando como una tubería de vapor con fugas, y un hedor tremendamente putrefacto impregnó la habitación.

Estaba tan enfadada que me hicieron falta seis intentos para conseguir un hechizo que limpiara aquel desastre. Tras la cuarta petición, me levanté, lancé el antiguo y decrépito pergamino de nuevo a la impenetrable oscuridad que se encontraba al otro lado de mi escritorio y grité furiosa:

—¡No quiero invocar un ejército de scuvara! ¡Ni tampoco un muro de llamas mortíferas! ¡Lo que quiero es limpiar mi dichosa habitación!

Lo que salió volando del vacío como respuesta fue un horrible tomo encuadernado en algo parecido al cuero; era de color claro y estaba cuarteado, y sus extremos puntiagudos arañaron el metal de la mesa de forma desagradable al deslizarse hacia mí. El cucro se había elaborado probablemente con la piel de un cerdo, pero era obvio que alguien quería que pensara que provenía de una persona desollada, lo cual era casi igual de terrible; el volumen se abrió en una página con instrucciones para esclavizar a toda una multitud de personas y que obedecieran mis órdenes. Supongo que me habrían limpiado la habitación si se lo hubiera pedido.

No me quedó más remedio que sacar uno de los ridículos cuarzos de mi madre, sentarme en mi escandalosa y estrecha cama y meditar durante diez minutos, mientras el hedor del devoralmas inundaba cada centímetro de mi habitación y se adhería a la ropa, las sábanas y los papeles. Sé que cualquiera podría pensar que el olor desaparecería en un santiamén, ya que una de las paredes del dormitorio está abierta por completo a las maravillosas vistas de un vacío místico de oscuridad, algo que resulta tan agradable como vivir en una nave espacial que se dirige a un agujero negro, pero se equivocaría del todo. Por fin, tras conseguir apaciguar mi cabreo supino, devolví al vacío el libro de piel de cerdo por el extremo más alejado de mi escritorio, usando, por si acaso, un bolígrafo para empujarlo, y acto seguido dije con la mayor calma posible:

—Quiero un simple hechizo doméstico para limpiar el apestoso regalito que me han dejado en la habitación.

Un volumen enorme titulado *Amunan Hamwerod* apareció de forma hostil con un *pum*. Estaba repleto de hechizos escritos en inglés antiguo, la lengua muerta que peor se me da, y para colmo no se abrió en ninguna página en particular.

Estas cosas siempre me pasan a mí. Algunos magos tienen afinidad para la magia meteorológica, o los hechizos de transformación, o la fantástica magia combativa, como le ocurre a nuestro amigo Orion. Yo tengo afinidad para la destrucción en masa. Es todo culpa de mi madre, por supuesto, igual que lo de mi ridículo nombre. Es una de esas personas a la que les chiflan las flores, los abalorios y los cristales, y que bailan a la luz de la luna en honor a la diosa. Para ella todo el mundo es encantador y cualquiera que haga algo malo no es más que una persona incomprendida o infeliz.

Incluso se dedica a dar masajes terapéuticos a los mundanos, ya que «resulta increíblemente relajante hacer que la gente se sienta mejor, cariño». La mayoría de los magos no se molestan en tener un trabajo mundano —en cierto modo, se considera una bajeza— o si lo hacen, se buscan uno en el que no tengan que mover ni un dedo. La persona que se jubila tras llevar cuarenta y seis años en la empresa, pero nadie recuerda a qué se dedicaba, el desorientado bibliotecario que de vez en cuando atisbas vagando entre las estanterías sin que parezca que haga nada, el tercer vicepresidente del departamento de marketing que solo acude a las reuniones con los altos cargos de la empresa; ese tipo de cosas. Existen hechizos para agenciarse uno de esos trabajos o para crearlos tú mismo; de esta manera, satisfaces tus necesidades vitales y a la vez dispones de todo el tiempo libre del mundo para generar maná y transformar el interior de tu cuchitril en una mansión de doce habitaciones. Pero mi madre no es así. Apenas les cobra casi nada a sus clientes, y si lo hace es porque cuando alguien se ofrece a dar un masaje profesional gratis, lo más habitual es que la gente se quede mirando a esa persona con recelo, cosa que me parece comprensible.

Naturalmente, yo fui concebida para convertirme en todo lo contrario a ese paradigma, como cualquiera que posea los conocimientos básicos de la ley de equilibrio universal habría esperado, de manera que cuando quiero ordenar mi habitación, recibo instrucciones sobre cómo prenderla fuego. Tampoco es como si pudiera usar cualquiera de los maravillosos y catastróficos hechizos que el colegio me deja en bandeja. Aunque parezca raro, es imposible crear un ejército entero de demonios así sin más. Hace falta una cantidad nada desdeñable de poder. Y nadie te ayudará a generar el maná necesario para invocar a un ejército personal de demonios, de modo que, seamos sinceros, tendrás que echar mano de la malia.

Todos, o casi todos, usan de vez en cuando una pizca de malia, y ni se les pasa por la cabeza pensar que están haciendo algo malo. Convierten una rebanada de pan en un trozo de tarta sin generar primero el maná suficiente para ello, y hacen cosas parecidas, que a nadie se le antojan como nada más que trampas inofensivas. Pero el poder debe provenir de *alguna parte,* y si no lo has generado tú, entonces lo más probable es que proceda de un ser vivo, porque es más fácil obtener energía de algo que esté vivito y coleando. De modo que haces aparecer el trozo de tarta que querías y mientras tanto las hormigas de una de las colonias de tu jardín trasero estiran la pata y se desintegran.

Mi madre se niega a usar malia incluso para mantener el té caliente. Pero si eres menos tiquismiquis, como la mayoría de la gente, puedes preparar si te da la gana una tarta de tres pisos con tierra y hormigas todos los días, y aun así vivir hasta los 150 años y morir tranquilamente en tu propia cama, suponiendo que no te mate primero el exceso de colesterol. Sin embargo, si usas la malia a una escala mayor que esa, como por ejemplo para arrasar una ciudad o para masacrar a un ejército entero o para cualquiera del otro millar de cosas inútiles que sé exactamente cómo llevar a cabo, solo podrás conseguir la cantidad necesaria para ello absorbiendo maná —o fuerza vital o energía arcana o polvo mágico o como quieras llamarlo; maná es como se lo conoce hoy en día— de seres lo bastante complicados como para que tu apropiación no les entusiasme demasiado y se resistan. Entonces el poder se contamina y tú sufres un ataque físico mientras intentas arrebatarles el maná, pero a menudo es la otra parte la que gana.

Aunque para mí no sería ningún problema. Se me daría genial absorber malia, si fuera lo bastante estúpida o estuviera lo bastante desesperada como para intentarlo. Aunque sí debo reconocerle el mérito a mi madre: practicó conmigo ese despropósito de la crianza con apego, lo que en mi caso significó que su inmaculada y encantadora aura envolvió la mía lo suficiente como para evitar que hiciera uso de la malia demasiado pronto. Cuando llevaba a casa ranitas para jugar con sus intestinos, me decía de forma extremadamente dulce: «No, cariño, no hay que dañar a los seres vivos», y me llevaba a la tienda del barrio y me compraba un helado para compensarme por tener que quitármelas. Tenía cinco años, y mi única motivación tras el deseo de acumular poder era conseguir un helado, así que como podrás imaginar, le llevé todos mis pequeños hallazgos. Y para cuando tuve la edad suficiente como para que ella no hubiera podido detenerme, también era lo bastante mayor como para entender lo que les ocurre a los hechiceros que usan la malia.

La mayoría de los que empiezan a usarla son estudiantes de último año, cuya graduación se encuentra a la vuelta de la esquina, pero hay unos cuantos en mi curso que ya la han catado. A veces, cuando Yi Liu desvía la mirada hacia ti con demasiada rapidez, sus ojos se vuelven blancos durante un momento. Además, las uñas se le han puesto negras por completo, y sé perfectamente que no se trata de esmalte. Jack Westing parece estar bien, su aspecto es el del típico chaval estadounidense rubio y sonriente, y la mayoría piensa que es un encanto, pero si pasas por al lado de su habitación e inspiras profundamente, puedes captar un leve aroma a morgue. Bueno, eso si eres como yo... Luisa, cuyo cuarto se encontraba a tres puertas de distancia del de él, desapareció a principios de curso y nadie sabe qué es lo que le ocurrió; no es algo inusual, pero estoy casi segura de que lo que queda de ella está en el cuarto de Jack.

Tengo buen olfato para este tipo de cosas, a pesar de que preferiría vivir en la ignorancia.

Si *me dejara llevar* y empezara a usar malia, mi paso por el colegio sería coser y cantar… bueno, a costa de la integridad de mis compañeros y de convertirme en un monstruo, pero al menos todo sería más sencillo. A la Escolomancia le encanta dejar vagar a sus anchas por el mundo a los maléfices; casi nunca mata a ninguno. Somos el resto los que tenemos que lidiar con los devoralmas que se cuelan por debajo de nuestra puerta en plena tarde, con los wauria que se deslizan por los desagües para aferrarse a nuestros tobillos mientras intentamos darnos una ducha y los que tenemos que hacer deberes que nos disuelven los ojos. Ni siquiera Orion ha sido capaz de salvarnos a todos. La mayoría de las veces menos de una cuarta parte de la clase llega a la graduación, y hace dieciocho años —me juego lo que quieras a que no fue casualidad que Orion fuera concebido por aquella época— tan solo un puñado de estudiantes consiguieron salir, pero todos ellos se habían vuelto magos oscuros. Se aliaron y quitaron de en medio al resto de los alumnos de último curso a cambio de una enorme cantidad de poder.

Como es natural, las familias de los demás estudiantes se dieron cuenta de lo que había ocurrido —pues era obvio hasta decir basta; los muy idiotas no habían dejado que los alumnos que formaban parte de algún enclave escaparan antes— y persiguieron al grupo de maléfices. Para cuando mi madre se graduó al año siguiente, el último integrante del grupo ya estaba muerto, y ese fue el coletazo final de las Manos de la Muerte o como quiera que se hicieran llamar.

Pero incluso aunque seas un astuto y turbio chupamalia que escoge a sus víctimas con mucho cuidado, no te queda más remedio que seguir hundiéndote más y más en el hoyo. El bueno de Jack ya ha empezado a robar energía vital de seres humanos, de manera que comenzará a pudrirse por dentro apenas cinco años después de la graduación. Estoy segura de que cuenta con un as en la manga para evitar su desintegración, como todo buen maléfice que se preste, pero no creo que de verdad tenga lo que hace falta para ser uno de ellos. A menos que se le ocurra algo verdaderamente ingenioso, tras diez o quince años en el exterior, su cuerpo acabará descomponiéndose de forma espectacular y grotesca en el instante menos esperado. Entonces registrarán su sótano y encontrarán un centenar de cadáveres y todo el mundo afirmará con asombro: «Cielo santo, parecía un joven tan agradable».

Sin embargo, mientras lidiaba con una página tras otra de hechizos domésticos extremadamente específicos escritos en inglés antiguo y con una letra indescifrable, me sentí muy tentada de usar un buen pellizco de malia yo misma. Si a unos saltimbanquis —vaya una a saber qué son— se les ocurría comerse alguna vez mi avena sin desgranar, no me pillarían desprevenida. Mientras tanto, el charco formado por el devoralmas seguía dejando escapar suaves llamaradas de gas detrás de mí, cada una como un relámpago lejano antes de que la horrible erupción de hedor llegara a mi nariz.

Me había pasado el día sumergida entre libros, estudiando para los exámenes finales. Solo quedaban tres semanas de curso: al apoyar la mano en la pared de los baños, se notaban los tenues movimientos de los engranajes de tamaño mediano que ya empezaban a ponerse en marcha, preparándose para hacernos dar otra vuelta en sentido descendente. Las aulas permanecen inmóviles en el núcleo del colegio, pero, al comienzo, nuestros dormitorios están situados en la planta de la cafetería y giran hacia abajo cada año, al igual que una enorme tuerca de metal enroscándose alrededor del eje de un tornillo, hasta que llegamos al final del todo para la graduación. El curso que viene nos toca estar en el piso inferior, y no es un acontecimiento que esperemos con especial ilusión. No quiero suspender ningún examen y , por si fuera poco, acabar teniendo que hacer trabajo de recuperación.

Tras haberme partido los cuernos estudiando durante toda la tarde, me dolían la espalda, el trasero y el cuello; la luz de mi escritorio comenzaba a chisporrotear y a atenuarse mientras me encorvaba sobre el tomo y entornaba los ojos para distinguir las letras, con el brazo entumecido de sostener el diccionario de inglés antiguo en la otra mano. Cada vez me apetecía más invocar un muro de llamas mortíferas e incinerar al devorador de almas, el libro de hechizos, el diccionario, mi escritorio y todo lo demás.

No es *del todo* imposible ser un maléfice durante períodos prolongados de tiempo. A Liu no le pasará nada; está siendo mucho más cuidadosa que Jack. Apuesto lo que sea a que empleó casi todo el peso permitido del equipaje para traerse un saco de hámsteres o algo así y los ha estado sacrificando uno tras otro. Lo que hace ella es fumarse a escondidas un par de cigarrillos a la semana, no cuatro cajetillas al día. Pero puede permitírselo porque no está completamente sola. Su familia es numerosa —todavía no lo bastante como para formar un enclave propio, pero no les falta demasiado—, y corre el rumor de que muchos de ellos eran maléfices: esa es su estrategia. Tiene un par de primos gemelos que empezarán el colegio el curso que viene, y gracias a su uso de la malia, dispondrá del poder necesario para protegerlos durante su primer año. Y después de graduarse, Liu tendrá la posibilidad de elegir. Si quiere dejarlo, podrá abstenerse de volver a usar hechizos y buscarse uno de esos aburridos trabajos mundanos para pagar las facturas mientras el resto de su familia la protege y la ayuda. En diez años más o menos, se habrá recuperado físicamente lo suficiente como para poder empezar a usar maná de nuevo. O podría convertirse en una maléfice profesional; sería una de esas brujas a las que los enclaves pagan un buen pellizco por hacer el trabajo sucio sin preguntar de dónde proviene el poder. Mientras no se exceda demasiado —usando, por ejemplo, la clase de hechizos que yo recibo— lo más probable es que no le pase nada.

Pero, a excepción de mi madre, yo no tengo familia, y desde luego no formo parte de ningún enclave que me cubra las espaldas. Vivimos en la comuna Mentes Radiantes, que se encuentra cerca de Cardigan, en Gales, y cuenta también con un chamán, dos curanderos espirituales, un grupo de wiccas y otro de bailarines de la danza Morris; todos poseen más o menos las mismas capacidades mágicas, es decir, ninguna en absoluto, y si nos vieran a mi madre o a mí haciendo magia de verdad se echarían las manos a la cabeza horrorizados. Bueno, si me vieran a mí. Ella hace magia generando maná mientras baila con un grupo de entusiasmados voluntarios —le he dicho que debería cobrarles, pero ni caso— y luego la reparte generosamente en forma de destellos y felicidad, *tra la la*. Comparten su comida con nosotras porque la adoran, naturalmente, y le construyeron una yurta cuando se fue a vivir a la comuna, recién salida de la Escolomancia y embarazada de tres meses de mí, pero ninguno de ellos podría ayudarme a hacer magia o a defenderme contra los maleficaria que deambulan por ahí. No lo harían incluso si fueran capaces. No les caigo bien. No le caigo bien a nadie, excepto a mi madre.

Mi padre murió aquí, durante la graduación, ayudando a mi madre a salir. Lo llamamos graduación porque así lo llaman los estadounidenses, que llevan pagando la mayor parte de los gastos del colegio durante los últimos setenta años más o menos. Quien paga manda, etcétera. Pero no es ni mucho menos un motivo de celebración ni nada parecido. Tan solo es el momento en el que a todos los estudiantes de último curso se los arroja al salón de grados, que se encuentra en las profundidades del colegio, donde intentan abrirse camino para salir mientras luchan con los hambrientos maleficaria que están al acecho. Alrededor de la mitad de los alumnos de último año —es decir, la mitad de los que han logrado sobrevivir tanto tiempo— consiguen salir. Mi padre no lo logró.

Tenía familia; viven cerca de Mumbai. Mi madre consiguió localizarlos, pero solo cuando yo ya había cumplido cinco años. Mis padres no habían intercambiado ninguna información del mundo real ni planeado nada para después de la graduación, cuando volvieran a sus respectivos hogares. Eso habría sido demasiado sensato.

Solo llevaban juntos unos cuatro meses, pero eran almas gemelas y el amor se encargaría de guiarlos. Por supuesto, tratándose de mi madre, lo más seguro es que la jugada les hubiera salido bien.

En cualquier caso, cuando los localizó, resultó que mi familia paterna era rica, de esas que tienen palacios, joyas y criados djinn, y lo más importante para ella: provenían de un antiguo enclave hindú destruido durante el Raj donde empleaban maná exclusivamente, y todos seguían sus reglas todavía. No comen carne, y mucho menos usan la malia. Mi madre estuvo encantada de mudarse con ellos, y a ellos también les emocionó acogernos. Ni siquiera sabían lo que le había pasado a mi padre. La última vez que recibieron noticias de él fue cuando estaba en tercero. Los alumnos de último curso recopilan las cartas del resto la semana antes de la graduación. Yo ya he escrito la mía de este año y entregado copias a algunos alumnos que pertenecen al enclave de Londres; es breve y está llena de encanto: *todavía sigo viva, me va bien en clase.* Tuve que hacerla tan escueta para que nadie tuviera una excusa razonable para no añadirla a su sobre, porque de lo contrario se habrían negado a hacerlo.

Mi padre envió una de esas mismas notas a su familia para que supieran que había sobrevivido hasta entonces. Pero luego no llegó a salir del colegio. Fue uno de los cientos de alumnos que acaban hechos papilla en este lugar. Cuando mi madre dio por fin con su familia y les habló de mí, estos sintieron como si después de todo recuperaran un pedazo de mi padre. Nos mandaron un par de billetes de avión solo de ida y mi madre se despidió de los miembros de la comuna y me empaquetó con el resto de nuestras posesiones.

Pero nada más llegar allí, mi bisabuela me echó un vistazo, sufrió un patatús premonitorio y dijo que yo era un alma oscura y que traería la muerte y la destrucción a todos los enclaves del mundo si nadie me detenía. Después de aquello, mi abuelo y sus hermanos intentaron quitarme de en medio. Es la única vez que mamá se ha puesto seria de verdad. Apenas lo recuerdo: ella en medio de nuestro dormitorio con cuatro hombres intentando apartarla y agarrarme. No sé qué tenían pensado hacer conmigo —hasta entonces ninguno de ellos había matado nunca ni a una mosca; por lo menos adrede—, pero supongo que el patatús de mi abuela los hizo cagarse encima.

Discutieron un poco y de repente la casa entera se llenó de una luz terrible que me lastimaba los ojos, y mi madre me cargó al brazo envuelta con una manta. Abandonó de inmediato la residencia familiar, descalza y en camisón, y ellos se quedaron ahí plantados con una expresión desdichada y no intentaron detenerla. Llegó a la carretera más cercana, extendió el pulgar para hacer autoestop, y un conductor que pasaba por allí la recogió y nos llevó hasta el aeropuerto. Entonces un magnate de la tecnología a punto de embarcar en su avión privado con rumbo a Londres la vio de pie en la zona de recepción del aeropuerto conmigo y se ofreció a llevarla. El hombre todavía visita la comuna una vez al año para llevar a cabo un retiro espiritual de una semana.

Ese es el efecto que causa mi madre en la gente. Al contrario que yo. Mi bisabuela fue la primera de una larga lista de personas que me conoce, sonríe y luego deja de sonreír antes de que yo haya abierto siquiera la boca. Nadie va a ofrecerse nunca a llevarme a ningún sitio, ni a bailar junto a mí en el bosque para ayudarme a generar poder, ni a darme un plato de comida, ni muchísimo menos a luchar conmigo contra las horribles criaturas que atacan de manera sistemática a los magos para comérselos. Si no fuera por mi madre, no habría sido bien recibida ni en mi propia casa. No te imaginas la cantidad de personas *encantadoras* de la comuna —de esas que escriben cartas larguísimas y sinceras a los políticos y salen a protestar a menudo por todo, desde las injusticias sociales hasta la conservación de los murciélagos— que comentaron alegremente cuando yo tenía catorce años lo emocionada que debía de encontrarme por marcharme al colegio —ja, ja— y lo impaciente que debía de estar por emprender mi propio camino después, por ver mundo, etcétera.

No es que quiera volver a la comuna. No sé si alguien que no haya vivido en una es capaz de comprender de verdad lo horrible que es estar rodeada siempre de gente que cree en absolutamente todo, desde los leprechauns hasta las saunas ceremoniales y los villancicos, pero no en que exista la magia de verdad. Les he demostrado literalmente en sus narices que puedo hacer magia... o lo he intentado; se necesita un montón de maná adicional para lanzar incluso un hechizo sencillo capaz de encender un fuego cuando hay un mundano delante totalmente convencido de que eres una niña boba con un mechero escondido en la manga y de que probablemente eches a perder el truco. Pero incluso aunque sean testigos de un hechizo asombroso, todos sueltan un «vaya, impresionante» y luego al día siguiente no hacen más que repetir «joder, esas setas eran una pasada». Y entonces me evitan aún más. No quiero quedarme en el colegio, pero tampoco quiero vivir allí.

Bueno, es mentira, desde luego. No hago más que fantasear con la idea de marcharme a casa. Me permito soñar despierta durante cinco minutos al día en los que me coloco frente al orificio de ventilación de la pared, a una distancia prudencial donde también pueda notar la corriente de aire; cierro los ojos y me cubro la cara con las manos para disimular el olor a aceite quemado y sudor añejo, fingiendo que en su lugar estoy inhalando el aroma de la tierra húmeda, del romero seco y las zanahorias asadas con mantequilla, fingiendo que es el viento que sopla entre los árboles, y que si abro los ojos estaré tumbada de espaldas en un claro mientras el sol se esconde tras una nube. Renunciaría a mi habitación en el acto a cambio de volver a la yurta en medio del bosque, incluso si tuviera que aguantar dos semanas de lluvia constante y todas mis posesiones acabaran cubiertas de moho. Es mejor eso que la dulce fragancia de los devoralmas. Hasta echo de menos a los miembros de la comuna, lo cual no habría creído posible jamás, pero después de pasar tres años aquí, incluso le pediría a la cabezota de Philippa Wax que me diera uno de sus galeses *cwtch* si me topara con su cara de amargada.

Bueno, no, no se lo pediría, y estoy bastante segura de que todos mis sentimientos volverán al punto de partida una semana después de mi regreso. En cualquier caso, me han dejado muy claro que solo aceptan mi presencia de mala gana. Y en cuanto salga del colegio e intente instalarme allí de nuevo, tal vez no la acepten de ninguna manera. Es probable que el consejo de la comuna —Philippa es la secretaria— encuentre alguna excusa para echarme. Han mencionado ya en más de una ocasión *mi negatividad de espíritu* entre cuchicheos sutiles a mis espaldas, o directamente delante de mis narices. Y entonces le destrozaré la vida a mi madre, porque ella abandonaría la comuna sin pensárselo dos veces para estar conmigo.

He sabido desde siempre, incluso antes de venir a la Escolomancia, que mi única oportunidad de tener una vida medianamente decente —suponiendo que salga de aquí— es unirme a un enclave. La mía y la de todos los demás, pero al menos la mayoría de los magos independientes pueden hacer amigos con el objetivo de aunar fuerzas y cuidar los unos de los otros, de generar maná y colaborar un poco. Incluso si los demás me soportaran lo suficiente como para no dejarme tirada, cosa que no ha sucedido nunca, no sería de ninguna ayuda para ellos. Lo que quiere la gente normal y corriente es una fregona en el armario de la limpieza, no un lanzacohetes, y yo llevo dos horas tirándome de los pelos solo para conseguir un hechizo que limpie el suelo.

Pero si formaras parte de un enclave compuesto de varios cientos de magos, y una sierpe de la muerte emergiera desde las profundidades de la caverna más cercana, u otro enclave decidiera declararos la guerra, te parecería muy buena idea tener a alguien capaz de degollar a una vaca y desatar las llamas del infierno para protegerte. Por lo general, si el enclave cuenta con alguien que posea un poder semejante significa que a nadie se le va a ocurrir atacarlo, por lo que no será necesario sacrificar a ninguna vaca, y yo no tendré que acabar físicamente echa polvo ni perder cinco años de vida, ni lo que es aún peor: hacer llorar a mi madre.

Pero todo eso depende de que me labre una reputación. Nadie va a querer que me una a su enclave ni tampoco formar una alianza conmigo para la graduación si piensan que soy una especie de patética damisela en apuros a la que el héroe del colegio tiene que rescatar cada dos por tres. Y seguro que tampoco me lo propondrán por lo *bien* que les caigo. Y mientras tanto a Orion no le hace falta impresionar a nadie. No solo forma parte de un enclave, sino que su madre es una de las principales candidatas a ser la próxima Domina de Nueva York, que seguramente sigue siendo el enclave más poderoso del mundo, y su padre es un maestro artífice. Podría vivir bastante tranquilo, no hacer ni el huevo, académicamente hablando, y luego salir de aquí y pasarse el resto de su vida rodeado de lujo y a salvo, junto a los mejores magos y artífices del mundo.

En vez de eso, ha dedicado su trayectoria escolar a llamar la atención de forma espectacular. Lo más seguro es que el devoralmas de mi habitación haya sido su cuarta proeza heroica de la semana. Se dedica a salvar a cada zoquete y enclenque del colegio, sin pensar en quién tendrá que hacerse cargo de las consecuencias. Porque sin lugar a duda habrá consecuencias. A pesar de las ganas que tengo de marcharme a casa, sé perfectamente lo afortunada que soy de estar aquí. La única razón por la que he tenido tanta suerte es porque el colegio fue construido en gran parte por el enclave de Manchester, allá por la época eduardiana, y los enclaves actuales del Reino Unido han conservado un número desproporcionado de las plazas disponibles. Esto podría cambiar en los próximos años —los enclaves de Shanghái y Jaipur han amenazado con la creación desde cero de un nuevo colegio en Asia si no hay una redistribución de las plazas en un futuro cercano— pero al menos, por el momento, cualquier chico de Reino Unido que no pertenezca a ningún enclave sigue formando parte de manera automática de la lista de incorporación.

Mi madre me ofreció la posibilidad de que me quitaran de la lista, pero yo no estaba lo bastante chiflada como para dejar que lo hiciera. Los enclaves crearon el colegio porque el exterior es más peligroso. Todos esos maleficaria que reptan por los conductos de ventilación y las tuberías y se deslizan por debajo de las puertas no salen de la Escolomancia, sino que vienen aquí por nosotros: somos magos tiernos y jóvenes rebosantes de maná y encima no tenemos ni idea de cómo usarlo. Gracias a mi libro de primer curso, Estudios sobre Maleficaria, sé que somos un manjar que aumenta su nivel de exquisitez cada seis meses entre los trece y los dieciocho años, y estamos envueltos en una fina y frágil membrana de azúcar en lugar del duro y rígido pellejo de un mago adulto. No es una metáfora que se me haya ocurrido a mí, sino una cita textual del libro, el cual se lo pasó en grande contándonos con todo lujo de detalle lo mucho que desean comernos los maleficaria. Una pista: realmente se mueren de ganas.

Así que allá por finales del siglo XIX, al célebre artífice Sir Alfred Cooper Browning —resulta difícil no mencionarlo, su nombre está escrito por todas partes— se le ocurrió crear la Escolomancia. Por mucho que las innumerables placas me hagan poner los ojos en blanco, el diseño es de lo más efectivo. El colegio solo está unido al mundo real en un único punto: las puertas del salón de grados. Estas están recubiertas por capas y capas de custodias mágicas y barreras creadas por artífices. Cuando algún que otro mal se cuela dentro, solo accede al salón de grados, que está separado del resto del colegio, salvo por las tuberías y conductos de aire estrictamente necesarios para abastecer el lugar, y todos ellos están cubiertos también de protecciones y barreras.

De modo que los mals acaban encerrados y pasan buena parte del tiempo intentando ascender a los niveles superiores, luchando y ya de paso devorándose entre ellos, aunque los más grandes y peligrosos son incapaces de abrirse camino hasta arriba porque no caben. Tienen que limitarse a quedarse en el salón de grados todo el curso, contentándose con merendarse a otros mals, y esperar hasta la graduación para darse un festín. Es mucho más difícil llegar hasta nosotros aquí que si viviéramos al aire libre, en una yurta, por ejemplo. Incluso los niños que formaban parte de los enclaves eran devorados más a menudo antes de que se construyera el colegio; si resulta que eres un niño que va por libre y no entras en la Escolomancia, las posibilidades actuales de llegar al final de la pubertad son una de cada veinte. Una de cada cuatro es una probabilidad bastante más halagüeña en comparación.

Aunque tenemos que pagar el precio de esa protección. Pagamos con nuestro trabajo, pagamos con nuestro sufrimiento y nuestro terror, los cuales generan el maná que alimenta al colegio. Y pagamos, sobre todo, con *los que no logran salir,* así que, ¿en qué cree Orion que nos benefician sus actos? ¿Qué creen los demás que está haciendo? ¿Salvarnos? La cuenta tendrá que saldarse en algún momento.

El problema es que nadie lo ve de esta manera. Menos de veinte alumnos han muerto en lo que va de año —lo habitual es que mueran más de cien— y todos en el colegio lo consideran un héroe y creen que es maravilloso y que el enclave de Nueva York va a ver multiplicado por cinco el número de aspirantes a entrar. Ya puedo olvidarme de unirme a ellos, y tampoco es que tenga demasiadas posibilidades con el enclave de Londres. Es exasperante, sobre todo cuando yo debería destacar sobre los demás. Conozco diez veces más hechizos destructores y de dominio que todos los alumnos de último curso juntos. Tú también los conocerías si el colegio te lanzara cinco de ellos cada vez que quieres limpiar el maldito piso.

La parte positiva es que hoy he aprendido noventa y ocho hechizos domésticos en inglés antiguo, ya que he tenido que sudar tinta y llegar hasta el número noventa y nueve para hacerme con el hechizo capaz de eliminar el hedor de mi habitación, y el libro no podía desaparecer hasta que lo consiguiera. De vez en cuando, al colegio le sale el tiro por la culata; por lo general, cuando se está comportando de manera horrible, insoportable y mezquina. La tortura que ha supuesto traducir noventa y nueve hechizos con el apestoso cadáver de un devoralmas gorgoteando a mi espalda ha sido pago suficiente por los otros hechizos útiles que he conseguido a cambio.

Lo agradeceré dentro de una o dos semanas. Por el momento, lo único que tengo que hacer es levantarme y dar quinientos saltos de tijera seguidos de forma perfecta, concentrándome en mi cuarzo de almacenamiento, para generar el maná suficiente que me permita limpiar el suelo sin matar a ninguna criatura accidentalmente. No me atrevo a hacer trampa, ni siquiera un poquito. No hay ni hormigas ni cucarachas a la vista a las que dejar secas, y cada día que pasa soy más poderosa, al igual que el resto. Con mi talento particular, si intentara hacer trampa para lanzar un hechizo de limpieza, es muy probable que quitara de en medio a tres de mis vecinos a cada lado del pasillo, y este último acabaría tan horriblemente resplandeciente como un depósito de cadáveres recién desinfectado. Tengo reservas de maná, desde luego: mi madre me dio un montón de cuarzos que había preparado con la ayuda de su grupo de meditación para que pudiera almacenarlo, y siempre que tengo oportunidad genero un poco. Pero no pensaba echar mano de ninguno de ellos para limpiar mi habitación. Los cuarzos son para emergencias, cuando necesito poder de forma inmediata, y para almacenar maná para la graduación.

Después de limpiar el suelo, hice cincuenta flexiones más —en los últimos tres años me he puesto en muy buena forma— y lancé el hechizo de purificación favorito de mi madre. Impregnó mi habitación con un aroma a salvia quemada, pero al menos olía mejor que el bicho. Para entonces ya casi era hora de cenar. Necesitaba una ducha con urgencia, pero no me apetecía luchar contra ninguna criatura que pudiera salir del desagüe del baño, lo que significaba que lo más seguro es que algo me atacara si decidía tomar una. En vez de eso, me puse una camiseta limpia, me volví a trenzar el pelo y me lavé la cara con el agua de la jarra de mi habitación. También enjuagué mi camiseta con el agua restante y la colgué para que se secara. Solo tenía esas dos camisetas, y estaban cada vez más

desgastadas. Tuve que quemar la mitad de mi ropa durante la segunda noche de mi primer año, cuando una sombra desconocida se
deslizó desde debajo de la cama, ya que no había ningún otro lugar
de donde sacar el maná. Al sacrificar mi ropa conseguí el poder suficiente para freír a la sombra sin tener que extraer la fuerza vital de
ningún sitio. Aquel día pude apañármelas sola sin Orion Lake, ¿no
es así?

Incluso tras dedicar todos mis esfuerzos a asearme, cuando llegué al lugar de reunión a la hora de la cena —por supuesto, vamos a
la cafetería en grupos, hacer lo contrario es querer buscarte problemas de una forma bastante estúpida— tenía un aspecto tan maravilloso que Liu me echó un vistazo y me preguntó:

—¿Qué te ha pasado, El?

—Lake, nuestro glorioso paladín, ha decidido derretir a un
devoralmas en mi habitación y me ha tocado a mí limpiar el desastre —respondí.

—¿«Derretir»? Puaj —dijo ella. Puede que Liu sea una bruja oscura, pero al menos no se postra a los pies de Orion. Ya sea o no
una maléfice, me cae bien: es una de las pocas personas del colegio
a las que no les importa pasar el rato conmigo. Tiene más alternati-
vas para socializar que yo, pero siempre es educada conmigo.

Sin embargo, Ibrahim, quien se encontraba también allí —dándonos la espalda deliberadamente mientras esperaba a algunos de
sus amigos, dejando claro que no quería que fuéramos con ellos—,
ya estaba dándose la vuelta emocionadísimo.

—¡Orion te ha salvado de un devoralmas! —dijo. O chilló, más
bien. Orion le ha salvado la vida tres veces, y él *sí* que necesitaba su
ayuda.

—Orion ha acorralado a un devoralmas en mi cuarto y me ha
dejado el suelo perdido —corregí rechinando los dientes, pero no
sirvió de nada. Para cuando Aadhya y Jack se unieron a nosotros y
formamos un grupo de cinco para subir a la cafetería, la historia
que se había difundido era la de que Orion me había salvado

heroicamente de un devorador de almas y, como no podía ser de otro modo, antes de que acabáramos de cenar —solo dos estudiantes de nuestro curso habían vomitado, nuestros hechizos protectores y antídotos eran cada vez mejores—todo el colegio lo sabía.

Casi ningún tipo de maleficaria tiene nombre; son muy variados, y no siempre aparecen los mismos. Pero con los devoralmas hay que andarse con ojo: en años anteriores uno solo ha sido capaz de quitarse de en medio a una decena de alumnos; es una forma tremendamente horrible de morir que incluye un impactante espectáculo de luces (cortesía del devoralmas) y numerosos aullidos de lamento (cortesía de las víctimas). Cargarme a uno yo sola me habría permitido labrarme una reputación, y sé que lo habría conseguido. Tengo guardados veintiséis cuarzos repletos de maná en la cajita de sándalo tallada a mano que se encuentra bajo mi almohada para una situación como esa, y hace seis meses, mientras intentaba remendar mi suéter deshilachado sin recurrir a los horrores del ganchillo, recibí un conjuro para destruir almas. Habría hecho pedazos al devoralmas desde dentro —sin necesidad de soportar el olor de sus apestosos restos— y además habría dejado en su lugar un resplandeciente fuego fatuo. Luego podría haber hecho un trato con Aadhya, que cursa la rama de artificios y tiene afinidad para la manipulación de materiales extraños: podríamos haberlo puesto a patrullar entre las puertas de nuestros dormitorios toda la noche. A la mayoría de los maleficaria no les gusta la luz. Contar con bazas como aquella es lo que puede abrirte camino hasta la graduación. En cambio, lo único que había conseguido era el desagradable placer de unirme a la lista de personas a las que Orion había salvado.

Al menos, gracias a mi experiencia poco cercana a la muerte pude agenciarme un buen asiento para la cena. Normalmente tengo que sentarme sola en el extremo de la mesa medio vacía de los marginados del momento, o de lo contrario los demás se van en grupo a otras mesas hasta que me quedo sola, lo cual es peor. En esta ocasión me senté en una de las mesas centrales que se encuentran justo debajo de las lámparas solares —más vitamina D de la que había gozado, sin contar las pastillas, en meses— con Ibrahim, Aadhya y media docena más de alumnos razonablemente populares: hasta una chica del pequeño enclave de Maui se sentó con nosotros. Pero solo conseguí enfadarme más al oírlos hablar con veneración de todas las hazañas de Orion. Algunos de ellos incluso me pidieron que describiera la pelea.

—Pues bien, primero ha perseguido al bicho hasta mi habitación, luego ha abierto la puerta de un golpe y lo ha reventado antes de que yo pudiera decir ni *mu*. Me ha dejado el suelo lleno de porquería y con un olor nauseabundo —dije de mal humor, aunque como imaginarás, no me hicieron ni caso. Todos prefieren creer que es un héroe formidable que va a salvarlos a todos. *Uf.*

2

MIMÉTICOS

Después de cenar, intenté que alguien me acompañara al taller para recoger algunos materiales y así poder arreglar la puerta de mi habitación. Dejar la puerta abierta por la noche es una idea funesta, y más si esta tiene un agujero enorme. Pregunté como quien no quiere la cosa: «¿Alguien necesita algo del taller?», pero todos hicieron oídos sordos. Tras escuchar mi historia, los demás sabían que necesitaba bajar hasta allí, y aquí somos todos muy espabilados. Nadie logra salir del colegio a menos que aproveche cada oportunidad que se le presente y yo no les caigo lo bastante bien como para hacerme favores sin exigirme el pago por adelantado.

—Yo te acompaño —dijo Jack, inclinándose hacia adelante y dedicándome una sonrisa que dejaba al descubierto sus dientes resplandecientes y blancos.

No haría falta que ninguna criatura emergiera de ningún rincón oscuro si él me acompañaba. Lo miré directamente a los ojos y le dije con dureza:

—¿En serio?

Se lo pensó mejor y optó por proceder con precaución, y luego se encogió de hombros.

—Ay, perdona, acabo de caer en que tengo que terminar mi nueva varilla de zahorí —dijo animadamente, aunque había entornado los ojos. Lo cierto es que no había querido que se enterara de que sabía lo suyo. Ahora tendría que obligarlo a comprar mi silencio, o de lo contrario pensaría que tenía que ir a por mí para que no abriera la boca, y puede que decidiera hacer eso último de todos modos. Otro problema más, cortesía de Orion.

—¿Qué me darías a cambio? —preguntó Aadhya. Es una chica astuta y pragmática, una de las pocas personas en el colegio que está dispuesta a hacer tratos conmigo. De hecho, es una de las pocas personas dispuestas a dirigirme siquiera la palabra. Pero también es brutalmente inflexible con este tipo de cosas. Por lo general me gustaba que no se anduviera con rodeos, pero sabiendo que yo estaba desesperada, no iba a arriesgarse por menos que el doble de lo que costaba un paseo hasta allí abajo, y desde luego dejaría que fuera yo la que asumiera los mayores riesgos. Fruncí el ceño.

—Iré yo contigo —dijo Orion desde la mesa contigua a la nuestra, donde estaban sentados los alumnos de Nueva York. Había permanecido toda la cena con la cabeza agachada, incluso mientras todos los integrantes de nuestra mesa comentaban en voz alta lo tremendamente maravilloso que era. Lo había visto hacer lo mismo después de sus otros llamativos rescates, y nunca había sabido si se trataba de falsa modestia, si en realidad era modesto hasta niveles patológicos, o si era uno de esos bichos raros que se quedaba mudo cuando los demás le hacían cumplidos. Ni siquiera ahora levantó la cabeza, sino que se limitó a hablar desde debajo de su nido de greñas, con la mirada fija en su plato vacío.

Qué suerte la mía. Como es lógico, no pensaba rechazar la oferta de alguien que no me pedía nada a cambio por acompañarme al taller, pero iba a dar la misma impresión que antes: que Orion estaba protegiéndome.

—Pues vamos —dije de forma tensa, y me levanté de inmediato. En este colegio, lo mejor es ponerse en marcha en cuanto tienes un plan, sobre todo si ese plan incluye llevar a cabo algo poco habitual.

La Escolomancia no es precisamente un lugar real. Las paredes, los suelos, los techos y las tuberías son del todo reales, fueron elaborados en el mundo real con hierro y acero reales y cobre y vidrio y todo eso, y ensamblados de acuerdo con los complicados planos que se encuentran distribuidos por todo el colegio, pero si alguien intentara reproducir el edificio en el centro de Londres, estoy bastante segura de que se desmoronaría incluso antes de que hubieran acabado de construirlo. La única razón de que se tenga en pie es porque fue construido en el vacío. Me encantaría explicar qué es el vacío, pero no lo sé ni yo. Si alguna vez te has preguntado cómo era vivir en la época en que nuestros antepasados cavernícolas contemplaban fijamente ese manto negro repleto de puntitos de luz sin tener la menor idea de lo que había ahí arriba y de lo que significaba… bueno, me imagino que era parecido a estar sentado en un dormitorio de la Escolomancia mientras observas una superficie negra como el carbón. Me alegra poder informar de que no es nada agradable ni cómodo.

Pero gracias a que se encuentra casi por completo en el interior del vacío, el colegio no tiene que lidiar con las aburridas leyes de la física de toda la vida. Aquello les facilitó la tarea a los artífices que lo construyeron para convencer al edificio de que funcionara como ellos querían. Los planos están colocados por todas partes para que, al mirarlos, nuestra idea del colegio refuerce la construcción original; lo mismo ocurre cuando recorremos las interminables escaleras y los interminables pasillos convencidos de que nuestras aulas estarán donde las vimos por última vez, de que el agua saldrá de los grifos y de que todos seguiremos respirando, a pesar de que si le pidiéramos a un ingeniero que les echase un vistazo a las cañerías y al sistema de ventilación, lo más seguro es que no fueran suficientes para cubrir las necesidades de varios miles de niños.

Lo cual está muy bien y fue muy inteligente por parte de Sir Alfred y compañía, pero el problema de vivir en un espacio *fácil de convencer* es que es fácil de convencer en todos los sentidos. Si te encuentras en las escaleras con seis personas más que se dirigen apresuradamente hacia la misma clase que tú, de algún modo todos tardáis la mitad del tiempo en llegar. Pero la espeluznante sensación de ansiedad que te sobreviene si tienes que bajar a un sótano húmedo y sin luz lleno de telarañas, donde acabas convencido de que hay alguna criatura horrible a punto de echársete encima, también afecta al colegio. Los mals están más que dispuestos a colaborar para que ese tipo de convicciones se hagan realidad. Cada vez que haces algo que se sale de la rutina, como por ejemplo ir a solas al taller después de cenar, cuando no hay nadie más allí abajo a no ser que no les quede más remedio, puede que las escaleras o el pasillo terminen llevándote a algún lugar que no aparece en los planos. Y no te hará ninguna gracia toparte con la criatura, sea la que sea, que esté esperando tu llegada.

Así que en cuanto te has hecho a la idea de que vas a ir a algún lugar fuera de lo común, lo mejor es ponerse en marcha tan rápido como sea posible, antes de que tú o cualquier otra persona empiece a pensar demasiado en ello. Fui derecha al descansillo más cercano, y esperé hasta que Orion y yo hubimos bajado los suficientes escalones como para que nadie pudiera oírnos antes de soltarle:

—¿Qué parte de «déjame en paz» no has entendido?

Había estado caminando junto a mí, cabizbajo, y con las manos metidas en los bolsillos. Al oír eso levantó la cabeza de golpe.

—Pero... acabas de decirme «pues vamos»...

—¿Hubieras preferido que te echara la bronca delante de los demás, después de que hayan decidido que me has salvado la vida?

Tuvo la desfachatez de detenerse en mitad de las escaleras y empezar a decir: «¿Debería...?». Estábamos entre un piso y otro, sin ningún descansillo a la vista, y la luz más cercana provenía de la única y chisporroteante lámpara de gas que aún funcionaba, veinte escalones más arriba, de modo que nuestras sombras oscurecían el tramo de escaleras que descendían por debajo de nosotros. Detenerse aunque solo fuera una milésima de segundo era como anunciar a los cuatro vientos que buscas problemas.

Como no era idiota, yo había seguido avanzando, así que me encontré dos escalones por debajo de Orion antes de darme cuenta de que él se había quedado parado. Tuve que alargar el brazo, agarrarlo por la muñeca y tirar de él hacia delante.

—No te quedes ahí plantado. ¿Qué pasa contigo, te apetece encontrarte con algún mal nuevo e interesante? —Se puso muy rojo y volvió a colocarse a mi altura, contemplando el suelo todavía con más interés, como si mi comentario hubiera dado justo en el clavo, por muy estúpida que fuera la idea—. ¿Los que van a por ti normalmente no te parecen suficientes?

—Ni se acercan —dijo brevemente.

—¿Qué?

—¡No vienen a por mí! Nunca lo han hecho.

—¿Cómo, no te atacan? —dije, indignada. Él se encogió de hombros—. ¿Entonces de dónde salió aquel devoralmas?

—¿Eh? Yo acababa de salir del baño. Vi la punta de su cola deslizándose por debajo de tu puerta.

Con que sí que había acudido a mi rescate. Eso era aún peor. Pensé en lo que acababa de revelarme mientras seguíamos adelante. Desde luego, tenía su lógica: si eras un monstruo, ¿por qué ibas a abalanzarte sobre el chico maravilla capaz de reventarte de un plumazo? Lo que no tenía sentido era su actitud al respecto.

—Entonces ¿quieres hacerte famoso salvándonos a los demás? —Volvió a encogerse de hombros, sin levantar la mirada, de modo que no era eso—. ¿Acaso te gusta enfrentarte a los mals o algo así? —insistí, y él volvió a sonrojarse—. Eres un bicho raro.

—¿Es que *a ti* no te gusta poner en práctica tu afinidad? —dijo a la defensiva.

—Yo tengo afinidad para arrasar multitudes, de modo que no he tenido demasiadas oportunidades de experimentar.

Resopló, como si hubiera contado un chiste. No intenté convencerlo de que hablaba en serio. Resulta bastante sencillo afirmar que soy una hechicera oscura enormemente poderosa: nadie me creerá hasta que lo demuestre, y a ser posible con pruebas contundentes.

—En cualquier caso, ¿de dónde sacas todo el poder? —inquirí en cambio. Me lo había preguntado a menudo. Según tu afinidad, ciertos hechizos resultan mucho más fáciles de lanzar, pero eso no significa que no haya coste alguno.

—De ellos. Me refiero a los mals. Cuando mato a uno almaceno el poder para el siguiente hechizo. O si ando escaso, tomo prestado un poco de Magnus, Chloe o David...

Rechiné los dientes.

—Ya me hago una idea. —Estaba nombrando a los estudiantes que pertenecían al enclave de Nueva York. Por supuesto que compartían el poder entre todos, y por supuesto que tenían su propia reserva de poder a la que abastecer, igual que mis cristales, salvo que la suya era enorme, pues cada estudiante de Nueva York la había estado alimentando durante el último siglo. Orion se servía literalmente de una batería para llevar a cabo sus heroicidades, y si era capaz de conseguir maná al matar a los maleficaria —¿cómo?— probablemente ni siquiera la necesitaba.

Acto seguido llegamos al descansillo de la planta del taller. Los dormitorios de los alumnos de último curso se encontraban aún más abajo, y un tenue resplandor de luz iluminaba las escaleras desde allí. Pero el arco que daba al pasillo de las aulas estaba totalmente a oscuras; las luces se habían apagado. Contemplé apesumbrada aquellas fauces abiertas mientras descendíamos los últimos escalones: para eso nos había servido su momento de duda. Y si los mals nunca lo atacaban a él, eso significaba que las criaturas que andaban al acecho allí abajo, fueran las que fueran, irían a por *mí*.

—Iré yo primero —se ofreció.

—Claro que vas a ir tú primero. Y también iluminarás el camino.

Ni siquiera protestó, se limitó a asentir con la cabeza, extendió su brazo izquierdo e iluminó su mano con una versión menor del mismo hechizo incendiario que había usado con el devoralmas. Me provocó picor de ojos. Orion se dispuso a adentrarse en el pasillo directamente; tuve que tirar de él hacia atrás, examinar el techo y el suelo y palpar las paredes cercanas yo misma. Los digestores que llevan un tiempo sin comer son translúcidos, y si se extienden lo suficiente sobre una superficie plana, es posible que se encuentren ante tus narices y que no te des cuenta de que están ahí hasta que te envuelven con su cuerpo. Les gusta, particularmente, merodear por los descansillos, ya que es una zona de mucho movimiento. A principios de curso, atraparon a un alumno de segundo que iba corriendo para llegar a clase a tiempo; el chico perdió una pierna y la mayor parte de su brazo izquierdo. No duró demasiado después de aquello, obviamente.

Pero toda la zona del descansillo estaba despejada. Lo único que encontré fue un aglo escondido bajo una de las lámparas de gas. Era más pequeño que mi meñique y ni siquiera a mí me compensaba cosecharlo: hasta el momento tan solo tenía adheridos a su caparazón dos tornillos, media grajea y el capuchón de un bolígrafo. Se escabulló por la pared presa del pánico antes de introducirse en una de las rejillas de ventilación. No hubo ninguna criatura que reaccionara a su paso. De noche, sumidos en la oscuridad del pasillo de la planta del taller, aquello no auguraba nada bueno. Deberíamos habernos topado con *algo*. A menos que hubiera algún monstruo especialmente horrible más adelante que hubiera asustado a los demás.

Extendí una mano sobre la parte posterior del hombro de Orion y permanecí con la cabeza volteada para vigilar nuestra espalda mientras nos dirigíamos a la entrada principal del taller: es la mejor manera de avanzar en pareja cuando las cosas no pintan bien. La mayoría de las puertas de las aulas no estaban cerradas, así que en caso de que alguna criatura se abalanzara sobre nosotros desde dentro, ni siquiera oiríamos el pomo, aunque sí estaban lo bastante entornadas como para que no pudiéramos echar un vistazo al pasar frente a cualquiera de las numerosas salas: además del taller y el gimnasio, la mayor parte del nivel inferior está ocupado por pequeñas aulas donde los alumnos de último curso asisten a seminarios especializados. Pero todos terminan tras el primer semestre; llegados a estas alturas, los alumnos de cuarto dedican cada minuto de su tiempo a realizar sesiones prácticas para la graduación, lo que significa que las aulas de seminario constituyen el lugar perfecto para que los mals se echen la siesta.

Detestaba tener que depender de Orion para guiarnos allí abajo. Avanzó de forma despreocupada, a pesar de estar atravesando un pasillo sin luz, y cuando llegó a las puertas del taller, abrió una de ellas y entró sin más antes de que pudiera percatarme de lo que estaba haciendo. No me quedó más remedio que seguirlo al interior para no quedarme a solas en el oscuro pasillo.

En cuanto entré al aula, lo agarré de la camisa para evitar que siguiera adelante. Nos detuvimos frente a la puerta, mientras la resplandeciente luz que iluminaba su mano se reflejaba en los centelleantes dientes de las hojas de sierra, el hierro opaco de los tornos y el brillante negro azabache de los martillos; las mesas y las sillas de apagado acero inoxidable ocupaban el enorme espacio en hileras ordenadas, y las lámparas de gas se habían atenuado hasta convertirse en puntitos azules. Unos diminutos destellos naranjas y verdes brillaban a través de las rendijas de ventilación de los achaparrados hornos que se encontraban en los extremos de cada hilera e iluminaban débilmente el lugar. El aula daba la sensación de estar extrañamente abarrotada a pesar de que no había ni una sola persona en su interior. Los muebles ocupaban demasiado espacio, era como si las sillas se hubieran multiplicado. Todos detestábamos el taller más que ninguna otra cosa. Incluso los laboratorios de alquimia eran mejores.

Permanecimos inmóviles durante un largo momento en el que no ocurrió nada en absoluto y luego, por fin, pisoteé a Orion en el talón con la intención de vengarme.

—¡Au! —exclamó.

—Vaya, lo siento —dije sin ninguna sinceridad.

Me fulminó con la mirada: no era del todo un pusilánime.

—¿Qué tal si recoges lo que necesitas y nos marchamos? —dijo, como si fuera facilísimo ponerse a rebuscar entre los contenedores y todo lo demás: ¿qué podría salir mal? Se volvió hacia la pared y accionó el interruptor de la luz. No se encendió, por supuesto.

—Ven conmigo —le dije, y me dirigí hasta los contenedores de chatarra. Agarré las largas tenazas que colgaban a un lado y las utilicé para abrir la tapa con cuidado. Luego metí la mano y saqué cuatro piezas planas y grandes de metal, antes de sacudirlas y golpearlas violentamente contra el costado de la mesa más cercana. Si hubiera bajado yo sola, no habría intentado llevarme tantas, pero pensaba endosárselas a Orion para que las cargara por mí, de modo que, tras acabar de arreglar mi puerta, podría intercambiar lo que me sobrara con alguien más.

Tras hacerme con el metal, decidí no tomar los alambres, pues aquella habría sido la opción más obvia; en cambio, hice que Orion sacara de uno de los otros contenedores dos puñados de tornillos, tuercas y pernos que, aunque no me servirían para reparar mi puerta, eran más valiosos y podría intercambiárselos a Aadhya por algunos de los alambres que sabía que tenía e incluso quedarme con los que sobraran. Me los metí en los bolsillos con cremallera de mis pantalones cargo, y a continuación no me quedó más remedio que ir a buscar un par de alicates.

Las cajas de herramientas son amplios contenedores en los que cabría un cuerpo humano, y, de hecho, los han albergado en su interior en al menos dos ocasiones desde que llegué al colegio. No podemos llevarnos las herramientas que usamos en horas lectivas —de lo contrario, los contenedores vienen a por nosotros—, de

modo que la única manera de tomarlas prestadas para nuestro uso
personal es ir a recogerlas después de clase; se trata de una de las
mejores maneras de morir, ya que los mals que se esconden en las
cajas de herramientas son los más inteligentes. Si no tienes cuidado
al abrirlas...

Orion alargó la mano y levantó la tapa mientras yo todavía estaba pensando una estrategia. Dentro, no había nada más que varias
hileras de martillos, destornilladores de todos los tamaños, llaves
inglesas, serruchos, alicates e incluso un taladro. Ninguno de ellos
se abalanzó sobre él para golpearlo en la cabeza ni arrancarle un
dedo ni sacarle los ojos.

—Agarra un par de alicates y el taladro —le dije, tragándome la
envidia que me corroía por dentro en pos de aprovechar al máximo
la situación. Un taladro. Nadie de mi curso tenía un taladro. No
conocía a ningún alumno que se hubiera topado con ellos más que
una o dos veces, salvo un artífice de último curso.

Sin embargo, Orion agarró un martillo y con un movimiento
fluido lo alzo por encima de mi hombro y golpeó en la frente a la
criatura cn la que se había convertido la silla de metal opaco que
estaba detrás de mí: una masa amorfa de color gris con las fauces
repletas de unos afilados dientes plateados que se abrían justo donde el asiento y el respaldo se encontraban. Me coloqué detrás de
Orion tras agacharme por debajo de su brazo, cerré la tapa de la
caja de herramientas de un golpe y la aseguré antes de que nada
más pudiera salir de ella; acto seguido, me di la vuelta y vi que cuatro sillas más habían extendido sus patas y venían hacia nosotros.
Había demasiadas.

Orion recitó un hechizo para forjar metal. El mimético que se
encontraba más cerca se puso al rojo vivo, y él volvió a golpearlo
con el martillo, dejándole un agujero enorme en el costado. De la
boca de dientes de sierra de la criatura emergió un chirrido y esta
cayó al suelo. Pero mientras tanto, a los otros les habían brotado
extremidades en forma de cuchilla y se abalanzaron... sobre mí.

—¡Atenta! —gritó Orion en vano, ya que verlos no era el problema. Conocía un estupendo hechizo para licuar los huesos de mis enemigos que habría funcionado muy bien dadas las circunstancias, pero para llevarlo a cabo habría necesitado un tanque repleto de maná, y Orion habría acabado licuado también. Pronuncié entre gritos el encantamiento en inglés antiguo para fregar el suelo y me aparté de un salto mientras los cuatro miméticos derrapaban sobre el resbaladizo líquido jabonoso y salían disparados en dirección a Orion. Agarré dos de los trozos de metal y corrí hacia la puerta mientras él luchaba contra las criaturas. Si era necesario, doblaría el alambre con mis propias manos.

Pero no iba a hacer falta. Orion me alcanzó en las escaleras, jadeando y sujetando los dos trozos restantes de metal, las tenazas y el taladro.

—¡Muchas gracias! —dijo indignado. Solo tenía un fino corte en el antebrazo, nada más.

—Sabía que podías con ellos —repliqué con amargura.

Tardamos 15 minutos enteros en subir las escaleras hasta llegar a nuestros dormitorios. Permanecimos en silencio, y ninguna criatura nos dio la lata. Llamé a la puerta de Aadhya de camino a mi habitación, intercambié algunos de los materiales que había conseguido por alambre y también le dejé saber que me había agenciado un taladro —muchos de los alumnos que se negaban a hacer trueques conmigo sí los hacían con Aadhya, y si yo tenía algo que a ella le faltaba, normalmente hacía de intermediaria a cambio de una parte de las ganancias—; luego puse a Orion a vigilar mientras yo arreglaba mi puerta. No era una tarea divertida. Taladré con esfuerzo una de las piezas de metal en algunas partes y tapé con ella el agujero que Orion me había dejado en la puerta, asegurándola firmemente con alambre. Entonces me senté y entrelacé los alambres más delgados en torno a cuatro filamentos gruesos para hacer una tira más ancha, y la usé para fijar toscamente de nuevo en su sitio los restos abollados del picaporte y la cerradura. Luego cerré la puerta e hice lo mismo en el interior con un segundo trozo de metal.

—¿Por qué no usas el hechizo reparador? —preguntó Orion con vacilación hacia la mitad del tedioso proceso, después de volverse para ver por qué estaba tardando tanto.

—Eso hago —dije entre dientes. Incluso con la ayuda de los alicates y los agujeros perforados, me palpitaban las manos. Orion siguió observándome con creciente confusión hasta que por fin retorcí el último trozo de alambre. Seguidamente, coloqué las manos a ambos lados del agujero que acababa de tapar y cerré los ojos. En el taller todos aprendemos un hechizo de reparación básica. Ir a clase es la única manera de aprender los hechizos de carácter general más importantes. Y como es obvio, reparar cosas resulta imprescindible, ya que no podemos introducir nada en el colegio salvo lo poco que se nos permite traer durante la incorporación. El hechizo reparador es uno de los más difíciles, con decenas de variaciones en función de los materiales con los que trabajes y la complejidad de lo que intentes arreglar. Solo los artífices lo dominan a la perfección, y aun así únicamente dentro de un abanico específico de materiales.

Pero al menos puedes lanzarlo en tu maldito idioma.

—Para hacer este arreglo con esmero, el acero y el hierro ceden ante mi deseo, y con este hechizo yo los moldeo —entoné (todos conocemos muchas rimas para hacer reparaciones) y distribuí diecisiete golpes mientras pronunciaba las palabras, un número intermedio entre los veintitrés que hacen falta para manipular las láminas de metal y los nueve necesarios para el alambre. Y entonces utilicé el maná que había generado al llevar a cabo todo aquel molesto trabajo manual. El encantamiento penetró a duras penas los materiales, sacudiéndolos a su paso. Los trozos de metal se convirtieron en algo parecido a una gruesa pasta metálica con la que rellené el hueco de la puerta, y a medida que la superficie se alisaba y se endurecía bajo mis manos, los pomos de las puertas a ambos lados emitieron un ruido similar a un eructo y finalmente se unieron de nuevo, antes de que el cerrojo volviera a su sitio con un golpe pesado. Sin aliento, dejé caer las manos a ambos lados, y me di la vuelta. Orion estaba plantado en medio de mi habitación, mirándome como si fuera un exótico ejemplar zoológico.

—¿Usas solo maná?

Lo dijo como si perteneciera a una secta o algo así. Lo miré con desprecio.

—No todos podemos extraer el maná de los maleficaria.

—Pero... ¿por qué no lo extraes del... aire, o de los muebles? Todo el mundo tiene agujeros en los postes de la cama...

No se equivocaba. Hacer trampa es mucho más difícil aquí, ya que no hay pequeños seres vivos a los que dejar secos; no dispones ni de hormigas ni de cucarachas ni de ratones a menos que los traigas contigo, y eso sería un poco raro, ya que lo único que puedes meter en el colegio es aquello que llevas encima durante la incorporación. Aunque la mayoría es capaz de extraer pequeñas cantidades de maná de los objetos inanimados que hay alrededor: pueden filtrar el calor del aire o desintegrar un poco de madera. Resulta mucho más fácil hacer eso que absorber maná de un ser humano vivo, y no digamos de otro hechicero. Para la mayoría de las personas.

—Si lo intento, el maná saldrá de otros sitios —dije.

Orion me miraba con el ceño cada vez más fruncido.

—Eh..., Galadriel —habló suavemente, como si empezara a pensar que era una de esas personas que han perdido la cabeza por completo en el colegio. En cualquier caso, había tenido un día de lo más horrible gracias a él, y aquello fue la gota que colmó el vaso. Lo alcancé y me aferré a él. No con las manos, sino que me aferré a su maná, a su fuerza vital, y di un buen tirón de forma deliberada.

A la mayoría de los magos les cuesta arrebatarle el poder a un ser vivo. Hay rituales, ejercicios para doblegar la voluntad, muñecos vudú y sacrificios de sangre. Muchos sacrificios de sangre. Yo apenas tengo que esforzarme. La fuerza vital de Orion se separó de su espíritu tan fácilmente como un pez siendo sacado del agua con un sedal. Lo único que necesitaba hacer era seguir tirando, y todo ese suculento poder que había acumulado terminaría en mis manos. Es más, probablemente podría absorber maná de todos sus amigos del enclave mediante sus vínculos de poder compartido. Podría haberlos drenado a todos.

Cuando Orion me miró consternado, dejé de aferrarme a él, y el maná volvió a su interior como si se tratara de una goma elástica. Orion retrocedió apresuradamente, alzando las manos en actitud defensiva, como si estuviera listo para pelear. Pero no le hice caso y me senté en mi cama con un sonoro *pum*, mientras intentaba no echarme a llorar. Cada vez que pierdo los estribos así, me siento fatal después. Es como si yo misma me restregara en la cara lo fácil que serían las cosas si sucumbiera.

Siguió ahí de pie con las manos en alto; tenía una pinta un poco ridícula, ya que yo no hice amago alguno de moverme.

—¡Eres una maléfice! —exclamó al cabo de un momento, como incitándome a que se lo demostrara.

—Sé que te costará un poco —murmuré entre dientes, tratando de no ponerme a sorber por la nariz— pero intenta no ser un imbécil durante cinco minutos. Si fuera una maléfice te habría dejado seco allí abajo y les habría dicho a los demás que habías muerto en el taller. Nadie hubiera sospechado nada. —Orion no parecía encontrar aquello especialmente reconfortante. Me froté la cara con el dorso de mi mugrienta mano—. En fin —añadí con tristeza—, si fuera una maléfice, os drenaría a todos y me quedaría yo solita a mis anchas por el colegio.

—¿Quién querría quedarse aquí solo? —dijo Orion después de un momento.

Se me escapó la risa por la nariz; de acuerdo, en eso llevaba razón.

—¡Un maléfice!

—Ni siquiera un maléfice —dijo convencido. Bajó los brazos, aún con recelo, pero retrocedió otro paso cuando me levanté. Puse los ojos en blanco y di un pequeño salto hacia él con las manos levantadas en forma de garra y exclamé: «¡*Bu!*».

Me fulminó con la mirada. Me acerqué hasta donde él había dejado el resto de los materiales y metí los trozos de metal bajo mi colchón, donde ninguna criatura desagradable podría hacerse pasar por ellos durante la noche sin que yo me diera cuenta. Sujeté con firmeza el taladro y los alicates a la tapa de mi baúl, junto a mis dos cuchillos y mi pequeño y valioso destornillador. Si atas las herramientas en la parte inferior de la tapa, al abrirla puedes ver las correas colgando en caso de que se hayan soltado. Lo compruebo todo a conciencia, así que hace mucho que ninguna de mis herramientas se corrompe. La Escolomancia no pierde el tiempo.

Fui hasta la cubeta y me enjuagué las manos y la cara tan bien como pude. Solo me quedaba un poquito de agua en la jarra.

—Si esperas que te dé las gracias, estarás aquí un buen rato —le dije a Orion después de secarme. Seguía observándome desde un rincón.

—Ya me he dado cuenta —dijo enfadado—. Lo de tu afinidad no era broma, ¿verdad? De modo que eres… ¿qué?, ¿una maléfice que usa exclusivamente maná?

—Eso ni siquiera tiene sentido. No soy ninguna maléfice, y será mejor que te marches, antes de que cambie de opinión —respondí sin andarme con rodeos, pues parecía no pillar mis indirectas para que me dejara en paz—. De todas formas, no debe de faltar mucho para el toque de queda.

No es buena idea estar en una habitación que no sea la tuya pasado el toque de queda. De lo contrario, por supuesto, todos formaríamos pareja o grupos de tres y nos turnaríamos para hacer guardia, por no mencionar que los de último curso se dirigirían en masa al piso de arriba para sacar a empujones de sus habitaciones a los de primero y retrasarían la graduación uno o dos años. Según parece, hubo una serie de incidentes similares poco después de abrir el colegio, cuando los alumnos comenzaron a darse cuenta de que había una horda gigantesca de mals esperando en el salón de grados. No sé muy bien qué es lo que hicieron los constructores al respecto, pero sí sé que si dos o más alumnos se agrupan en una habitación, eso los convierte en un terrible imán para monstruos. Y ya pueden olvidarse de salir corriendo al pasillo para intentar volver a su habitación una vez se dan cuenta del lío en el que están metidos. Dos chicas cuyo dormitorio se encontraba cerca del mío lo intentaron durante nuestro primer año. Una de ellas se pasó mucho tiempo gritando frente a mi puerta antes de que todo quedara en silencio. La otra no llegó a salir de la habitación. Ninguna persona cuerda querría jugársela de ese modo.

Orion no dejaba de mirarme. De repente preguntó:

—¿Qué le pasó a Luisa?

Fruncí el ceño, sin saber por qué me lo preguntaba a mí, hasta que caí en la cuenta:

—¿Crees que le hice algo?

—Los mals no fueron — respondió—. Mi dormitorio está al lado del suyo, y ella desapareció durante la noche. Me habría dado cuenta. Evité que los mals se colaran dentro dos veces.

Pensé con rapidez. Si se lo contaba, iría a encararse con Jack. Por un lado, eso significaba que lo más probable es que este dejara de ser un problema para mí. Pero por otro, si Jack negaba las acusaciones, lo cual no sería descabellado, puede que Orion y él acabasen siendo un problema conjunto. No valía la pena arriesgarse cuando no tenía ninguna prueba.

—No fui yo —dije—. Hay maléfices en activo en el colegio, ¿sabes? Al menos cuatro en último curso. —En realidad había seis, pero tres de ellos lo eran de forma manifiesta, así que decir que había cuatro me haría quedar como alguien que estaba al tanto de algunas cosas. Era información creíble, pero no lo bastante jugosa como para que valiera la pena interrogarme—. Ya que no te basta con cuidar a los pobres cabezahuecas que danzan por el colegio, ¿por qué no vas a molestar a alguno de ellos?

Su expresión se volvió severa.

—¿Sabes? Para haberte salvado la vida dos veces… —comenzó.

—*Tres* veces —dije con frialdad.

Aquello lo tomó por sorpresa.

—Eh…

—La quimera, a finales del curso pasado —le expliqué aún con más frialdad. Ya que obviamente no iba a poder dejar de pensar en mí, al menos me aseguraría de que me recordara debidamente.

—¡De acuerdo, tres veces! Al menos, podrías…

—No, no podría.

Dejó de hablar y su rostro se tiñó de color rojo. No creo haberlo visto nunca enfadado; su actitud es siempre resolutiva y, en ocasiones, modesta, cuando agacha la cabeza en plan perrito abandonado.

—No te he pedido ayuda, y no la quiero —le dije—. Aún quedan con vida más de mil alumnos en nuestro curso y todos se mueren por postrarse a tus pies. Ve a hablar con uno de ellos si lo que quieres es que te laman el culo. —El timbre resonó en el pasillo, quedaban cinco minutos para el toque de queda—. Y aunque no quieras, ¡lárgate de una vez! —Me dirigí a la puerta y abrí mi nuevo y deslumbrante (o más bien nuevo y mate) cerrojo.

Era obvio que no quería marcharse sin soltarme alguna réplica ingeniosa, pero no se lo ocurrió ninguna. Supongo que hasta entonces nunca le habían hecho falta. Después de pensar durante un instante, se limitó a fruncir el ceño y se fue.

Me complace comunicar que mi puerta recién reparada se cerró de golpe tras él de forma estupenda.

3
MALÉFICE

Estaba exhausta, pero me puse a hacer abdominales durante media hora y generé el maná necesario para crear una barrera protectora sobre mi cama. No puedo permitirme el lujo de hacerlo siempre, pero esa noche me encontraba hecha polvo, y necesitaba algo que evitara que me convirtiera en el eslabón más débil. En cuanto estuvo lista, me arrastré hasta la cama y dormí como un tronco, salvo por las tres ocasiones en que los alambres trampa alrededor de mi puerta me despertaron con una advertencia. Aquello formaba parte de mi rutina nocturna, pero ninguna criatura intentó entrar.

A la mañana siguiente, Aadhya llamó a la puerta para que la acompañara a las duchas y a desayunar, lo cual fue todo un detalle por su parte. Me pregunté por qué estaba siendo tan amable. Un taladro podía resultar muy útil, pero tampoco era para tanto. No obstante, su compañía me proporcionó la oportunidad de darme una ducha, la primera desde hacía una semana, y de rellenar mi jarra de agua antes de ir a la cafetería. Ni siquiera trató de cobrarme nada, lo único que me pidió a cambio fue que vigilara mientras ella se duchaba también.

Pero todo me quedó claro mientras recorríamos el pasillo.

—Anoche Orion y tú os las apañasteis bien en el taller, ¿no? —lo dijo como quien no quiere la cosa, pero su comentario resultaba demasiado obvio.

No me detuve en seco, aunque ganas no me faltaron.

—¡No fue una cita!

—¿Te pidió algo a cambio? ¿Por poco que fuera? —Aadhya me lanzó una mirada.

Rechiné los dientes. Aquello era lo que habitualmente diferenciaba una alianza de una cita, pero ese no había sido ni mucho menos el caso.

—Me debía un favor.

—Ah, está bien — dijo Aadhya—. Orion, ¿vas a desayunar? —lo llamó ella. Este estaba cerrando la puerta tras él, y fue entonces cuando caí en la cuenta de que Aadhya debía de haber puesto un alambre trampa en la puerta *de Orion* aquella mañana para que le diera un aviso cuando fuera a cepillarse los dientes. Intentaba acercarse a él a través de *mí*, lo cual habría sido muy divertido si no me dieran ganas de darle un puñetazo. Lo último que necesitaba era que los demás se convencieran aún más de que tenía que cuidar de mí—. ¿Vienes con nosotras?

Él me echó una mirada, que yo le devolví, intentando insinuarle que se largara, y respondió: «Claro», lo cual no tenía ningún sentido. No le hacía falta que nadie lo acompañara, por lo que claramente lo hacía para fastidiarme. Se colocó al otro lado de Aadhya mientras yo pensaba en diferentes formas de vengarme. Tampoco podía quedarme atrás: no había nadie más esperando para formar grupo, y si me quedaba sola sería vulnerable. El desayuno no es ni la mitad de peligroso que la cena, pero aun así nunca es buena idea ir solo a la cafetería. Por mucho que creas que la fuerza te acompaña.

—¿Visteis algo inusual en el taller anoche? —le preguntó—. Tengo clase de metalurgia a primera hora.

—Eh, la verdad es que no mucho —respondió él.

—¡Serás cretino! —exclamé. No hace falta que nos tomemos como una misión personal el avisar a otros alumnos en caso de peligro, aquí cada uno tiene que sacarse las castañas del fuego, pero si empiezas a engañar y a tender trampas a los demás, acabas cargándotela. Eso te convierte en alguien peor que un maléfice a ojos de casi todos los estudiantes—. Había cinco miméticos con forma de silla —le comenté a Aadhya.

—¡Están muertos! —dijo a la defensiva.

—Pero no significa que no haya ninguno más esperando a que entre algún despistado. —Sacudí la cabeza indignada.

Aadhya no pareció alegrarse al oír aquello. Yo tampoco me alegraría si fuera la primera en entrar al taller y descubriera que existe la posibilidad de que uno o dos miméticos estén al acecho. Pero al menos ahora se aseguraría de no entrar, literalmente, en primer lugar, y lo más seguro es que levantara un escudo a su espalda o algo así.

—Os guardo sitio en la mesa si traéis las bandejas —dijo mientras entrábamos en la cafetería; era demasiado astuta para mi propio bien. La verdad es que no podía culparla. No era ningún disparate querer ser amiga de Orion si había posibilidades de serlo. La familia de Aadhya vive en Nueva Jersey: si conseguía unirse al enclave de Nueva York, lo más probable es que pudiera meterlos a todos dentro. Y yo no podía permitirme alejar a una de las pocas, y cada vez más escasas, personas que estaban dispuestas a tratar conmigo. Me puse en la cola de mala gana y tomé una bandeja para mí y otra para ella, con la vaga esperanza de que Orión localizara a alguno de sus amigos del enclave y nos dejara en paz. Pero en vez de eso, dejó un par de manzanas en la bandeja extra, y luego se colocó delante de mí y exclamó: «Ç'est temps dissoudre par coup de foudre», y achicharró un tentáculo que había empezado a asomarse desde debajo de la bandeja de los huevos revueltos, que tenían una pinta estupenda. El tentáculo se disolvió dejando a su paso un horrible y nauseabundo olor, y una ondulante nube verde se elevó por toda la bandeja y se asentó de inmediato sobre los huevos.

—Es el hechizo más ridículo que he oído nunca, y tu pronunciación es penosa —le dije, de forma nasal. Ignoré la bandeja de los huevos, que ahora despedía un olor apestoso, y fui a por gachas.

—Gracias, Orion, no había visto a ese chupasangre que ha estado a punto de agarrarme —intentó imitarme—. Descuida, Galadriel, en serio, no ha sido nada.

—Lo había visto. Solo había asomado el tentáculo dos centímetros, así que me habría dado tiempo a servirme una ración de huevos si no me hubieras apartado de un empujón. Y si a estas alturas siguiera siendo lo bastante estúpida como para lanzarme sobre una bandeja de huevos revueltos recién hechos sin asegurarme primero de que todo estaba en orden, ni siquiera tu permanente interés en mí podría sacarme con vida del colegio. ¿Eres masoquista o algo así? ¿Por qué sigues haciéndome favores? —Agarré el cuenco de las pasas, le coloqué un platito encima y lo agité hasta que salieron dos docenas de una en una. Las pinché concienzudamente con el tenedor y me dirigí a por la canela, pero con solo olfatear el aire supe que lo mejor era que aquel día lo dejara estar. La leche tampoco pintaba demasiado bien: si la inclinabas hacia la luz, podía verse una leve mancha azul en la superficie. Al menos al azúcar moreno no le pasaba nada.

Eché un vistazo rápido a ambos lados tras salir de la cola de la comida y luego llevé las dos bandejas hasta donde se encontraba Aadhya, que había conseguido un buen sitio, a solo tres mesas de distancia de la puerta; lo bastante cerca para salir de allí si a alguna criatura se le ocurría encerrarnos, y lo bastante lejos de la entrada por si algo entraba por la puerta. Había establecido un perímetro y lanzado un encantamiento protector a los cubiertos e incluso había conseguido una de las jarras de agua más seguras, las transparentes.

—Nos hemos quedado sin huevos por culpa de don fantástico —le dije mientras dejaba las bandejas en la mesa.

—¿Ha sido cosa del chupasangre? Le ha hecho una escabechina a uno de los alumnos de último curso antes de que llegáramos —dijo Aadhya, dirigiendo un gesto con la cabeza a una mesa donde un chico mayor que nosotros estaba recostado medio inconsciente entre dos de sus amigos; tenía una serie de enormes marcas sangrientas alrededor del brazo, como si fuera una pulsera. Los otros dos intentaban que bebiera algo, pero el chico, que estaba todo sudoroso, parecía a punto de entrar en shock, y ambos habían comenzado a intercambiar miradas inquietas. No creo que nadie se acostumbre nunca a estas cosas, pero solo los alumnos más sensiblones siguen echándose a llorar tras perder a alguien cuando la graduación está a la vuelta de la esquina. A estas alturas su prioridad debe ser la formación de alianzas y la planificación de estrategias, y por muy importante que fuera el rol de su amigo, tendrían que encontrar el modo de apañárselas sin él… algo complicado cuando solo quedaban tres semanas de curso.

Como era de esperar, el primer timbre sonó para los mayores —salimos de la cafetería por turnos; primero se marchan los de último curso, y si crees que salir primeros es peor, no te equivocas— y ambos lo dejaron caer con suavidad sobre la mesa. Ibrahim estaba sentado en el extremo de la mesa vecina con Yaakov —su mejor amigo dentro de esta maravillosa pecera, aunque ambos saben que no volverán a dirigirse la palabra si consiguen salir con vida— y uno de los alumnos mayores se volvió hacia ellos y les dijo algo. Probablemente los sobornó para que se quedaran con su amigo hasta el final. Debían de tener el gimnasio reservado y no podían saltarse el entrenamiento, ya era bastante malo perder a un miembro del equipo cuando faltaba tan poco tiempo para la graduación. Ibrahim y Yaakov intercambiaron una mirada y luego asintieron y se cambiaron de mesa, asumiendo los riesgos. No es buena idea saltearse una clase con los exámenes finales tan próximos, pero las clases no son tan importantes como las prácticas de la graduación.

—¿Aún lamentas que me cargara a ese bicho? —preguntó Orion. Su rostro había adoptado una expresión triste y disgustada al mirarlos, aunque me habría apostado lo que fuera a que no conocía al chico. Nadie más estaba prestándoles la menor atención. En este colegio, hay que racionar la compasión y la pena del mismo modo en que se raciona el material escolar, a no ser que seas uno de los intrépidos miembros de un enclave con reservas ingentes de maná.

—Lo que lamento es que alguien me haya dejado sin huevos revueltos —dije con frialdad, y empecé a comerme las gachas.

A Ibrahim le salió bien la jugada: el chico de último curso murió antes de que sonara nuestro timbre. Ibrahim y Yaakov dejaron su cuerpo allí, con los brazos plegados sobre la mesa y la cabeza apoyada boca abajo, como si estuviera echándose una siesta. Su cuerpo habría desaparecido para la hora de la comida. Descarté la mesa mentalmente junto con las de alrededor. Algunas de las criaturas que se encargan de limpiar este tipo de desastres se quedan un rato pululando por si les cae algún otro tentempié.

Tengo clase de idiomas todas las mañanas: estudio cinco a la vez. Parezco una chiflada de la lingüística, pero el colegio solo dispone de tres ramas académicas: encantamientos, alquimia o artificios. Y de esas tres, encantamientos es la única donde puedes practicar en tu cuarto sin tener que pisar el laboratorio o el taller más tiempo del absolutamente necesario. Las ramas de alquimia o artificios solo poseen sentido estratégico si eres como Aadhya, alguien con una afinidad relacionada con dichas especialidades, ya que entonces cuentas con la doble ventaja de poder aprovechar tus habilidades y el número relativamente menor de alumnos que las cursan. Si consigue salir viva del colegio, una inteligente y capacitada artífice con afinidad para manipular materiales poco comunes y un buen puñado de buenas alianzas, incluso podría lograr formar parte del enclave de Nueva York. Si no, las probabilidades de entrar en los de Nueva Orleans o Atlanta son bastante altas. Cuanto mejor es el enclave, más poder tienes a tu disposición. Los artífices de Nueva York y Londres contaban con el poder necesario para construir el Portal Transatlántico, lo que significaba que si me aceptaban en

Nueva York, podría volver a Birmingham New Street, que, en tren, estaba a un tiro de piedra de casa, simplemente atravesando una puerta.

Sin embargo, no podría unirme al enclave de Nueva York a menos que llevara a cabo algo realmente extraordinario, y dado que estaba considerando con creciente fervor el asesinato de su chico de oro, más bien se trataba de un imposible, pero había muchos enclaves buenos en Europa. Ninguno de ellos me aceptará tampoco a menos que salga del colegio habiéndome labrado una asombrosa reputación y con una lista de hechizos no menos asombrosa. Si estudias encantamientos, tienes que decantarte o por la especialidad de idiomas, para reunir una buena colección de hechizos, u optar por la escritura creativa e inventártelos tú. Probé la escritura creativa, pero mi afinidad es demasiado poderosa. Si me pongo a escribir hechizos más o menos prácticos, no funcionan. Es más, la mayoría de las veces explotan de forma peligrosa. Y la única vez que me dejé llevar y permití que de mi interior fluyera un torrente de pensamientos subyacentes, como hace mi madre, se me ocurrió un hechizo muy eficaz para hacer estallar un supervolcán. Lo quemé de inmediato, pero una vez que has inventado un hechizo, este pasa a formar parte del mundo, y quién sabe, puede que algún alumno acabe recibiéndolo. Esperemos que no haya nadie lo bastante cabrón como para pedirle al colegio un conjuro capaz de hacer estallar un supervolcán, pero yo ya he terminado con la experiencia de inventarlos.

Lo que significa que para conseguir hechizos especiales, tengo que conformarme con aquello que quiera lanzarme el vacío. Técnicamente podría pedir hechizos sin parar, pero si por lo menos no te lees los que has recibido, para cuando quieres volver atrás y echarles una ojeada, todos son una porquería, o no te sirven, o simplemente están en blanco. Y si lees demasiados sin aprendértelos lo bastante bien como para lanzarlos, te harás un lío en la cabeza y te aseguro que acabarás volando en pedazos. Sí, soy capaz de aprenderme del tirón un centenar de hechizos muy similares de limpieza, pero mi límite con los hechizos prácticos está alrededor de nueve o diez al día.

Para los hechizos de destrucción masiva no tengo límite. Puedo aprenderme un centenar con tan solo una ojeada, y nunca se me olvida ninguno. Lo cual es una suerte, supongo, porque tengo que pasar por cien de esos antes de recibir uno de los prácticos.

Si te dedicas a recopilar hechizos en vez de escribirlos tú, los idiomas son del todo fundamentales. El colegio solo nos facilita hechizos en idiomas que conocemos al menos en teoría, pero tal y como se ha demostrado anteriormente, no pone demasiado empeño en satisfacer nuestras necesidades. Si sabes una decena de idiomas y dejas la elección a manos del colegio, es más probable que consigas el conjuro que buscas. Y cuantos más idiomas conozcas, más fácil será intercambiar hechizos con otros alumnos para obtener aquellos que no puedas sonsacarle al vacío.

Los más importantes son el mandarín y el inglés: para entrar en este colegio tienes que saber al menos uno de los dos, ya que las asignaturas comunes solo se imparten en esos idiomas. Si eres lo bastante afortunado como para hablar ambos, es probable que puedas usar al menos la mitad de los hechizos en circulación del colegio, y además podrás planificar todas tus clases obligatorias a tu gusto. Liu se apuntó a Historia y Matemáticas en inglés para convalidarlas como créditos de idiomas; y emplea el tiempo libre que le queda en acudir a talleres de escritura en ambas lenguas. Como supondrás, la mayoría de los magos apuntan a sus hijos a clases particulares en uno u otro idioma desde el mismo instante en que nacen. En cambio, mi madre me apuntó a maratí por mi padre. *Gracias, mamá.* Ojalá los alumnos de Mumbai no me trataran como a una leprosa por culpa de los rumores que corrían sobre la profecía de mi bisabuela.

Para ser justos con mi madre, me apunto a maratí cuando yo tenía dos años y ella todavía albergaba esperanzas de ir a vivir con la familia de mi padre. Su propia familia quedaba descartada. Justo antes de que ella empezara el colegio —apenas mencionamos el tema, pero estoy bastante segura de que ese fue el motivo por el que vino a la Escolomancia— tuvo, literalmente, un padrastro malvado: era uno de esos precavidos maléfices profesionales al que no le faltaba mucho para consumirse. Envenenó a su padre casi con toda seguridad —no hay pruebas, pero fue demasiada casualidad— para poder engatusar a su madre, que era también una sanadora excepcional, sirviéndose de su dolor. Los hechizos que solo afectan a una persona se me quedan pequeños, ya que lo mío es arrasar multitudes, pero sé cuáles son. Mi abuela se pasó el resto de su vida cuidando de él, y luego murió a causa de un inesperado ataque al corazón cuando yo tenía alrededor de tres años.

La última vez que tuvimos noticias de su padrastro, este seguía con vida, pero nuestra relación con él no es muy estrecha que digamos. De vez en cuando, nos enviaba cartas melancólicas y tristes en sobres anodinos para intentar embrujar a mi madre, pero cuando yo tenía seis años, abrí una sin querer, percibí el hechizo controlamentes y se lo devolví de forma instintiva. Seguramente sintió como si se hubiera clavado una esquirla en el ojo. No ha vuelto a intentarlo desde entonces.

Después de que las cosas se torcieran también con mi familia paterna, mi madre siguió aferrándose a la idea de que el maratí me proporcionaría una sensación de vínculo con él en algún momento no especificado del futuro. En aquel entonces, no era más que otra de las cosas que me diferenciaban de los demás, e incluso siendo una niña, sabía muy bien que no me hacían falta más peculiaridades. No vivimos en Cardiff ni nada de eso; mi escuela primaria no era lo que llamaríamos un crisol de pluralidad cultural. Una de las niñas me dijo una vez que mi piel tenía el color de un té asquerosamente aguado, lo cual ni siquiera es cierto, pero ese comentario ha ocupado desde entonces un rinconcito en mi cabeza y me persigue de forma tan persistente como un sabueso. Y en la comuna la situación no era mejor precisamente. Allí nadie me soltaba ningún insulto racista a la cara; en lugar de eso, los adultos del lugar pretendían que una niña de diez años les diera el visto bueno a sus clases de yoga occidentalizado y los ayudara a traducir fragmentos en hindi, un idioma que desconocía.

No obstante, debería estarles agradecida por aquello, pues fue lo que me hizo darme cuenta de que el hindi era un idioma más popular. Cuando fui lo bastante mayor para entender que los idiomas serían los que me mantendrían con vida, dejé de lamentarme por tener que estudiarlos y exigí clases particulares también en hindi, justo a tiempo para hablarlo con cierta fluidez antes de la incorporación. El hindi no me proporciona demasiada flexibilidad, ya que la mayoría de los alumnos que lo hablan también dominan el inglés y suelen solicitar hechizos en esta última lengua para disponer de mejor material de intercambio. Aunque lo mejor es conocer todo tipo de idiomas. Con lenguas muertas o poco comunes, resulta mucho más complicado encontrar a alguien con quien hacer trueques, pero también es más probable conseguir hechizos realmente únicos, o que se adecuen mejor a tu petición, como me sucedió a mí con mis ridículos conjuros de limpieza en inglés antiguo. El hindi es un idioma lo bastante común como para encontrar mucha gente con la que intercambiar material, pero como no es uno de los dos titanes lingüísticos, los alumnos no *solicitan* hechizos en esa lengua, sino que simplemente los reciben así, de manera que, por lo general, son un poco mejores. Conocí a Aadhya intercambiando hechizos en hindi.

En estos momentos, estoy estudiando sánscrito, latín, alemán e inglés medieval y antiguo. Los tres últimos se solapan estupendamente. El año pasado me apunté a francés y español, pero ya me defiendo bastante bien como para salir del paso con sus respectivos hechizos, y además se encuentran en la misma escala de popularidad que el hindi, así que me he pasado al latín, que tiene la ventaja de contar con un gran catálogo. He estado pensando en apuntarme también a nórdico antiguo para conseguir hechizos realmente peculiares. Pero es una suerte que todavía no lo haya hecho, porque si no ayer habría acabado con un antiguo tomo vikingo de conjuros de limpieza, incluso aunque hubiera empezado hace nada a estudiarlo, y entonces me habría quedado atascada hasta lograr llegar al final. El colegio se toma muchas libertades con la definición de «conocer» un idioma. Lo más seguro es empezar a aprender uno nuevo a principios de curso para no acabar atascado con algún conjuro poco antes de los exámenes.

Orion me acompañó a clase. En un primer momento no me di cuenta porque estaba demasiado ocupada buscando al grupo con el que normalmente voy a clase por las mañanas: Nkoyo y sus mejores amigos, Jowani y Cora. Los tres están muy enfocados en los idiomas, igual que yo, así que nuestro horario es casi idéntico. No somos amigos, pero me dejan acompañarlos a clase, siempre que salga de la cafetería al mismo tiempo que ellos, para tener a alguien que cubra la retaguardia. Funciona para mí.

Cuando localicé su mesa, ya se habían comido la mitad del desayuno, así que no me quedó más remedio que engullir el mío para que no se fueran sin mí.

—Me marcho en cinco minutos —avisé a Aadhya. Esta saludó con la mano a un par de amigos de la rama de artificios que salían con sus bandejas: tras haberle contado lo ocurrido en el taller, no tenía ninguna prisa por llegar temprano a clase.

Me las arreglé para salir de la cafetería con Cora, quien me esperó a regañadientes antes de atravesar las puertas —qué generosa —, y para cuando estuvimos en el pasillo, Nkoyo lanzó una mirada sorprendida por encima de mi hombro y yo me percaté de que Orión estaba *justo detrás de* mí.

—¡Vamos a clase de idiomas! —siseé. Él cursaba la rama de alquimia. En nuestro curso, había el doble de alumnos de lo normal estudiando esta rama, pues la mayor parte de los chicos intentaban permanecer cerca de él aunque no contaran con afinidad para ella. En mi opinión, las horas extra que había que pasar en el laboratorio no valían la pena. De vez en cuando, Orion todavía tenía alguna que otra clase de idiomas, del mismo modo que todos los alumnos tenemos que dar algo de alquimia. Podemos pedir cambios de horario el primer día de curso, pero si solicitamos demasiadas asignaturas fáciles o intentamos centrarnos demasiado en una sola rama académica, el colegio nos manda a las clases que otros alumnos han evitado. Sin embargo, solo los que cursamos la especialidad de idiomas tenemos clase en el aula de idiomas los lunes a primera hora; esa es una de las mayores ventajas: asistir a clase en los niveles superiores cuando estás en tercero o último curso.

Me miró, sin dar su brazo a torcer.

—Voy al almacén.

Tomamos los materiales de construcción del taller y los suministros de alquimia de los laboratorios, pero los artículos menos exóticos, como los lápices y los cuadernos, hay que recogerlos del enorme almacén que se encuentra al otro lado del aula de idiomas.

—¿Podemos ir contigo? —le preguntó Nkoyo al instante. Cora y Jowani se habían limitado a mirarlo embobados, pero a Nkoyo no se le escapa una. Como era lógico, valía la pena llegar por los pelos a clase si eso significaba poder ir en grupo a buscar material, incluso dejando a Orion al margen —ojalá pudiera dejarlo yo al margen—, así que los acompañé hecha una furia. Tomé papel, tinta, un poco de mercurio para intercambiárselo a alguien y una perforadora; además, encontré una enorme carpeta de anillas que me venía de perlas para guardar mis hechizos, que eran cada vez más numerosos. Atisbé tres ojos que nos contemplaban desde una grieta del techo, pero lo más probable es que simplemente se tratara de un lanzador, y éramos demasiados como para que uno solo intentara nada.

Al terminar, Orion nos acompañó al aula de idiomas más cercana, aunque no había ninguna razón para ello. El estrecho hueco de la escalera junto al almacén se desvanece de vez en cuando —no aparece en los planos, se añadió más tarde, cuando se dieron cuenta de que era poco práctico tener que recorrer medio kilómetro de vuelta hasta la siguiente escalera más cercana— pero aquel día no solo estaba presente, sino que la puerta se encontraba abierta de par en par y la luz del interior funcionaba.

—¿Qué haces? —exigí saber, corriendo el riesgo de quedarme en el pasillo: los demás ya habían entrado precipitadamente en clase para buscar asientos decentes—. Por favor, dime que *no* estás intentando salir conmigo.

No parecía probable, nadie lo ha intentado nunca. No es que sea fea, sino todo lo contrario: cada vez soy más guapa y alta, lo cual resulta alarmante, pues es algo que encaja con la imagen de la terrible hechicera oscura que estoy destinada a ser, al menos hasta que acabe convirtiéndome en un engendro grotesco. A menudo, los chicos consideran durante diez segundos la posibilidad de salir conmigo, pero acto seguido me miran a los ojos o me dirigen la palabra y, entonces, supongo que les sobreviene una intensa sensación de mal augurio, como si fuera a acabar devorando sus almas o algo parecido. Además, en el caso de Orion, he sido de lo más borde con él y casi consigo que unos miméticos lo maten.

Resopló.

—¿Por qué iba querer salir con una maléfice?

Durante un momento, su comentario me indignó y estuve a punto de decirle con un gruñido con no era ninguna maléfice, hasta que de pronto caí en la cuenta.

—¿Me estás vigilando? Por si me vuelvo mala y tienes que… ¿qué, *matarme*?

Se cruzó de brazos y me lanzó una mirada fría y virtuosa: aquello respondía mi pregunta. Sentí la violenta tentación de darle una patada en las pelotas. Entre muchas otras cosas, los habitantes de la comuna practican diecisiete formas diferentes de artes marciales occidentales, y a pesar de que las envuelve toda esa sarta de tonterías sobre el centro interior, la búsqueda del equilibrio y la canalización de la fuerza espiritual, son disciplinas donde también se enseña a pegar puñetazos y patadas de verdad. No era ninguna experta, aunque sin duda podría haber hecho que Orion Lake viera las estrellas en ese momento, teniendo en cuenta la postura, con las piernas bastante separadas, que había adoptado.

Pero a mi espalda, había toda un aula llena de alumnos que nos observaban y que, en su mayoría, se alegrarían de tener cualquier excusa decente para condenarme al más absoluto ostracismo; además el último timbre estaba a punto de sonar, y en cuanto lo hiciera la puerta se cerraría y me dejaría atrapada en el pasillo durante todo el período de clase. Nadie me dejaría entrar. De modo que no me quedó más remedio que alejarme de él hecha un basilisco y sentarme en uno de los cubículos vacíos.

En la Escolomancia no tenemos profesores. Está a rebosar de alumnos; hay dos candidatos por cada plaza, y nuestros dormitorios miden menos de dos metros de ancho. Cualquiera que sea aceptado en el colegio no necesita que nadie lo motive para ponerse a estudiar. Saber cómo elaborar una poción capaz de curar el revestimiento de tu estómago para cuando te bebas sin querer un zumo de manzana impregnado con vapor tóxico ya es en sí mismo una recompensa, la verdad. Incluso las matemáticas son necesarias para una gran parte de la magia avanzada, y la investigación histórica te brinda un montón de hechizos y fórmulas útiles que no conseguirás en otras clases.

Para tomar la clase de idiomas, no tienes más que acudir a una de las ocho aulas situadas en el tercer piso y sentarte en uno de los cubículos. Elige con cuidado: si te decantas por las aulas que se encuentran más cerca del baño, o por la favorita de todo el mundo, la que está junto a las escaleras y te permite llegar al almuerzo en menos de diez minutos, te será más difícil conseguir un cubículo decente, y quizá hasta te quedes sin sitio. Suponiendo que logres hacerte con un cubículo, te sentarás dentro de una burbuja insonorizada, con la esperanza de poder oír los pasos de cualquier criatura que se te acerque por detrás, y te pondrás a leer el libro de texto o a hacer hojas de ejercicios mientras unas voces incorpóreas te susurran al oído en el idioma que estés estudiando ese día. Por lo general, a mí me cuentan historias horribles y sangrientas o describen mi muerte con detalles asombrosos. Mi intención había sido la de estudiar inglés antiguo para intentar sacarles más provecho a los conjuros que había aprendido recientemente, pero no avancé demasiado. Permanecí encorvada sobre la misma página de mi cuaderno, hirviendo de rencor, mientras la voz susurrante me recitaba con cariño una epopeya aliterativa sobre cómo Orion Lake, «el héroe de los tenebrosos pasillos», iba a liquidarme mientras dormía.

Aquello convertiría su asesinato en un acto de defensa, algo que ya había empezado a barajar en serio, pues todo apuntaba a que tal vez tuviera que llevarlo a cabo. Los demás parecen no tener problemas para convencerse de que soy peligrosa y malvada, incluso cuando no hay motivos aparentes para ello. Por supuesto, podría haberlo matado simplemente arrebatándole todo el maná, pero no quería salir del colegio convertida en una auténtica maléfice; como una monstruosa mariposa que eclosiona de una horrible crisálida y se dispone a arrasar el mundo y sembrar la devastación, tal y como augura la profecía.

De pronto, caí en la cuenta de que el problema era Luisa. Orion no se había tragado lo que le había contado. Al igual que yo tengo buen olfato para saber quién usa la malia y cómo la usa, él, casi con toda seguridad, tiene buen olfato para percibir... ni siquiera lo sé. ¿La justicia? ¿La bondad? ¿A las personas necesitadas y vulnerables? En fin, la cuestión era que, aunque no supiera exactamente sobre qué aspecto le había mentido, sabía que no le había contado la verdad sobre Luisa, así que lo más probable es que pensara que la había matado. No le había dado demasiada importancia a su pregunta, pero era obvio que para él se trataba de un asunto serio. No sabía mucho de Luisa, salvo que pertenecía al escaso y enormemente desafortunado grupo de alumnos cuyos padres no son magos. Los mundanos presentan de vez en cuando la capacidad de acumular maná, pero por lo general no vienen al colegio, sino que acaban siendo devorados. Lo más seguro es que alguno de sus vecinos tuviera previsto acudir al colegio pero se lo hubieran comido antes de la incorporación; ella acabó ocupando su lugar porque los padres no se molestaron en notificarlo, aunque no imagino el motivo. De manera que en cierto sentido fue afortunada, aunque desde su punto de vista, una mañana se encontró con que la habían apartado de su vida normal y la habían dejado tirada sin previo aviso en el agujero negro que es este internado, rodeada de desconocidos, sin poder ponerse en contacto con su familia, sin poder escapar y con una horda de maleficaria que querían matarla. Estoy convencida de que sus penurias tocaron cada una de las fibras del sensible corazón de Orion.

Y gracias a mi rabieta de la otra noche, este también ha descubierto que soy una bruja oscura de dimensiones apocalípticas en potencia. Teniendo todo eso en cuenta, me juego lo que sea a que todos sus instintos clamaban para que detuviera mi todavía inexistente reinado del terror.

Naturalmente aquello me dio ganas de poner en marcha de inmediato dicho reinado del terror, pero primero tenía que soportar dos horas de idiomas y una de Estudios sobre Maleficaria, la asignatura favorita de todos, que se imparte en un enorme auditorio en el mismo piso donde está la cafetería. En esta asignatura se nos agrupa a todos juntos sin importar el idioma que hable cada uno, ya que no se da clase como tal. Las paredes están cubiertas con un enorme mural repleto de vívidos detalles de la ceremonia de graduación que ilustra el momento en que los dormitorios de último curso rotan hacia abajo. Puede verse parte del descansillo y también del salón de grados de mármol, el cual está abarrotado de numerosas y encantadoras criaturas que aguardan vorazmente a que el bufé dé comienzo. Durante la clase, cada uno de nosotros leemos un libro de texto en nuestra lengua materna, mientras el mal que estamos estudiando en ese momento cobra vida en las paredes y merodea por la tarima mostrándonos las numerosas formas en que podría matarnos. De tanto en tanto, la versión animada y temporal de la criatura intenta convertirse en una versión auténtica cargándose de verdad a alguno de los alumnos de la primera fila y absorbiendo su maná.

A mí casi siempre me toca sentarme en una de las filas de delante. Eso me hace permanecer excepcionalmente atenta durante toda la clase.

Sin embargo, en esta ocasión, logré sentarme en una de las filas del medio sin que ninguno de los alumnos que me rodeaba me dijera: «perdona, está ocupado». Aquello me ayudó a tranquilizarme un poco, y para cuando llegó la hora de la comida tan solo sentía una sombría irritación. El daño ya estaba hecho: los demás pensaban que Orion estaba cuidando de mí, así que era hora de respirar profundamente y hallar un modo de remediar la situación. Y en cuanto me obligué a centrarme en aquello, la estrategia que debía seguir a continuación resultó evidente.

De manera que a la hora de la comida me aseguré de sentarme junto a Aadhya y le susurré: «¡Orion me ha acompañado a clase!», y luego añadí: «pero es imposible que le guste» justo antes de que él saliera de la cola de las bandejas, me viera y se sentara frente mí con los ojos entornados.

Orion nunca había salido con nadie, o esa fue la conclusión a la que llegué debido a que jamás había escuchado rumores al respecto. No es de extrañar entonces que la noticia de que, al parecer, estaba loco por mí se extendiera por el colegio aún más rápido que la historia de mi rescate. Para cuando bajé a los laboratorios de alquimia para mi última clase del día, un chico llamado Mika con el que nunca había hablado —me parece que es finlandés— había guardado dos asientos en una de las mejores mesas, y al entrar en clase me llamó: «El, El» y me señaló el asiento que estaba a su lado.

Vaya cambio. Siempre me apresuro a llegar temprano al laboratorio a pesar del riesgo que conlleva ser una de las pocas personas en un aula casi vacía, ya que si no llego mientras todavía queda alguna mesa decente libre, los demás les guardan a sus amigos los mejores sitios y yo tengo que sentarme en una de las peores mesas, las que están justo debajo de los conductos de ventilación o junto a la puerta. Soy incapaz de mendigar un asiento, me cabrea demasiado, y lanzar amenazas me hace sentir igual de mal, aunque de un modo totalmente diferente. Por lo que estuvo muy bien entrar en un aula medio llena y aun así poder sentarme en la mejor mesa sin tener que llevar a cabo ningún trueque.

Por supuesto, la continuidad de esta feliz circunstancia dependía de que Orion desempeñara su papel, pero entró justo antes de que sonara el timbre, miró alrededor del aula y vino derecho a sentarse a mi lado. Mika volvió la cabeza, asomándola por detrás de mí, para dedicarle una sonrisa llena de esperanza. Lástima que a Orion el gesto le pasara inadvertido, porque estaba demasiado ocupado examinando todos mis ingredientes y la pócima en la que estaba trabajando.

A la mayoría de los alumnos se les encarga la elaboración de antídotos y elixires de protección, o la siempre socorrida tarea de obtener oro a partir de materiales más baratos. A mí nunca me tocan formulas tan útiles, sino que tengo que intercambiárselas a alguien. Ya había rechazado varias tareas aquella semana —convertir plomo en paladio radioactivo, elaborar un veneno que resultara mortal al contacto con la piel y transformar un trozo de carne en piedra— antes de que el colegio me asignara mi actual encargo: la creación de un chorro de plasma supercaliente, que podría resultarme útil al menos en determinadas circunstancias. Por ejemplo, sería perfecto para incinerar huesos, algo que a nadie se le ocurriría a la primera de cambio; sin embargo, Orion le echó un vistazo y dijo de inmediato con mucho recelo:

—Eso está lo bastante caliente como para desintegrar huesos.

—Ah, ¿ya lo has hecho? —dije, haciéndome la tonta—. No me des pistas, quiero aprender a hacerlo sola.

Dedicó la mayor parte de la clase a observarme en lugar de ocuparse de sus asuntos. Aquello me cabreó, pero el enfado siempre me ayuda con mis tareas. Los ingredientes de los que disponía eran: hierro, oro, agua, un reluciente fragmento de lapislázuli y media cucharadita de sal, los cuales debían colocarse a una distancia determinada en función de sus cantidades. Y pobre de ti si te equivocas aunque sea un milímetro. Pero los alineé de manera correcta a la primera. Difícilmente podía ponerme a hacer ejercicio en medio de la clase, por lo que en su lugar canté en voz baja tres canciones largas y complicadas para generar maná, dos en inglés y una en maratí. Una llama centelleante brotó en el interior de mis palmas ahuecadas, y yo me las arreglé para acercar mi plato ritual a Orion antes de inclinar la llama sobre los ingredientes y apartarme de un salto. La delgada llama azul los devoró en un instante y ardió con tanta intensidad que una ola de calor se extendió por toda la clase. Incluso se oyeron unos pocos chillidos sobresaltados provenientes del interior de los conductos de ventilación y unos cuantos ruidos de arañazos a lo largo del techo.

Todos, excepto Orion, se escondieron de forma instintiva bajo las mesas. Los cucuruchos de papel donde tenía sus ingredientes se habían prendido fuego debido a la proximidad, y él se encontraba apagando las llamas desesperado. Aquello me hizo sentir mucho mejor.

Al igual que el hecho de que Nkoyo me invitara a cenar con ella a la salida de clase.

—Si te apetece venir con nosotros, solemos quedar a las seis menos trece minutos —me dijo. No me molesté en asegurarme de que Orion estuviera escuchando la conversación, ella misma se encargó de ello.

—Si no os importa que lleve a Yi Liu...

Con suerte, Orion se aburriría en algún momento de mis nulas fechorías y me dejaría en paz, pero temía que mis nuevos amigos pasaran de mí en cuanto eso sucediera. Sin embargo, Liu estaría encantada de ampliar sus círculos —no provoca en la gente el mismo rechazo que yo, pero tampoco es tan popular como Jack: hay que convertirse en un auténtico maléfice antes de que la malia empiece a pasar desapercibida— y además no olvidaría que le había hecho un favor.

Encontré a Liu en nuestros dormitorios mientras esta volvía a su cuarto y se lo dije; ella había pasado la tarde en clase de escritura creativa. Asintió, me miró pensativa y me dijo a cambio:

—Orion ha estado haciendo preguntas sobre Luisa después de comer.

—No esperaba menos —dije con una mueca. Sin duda Jack me culparía por aquello, ahora que Orion no hacía más que seguirme por todos lados—. Gracias. Nos vemos a las seis menos trece.

No vi a Jack por ninguna parte, pero revisé la puerta de mi habitación en busca de algún hechizo malintencionado y eché un buen vistazo al interior antes de entrar, por si acaso le había dado por pensar a lo grande. No encontré nada extraño, de manera que me puse a hacer ejercicio hasta la hora de la cena para almacenar maná.

Salvo que me topara con alguna emergencia o una oportunidad de oro —¡como podría haberlo sido mi encuentro con el devoralmas!—, mi plan era ir rellenando los cuarzos durante todo el año y luego usar unos cuantos de manera sensata para labrarme una buena reputación justo antes de final de curso; de ese modo, conseguiría formar una alianza poderosa para la graduación a principios del año siguiente. Todos almacenamos el máximo maná posible entre una experiencia cercana a la muerte y otra, incluso los alumnos que pertenecen a algún enclave. Es lo único que no podemos traernos al colegio, ni siquiera almacenado en depósitos de poder como los cuarzos de mi madre.

O mejor dicho, podemos traernos todos los depósitos de poder que nos dé la gana, pero el hechizo de incorporación que nos traslada al colegio los dejará completamente secos, pues funciona con cantidades ingentes de maná. A cambio se nos obsequiará con un aumento del peso permitido en el equipaje. No se trata de un aumento muy significativo, unos doscientos cincuenta gramos, así que no vale la pena a menos que pertenezcas a un enclave y puedas deshacerte tranquilamente de treinta depósitos de poder totalmente llenos. Pero desde que tengo memoria, mi madre nunca ha contado con más de diez cuarzos llenos a la vez, y en los últimos años aún teníamos menos. Llegué al colegio con una pequeña mochila y mis cuarzos vacíos.

Y en eso les llevo ventaja a los demás. La mayoría de los depósitos de poder son mucho más grandes y pesados que los cuarzos de mi madre, por lo que muchos chicos no pueden permitirse el lujo de traerse recipientes vacíos, y casi ninguno funciona ni la mitad de bien, sobre todo porque los han fabricado unos niños de catorce años en el taller. Yo tengo bastante suerte, pero no puedo dar ni un paso sin toparme con algún mal. Y cada vez es más difícil rellenar los cuarzos haciendo ejercicio, porque cuanto más mayor soy y más en forma me encuentro, más fáciles me resultan esos ejercicios. Eso es lo malo del maná. Lo que cuenta no es el trabajo físico, sino el esfuerzo que conlleve.

El próximo año espero encontrar a alguien que me cuide las espaldas y me ayude a almacenar maná. Si llego a la graduación con 50 cuarzos llenos, confío en poder abrirnos camino a mis aliados y a mí hasta el exterior sin necesidad de estrategia alguna ni la ayuda de nadie más. Es una de las pocas situaciones en las que un muro de llamas mortíferas podría ser necesario; de hecho, así es cómo el colegio limpia la cafetería y purga los dormitorios dos veces al año. Pero no seré capaz de poner en práctica mi plan a no ser que mantenga el ritmo. Lo que en estos momentos supone, redoble de tambor, doscientas flexiones antes de la cena.

Me gustaría decir que no pensé en Orion ni una sola vez, pero en realidad pasé buena parte del período dedicado a mis ejercicios calculando inútilmente las probabilidades de que se me pegara como una lapa a la hora de la cena. Decidí que había un sesenta por ciento de posibilidades de que me siguiera, pero reconozco que me habría sentido decepcionada si no hubiera atisbado su pelo gris plata en el punto de reunión cuando salí de mi habitación. Me estaba esperando. Nkoyo y Cora también me esperaban, mientras intentaban, sin éxito, no mirarlo fijo. El rostro de Cora reflejaba una batalla feroz entre los celos y la confusión, pero Nkoyo tenía una expresión inerte. Liu se unió a mí a mitad del pasillo, y Jowani salió de su habitación y se apresuró a reunirse con el grupo justo a tiempo.

—¿Alguno de vosotros conoce a alguien que estudie también inglés antiguo? —pregunté cuando nos pusimos en marcha.

—Uno de los de segundo, ¿no? —respondió Nkoyo—. No recuerdo cómo se llamaba. ¿Tienes algo que merezca la pena?

—Noventa y nueve conjuros de limpieza doméstica —dije, y los tres amigos emitieron ruiditos de compasión. Yo era probablemente la única del colegio que habría intercambiado de buena gana un buen hechizo de combate por una invocación decente de agua. Por supuesto, nadie más es capaz de *lanzar* los hechizos de combate que yo recibo.

—Geoff Linds —dijo Orion de improviso—. Es de Nueva York —añadió cuando nos lo quedamos mirando.

—Bueno, si quiere aprender noventa y nueve formas de limpiar su habitación en inglés antiguo, dile que venga a hablar conmigo —le dije con dulzura. Orion frunció el ceño.

Lo frunció todavía más durante la cena, donde fui excesivamente amable con él. Incluso le ofrecí el postre que me había agenciado, un pastel de melaza —no supuso una gran pérdida, odio el pastel de melaza—, y aunque era obvio que quería rechazarlo, también era un chico de dieciséis años que debía examinar cada caloría que consumía en busca de una posible contaminación alimentaria. Ni todo el poder del mundo conseguirá salvarte de la disentería o de encontrarte una pizquita de estricnina en la salsa, y yo jamás lo había visto pedir algo a cambio de sus rescates, como una ración de comida extra o algo así. De manera que después de un momento dijo a regañadientes: «Gracias», y se comió el pastel sin mirarme a los ojos.

Después me siguió de cerca mientras llevábamos nuestras bandejas a la cinta transportadora que se encontraba bajo un enorme letrero que rezaba: «PELIGRO: LIMPIEZA DE BANDEJAS», algo a lo que sigo sin encontrarle demasiada lógica, incluso después de tres años. Aunque es verdad que el propio proceso de limpieza entraña sus riesgos, pues hay que meter la bandeja sucia en una de las oscuras baldas metálicas que giran lentamente mientras la cinta transportadora se la lleva. El lugar más seguro para hacerlo es al final de la cinta, ya que los platos y las bandejas se limpian con chorros de llamas mortíferas, los cuales asustan a los mals, pero allí es casi imposible encontrar una balda vacía, y no vale la pena pasar un minuto más del necesario merodeando por el área de limpieza. Normalmente me dirijo a la zona que se encuentra justo antes del punto central, que tiene como ventaja una cola más corta.

A Orion le pareció que ese era el lugar perfecto para una conversación privada.

—Buen intento —dijo por encima de mi hombro—, pero es demasiado tarde. No voy a olvidar el asunto solo porque hayas empezado a fingir ser maja. ¿Quieres otra oportunidad para contarme qué es lo que le pasó de verdad a Luisa?

Ni siquiera se había dado cuenta de que con su actitud había convencido a todo el colegio de que estábamos saliendo. Puse los ojos en blanco, aunque solo de forma metafórica, no era tan idiota como para apartar ni un segundo la vista de las baldas.

—Sí, me muero de ganas de contarte más cosas. Tu evidente sentido común y tu buen juicio me colman de confianza.

—¿Qué quieres decir con eso? —exigió saber, pero en ese momento una criatura de seis brazos que parecía ligeramente un cruce entre un pulpo y una iguana apareció en la balda metálica vacía que acababa de girar y se dirigió directamente a la cabeza de una alumna de primer curso de mirada triste; Orion se dio la vuelta con rapidez, se abalanzó sobre la criatura y agarró un cuchillo de la bandeja de la chica mientras lanzaba un hechizo de congestión. Además de la balda vacía, vi la oportunidad de escaparme, así que me deshice de mi bandeja y salí disparada antes de que la criatura se hinchara igual que un cadáver abotargado y estallara sobre todo aquel que se encontrara a tiro.

No solo volví totalmente limpia a mi habitación, sino que también había quedado para desayunar al día siguiente con tres alumnos del enclave de Londres —me habían ignorado por completo hasta ahora— y Nkoyo me había ofrecido intercambiar hechizos en latín en nuestra próxima clase de idiomas. Orion se escabulló a las duchas, despidiendo un hedor pútrido. Aún no creía habérsela devuelto del todo, pero iba por buen camino. De modo que cuando llamó a mi puerta diez minutos después, mientras por debajo se colaba un persistente tufo, me sentí lo bastante magnánima como para abrir y decirle: «Bueno, entonces, ¿qué me darás a cambio si te lo cuento?».

Aunque la frase se quedó descolgada después de «Bueno», porque no era Orion, sino Jack, quien se había restregado por encima un puñado de tripas de pulpo para despedir el mismo olor que Orion —muy astuto por su parte— y así poder clavarme un afilado cuchillo de mesa en el vientre. Me empujó de espaldas al suelo y cerró la puerta tras él, esbozando una sonrisa que dejó al descubierto su blanca dentadura, mientras yo jadeaba agónicamente y me chillaba a mí misma por dentro: *estúpida estúpida estúpida*. Ya me había preparado para acostarme: había colgado mi cuarzo de maná sobre el poste de la cama para tenerlo a mano durante la noche, por lo que en aquel momento se encontraba, en vano, fuera de mi alcance. Jack se arrodilló sobre mí y me apartó el pelo de la cara con ambas manos, tras tomarme las mejillas.

—Galadriel —canturreó.

Yo había envuelto con las manos la empuñadura del cuchillo, tratando de mantenerlo inmóvil, pero me obligué a soltar una mano e intenté, torpemente, alcanzar el otro cuarzo, que estaba medio lleno tras mis ejercicios de aquella tarde. Colgaba de uno de los lados de la cama, justo a la altura donde mi cabeza llegaba al hacer flexiones, a unos pocos centímetros del suelo. Si era capaz de alcanzarlo, podría vincularme con toda mi reserva de maná. No me arrepentiría ni un poquito de licuarle los huesos a Jack.

Fui incapaz de llegar hasta él, me había quedado rígida. Traté de mover el cuerpo un poco, pero me dolía muchísimo, y Jack estaba acariciándome la cara con la punta de los dedos. Aquello me irritó casi tanto como que me clavara un cuchillo.

—Deja de hacer eso, puto asqueroso —susurré, pues mi voz se había debilitado por el esfuerzo.

—Oblígame tú —me susurró él a su vez—. Venga, Galadriel, hazlo de una vez. Eres preciosa. Podrías ser extraordinaria... Te ayudaré, haré cualquier cosa por ti. Nos lo pasaremos en grande.

Noté cómo la cara se me arrugaba, igual que una lámina de papel de aluminio barato. No podía soportarlo. Hubiera preferido no saber que iba a negarme. Hubiera preferido no saber que pensaba rechazar la oferta, incluso mientras el despojo pútrido de Jack deslizaba los dedos por mi caja torácica hacia el cuchillo que me había clavado en las tripas para poder abrirme en canal como a un cerdo.

Me dije a mí misma que era de sentido común; que aunque convertirme en maléfice significaba morir joven y de forma grotesca, aun así era mejor que morir en este momento... solo que no lo era. No lo era, y si ni siquiera ahora pensaba sucumbir ante aquella idea, nunca lo haría, e incluso si sobrevivía a esto, no sobreviviría a lo siguiente, o a lo siguiente después de eso. Siempre había creído tener una red de seguridad, siempre me había dicho a mí misma que contaba con un as en la manga *en caso de que todo lo demás fallara*, pero todo lo demás había fallado, y aun así no pensaba hacer uso de este.

—Vete a la mierda, bisabuela —susurré, tan enfadada que podría haberme echado a llorar, y me dispuse a inclinarme aún más hacia el cuchillo para poder alcanzar el cuarzo de maná. Pero entonces oí que llamaban a la puerta. Alguien llamaba de noche, entre semana, cuando cualquiera que estuviera lo bastante cuerdo se encontraría ya en su habitación, y para entonces los grupos de estudio...

Hablar me resultaba difícil. Apunté con el dedo a la puerta y pensé: *Ábrete sésamo*. Se trataba de un ridículo hechizo infantil, pero era mi puerta y aún no la había cerrado con llave, así que se abrió de golpe y vi a Orion allí de pie. Jack se dio la vuelta con las manos manchadas con mi sangre. Hasta se había untado un poco en la boca para darle un toque macabro.

Apoyé la cabeza en el suelo y dejé que el todopoderoso héroe se encargara del resto.

4
LAS CRIATURAS QUE ACECHAN DE NOCHE

Un olor extrañamente agradable a carne asada colmó la habitación mientras Orion se arrodillaba a mi lado.

—¿Estás…? —empezó, pero se detuvo ante la evidente negativa.

—Baúl —dije—. Lado izquierdo. Sobre.

Escarbó en mi baúl —ni siquiera echó un vistazo para comprobar el interior después de abrirlo— y tomó el sobre blanco. Lo desgarró y sacó un delgado parche de lino. Era obra de mi madre, de principio a fin: labró el campo, plantó el lino, lo cosechó a mano y lo hiló y lo tejió ella misma, mientras lo imbuía, entre cánticos, con hechizos de curación en todo momento.

—Límpiame la sangre con uno de los lados —le dije. Orion tenía la cara tensa de preocupación, pero miró al suelo, vacilante—. No pasa nada si se ensucia. Extrae el cuchillo y coloca el otro lado sobre la herida.

Por suerte, prácticamente perdí el conocimiento cuando sacó el cuchillo, pues experimenté los siguientes diez minutos en un estado de confusión, y para cuando volví en mí, tenía el parche puesto. El cuchillo de Jack no había sido lo bastante largo como para atravesarme, de modo que solo había un orificio de entrada, y este no era demasiado ancho. El parche curativo resplandecía con una tenue luz blanca y me hacía daño en los ojos, pero notaba cómo hacía efecto en mis tripas heridas. Al cabo de diez minutos, me encontraba lo bastante recuperada como para dejar que Orion me ayudara a subir a la cama.

Después de acomodarme, Orion sacó el cadáver carbonizado de Jack al pasillo. Luego se dirigió a mi lavamanos y se limpió la sangre. Cuando se sentó de nuevo en la cama, le temblaban las manos. Se las miraba fijamente.

—¿Quién… quién era ese? —Parecía más conmocionado de lo que yo me sentía.

—No te has molestado en aprenderte el nombre *de nadie*, ¿verdad? —le dije—. Era Jack Westing. Y es el que se cargó a Luisa, por si eso te hace sentir mejor. Si no me crees, puedes ir a mirar a su habitación, seguro que todavía queda algo de ella.

Mi explicación le hizo levantar la cabeza.

—¿Qué? ¿Por qué no me lo contaste?

—Porque no me apetecía nada que un maléfice chiflado acabara apuñalándome, lo cual parecía el desenlace obvio dadas las circunstancias —respondí—. Gracias por preguntarle a todo el colegio sobre Luisa, por cierto, aquello no lo sacó de quicio en absoluto.

—¿Sabes? Es casi admirable —dijo al cabo de un momento, con la voz menos temblorosa—. Estás medio muerta y sigues siendo la persona más borde que he conocido nunca. Y por cierto: de nada, *otra vez*.

—Dado que esta situación es en buena parte culpa tuya, me niego a darte las gracias —respondí. Cerré los ojos un momento, y de repente sonó el timbre avisando de que quedaban cinco minutos para el toque de queda. No parecía que hubiera pasado tanto tiempo. Bajé las manos y me toqué el parche con suavidad, comprobando la herida. No podría sentarme hasta dentro de un buen rato. La sangre había vuelto a mi interior, por lo que me encontraba mucho mejor, pero ni siquiera la enorme destreza de mi madre con los parches era capaz de curar al instante una herida grave en el abdomen. Alcancé el cuarzo de maná y volví a colgármelo alrededor del cuello. Ya podía olvidarme de conciliar el sueño aquella noche; además, tendría que usar una buena pizca de poder. No solo no había sucumbido a mi lado oscuro, sino que Jack estaba muerto, por lo que el mundo contaba con menos maldad. Lo más seguro es que los maleficaria se pusieran como locos.

Orion seguía sentado en el borde de mi cama como si fuera lo más normal del mundo, y no hizo ningún amago de levantarse.

—¿Qué haces? —pregunté de mal humor.

—¿Qué?

—¿No has oído el timbre?

—No pienso dejarte sola — dijo, como si fuera obvio.

Lo contemplé.

—¿Acaso no entiendes la ley de equilibrio universal?

—En primer lugar, se trata de una teoría, y aunque fuera cierta, ¡no pienso vivir de acuerdo a ese principio!

—Eres uno de esos —afirmé, con sincero desagrado.

—Sí, lo siento. ¿Te *importa* que me quede, o debería dejar que te las arregles tú sola toda la noche con una herida en las tripas? —Lo había sacado tanto de quicio que había empezado a emplear el sarcasmo.

—Pues claro que no me importa. —Después de todo, aquello no empeoraría la situación. En la práctica, existe un límite en cuanto al número de maleficaria que pueden irrumpir a la vez en tu habitación, y yo ya salía en el menú como el plato especial de la noche. La presencia de Orion tan solo me ayudaría. Se trata, en términos generales, del mismo principio que hace que permanecer dentro del colegio durante la pubertad sea mejor que estar fuera.

El toque de queda sonó, según lo previsto, unos minutos más tarde. Fuera lo que fuera lo que impedía que los maleficaria atacaran a Orion, no fue suficiente para ocultar el olor a sangre fresca que obviamente despedía mi herida, por no mencionar la tentación que suponía la presencia de dos estudiantes en una misma habitación. Al otro lado de la puerta, una disputa por el cuerpo de Jack dio comienzo a la celebración, pues oímos a las criaturas luchando y masticando de forma horrible. Orion permaneció en medio de la habitación, flexionando las manos sin descanso mientras prestaba atención.

—¿Por qué malgastas tus fuerzas? Descansa hasta que entren —murmuré.

—Estoy bien.

Los ruidos del exterior se detuvieron por fin. La primera sacudida a mi puerta sucedió poco después. Y acto seguido, un reluciente lodo negro, espeso como el alquitrán, comenzó a filtrarse por debajo. Orion dejó que llegara hasta la mitad de la estancia y lo apuntó con las manos en alto tras crear una abertura con forma de diamante entre ambas. Entonó un hechizo en francés de una sola frase para producir un chorro de agua y sopló a través de las manos, emitiendo un ruido sibilante. Un torrente de agua con la intensidad de una manguera de incendios brotó por el otro lado y disolvió el lodo hasta convertirlo en una delgada mancha que recorrió las grietas entre las baldosas del suelo y se deslizó por el desagüe redondo del centro de la habitación.

—Si lo hubieras congelado, podrías haber bloqueado la ranura de la puerta —dije después de un momento.

Me lanzó una mirada molesta, pero antes de que pudiera contestarme, noté una repentina y fuerte sensación de taponamiento en los oídos: algo enorme había entrado por el conducto de ventilación. Orion se colocó de un salto frente a mi cama y creó un escudo mágico sobre nosotros justo a tiempo, mientras una llama encarnada emergía al otro lado de la habitación, a meros centímetros del vacío. Esta apartó mi escritorio de un topetazo y comenzó a golpearnos con un enorme y demoledor tentáculo de fuego que salpicó de llamas la superficie del escudo.

Agarré a Orion del brazo justo cuando él se disponía a invocar un remolino de arena con el polvo que se encontraba sobre el cabecero de mi cama. Me gritó:

—¡A este paso te mataré yo mismo!

—¡Calla y presta atención! No puedes sofocarla, sino que tienes que hacerla arder aún más para acabar con ella.

—¿Te has topado con una de estas antes?

—Conozco un hechizo de invocación que hace aparecer a una decena de ellas —le expliqué—. Lo usaron para quemar la Biblioteca de Alejandría.

—¿Por qué pediste eso?

—Lo que pedí fue un hechizo para iluminar mi habitación, imbécil, pero eso es lo que me lanzó el colegio.

A decir verdad, la llama encarnada estaba iluminando la habitación estupendamente. La altura de mi cuarto se había duplicado tras la reestructuración de segundo curso —al final de cada año el colegio se deshace de las habitaciones que ya no se usan— y llevaba sin ver las esquinas superiores de la pared desde entonces. Un montón de larvas de aglo que se encontraban allí arriba brincaban a ciegas intentando alejarse de la luz, y acabaron evaporadas con un estallido azul eléctrico gracias a la tira antialimañas que había colocado en el lugar más alto de la pared que había llegado a ver.

—¿Quieres seguir discutiendo conmigo hasta que atraviese el escudo?

Gruñó sin decir nada y luego lanzó a la llama encarnada un magnífico hechizo de combustión de apenas cuatro palabras —todos sus hechizos parecían ser así, ideales para el combate—; la criatura chilló y se elevó en una imponente columna de llamas que ardió junto con el hechizo. Orion se sentó de nuevo en mi cama, sin aliento, pero su piel prácticamente chisporroteaba de electricidad estática: rebosaba de maná.

Acabó como si nada con los cinco asaltantes que entraron a continuación, incluyendo a un espectro incorpóreo que flotó a través de la ranura de la puerta que había dejado sin tapar y a una horda de criaturitas carnosas y chillonas parecidas a las ratas topo desnudas que aparecieron de debajo de la cama, con la esperanza, por lo visto, de mordisquearnos hasta la muerte. Prácticamente resplandecía cuando acabó con los últimos maleficaria.

—Si has generado más maná del que eres capaz de soportar, podrías meter un poco en mis cuarzos —le dije, como forma de combatir el impulso de arrancarnos a ambos la piel de la cara por culpa de la envidia.

Lo cierto es que tomó el cuarzo medio vacío que colgaba de mi cama, lo miró sorprendido y luego contempló fijamente el que yo llevaba puesto.

—Espera… pensaba… ¿de qué enclave eres?

—No formo parte de ningún enclave.

—Entonces, ¿de dónde has sacado los cuarzos de Mentes Radiantes? Tienes *dos*.

Apreté los labios, arrepintiéndome de haber mencionado el tema de los cuarzos. En ocasiones, mi madre se los regala a otros magos si estos le dan buena impresión, y como ella no suele equivocarse nunca con estas cosas, la reputación de sus cuarzos es bastante buena, aunque desproporcionada en relación con el maná que son capaces de almacenar.

—Tengo cincuenta —dije de manera breve. En vez de más ropa, suministros, herramientas o cualquier cosa que no fuera indispensable para mi supervivencia, lo que me traje al colegio fueron los cuarzos—. Son de mi madre.

Se me quedó mirando.

—¿Gwen Higgins es tu *madre*?

—Sí, y ese tono de incredulidad no me molesta en absoluto, de verdad, por eso me aseguro de contárselo a todo el mundo.

Mi madre es la típica rosa inglesa: menuda, rosada, rubia y con una complexión un poco regordeta tras alcanzar la madurez. Mi padre —mi madre conserva una foto de él que le dio mi abuela, de antes de que fuera al colegio— ya medía 1,80 metros a los 14 años, era desgarbado, tenía el pelo negro azabache, una mirada oscura y seria y una nariz con cierta personalidad. Mi madre siempre me dice de todo corazón lo maravilloso que es que me parezca tanto a él, porque así todavía puede verlo en mí. Desde mi punto de vista, aquello significaba que nadie se percataba de que era hija de ella hasta que alguien se lo señalaba. En una ocasión, una persona visitó nuestra yurta y se pasó una hora de reloj insinuando que tal vez lo mejor sería que me marchara y dejara de molestar a la gran sanadora espiritual, como si aquella no fuera mi casa.

Pero esa no era la razón de la incredulidad de Orion. Los magos suelen mezclarse mucho más que los mundanos, ya que todos pasamos juntos nuestra etapa formativa, y la distinción que importa se da entre aquellos que pertenecen a algún enclave y el resto de desgraciados. A Orion simplemente le sorprendía que la gran sanadora espiritual me hubiera engendrado a mí, una siniestra protomaléfice, igual que les sorprendería a los demás alumnos, razón por la cual nunca se lo contaba a nadie.

—Ah —balbuceó Orion incómodo, y luego dio un salto y aniquiló instintivamente una sombra que ni siquiera tuvo la oportunidad de cobrar forma de manera lo bastante nítida como para que pudiera reconocer qué clase de maleficaria era. Aunque sí metió un poco de maná en mi cuarzo al acabar, seguramente a modo de disculpa, o tal vez porque estaba a punto de reventar: llenó la otra mitad y a continuación dejó escapar un pequeño suspiro de alivio. Me tragué mis emociones al respecto, guardé el cuarzo en el baúl y saqué otro totalmente vacío.

Me las arreglé para dormir un poco hacia el final de la noche. O bien los maleficaria se habían dado por vencidos u Orion había exterminado a todos los que se encontraban cerca de mi habitación, pues hubo períodos de media hora en los que ninguna criatura entró. También me llenó dos cristales más. Le di uno de ellos a regañadientes. Había empezado a sentirme culpable por ello de un modo irritante, aunque él no me pidió nada a cambio, como habría hecho cualquier persona normal.

La última vez me despertó mi alarma. Era por la mañana, y no estábamos muertos. Orion no había dormido nada y tenía mala cara; apreté los dientes, me incorporé y me hice a un lado.

—Acuéstate, yo me encargo —le dije.

—¿Encargarte de qué? —preguntó, y bostezó ampliamente.

—De eso —respondí. No es posible suplir el sueño, pero mi madre conoce una técnica que usa con gente que sufre de insomnio severo para conseguir cerrar su tercer ojo (sí, bueno, no se trata de ningún método científico ni nada de eso) y por lo general los hace sentir mejor. No se me da demasiado bien lanzar la mayor parte de los hechizos de mi madre, pero este es lo bastante sencillo como para que yo pueda llevarlo a cabo. Orion se acostó en mi cama e hice que sujetara el cuarzo que le había regalado, luego coloqué las manos sobre sus ojos y los pulgares entre sus cejas y le canté siete veces la «nana del ojo interior». Funcionó, igual que funcionan todas las tonterías de mi madre. Se durmió al instante.

Lo dejé dormir durante veinte minutos hasta que sonó el timbre del desayuno, y acto seguido se incorporó con aspecto de haber dormido cinco horas más.

—Ayúdame a levantarme —le dije.

En este colegio no podemos tomarnos ningún día de descanso por enfermedad. Si permanecemos en los dormitorios en horas de clase, las criaturas que suben desde los pisos inferiores para el festín nocturno se encuentran con un tentempié de media mañana. Nadie se queda en su cuarto a no ser que esté prácticamente muerto. Como imaginarás, nuestros resfriados y gripes son interminables. Hay más de cuatro mil alumnos en el colegio, y los nuevos estudiantes traen con ellos un delicioso surtido de virus y enfermedades infecciosas de todas partes del mundo al comienzo de cada curso. Incluso después de que todos hayamos caído enfermos, nuevas dolencias aparecen de forma inexplicable. Aunque es probable que no sean más que maleficaria diminutos, ¿no te parece encantador?

Como lo cierto es que me encontraba exhausta y abrumada, no había previsto el efecto que provocaríamos Orion y yo al salir juntos de mi habitación con aspecto exhausto y abrumado. Pero un par de alumnos, que también habían dormido hasta que sonó el timbre, salieron de su cuarto al mismo tiempo que nosotros, así que, como era lógico, cuando llegamos a la cafetería todo el mundo estaba al corriente. La magnitud de los rumores alcanzó tales niveles que una de las chicas del enclave de Nueva York arrastró a Orion a un lado después de desayunar para exigirle explicaciones.

—Orion, es una *maléfice* —la oí decir—. Jack Westing desapareció anoche, encontraron trozos de sus zapatos frente a su puerta. Seguro que lo mató ella.

—Lo maté *yo*, Chloe —dijo Orion—. Él era el maléfice y fue quien mató a Luisa.

Esa noticia la distrajo lo suficiente como para que dejara de darle la murga sobre sus terribles elecciones amorosas, de modo que para cuando terminaron las clases del día, Orion era la única persona del colegio que no se había enterado de que ahora éramos una pareja sin ninguna duda, y lo que es más, una pareja de chiflados que pasábamos la noche juntos. Era casi entretenido ver los efectos de aquello. Los chicos del enclave de Nueva York se pusieron nerviosos de inmediato: durante la comida vi a los de nuestro curso tomarse la molestia de ir a contárselo a los mayores, y mientras, fueron tantos los alumnos del enclave de Londres que empezaron a ser agradables conmigo que se hizo evidente que se trataba de un esfuerzo consciente por su parte.

La razón era, por supuesto, que si a Orion le gustaba yo de verdad, me había convertido en su oportunidad para reclutarlo. Yo ya había dejado claro a los chicos de Londres que estaba interesada en una invitación para unirme a ellos. No lo dije directamente, desde luego, pues no quería ser testigo de la desdeñosa negativa que de seguro me habrían dedicado, pero les conté que mi madre vivía cerca de Londres, y mencioné que estaba pensando en solicitar una plaza en el enclave yo misma. Fue suficiente para dejar plantada una semilla para el futuro, cuando la graduación empezara a acercarse y yo sacara a relucir la artillería pesada. La gente siempre es más propensa a presentar una oferta si piensan que esta va a ser aceptada.

Por supuesto, era de chiste que cualquiera de los implicados comenzara a dejarse llevar por el pánico o a lamerme el culo por una supuesta relación entre dos alumnos de tercero de dos días de duración, pero ese era el nivel de estupidez que alcanzaba todo el mundo cuando se trataba de Orion. Me habría hecho más gracia si no fuera otro recordatorio de lo poco que los demás me valoraban por mí misma. Y si no tuviera una herida aún sin cicatrizar en el vientre, lo cual había agriado mi estado de ánimo de manera considerable.

No dejé que aquello me impidiera aprovecharme del hecho de que todos me ofrecieran un buen asiento en clase y algo de ayuda durante todo el día. Me hacía falta todo el apoyo posible. Me las había arreglado para adelantar un poco mis proyectos a lo largo del curso con el propósito de dedicar el tiempo libre a repasar para los exámenes finales, pero en vez de eso tuve que ponerme a descansar mientras los demás me sacaban ventaja. Ni siquiera intenté hacer ningún trabajo de clase, sino que me limité a ahorrar fuerzas, y esa noche gasté un poco de mis reservas de maná para conjurar un escudo muy resistente antes de desplomarme en la cama y dormir del mismo modo que duermen aquellos con una Guarda Égida en su puerta.

A la mañana siguiente, el parche curativo se desprendió, dejándome una cicatriz apenas visible, un dolor persistente en el vientre y un sentimiento de preocupación ante el inminente plazo de entrega de mi proyecto para el taller. Si no terminas los proyectos del taller a tiempo, el trabajo sin terminar cobra vida en la fecha límite y te ataca con cualquiera que sea el poder que le hayas atribuido. Y si intentas evitar la situación al no otorgarle ningún poder, o haciéndolo mal, las materias primas que deberías haber empleado cobran vida por separado y te persiguen. Es una técnica docente bastante eficaz. El colegio nos asigna un proyecto nuevo cada seis semanas. Para mi proyecto de final de curso tuve que elegir entre fabricar un orbe hipnótico con el poder de convertir a un grupo de personas en una turba frenética dispuesta a despedazarse entre sí, un encantador gusano mecánico que se introduce en la imaginación de las personas y saca a relucir sus peores pesadillas cada noche hasta hacerles perder el juicio, o un espejo mágico que da consejos y te permite echar un vistazo a tu posible futuro.

Si eres capaz de adivinar la clase de consejos que me daría a mí, bienvenido al club. Además, el espejo era al menos diez veces más complicado de fabricar que los otros dos artefactos. Pero si llevaba a cabo alguno de los otros proyectos, seguro que alguien acabaría usándolos. Si no era yo, otra persona.

Ya había forjado el marco con hierro y elaborado la lámina posterior donde se vertería la plata hechizada. Pero sabía perfectamente que las diez primeras veces que intentara efectuar el vertido acabarían siendo un completo desastre. Para construir aquel artificio hacía falta también trabajo de alquimia y encantamientos, e intentar combinar dos o más disciplinas resulta muy complicado, a menos, por supuesto, que consigas la ayuda de un especialista de cada rama. Lo cual era imposible para mí.

Salvo que en esta ocasión, Aadhya bajó conmigo al taller por iniciativa propia después de desayunar y se sentó a mi lado en uno de los largos bancos.

—Estoy demasiado cansada como para hacer nada, pero no puedo permitirme el lujo de retrasarme con esto —le dije, y le enseñé mi proyecto.

—Uf. ¿Has elegido ese? —dijo ella—. Los espejos mágicos son para alumnos de último curso de la rama de artificios.

—Las otras opciones eran peores —le expliqué, sin entrar en detalle. Podría haber fabricado ese orbe enajenador en solo una clase con un puñado de cristales rotos. Ah, seguramente también me hubiera hecho falta la sangre de uno de mis compañeros, pero soy algo quisquillosa—. ¿En qué estás trabajando?

Su proyecto era un portaescudo individual: un amuleto que se cuelga del cuello o se ata a la muñeca. Sirve para generar un escudo a través del dispositivo, lo que te posibilita lanzar hechizos con ambas manos en lugar de tener que sostener el escudo con una. Es de enorme utilidad y relativamente rápido de construir. Tras echar un vistazo a su caja de trabajo, vi que estaba fabricando media docena de ellos; sin lugar a duda sacaría el máximo provecho de los que le sobraran. Por supuesto, estaba especializándose en artificios, pero aun así resultaba impresionante.

Me miró con atención y dijo:

—El vertido resultaría mucho más sencillo con un artífice y un alquimista.

—Detesto pedir ayuda —respondí. Aquello era cierto—. Faltan menos de tres semanas para que acabe el curso, todo el mundo está ocupado.

—Si encuentras a un alquimista, tal vez yo pueda sacar algo de tiempo —dijo Aadhya, pensando, por supuesto, en la posibilidad de trabajar con Orion—. Pero luego tienes que dejarme usarlo.

—Cuando quieras —le dije. Era un trato muy bueno, pero lo más probable es que tuviera que encontrar otra manera de compensarla, o dejar que se enfadara conmigo, ya que casi con toda seguridad no le gustaría usar el espejo tras la primera vez... a no ser que terminara siendo la clase de espejo que te alienta a pensar que tus planes son los mejores y que eres una criatura arrebatadoramente inteligente y hermosa hasta que acabas cagándola a lo grande.

Por supuesto, aún tenía que pedirle ayuda a Orion, lo que hice a regañadientes a la hora de la comida. Pensé que lo mejor sería aprovechar el breve período de tiempo del que disponía antes de que por fin se diera cuenta de que supuestamente estábamos saliendo y empezara a evitarme en lugar de seguir con su numerito de caballero andante; el día anterior había venido a ver cómo me encontraba en todas las comidas con actitud circunspecta y había permitido que Aadhya e Ibrahim lo arrastraran a nuestra mesa. Fue irritante hasta tal punto que casi dejé que Ibrahim le diera la tabarra durante toda la cena —no dejó de decir cosas como: «Sigo sin creerme que acabaras con ese devoralmas tú solo» y «¿Cuál de los dos crees que es mejor agonista: el oro o la plata? Me vendrían muy bien tus consejos», etc.—, pero su peloteo resultaba aún más irritante, así que finalmente me harté y le dije a Ibrahim que cerrara el pico y dejara de comportarse como un acosador de famosos o que fuera a sentarse a otra mesa. Ibrahim guardó silencio y adoptó una expresión avergonzada, aunque también intentó lanzarme una mirada enfurecida. Me limité a devolverle la mirada y estoy casi segura de que a continuación tuvo la intensa sensación de que un destino monstruoso y terrible aguardaba a cualquiera que se atreviera a desatar mi ira. Se estremeció y fingió que en realidad solo había estado mirando al vacío.

En cualquier caso, a la hora de la comida me aseguré de tocarme el vientre con una evidente mueca de dolor mientras hacía cola en la cafetería, y, como era de esperar, Orion se coló en la fila —si se le puede llamar así, pues las chicas que estaban detrás de mí lo dejaron pasar de inmediato, diciéndole alegremente: «¡Adelante, Orion, no pasa nada!»— y me preguntó:

—¿Estás bien?

—Ahora mejor —respondí, lo cual era cierto, pero, además, mi comentario les haría creer a los ávidos cotillas de alrededor que estaba flirteando—. Aunque se me ha acumulado el trabajo del taller. Aadhya me ha dicho que me ayudará, pero también necesitamos a un alquimista, es un proyecto que agrupa las tres disciplinas.

Sí, se trataba de una invitación nada sutil, pero no pensé que la sutileza fuera necesaria en aquel momento, y lo cierto es que no me equivocaba.

—Te ayudaré —respondió al instante.

—Genial —dije—. ¿Quedamos esta noche después de cenar?

Asintió con la cabeza, pero tampoco me pidió nada a cambio de aquello, con lo que añadió amablemente más leña al fuego. Me sentí tan molesta como generosa, de modo que agregué: «Lo que no es genial es la pinta del arroz con leche, por cierto», y él volvió la cabeza y se dirigió de inmediato a los viscosos gusanos que aguardaban en la bandeja; si metes la cuchara, estas criaturas trepan por ella, fundiéndola a su paso, y se zampan la mitad de tus dedos a menos que seas lo bastante rápido y lances el cubierto por los aires, en cuyo caso lo más normal es que aterricen sobre otros alumnos que estén haciendo cola y empiecen a devorarlos al instante, antes de dividirse en nuevos enjambres.

Orion salió de la zona de la comida diez minutos después de que yo saliera, con la bandeja medio vacía y dejando tras de sí un leve humo azul grisáceo. Todos los que salían a continuación lo hacían con raciones bastante escasas, era evidente que los tejemanejes de Orion habían echado a perder la mayor parte de la comida. Esta no volvería a reponerse hasta que se sirvieran los últimos alumnos de nuestro curso y les tocara el turno a los de segundo. Puse los ojos en blanco sin que él me viera y cuando se acercó y se sentó a mi lado, dejé en su bandeja el cartón de leche que me sobraba y uno de mis dos panecillos. Por una vez, el ruido y la confusión a mis espaldas me habían ayudado a conseguir raciones adicionales.

Sarah y Alfie me habían invitado a sentarme en la mesa del enclave de Londres. No era lo bastante estúpida como para dejar tiradas a Liu y Aadhya por ellos, así que ambos hablaron en privado un momento y luego vinieron a sentarse conmigo. Aquello era un enorme privilegio, lo que significaba que estaba sentada en una mesa sorprendentemente poderosa. Nkoyo, Cora y Jowani se relacionan con muchos otros estudiantes de África Occidental y del Sur, y Aadhya cuenta con un buen puñado de aliados de la rama de artificios. Sin contar a los alumnos que pertenecen a algún enclave, son los que mejor posicionados están, y ahora yo había conseguido atraer también a un par de estos.

Pero cuando Orion volvió a sentarse a mi lado —Aadhya se había asegurado de dejar el espacio suficiente en el banco como para poder echarse a un lado rápidamente cuando las intenciones de Orion quedaron claras— el asunto adquirió dimensiones nuevas. La explicación más lógica para cualquier observador era que yo había seducido a Orion y había aprovechado para formar un grupo poderoso junto a aquellos que hasta entonces me habían tolerado, probablemente con la intención de que él nos enchufara en algún enclave importante. Y el de Londres estaba manifestando mucho interés. Aquella habría sido una magnífica estrategia por parte de la persona astuta y calculadora que los demás creían que era.

Chloe y Magnus, del enclave de Nueva York, salieron de la cola de la comida un instante después. Los acompañaban un puñado de sus habituales seguidores, y había otros cuatro alumnos guardándoles sitio en una de las mejores mesas, pero sus planes se vieron claramente alterados cuando divisaron a Orion sentado de nuevo conmigo. Intercambiaron un par de palabras entre susurros y luego se acercaron y se sentaron en los últimos cuatro asientos que quedaban en nuestra mesa —dos de sus acompañantes acabaron situados en los extremos, por supuesto—, y dejaron tirada al resto de su confusa cuadrilla en la otra mesa.

—Pásame la sal, ¿quieres, Sarah? —dijo Chloe con dulzura, aunque sus palabras en realidad significaban «anda y que te den, no dejaremos que Londres se lleve a Orion», y acto seguido me preguntó—: Galadriel, ¿te encuentras mejor? Orion nos contó que Jack estuvo a punto de matarte.

La cosa no podía ir mejor. Salvo que en realidad me daban ganas de tirarle mi bandeja al tonto de Orion, cantarles las cuarenta a Sarah, Alfie, Chloe y Magnus, y posiblemente prenderles fuego a todos. Ninguno de ellos estaba allí por mí; Chloe debía de haberle preguntado a alguien mi nombre. Ni siquiera Aadhya, Nkoyo y Liu... aunque casi con toda seguridad me dejarían sentarme con ellas después de esto; les había demostrado que cuando la situación se volvía a mi favor, saldaba mis deudas, y eran lo bastante inteligentes como para valorar la integridad de alguien por encima de casi cualquier otra cosa. Pero en cuanto Orion buscara pastos más verdes y menos propensos a convertirse en una supervillana, incluso ellas volverían a dedicarme una actitud de mera tolerancia. Y los miembros de los enclaves dejarían bien clarito que no era más que un montón de mugre que había tenido la suerte de contar con sus quince minutos de gloria.

—Estoy de maravilla, gracias —dije, con frialdad—. Te llamas Chloe, ¿no? Perdona, creo que no nos conocíamos.

Nkoyo me lanzó una mirada incrédula desde el otro lado de la mesa —nadie se atrevía a desairar a los miembros de los enclaves, y todos conocíamos sus nombres—, pero Orion levantó la cabeza y dijo:

—Lo siento, estos son Chloe Rasmussen y Magnus Tebow, de Nueva York. —Como si pensara que debía presentarme a sus amigos—. Chicos, esta es Galadriel.

—Es todo un honor —añadí con ironía.

Alfie se tomó mi comentario como una indicación de que prefería al enclave de Londres por encima del de Nueva York, y se inclinó hacia mí con una sonrisa.

—Vives cerca de Londres, ¿no, El? ¿No conoceremos a tu familia por casualidad?

—Soy una puñetera don nadie —respondí secamente, y no añadí nada más. Por supuesto, habrían reconocido el nombre de mi madre si se lo hubiera dicho. Todos ellos. Pero quería sacar aún menos partido de su nombre que de ser la novia falsa de Orion. Cualquiera que quisiera ser amigo de la hija de Gwen Higgins no quería ser amigo *mío*.

De manera que me pasé toda la comida siendo una maleducada con algunos de los alumnos más populares y poderosos del colegio, haciendo caso omiso de lo que me decían mientras hablaba con Aadhya y Orion acerca del espejo, y con Nkoyo de latín. Esta última y yo habíamos hecho un trueque muy provechoso; le había dado una copia del hechizo para lanzar una llama mortífera. Puede parecer que hubiera perdido la cabeza, pero no se trataba de un hechizo para invocar expresamente una llama mortífera, sino para conjurar fuego mágico a escala proporcional. A la mayoría le encantan esos hechizos, porque casi todo el mundo es capaz de lanzarlos con éxito: simplemente se obtienen resultados diferentes dependiendo de la afinidad de cada uno y de la cantidad de maná que se emplee. Incluso un chiquillo torpe podría usarlo para encender una cerilla e ir mejorando con el tiempo. O si fueras como yo, podrías absorber la fuerza vital de una decena de alumnos y acto seguido carbonizar medio colegio contigo dentro. ¡Un hechizo de lo más útil!

Pero para Nkoyo, lo más probable es que se tratara de un conjuro muy práctico para invocar un muro de llamas, por lo que sintió que debía hacer un intercambio acorde —no me opuse a ello— y me permitió elegir entre dos de sus hechizos. Escogí dos conjuros menores que apenas requerían maná: uno que transformaba el agua sucia en limpia, para así no tener que acudir al baño a por agua tan a menudo, y otro que extraía electrones residuales del ambiente para producir una fuerte descarga eléctrica. En cuanto leí la primera frase, supe que encajaba a la perfección con mi afinidad —imagino que me habría venido de maravilla para infligir torturas— y me concedería algo de margen en una pelea, ya fuera para huir o para lanzar un hechizo más poderoso.

Soy la única alumna del colegio dispuesta a intercambiar arcanos mayores por otros menores. La diferencia entre ambos tipos no está del todo clara, pues no es algo que aprendamos en clase, sino que tiene que ver con lo que cada uno considera poderoso. Las discusiones sobre si un hechizo más o menos potente pertenece a una u otra clase son interminables. ¡Pregúntale a cualquiera! Pero los muros de llamas se engloban indudablemente dentro de los arcanos mayores, y los hechizos que sirven para filtrar agua y provocar descargas eléctricas a cambio de una cantidad irrisoria de maná son, por descontado, menores, así que, tras decidirme por ellos, Nkoyo añadió además unos cuantos encantamientos de aseo: trenzado de pelo, una pizca de glamur y un hechizo desodorante. Supongo que era una forma educada de insinuarme que no me vendría mal lavarme más a menudo. No me hacía falta ninguna insinuación, ya era consciente de ello, pero si tenía que elegir entre sobrevivir y apestar, elegía lo último. Nunca me he duchado más de una vez a la semana en el colegio, y, en numerosas ocasiones, la frecuencia ha sido aún menor.

Creerás que esa es la razón por la que no tengo amigos, pero es un poco como el asunto de la gallina y el huevo. Si no tienes amigos suficientes que te guarden las espaldas, no puedes permitirte el lujo de ir bien aseado, y eso provoca que los demás estén al tanto de que no tienes amigos suficientes que te guarden las espaldas, lo que hace que sea menos probable que te consideren un aliado valioso. Sin embargo, ninguno de nosotros dedicamos un tiempo demasiado excesivo a acicalarnos, por lo que cuando alguien quiere darse una ducha, suele pedirle a otro alguien que necesite una con urgencia que le acompañe, así que tampoco es tan grave. Pero a mí nadie me lo pide. En cualquier caso, me venía muy bien contar con más opciones de aseo, aunque no me atrevía a probar el encantamiento

de glamur por miedo a que un puñado de los alumnos más insegu-
ros del colegio acabaran siguiéndome a todas partes con la mirada
perdida mientras me suplicaban que les permitiera servirme.

Ambas habíamos quedado satisfechas con el intercambio y habíamos acordado volver a negociar. Pero Nkoyo, al igual que Aadhya, no
sentía ninguna necesidad de enfadar a los alumnos de Londres y de
Nueva York. Cuando ignoré a los demás y me puse hablar con ellas,
estas últimas no dejaron de lanzar miradas inquietas a los chicos del
enclave. Quienes sin duda no sabían qué pensar al ver que yo no los
estaba adulando. Naturalmente no les hacía ninguna gracia, pero
Orion estaba sentado a mi lado, engullendo la comida que le había
dado con su cabeza greñuda inclinada sobre el plato.

Sarah y Alfie decidieron volver a adoptar su actitud británica y
elegante, que consistía en hablar de manera autocrítica sobre lo difícil que les estaban resultando los proyectos de todas sus asignaturas y lo ineptos que eran; en realidad todo aquello se les daba de
fábula, ya que ambos habían sido instruidos desde su nacimiento
por uno de los enclaves más poderosos del mundo. Mientras tanto,
Chloe optó por una estrategia más defensiva y siguió intentando
charlar con Orion sobre todas las cosas divertidas que al parecer
habían hecho en Nueva York. Este se limitó a responder de forma
ausente entre bocado y bocado.

Magnus guardó silencio absoluto. Obviamente, no estaba lo
bastante versado en el arte de comportarse con exquisita cortesía
frente a alguien con una actitud tan horrible como la mía, y seguro
que tampoco le entusiasmaba la idea de ser el eterno segundón
dentro de su grupo de amigos; de no ser por Orion, habría sido el
candidato principal para convertirse en el alumno más popular de
nuestro curso. Advertí su enfado, pero yo misma estaba demasiado
ocupada con mi propio enfado como para que me importara. Mi
madre suele decir que mi mal genio es como un mal huésped: se
presenta sin avisar y se queda un buen rato. Tras inspirar profundamente, había conseguido tranquilizarme lo bastante como para

volver a ser una persona más racional y cortés, diciéndome a mí misma que debía ser educada con los miembros de los enclaves que se habían sentado con nosotros, pero entonces Magnus perdió los estribos y se inclinó hacia mí.

—Bueno, Galadriel —dijo—, me muero por saberlo… ¿cómo evitasteis que los mals se colaran en tu habitación por la noche?

Estaba insinuando que había seducido a Orion tras blindar mi cuarto de algún modo para poder pasarnos toda la noche enrollándonos, actividad que le había propuesto al susodicho a cambio de sus atenciones. Aquella era una suposición completamente razonable, por supuesto. Pero no evitó que me sentara como una patada, sobre todo porque lo había dicho en voz lo bastante alta como para que lo oyeran las mesas de alrededor. Me enfadé de nuevo, lo perforé con la mirada y siseé —cuando estoy muy enfadada siseo, aunque no emita ningún sonido sibilante—:

—*No* lo evitamos.

A pesar de ser totalmente cierto, viniendo de mí, el comentario parecía dejar entrever que habíamos estado retozando con los maleficaria. Lo que, de alguna manera, supongo que era verdad en el caso de Orion. Todos se alejaron instintivamente de mí, y Magnus, que acababa de ser el receptor de mi mejor cara de pocos amigos, palideció un poco.

Fue un almuerzo estupendo.

5
ARAÑAS CANTORAS

Tras mi numerito a la hora de la comida, era inevitable que los amigos de Orion se lo llevaran aparte en cuanto tuvieran ocasión y le echaran una buena bronca para que dejase de salir conmigo, lo que con toda seguridad lo llevaría a descubrir que en teoría éramos pareja. A pesar de lo molesta que me sentía, reconocía que se me estaba acabando el tiempo, de modo que mientras limpiábamos nuestra bandeja, le pregunté a Aadhya de manera discreta: «¿Te parece bien si vertemos la plata ahora mismo, durante la hora de trabajo libre?». Creo que me dijo que sí porque creyó que lo mejor era seguirle la corriente a una persona que estaba claramente desequilibrada. Orion se limitó a contestar: «Sin problema», encogiéndose de hombros, y los tres bajamos al taller antes de que algún miembro del enclave de Nueva York lo interceptara.

En pleno día, el trayecto hasta los pisos inferiores es mucho más seguro. No obstante, la mayor parte de los alumnos intentan evitar pisar el taller a estas alturas del curso, aunque al menos las escaleras y los pasillos que conducen hasta allí se encuentran iluminados. Al llegar, vimos que no estábamos solos: tres alumnos de último curso que se encontraban al fondo se habían saltado la hora de la comida para seguir trabajando de forma frenética en algún tipo de arma que, con toda probabilidad, pensaban usar durante la graduación. Nos sentamos en un banco de las primeras filas y Orion me acompañó hasta mi taquilla —le di la llave y dejé que la abriera, ya que siempre me encuentro alguna sorpresa—, y después de que ninguna criatura se abalanzara sobre nosotros, saqué el marco del espejo y llevamos el resto de los materiales de vuelta a donde estaba Aadhya. Esta había encendido ya un pequeño soplete, una tarea que normalmente me lleva diez minutos.

Nunca se había molestado en presumir delante de mí, pero la presencia de Orion era todo el incentivo que necesitaba para exhibirse, y quedó muy claro que era incluso mejor de lo que yo creía. No iba a llevar a cabo los encantamientos propiamente dichos, pues habría necesitado gastar maná de su propia reserva y eso no es algo que se haga a cambio de un mero favor; pero se ofreció a asegurarse de que la plata no se desbordara, lo cual era una de las partes más complicadas del vertido. Aadhya colocó una barrera alrededor del borde, mientras Orion mezclaba la plata de manera despreocupada, a pesar de estar trabajando con una enorme variedad de ingredientes carísimos y dolorosamente difíciles de conseguir que yo había ido recogiendo con mucho cuidado de los armarios de material de los laboratorios de alquimia, una tarea que resultaba casi tan divertida como tomar cualquier cosa del taller. Manipuló los ingredientes como si pudiera sacar de los estantes un frasco de tanaceto cultivado a la luz de la luna y una bolsa de virutas de platino cada vez que se le antojara. Lo más probable es que así fuera.

—Muy bien, Orion, viértela justo en el centro, desde lo más alto que puedas —le dijo Aadhya, y a continuación se dirigió a mí como si estuviera sermoneándome, lo cual acepté de mala gana—: El, tú asegúrate de no inclinar la superficie más de veinte grados.

La plata debe caer justo en medio e ir extendiéndose cuidadosamente en espiral hacia los extremos. Te avisaré cuando esté lista para que lances el encantamiento.

Encantar materiales físicos —para que conserven la magia del conjuro de forma continua en vez de durante un lapso efímero de tiempo— es lo que les resulta más complicado a la mayoría de la gente al elaborar artificios, pues la realidad física de los objetos se resiste a que intentes alterarlos y tienes que emplear mucho poder para llevarlo a cabo. Aquello no suponía ningún problema para mí, pero debía llevar mucho cuidado. En cuanto mi hechizo alcanzara la plata, esta comenzaría a burbujear. Y si la plata se endurecía con las burbujas, el espejo no serviría de nada. Tendría que raspar el marco para limpiarlo, reunir materiales nuevos y empezar de cero sin la fantástica ayuda de Orion y Aadhya. La forma correcta de hacerlo es lanzar el encantamiento sobre los materiales con delicadeza y sin interrumpirse en ningún momento: así es cómo lo hacen los buenos artífices. Pero debes saber cómo reaccionan las sustancias y poseer la capacidad de persuadirlas. Persuadir no es mi fuerte.

Así que en vez de eso, lo que iba a hacer yo era emplear una cantidad desmesurada de poder: en concreto, iba a lanzar un magnífico hechizo que había creado un maléfice romano para hacer papilla a toda una caterva de víctimas vivitas y coleando. Obviamente a él no se le había dado tan bien como a mí absorber la fuerza vital de los demás. Por otro lado, su hechizo era el mejor que había encontrado para crear algo que se pareciera a una cámara presurizada. Constaba de nada menos que ciento veinte versos en latín y requería una cantidad escandalosa de maná, pero tenía que fabricar el espejo de alguna manera, y para lucirme frente a Aadhya, estaba decidida a que pareciera que aquello era coser y cantar.

Cuando Orion por fin descubriera el pastel y todo este lío acabara, quería que se me conociera en el colegio por algo más que por ser una golfa. Reclutar a Aadhya como mi principal aliada me ayudaría en mi propósito. Contaba con una extensa red de amigos por todo el colegio, un grupo diverso formado por estadounidenses, hablantes de hindi y bengalí y compañeros artífices con los que había construido una red aún mayor de personas dispuestas a colaborar con ella, ya fuera como artífice o para intercambiar materiales y hechizos. El año pasado había mediado en una importante colaboración entre unos cuantos miembros de enclave que cursaban la rama de alquimia, un grupo de artífices que conocía y unos cuantos chicos de la rama de mantenimiento: por eso el techo del laboratorio grande de alquimia había sido arreglado menos de un año después de que Orion y la quimera lo echaran abajo. Si le demostraba que podía sacarla con vida del colegio y ella accedía a aliarse conmigo y a hablar bien de mí a los demás alumnos, muchos de ellos sabrían que no era una idiota a la que había engañado. Y tampoco pensarían que estaba tan desesperada como para mentir sobre mí. Seguro que entonces nos invitaban a unirnos a un equipo más grande.

Mientras Orion vertía la plata, yo inclinaba el espejo con movimientos circulares, provocando que la sustancia se extendiera de forma uniforme alrededor. Aadhya mantuvo el perímetro sellado y limpio, sin que salpicara ni una gota, y en cuanto el último fragmento rojo desapareció —había pintado la superficie de rojo para que resultara más sencillo ver cuando estaba cubierta del todo—, esta exclamó: «¡Listo!». Volví a dejarlo en el soporte y recité el encantamiento para crear el espejo mismo —ya podía despedirme de medio cuarzo solo con eso—; luego coloqué las manos a cada lado del artefacto, delimitando el espacio entre ambas, y me aclaré la garganta mientras me preparaba para lanzar el hechizo apisonador.

Pero, como no podía ser de otro modo, en ese momento oí a mis espaldas un tintineo, parecido al de un melancólico carrillón de viento. Una araña cantora se había posado sobre uno de los bancos de metal. Los alumnos de último curso debían de haberla visto bajar, pues salían a toda prisa del taller con su proyecto a cuestas.

Habían sido muy listos al no avisarnos. Aadhya contuvo el aliento y soltó una maldición mientras sonaba un segundo y desincronizado estallido de carrillones de viento. *Dos* arañas cantoras. Aquel era un golpe casi absurdo de mala suerte. Por lo general, ni siquiera nos topábamos con arañas cantoras durante la segunda mitad del curso, después de que llevaran a cabo su tercera o cuarta muda; a estas alturas se encontraban en el salón de grados, tejiendo telarañas y devorando a los maleficaria más pequeños, preparándose para el gran festín.

Me dispuse a darme la vuelta y cambiar de objetivo, ya que prefería tener que rehacer el espejo a que su canto me provocara una horrible parálisis y que me succionaran la sangre lentamente, pero entonces Orion agarró un mazo que alguien se había dejado en uno de los bancos de al lado, saltó sobre la mesa que se encontraba detrás de nosotros, y, naturalmente, las atacó. Aadhya soltó un grito, se escondió debajo de la mesa y se tapó los oídos. Yo me limité a apretar los dientes y seguí lanzando el conjuro, ignorando el tintineo y los ruidos producidos por la pelea entre Orion y las arañas cantoras, más propios de media docena de órganos viniéndose abajo.

La superficie del espejo resplandecía como aceite hirviendo, y yo la aplasté hasta que quedó completamente lisa, sin interrumpir mi cántico ni siquiera cuando una de las enormes patas de una araña cantora pasó volando por encima de mi cabeza. Esta se estrelló contra la pared y rebotó hasta aterrizar en la mesa de trabajo junto a la mía, todavía sacudiéndose y entonando fragmentos sueltos de una canción que hablaba sobre horrores sobrenaturales y demás lindezas. Para cuando Orion acabó con la última de ellas, vino dando tumbos hacia nosotras y nos preguntó, casi sin aliento, si estábamos bien. Yo había finalizado el encantamiento y la plata se había solidificado sin una sola burbuja hasta convertirse en un brillante charco de color negro verdoso, impaciente por comenzar a escupir montones de profecías oscuras.

Aadhya salió temblando de debajo de la mesa y le dio las gracias a Orion de forma ceremoniosa y con total sinceridad mientras yo envolvía el maldito espejo. Si no se aferró a su brazo cuando abandonamos el taller, no fue por falta de ganas. Aunque había que reconocer que recuperó la compostura mientras subíamos las escaleras, momento en que me preguntó:

—¿Te sirve para clase? ¿Se ha deformado mucho? —Descubrí el espejo lo suficiente para mostrarle la superficie y supe cuáles serían sus palabras antes de que abriera la boca y dijera con admiración—: Es increíble. Orion, ¿qué le has hecho a la plata para que quede tan lisa?

Llevé el espejo a mi habitación y lo colgué en la parte de la pared que la llama encarnada había dejado particularmente chamuscada. Las telas con las que lo había envuelto cayeron al suelo mientras lo colocaba, y antes de que pudiera volver a cubrirlo, un espantoso rostro fluorescente apareció en medio de las agitadas profundidades, igual que si emergiera de un borboteante charco de alquitrán, y me dijo con voz sepulcral:

—¡Salve, Galadriel, portadora de la muerte! Sembrarás ira y cosecharás destrucción, abatirás enclaves y destrozarás murallas, arrancarás a los niños de sus hogares y...

—Ya, menuda novedad —respondí y volví a cubrirlo. Se pasó la noche murmurando y, en alguna que otra ocasión, prorrumpió en lamentos fantasmales que vinieron acompañados de juegos de luces de color púrpura y azul. Por desgracia, mi herida me dolía lo suficiente como para permanecer despierta durante todo el espectáculo. Fulminé con la mirada a los diminutos mals que se habían escabullido hasta el techo y me sentí tremendamente desgraciada. Por la mañana me encontraba tan mal que logré lavarme los dientes, desayunar y asistir a mis clases de idiomas antes de soltarle a Orion una bordería por algo que me había dicho en Historia, y solo entonces advertí que *seguía allí*. Dejé de ponerlo verde el tiempo suficiente como para mirarlo con suspicacia. Seguro que sus amigos ya habían hablado con él y le habían suplicado que rompiera conmigo. ¿Qué mierda hacía ahora?

—Por si te hace sentir mejor —le dije irritada mientras íbamos a comer (incluso se había quedado conmigo después de clase)—, te prometo que, si alguna vez me convierto en maléfice, serás el primero en saberlo.

—Si fueras a volverte mala, ya lo habrías hecho aunque solo fuera para no pedirme ayuda —respondió él con un resoplido. Lo cierto es que había dado en el clavo, y me eché a reír antes de poder reprimirme. En aquel momento, Chloe y Magnus se acercaban al comedor desde el otro lado, y ambos me dedicaron una mirada sombría y resentida, esas que normalmente te reservas para un examen final particularmente difícil.

—Orion, te estaba buscando —dijo Chloe—. Mi poción para concentrarme me está dando algunos problemas. ¿Podrías echarle un vistazo a la receta durante la comida?

—Claro —dijo Orion.

Genial, aquello me dejaba dos opciones: o seguir a Orion igual que una novia pegajosa, o hacer lo que hice, que fue sentarme por mi cuenta en una mesa vacía. Por culpa de Orion, me había despistado y había llegado demasiado temprano, por lo que no había ningún conocido en la cafetería al que pudiera unirme. Dejé mi bandeja en el centro de la mesa vacía —al menos era una mesa relativamente buena—, revisé la parte inferior y todas las sillas, lancé un hechizo de limpieza sobre la superficie —había algunas manchas sospechosas; suponía que a algún alumno de último curso se le había caído algo, pero si el hechizo de limpieza no hubiera funcionado, podría haber sido una señal de que se trataba de algo peor— y quemé un pequeño manojo de incienso, lo que seguramente alejaría a cualquier criatura que acechara en el techo. Para cuando terminé y me senté, otros alumnos habían empezado a salir de la cola de la comida, y todos advirtieron que Orion estaba en la mesa del enclave de Nueva York mientras yo me encontraba en la mía.

Me había sentado de espaldas a la cola. Es la forma más segura de sentarse —si no tienes amigos—, pues te sitúa más cerca del conjunto de estudiantes que van y vienen, y te proporciona una mejor visibilidad de las puertas. Me puse a comer con el libro de latín abierto sobre la mesa. No pensaba hacer señas a ninguna de las personas a las que había invitado a sentarse con Orion y conmigo durante los últimos días. Que decidieran por sí mismas. Era mucho mejor que Orion no se hubiera sentado conmigo ese día, porque de ese modo averiguaría en qué punto me encontraba yo. Lo agradecí.

Casi conseguí convencerme a mí misma. Casi. No quería que Orion me ayudara, ni tampoco que se sentara conmigo; ni él ni cualquiera de sus oportunistas acompañantes, de verdad que no, pero... tampoco quería morir. No quería que un chupasangre se abalanzara sobre mí, ni que brotaran esporas de anoxienta bajo mis pies ni que ninguna criatura escurridiza cayera sobre mi cabeza desde el techo, porque eso es lo que ocurre si te sientas a solas. Durante los últimos tres años, he tenido que pensar y trazar planes para sobrevivir a cada una de las comidas del colegio, y ya me he cansado, igual que me he cansado de todos ellos, que me odian porque sí, sin ningún motivo. Nunca les he hecho daño. Me he encerrado a mí misma y tirado la llave, y me he deslomado para evitar lastimarlos. Es agotador, todo en este colegio es agotador, y la verdad es que me había gustado mucho pasar media hora tres veces al día tomándome un respiro, fingiendo ser igual que el resto, no una chica superpopular como las que forman parte de los enclaves, sino alguien que consigue una buena mesa y con la que los demás se sientan después de que haya comprobado que no hay ningún peligro en vez de largarse en dirección contraria.

Y la razón por la que no había planificado mi almuerzo de aquel día era porque Orion me había acompañado, así que había asumido que podría fingir durante una comida más, y eso había sido una estupidez por mi parte. Me lo tenía merecido. Si hubiera esperado un poco, podría haberme sentado con Liu, Aadhya o Nkoyo. Tal vez. O puede que hubieran hecho lo mismo que hacían los demás cuando advertían que me acercaba a sus mesas: invitar a cualquier otro alumno solitario que pasara por allí, ocupar todos los sitios antes de que yo llegara. Y si hubiera sido así, también me lo habría merecido, tras buscar pelea el día anterior con los chicos de los enclaves, como si pensara que estaba a su altura. No lo estaba. Estudiamos todos juntos en esta porquería de colegio, pero ellos serán los que salgan de aquí con vida. Cuentan con un montón de artefactos poderosos y los mejores hechizos, se guardan las espaldas unos a otros y comparten sus reservas de maná; sobrevivirán a menos que tengan muy mala suerte. Y cuando salgan de aquí, volverán a sus magníficos enclaves, que están protegidos con hechizos y vigilados por nuevos e inquietos reclutas. Allí, puedes irte a la cama tranquilamente, sin pasarte una hora todas las noches colocando guardas mágicas con tu madre alrededor de vuestra yurta de una sola habitación para que ninguna criatura se cuele y os haga pedazos.

Apenas tenía nueve años la primera vez que algo se abalanzó sobre mí. Los mals no suelen atacar a los magos adultos y en plena forma, y tampoco suelen interesarles los niños pequeños, porque todavía no tienen maná suficiente. Pero aquella semana, mi madre se encontraba muy enferma, tenía mucha fiebre, y después de que empezara a delirar, alguien de la comuna la llevó al hospital y me dejó sola. Cené las sobras frías de la noche anterior y me acurruqué en la cama, intentando cantar las canciones de cuna que mi madre me cantaba todas las noches, para fingir que estaba allí conmigo. Cuando oí los arañazos en las guardas mágicas, y vi unas estelas diminutas de chispas que se elevaban frente a la entrada, como si alguien estuviera afilando cuchillos, tomé el cuarzo que mi madre había llevado colgado al cuello con su grupo de meditación aquel otoño. Lo tenía aferrado entre las manos cuando el desollador comenzó a abrirse camino, metiendo primero unas extremidades largas y articuladas con garras como las hojas de un cuchillo: sus dedos.

Me puse a chillar en cuanto los vi. En aquel entonces, todavía pensaba que alguien acudiría en mi ayuda si me ponía a gritar. Era una niña lo bastante ajena a mi entorno como para solo plantearme si alguien me caía bien o no, aunque la mayoría de las veces la respuesta era negativa, de manera que no había advertido todavía que era *yo* la que no les caía bien a los demás; no había descubierto que el hecho de no caerles bien significaba que no se sentarían conmigo en la cafetería ni siquiera si estaba en una buena mesa, que me dejarían sola y hambrienta en una yurta si no estaba mi madre, y que nadie vendría a socorrerme cuando me pusiera a gritar en plena noche, como haría cualquier niña tras ver a una criatura llena de cuchillos acercándose a ella. No vino nadie ni siquiera al proferir un segundo grito, cuando el desollador metió la otra mano tras desgarrar las protecciones con sus dedos de cuchilla, igual que un ratón introduciéndose en un costal. Y los demás me oyeron, sé que me oyeron, porque a través de la entrada pude ver las yurtas colindantes, donde un grupo de siluetas se encontraban sentadas alrededor de un fuego.

Me vino muy bien verlos permanecer allí sentados y no acudir en mi ayuda, porque cuando terminé de gritar por segunda vez y el desollador consiguió entrar, comprendí que estaba totalmente sola y que tendría que apañármelas como pudiera, pues no le importaba a nadie más. Aquello fue una estupidez por su parte, aunque no lo supieran. Por suerte para los miembros de la comuna, disponía del cuarzo de mi madre, porque de lo contrario ellos mismos habrían sido mi fuente de poder.

No es demasiado difícil eliminar a un solo desollador, cualquier alumno de primer curso que sea razonablemente hábil puede plantarles cara con el hechizo básico de contusión que aprendemos durante nuestro segundo mes de Estudios sobre Maleficaria; pero yo tenía nueve años y el único hechizo que conocía era el que mi madre usaba para cocinar, el cual me había aprendido de oírlo tantas veces. Puede que hubiera funcionado con un maleficaria de tipo animal, pero los desolladores no son criaturas aptas para el consumo, porque están formados casi por completo de metal. Ese tipo de mal es obra de un artífice que deliberada o accidentalmente le ha otorgado a una de sus creaciones un cerebro lo bastante grande como para querer seguir progresando, y abandonan el nido en busca de maná, blindándose y armándose sobre la marcha. Un mago normal y corriente de nueve años que, presa del pánico, le hubiera lanzado un hechizo para cocinar a un desollador, habría calentado estupendamente a la criatura y luego habría muerto víctima de sus cuchillas, las cuales habrían estado ardiendo en vez de frías. Empleé hasta la última gota de maná del cuarzo y lo volatilicé.

Mi madre no tardó en regresar después de aquello. No le gusta tratar ningún malestar o enfermedad corriente, ni con magia curativa ni con medicina tradicional; piensa que estar enfermo forma parte de nuestra vida y que, por regla general, tan solo hay que dejar descansar al cuerpo, tomar alimentos saludables y respetar el ciclo natural de las cosas. Pero en el hospital le habían puesto un gotero con antibióticos y ella se había despertado en plena noche lo bastante bien como para darse cuenta de que me había dejado sola. Para cuando volvió a toda prisa a casa, yo estaba frente a la yurta rodeada de pequeñas brasas llameantes. El metal con el que estaba hecho el desollador se había vuelto líquido casi al instante y se había esparcido por la entrada con la forma de un largo rectángulo embarrado que corría colina abajo igual que una pasarela. Largas gotas de metal fundido caían por los costados, y los helechos ardían allí por donde había pasado la abrasadora sustancia. Yo les grité hecha una furia a aquellos que por fin se habían dignado a aparecer para evitar que el fuego se extendiera; les dije que se marcharan, que me tenía sin cuidado si acababan carbonizados, que esperaba que hasta el último de ellos muriera, y que si alguien se acercaba a mí yo misma los prendería fuego.

Mi madre se abrió paso a empujones y me llevó adentro. Ya era tan alta como ella, y tuvo que arrastrarme. Pasó mucho tiempo llorando y estrechándome con fuerza entre sus brazos sudados, mientras yo lanzaba patadas y golpes e intentaba zafarme, hasta que por fin desistí, me eché a llorar también y volví a aferrarme a ella. Tras desplomarme en la cama debido al agotamiento, mi madre se preparó un té para recuperarse del todo, y acto seguido me cantó hasta que me quedé dormida con un hechizo que consiguió que toda la situación pareciera apenas real a la mañana siguiente, igual que un sueño.

Pero la pasarela formada con los restos fundidos del desollador seguía frente a nuestra yurta. Era real, todo había sucedido de verdad, y no dejó de suceder después de aquello, porque incluso a los nueve años, yo era un magnífico tentempié para cualquier mal hambriento. Antes de que terminara el verano de mis catorce años, ya sufríamos cinco ataques cada noche. El aspecto de mi madre ya no era rosado y regordete; las mujeres más susceptibles de la comuna la regañaban a ella por no descansar lo suficiente y a mí por darle más quebraderos de cabeza que alegrías, aunque en realidad no sabían hasta qué punto tenían razón. Cuando me ofreció quedarme en casa en vez de ir a la Escolomancia, lo que esa oferta acarreaba era la oportunidad de ver cómo la devoraban a ella antes de que me devoraran a mí.

Así que no puedo estar a salvo. No puedo bajar la guardia. Ni siquiera puedo mentirme a mí misma y decirme que cuando salga de aquí todo irá bien. No será así, y mi madre correrá peligro si me quedo con ella, porque los mals seguirán persiguiéndome, y los demás seguirán sin soportarme lo bastante como para acudir en mi ayuda si me oyen chillar. Así que nunca me molesto en hacerlo, aunque ahora me daban ganas de subirme a la mesa de la cafetería y gritarles a todos, como les grité a esos cabrones de la comuna. Quería decirles que los odiaba y que no me importaría prenderles fuego a cambio de cinco minutos de tranquilidad. No tenía ningún motivo por el que contenerme, ninguno de ellos movería ni un dedo si fuera yo la que estuviera en llamas. Llevaba desde los nueve años reprimiendo ese grito, y lo único que lo mantenía en mi interior era el amor de mi madre, pero no era suficiente. Ella no era suficiente. No podía protegerme sola, ni siquiera ella era capaz; durante unos días, había conseguido rodearme de la gente necesaria para sobrevivir, tras fingir como una estúpida que salía con un chico, y aquello era lo único que había hecho falta para que se me olvidara que no era real.

Me encontraba inclinada sobre mi bandeja y mi libro, intentando no gritar, pero por el rabillo del ojo vi que Ibrahim estaba sentado con un par de amigos mirándome, y durante un instante su boca se retorció de satisfacción. Se alegraba de que Orion pasara de mí, y aquello también me lo merecía, ¿verdad? Me merecía esa sonrisa burlona que me dedicó por haberle echado la bronca, pero por mí podía irse a la mierda. Sarah y Alfie estaban sentados en la mesa del enclave de Londres, asegurándose de no lanzarme ni el más mínimo vistazo, como si de repente me hubiera vuelto invisible.

Y entonces Aadhya dejó su bandeja frente a mí y se sentó conmigo. Durante un momento no entendí lo que ocurría, y me limité a mirarla como una imbécil hasta que me dijo:

—¿Hacemos un trueque? No he encontrado leche, la bandeja de abajo tenía una pinta un poco rara y he preferido no acercarme.

Notaba un nudo en la garganta, como si se me hubiera quedado atascado un mendrugo rancio de pan. Y entonces le dije:

—Sí, tengo de sobra. —Y le tendí mi segundo cartón de leche.

—Gracias —respondió, y me dio un panecillo a cambio.

Para entonces Liu se había sentado a mi lado con una amiga de la clase de Escritura creativa. Un par de alumnos de la rama de mantenimiento, que eran de Delhi y hablaban inglés e hindi, se sentaron junto a Aadhya y saludaron a toda la mesa, sin ignorarme. Yo respondí a su saludo y, aunque no sé cómo lo conseguí, mi voz sonó como siempre. Dos chicos un poco marginados a los que no conocía, pero con los que me había sentado la semana anterior —la semana anterior, ¿solo había transcurrido una semana?— pasaron por al lado, vacilaron un momento y luego se acercaron tímidamente y uno de ellos preguntó: «¿Está ocupado?», mientras señalaba el banco. Cuando negué con la cabeza, no se pegaron a mí, dejaron un poco de espacio, pero aun así se sentaron a mi lado. Nkoyo nos saludó con un «Eh» mientras se dirigía con Cora y un par de amigos a otra mesa.

Tuve que hacer mi mayor esfuerzo para evitar que me temblaran las manos mientras me comía el panecillo, lo partía cuidadosamente en trocitos y untaba cada pedazo con una delgada capa de queso crema. No es que no entendiera la situación. Este había sido mi objetivo desde un principio cuando invité a Liu a que se sentara en mi mesa, cuando le pedí a Aadhya que me ayudara con el espejo. Les había demostrado que podían contar conmigo, que compartiría las cosas buenas que consiguiera con aquellos que se habían molestado en tratarme con un mínimo de cordialidad, y ahora estaban dejándome saber que lo tenían en cuenta y que estaban dispuestos a mostrarme un poco más de esa cordialidad. Y aquello tan solo era una cuestión de sentido común por su parte, incluso aunque no supieran lo poderosa que podía llegar a ser. No se trataba de ningún milagro, ni tampoco de que les cayera bien de repente. Era consciente de ello. Pero se me habían pasado las ganas de gritar; ahora quería llorar, igual que los alumnos de primero que sollozan y moquean sobre su plato de comida mientras los demás fingen no darse cuenta.

Me las arreglé para terminar de comer sin hacer demasiado el ridículo. Aadhya me preguntó si podía venir a mi cuarto para echarle un vistazo al espejo, y le dije que sí, pero que estaba bastante segura de que había acabado maldito.

—Ah, ¿en serio? —se sorprendió.

—Sí, lo siento —respondí—. Anoche no dejó de parlotear, a pesar de no haberle preguntado nada.

Cuando un artefacto hace cosas por ti sin que se lo hayas pedido, suele ser una señal bastante evidente de que no tiene buenas intenciones. Aadhya lo sabía, parecía molesta, y con razón, ya que eso significaba que había estado a punto de morir por ayudarme a construir algo que no valía una mierda.

—Aunque pude recoger la pata de la araña cantora —añadí; me la había agenciado al salir del taller, pensando en este momento—. ¿Crees que podría servirte?

—Sí, me vendría genial —respondió Aadhya más calmada: los caparazones de las arañas cantoras vienen muy bien para fabricar instrumentos mágicos si sabes cómo manipularlos, cosa que era bastante probable en su caso gracias a su afinidad. Charlamos un poco sobre los objetos que tal vez fabricara con ella y me ofrecí a llevar a cabo la parte de los encantamientos, y así estaríamos en paz. Liu y yo hablamos sobre nuestros trabajos finales de Historia, ya que ambas estábamos en una clase avanzada —nadie se apunta a clases avanzadas a no ser que su objetivo sea ser el primero de su promoción, el colegio te las asigna en contra de tu voluntad— y teníamos que escribir un trabajo de veinte páginas sobre una antigua civilización mágica; aunque para darle un toque cruel, debía ser sobre una cuya lengua desconociéramos. Acordamos hacer un intercambio: yo haría el mío sobre los dos enclaves de la dinastía Zhou y ella sobre el enclave de Pratishthana, y nos traduciríamos la una a la otra las fuentes que consultáramos.

Todos comimos al mismo ritmo y terminamos a la vez para no dejar a nadie rezagado. Aún me notaba un poco rara y temblorosa por dentro cuando fui a limpiar mi bandeja. Me alegré de que Ibrahim se encontrara justo delante de mí: le taladré la nuca con la mirada mientras pensaba en su sonrisa burlona. Ansiaba desesperadamente volver a cabrearme, aunque solo fuera un poco. Pero al alejarse me echó una mirada y frunció el ceño. Le devolví la mirada confundida, pero entonces Orion dejó su bandeja en una de las baldas justo detrás de mí y me dijo, un poco molesto:

—Oye, ¿a qué ha venido eso? ¿Chloe y Magnus te caen mal o algo así? —Como si hubiera esperado que me sentara a comer con ellos.

Supongo que había dado por hecho que iría tras él. ¿Quién en su sano juicio rechazaría sentarse en la mesa del enclave de Nueva York? ¿Qué clase de imbécil preferiría sentarse a solas y preguntarse si alguien más se le uniría?

—Ah, ¿se suponía que debía seguirte como un perrito faldero? —le solté—. Perdona, no me había dado cuenta de que había ascendido al rango de zorra; supuse que primero debía lamerte el culo debidamente. Deberías repartir alguna insignia o algo. Así podrías ver cómo los demás se mueren por conseguirla.

Me sentí tan cruel como habían sonado mis palabras. Orion se volvió un poco para mirarme; su cara reflejaba enfado y sorpresa al mismo tiempo y sus mejillas se tiñeron de rojo bajo las manchas verdosas de algo que probablemente le había salpicado en su última clase de laboratorio.

—Vete a la mierda —dijo de forma algo impetuosa, y, sin perder ni un instante, se alejó de mí cabizbajo.

Había unos cinco grupos diferentes de chicos repartidos entre nosotros y las puertas, y todos se volvieron hacia él con la mirada llena de esperanza y determinación cuando pasó por delante. Cada uno de ellos llevaba a cabo en su cabeza los mismos cálculos que yo llevaba a cabo cada día, cada hora, pero como no eran un hatajo de imbéciles cabezotas, no tenían problema alguno en adular a Orion para poder salir con vida del colegio; sin duda alguna, se habrían matado entre ellos de buena gana por la oportunidad de aprovecharse de su posición. Y él lo sabía, pero, en cambio, había preferido pasar el rato conmigo, y si ya no le preocupaba que fuera a convertirme en una maléfice, eso significaba que lo que quería era… pasar tiempo con alguien que no le lamiera el culo.

Detesté aquella idea, pues lo convertía en una persona demasiado decente, y ¿qué derecho tenía él a ser una persona decente, además de un héroe y un estúpido de proporciones épicas? Pero era más o menos lo único que tenía sentido. Quedarse como un pasmarote en medio de la cafetería cuando los demás salen en tromba no es muy buena idea, pero es exactamente lo que hice durante casi un minuto entero, mientras contemplaba, con los puños cerrados, cómo Orion se alejaba, ya que seguía fuera de mis cabales: estaba enfadada con él y con Chloe, y con cada una de las personas a mi alrededor; incluso con Aadhya y Liu, porque habían conseguido que quisiera echarme a llorar solo por haberse dignado a sentarse conmigo.

Fui tras él. Había echado a andar hacia las escaleras igual que los demás, pero en lugar de subir a la biblioteca como todo el mundo, se dirigía hacia los pisos inferiores para pasarse la hora de trabajo libre en el laboratorio de alquimia como un tarado. O como alguien que prefería que los mals lo atacaran a tener que aguantar más alabanzas. Rechiné los dientes, pero fui incapaz de reprimirme. Lo alcancé a mitad del primer tramo de escaleras.

—Permíteme que te diga que no hace ni cuatro días me acusaste de ser una asesina en serie —le dije—. Tenía un buen motivo para no deducir que querías que me sentara contigo a la hora de la comida.

No me dirigió ni una mirada y se subió la mochila un poco.

—Siéntate donde te dé la gana.

—Eso haré —respondí—. Pero como le das tanta importancia, la próxima vez te diré de antemano que no quiero sentarme con tus amigos del enclave.

Aquello hizo que se volviera para mirarme indignado.

—¿Por qué no?

—Porque ellos *sí* quieren que los demás les laman el culo.

Se irguió un poco más.

—Se llama *sentarse juntos* —dijo, arrastrando las palabras exageradamente—. En una mesa. En *sillas*. La mayoría de la gente puede pasarse una comida entera sin que esta se convierta en una batalla campal.

—No soy como la mayoría —dije—. Además, la distribución de los asientos sí es una batalla campal, y me parece lamentable que no te hayas dado cuenta. ¿Crees que todos quieren sentarse contigo por tu personalidad arrolladora o algo así?

—Supongo que tú eres inmune —repuso.

—Y tanto que lo soy, joder —respondí, pero Orion estaba lanzándome una sonrisita tímida por debajo de sus greñas, y al parecer, yo estaba mintiendo.

6
APARICIÓN

No sabía muy bien cómo se comportaban los demás con sus amigos normalmente, porque nunca antes había tenido ninguno, pero la parte positiva es que Orion tampoco, así que en ese aspecto no me llevaba ventaja. Como no se nos ocurrió nada mejor, seguimos siendo unos bordes el uno con el otro, lo cual no me costaba ningún esfuerzo, aunque para Orion era una experiencia nueva y refrescante por partida doble: al parecer le habían grabado a fuego desde muy pequeño que debía ser amable con la gente corriente y moliente.

—Me encantaría devolverte el insulto, pero mi madre me enseñó buenos modales —me dijo con énfasis al día siguiente después de cenar, mientras lo alejaba de un tirón de las escaleras que bajaban a los pisos inferiores. Le acababa de decir que era un capullo por intentar esconderse en los laboratorios de alquimia otra vez.

—Y la mía también, pero no sirvió de nada —respondí yo, empujándolo escaleras arriba hasta la biblioteca—. Me importa un bledo si te gusta sacar joroba y sentarte a solas en una mesa como un gul. Ya sufro bastantes experiencias cercanas a la muerte en este colegio sin tener que jugármela más.

A menos que tengas que trabajar en algún proyecto, y tengas varios amigos cubriéndote las espaldas, lo mejor es irse siempre a la biblioteca: el lugar más seguro de todo el colegio. Las estanterías se elevan hasta desvanecerse en la misma oscuridad que se encuentra en el exterior de nuestras habitaciones, por lo que los mals no pueden entrar por arriba. El piso donde está la biblioteca carece de cañerías, así que si tienes que ir al baño debes bajar hasta la planta de la cafetería. Incluso los conductos de ventilación son más pequeños. El ambiente huele a humedad y a papel viejo, pero es una concesión que todos estamos dispuestos a hacer. Nos encantaría pasar cada segundo de nuestro tiempo libre allí, pero el problema es que no hay espacio suficiente para todos. En la Escolomancia nadie suele pelearse de verdad —sería una estupidez—, pero de vez en cuando los diferentes enclaves se disputan entre ellos alguna de las mesas o de las mejores zonas de lectura, las que cuentan con sofás mullidos lo bastante grandes para echarse a dormir.

Por encima, en el entrepiso, hay un puñado de salas de lectura más pequeñas, pero todas están ocupadas por consorcios de dos o tres enclaves menores, aquellos que no son lo bastante poderosos como para apropiarse de una buena zona en la sala de lectura principal, pero sí para impedir la entrada a cualquier intruso que pretenda irrumpir allí arriba. Los chicos de Zanzíbar y Johannesburgo invitan a menudo a Nkoyo a unirse a ellos en una de esas salas. Si no te invitan, no vale la pena subir: en las escasas ocasiones en las que no hay nadie, el primero que se pase por allí —y lo hará casi seguro con tres compañeros más— te echará a patadas, aunque haya espacio suficiente para todos. Y por una vez no solo estoy hablando solo de mí, sino que, por principio, echarán a cualquiera. Es un recurso demasiado valioso como para no vigilarlo.

Los únicos otros lugares razonablemente decentes para trabajar son las mesas de estudio situadas en el interior y alrededor de las estanterías, pero estas no siempre permanecen en el mismo sitio. Puede que atisbes una a través de un estante, pues su flexo de color verde actúa en ocasiones a modo de faro, pero para cuando llegues al siguiente pasillo, habrá desaparecido. Si resulta que localizas una mesa, te acomodas a trabajar y al cabo de un rato te quedas dormido sobre tus libros, tal vez te despiertes en un oscuro pasillo lleno de pergaminos antiguos y secos y libros escritos en lenguas que ni siquiera eres capaz de reconocer, y ya puedes rezar para encontrar el camino de vuelta antes de que algo te encuentre a ti. La biblioteca es el lugar más seguro del colegio, pero aun así sigue siendo peligrosa.

Me las he arreglado para adueñarme, más o menos, de un hueco: se trata de un gigantesco escritorio lleno de arañazos que seguro que tiene tantos años como el colegio. Está escondido en un rincón con el que jamás te toparías a no ser que llegaras hasta el final del pasillo de los conjuros en sánscrito y luego torcieras la esquina y fueras por detrás hasta el siguiente pasillo, que es el de los conjuros en inglés antiguo. Casi nadie pasaría por allí a no ser que tuviera una buena razón. Los estantes entre ambos pasillos se encuentran abarrotados de pergaminos que se caen a pedazos y tablillas de piedra inscritas en lenguas tan antiguas que ya nadie conoce. Si por casualidad le echas un vistazo demasiado largo a cualquier fragmento de papiro con el que te cruces, puede que el colegio llegue a la conclusión de que estás estudiando esa lengua, y buena suerte para intentar descifrar los hechizos que te lleguen a partir de ese momento. Hay alumnos que se quedan académicamente atascados porque reciben de manera consecutiva una decena de hechizos que son incapaces de aprenderse lo bastante bien como para ponerlos en práctica, y de pronto, ya no pueden descartarlos para aprenderse otros, ni siquiera haciendo trueques con los demás. De modo que los hechizos que ya se sabían antes son los únicos que pueden usar durante el resto de su vida. Que tu vida vaya a durar poco debido a que solo eres capaz de usar hechizos de segundo curso no supone ningún consuelo. Para colmo, el recorrido hasta la mesa de estudio pasa por debajo de una de las pasarelas que conectan las zonas del entrepiso, así que buena parte de esta se encuentra a oscuras.

Y allí es donde me topé con mi escritorio. El año pasado me arriesgué a tomar aquel atajo porque me propuse llevar a cabo un proyecto especial: analizar las similitudes entre los hechizos vinculantes y de dominio escritos en sánscrito, hindi, maratí, inglés antiguo e inglés medieval. Lo sé, un tema apasionante, pero este no solo se amoldaba perfectamente a mi afinidad, sino que también me permitió librarme de hacer un examen final de idiomas. De lo contrario, me habría pasado cinco horas en un aula abarrotada con otros suculentos alumnos de segundo que se habrían asegurado de que me sentara en el peor sitio de la clase. Además, el tema escogido prácticamente me garantizará el año que viene una plaza en el seminario de protoindoeuropeo, el cual cuenta siempre con al menos diez estudiantes, un número más que decente para un seminario de último curso de la especialidad de idiomas. Sin embargo, hacía falta consultar una o dos fuentes, o más concretamente cincuenta, para aprobar un proyecto de ese calibre. Solo para recopilar los libros de cada idioma habría empleado por lo menos media hora cada vez que tuviera un rato para trabajar.

No podía quedarme los libros sin más, o en realidad sí: podía esconderlos en algún rincón oscuro, llevármelos a mi habitación o prenderles fuego; no hay nadie a la salida de la biblioteca que te lo impida o que te sancione por no devolverlos a tiempo. Pero si no tratas con cuidado un libro, la próxima vez que quieras consultarlo, habrá desaparecido de las estanterías, y entonces, a ver cómo te las apañas para volver a encontrarlo. Así que yo siempre vuelvo a colocarlos en su sitio, y llevo conmigo desde que estaba en primero un cuadernito donde anoto el título y el número de catálogo de cada libro que consulto, así como el pasillo donde está, a cuántas estanterías se encuentra del final, a cuántos estantes del suelo, cuantos volúmenes tiene a cada lado del estante y los títulos de sus vecinos más cercanos. Con los libros más valiosos incluso realizo un boceto del lomo a color. Gracias a eso, soy capaz de echarle el guante casi a cualquiera de ellos, y el año que viene tal vez pueda venderle el cuaderno a un alumno de un curso inferior especializado en idiomas a cambio de algo de maná. Esa es la ventaja de partirse el lomo trabajando.

Pero antes de que encontrara mi escritorio, aquello significaba que cada vez que tenía que hacer un trabajo, engullía la comida a toda prisa, subía corriendo a la biblioteca, sacaba los libros que me hacían falta, me los llevaba a alguna de las aulas que estaban libres, trabajaba durante cuarenta minutos y luego los volvía a subir y los colocaba de nuevo en sus estanterías. Después de cenar, hacía lo mismo para seguir trabajando durante dos horas más. No era capaz de conseguir sitio en la sala de lectura ni aunque me fuera la vida en ello, ni siquiera en las pésimas mesas de los rincones oscuros que debes iluminar tú mismo con maná.

Ya era bastante complicado hacer eso con trabajos monográficos, aunque todos los libros estuvieran en el mismo pasillo, o incluso, en la misma estantería. Dirigirme hasta la zona de sánscrito al final del pasillo, luego volver otra vez a recorrerlo entero, pasando por delante de todas las lenguas modernas de la India, y a continuación ir desde allí hasta la sección de inglés antiguo cada vez que quisiera ponerme a trabajar habría sido una locura. Así que en vez de volver sobre mis pasos, me arriesgué y fui por la parte de atrás. Y como recompensa, me topé con mi escritorio. Sí, está situado debajo de la pasarela, pero cuenta con un flexo que se enciende tan solo con una pizca de maná, y es, además, estupendo: está hecho de madera maciza, y solo tiene un tablero ancho y cuatro patas, nada de cajones ni escondrijos donde puedan ocultarse los mals. También dispone de espacio más que suficiente para dos personas, lo que pasa es que nunca había tenido a nadie a quien invitar.

Orion siempre había evitado la biblioteca por lo que resultó ser la razón opuesta: en cuanto entramos en la sala de lectura, la mitad de los presentes —los que se encontraban de cara a la puerta— alzaron la cabeza y comenzaron a sonreírle a modo de invitación. Notaba cómo todos contemplaban a los demás alumnos sentados a su mesa y eliminaban mentalmente a los dos más débiles para dejar un par de asientos libres. Orion encogió los hombros. No lo culpaba de que aquello no le hiciera la más mínima gracia, pero le di un fuerte empujón en la espalda por ser tan blandengue.

—No pongas esa cara, que parece que alguien esté a punto de arrancarte la cabeza de un mordisco. Te prometo que te protegeré —añadí de broma, aunque tras adentrarnos entre las estanterías, tres personas diferentes intentaron seguirnos como quien no quiere la cosa, por lo que tuve que darme la vuelta y echarles la bronca por ser unos turbios. Orion no se molestó en plantarles cara él mismo.

—No pienso ser tu guardaespaldas —le dije cuando por fin nos libramos de la última, una alumna que no llegó a insinuar del todo que Orion se lo pasaría mejor con dos chicas entre los oscuros recovecos de las estanterías (obviamente la única razón por la que querría pasar el rato *conmigo* en la biblioteca), pero solo porque la interrumpí antes de que terminara la frase—. Puedes ladrarles tú mismo a tus admiradoras.

—Pero a ti se te da de fábula —dijo él, y a continuación—: No, perdona, es que… —Hizo una pausa y luego añadió—: Luisa se me insinuó. Tres días antes de que… —Guardó silencio.

—Antes de que Jack se la cargara —terminé la frase por él, y Orion asintió con la cabeza—. ¿Y desde entonces has decidido que tienes la obligación moral de otorgar tus excelsas atenciones a cualquiera que te lo pida? No sé de dónde sacas el tiempo.

—¡No! —Me miró fijamente—. Ese día me enfadé y me la quité de encima, pero luego murió y ni siquiera supe cómo. Pensé que quizá, mientras moría, creyó que no aparecí, que no fui a salvarla, porque seguía enfadado. Sé que es una estupidez —añadió. Y tenía razón, sobre todo porque se estaba echando la culpa por el motivo que no era. Lo cual resultaba bastante obvio para mí, y él se dio cuenta— ¿Qué? —preguntó de mal humor.

Podría no habérselo dicho. Supongo que alguien más amable se habría decantado por esa opción. En cambio, le dije:

—Luisa murió porque después de que la rechazaras, se fue a buscar a otro, y ese otro resultó ser Jack. —Me miró horrorizado—. Jack habría necesitado algún tipo de consentimiento para disponer del poder de otro mago. Al igual que la mayoría de maléfices.

Orion parecía algo indispuesto. No volvió a abrir la boca durante el resto del camino hasta mi escritorio. Nadie más apareció para molestarnos, y la caminata fue mucho más corta de lo habitual. Por lo general, tengo que detenerme cada tres estanterías y leer los lomos de los libros solo para que parezca que estoy comprobando que voy en la dirección correcta y echándoles un vistazo a las luces. Es otro de los trucos que tanto le gustan al colegio. Como no hay ningún techo donde colocar lámparas, los pasillos están iluminados con tenues lucecitas de maná que flotan alrededor. Estas te ayudan a leer los lomos de los libros, e incluso te acompañan si levitas hasta las baldas superiores —o trepas por ellas, igual que hacemos los que no disponemos de maná suficiente como para malgastarlo flotando por ahí como palurdos—, pero si no las usas de forma activa, irán atenuándose tan poco a poco que no te darás cuenta hasta que estén a punto de apagarse, y entonces no tendrás más remedio que alumbrarte tú mismo, porque si sigues adelante, o incluso si te das la vuelta, se apagarán del todo. Pero con Orion a mi lado, todas permenecieron lo bastante brillantes como para que solo me hiciera falta echar una ojeada de vez en cuando para comprobar que seguíamos yendo en la dirección correcta.

Incluso había una segunda silla esperándolo en mi escritorio. Orion se sentó sin molestarse en echar un simple —y mucho menos a fondo— vistazo alrededor, y comenzó de inmediato a sacar las cosas de su mochila. Le di una patada a su silla y lo obligué a que me ayudara a comprobar los estantes que teníamos a nuestra espalda, a enfocar con una luz las paredes del escondrijo por arriba y por abajo, así como las patas del escritorio, y a apartar este último de la pared y volverlo a colocar en su sitio.

—Oye, ya vale, estamos en la biblioteca —dijo por fin, irritado.

—Disculpa, ¿te aburre que tome precauciones básicas? —respondí—. No todos somos héroes invencibles.

—No, pero tampoco tienes que comportarte como una loca paranoica —repuso—. Dime, ¿cuántas veces te han atacado?

—¿Durante la última semana? ¿Puedo contar al maléfice que me echaste encima? —dije cruzándome de brazos.

—Cómo no, hasta el fin de los tiempos. —Puso los ojos en blanco—. ¿Cuántas veces te habían atacado antes de eso? ¿Cinco? ¿Seis?

Lo miré fijamente.

—Cinco o seis *a la semana*.

Orion me devolvió la mirada.

—¿Qué?

—Si voy con cuidado, me atacan dos veces a la semana —le expliqué—. Si no llevara cuidado, los ataques se multiplicarían por cinco. Soy el caramelito de la clase, por si no lo sabías. La desgraciada con un buen pellizco de maná que está sola siempre. Y aunque no fuera así, a la mayoría los atacan al menos una vez al mes.

—Claro que no —dijo con convicción.

—De verdad que sí —respondí.

Se arremangó para enseñarme un artefacto que llevaba en la muñeca, un medallón unido a una correa de cuero que se parecía lo suficiente a un reloj como para no reparar en él de primeras. Podría haberlo llevado sin ningún tipo de disimulo en cualquier calle atestada de mundanos y nadie habría parpadeado siquiera. Cuando lo abrió a continuación, vi que su aspecto seguía siendo el de un reloj, salvo que la esfera tenía varias hendiduras redondas y diminutas por las que se podía contemplar el interior, donde giraban al menos seis capas de minúsculos engranajes. Cada uno de ellos estaba conformado por un metal distinto y se desplazaban entre diferentes destellos verdes, azules y violetas.

—Esto me avisa si algún miembro de mi enclave está cn problemas, y ahora mismo hay aquí otros once alumnos más del enclave de Nueva York.

—De acuerdo, a los chicos de los enclaves no os atacan una vez al mes —dije—. Pertenecer a la élite comporta una serie de privilegios. Menuda sorpresa. ¿Usáis eso para compartir vuestro poder?

—Eché una ojeada al artefacto y él volvió a cerrarlo de golpe; la tapa tenía un elaborado grabado de una verja de hierro con una explosión de estrellas detrás y las letras «NY» escritas en elegante caligrafía a su alrededor.

—¿Crees que los maleficaria son capaces de distinguirnos? —me preguntó—. ¿Crees que les importa?

—Creo que prefieren ir a por los eslabones más débiles, y esos nunca sois vosotros. Tu colega Chloe tiene amigas que se ofrecen a probar su comida e ir a buscar el material que necesita. Cuando lleva a cabo un proyecto, puede pedirles ayuda a los mejores estudiantes del colegio sin tener que darles nada a cambio. Me juego lo que quieras a que dos alumnos la acompañan a su habitación por las noches, cuando por fin se digna a levantar el culo de ese sofá que parece tener reservado siempre. —Dirigí un gesto con la barbilla a la sala de lectura—. Tú tienes un prestamagia y seguro que también... —Agarré la parte inferior de su camisa y la levanté por encima de la hebilla de su cinturón, la cual (sí, lo has adivinado) era un portaescudo de primerísima categoría, idéntico a los que fabricaba Aadhya, solo que los de ella eran, en comparación, el equivalente a un trabajo de manualidades de un niño de cinco años.

Dio un pequeño salto acompañado de un graznido mientras intentaba apartarme, como si pensara que iba a meterle mano, pero yo ya estaba soltándole la camisa. Resoplé y moví los dedos en dirección a su cara para hacerlo saltar de nuevo.

—Ni lo sueñes, ricachón. No soy una de tus admiradoras.

—Como si no me hubiera dado cuenta —respondió, aunque se estaba sonrojando.

Me concentré en mi trabajo de Historia y en las traducciones que tenía que hacer para el de Liu. Cuando trabajo en mis proyectos me abstraigo bastante, así que en cuanto me metí en faena, dejé de prestarle a Orion demasiada atención. Sobre todo porque tuve que seguir realizando las mismas comprobaciones de perímetro que hago normalmente, ya que él no estaba haciendo ninguna. Hice una pausa tras terminar la descripción general del trabajo y me levanté para estirarme: quedarse anquilosada en la silla no era muy buena idea tampoco. Fue entonces cuando me di cuenta de que él seguía con la mirada fija en la misma página de su trabajo de laboratorio.

—¿Qué?

—¿De veras crees que los demás sufren muchos más ataques que nosotros? —dijo de repente, como si hubiera estado dándole vueltas a esa idea todo el rato.

—No eres demasiado listo, ¿verdad? —respondí mientras adoptaba la posición del perro boca abajo—. ¿Por qué crees que todo el mundo quiere unirse a algún enclave?

—Eso es en el exterior —dijo—. Aquí todos estamos en el mismo barco. Todos tenemos las mismas oportunidades de…

Se dio la vuelta hacia mí antes de terminar la frase, momento en el cual la mirada que le lancé boca abajo le hizo perder el hilo y darse cuenta de la porquería regurgitada que estaba saliendo de su boca. Guardó silencio y volvió a parecer contrariado. Se lo merecía. Mientras me ponía a hacer la plancha le solté el bufido burlón que se había ganado.

—Bien. Así que Luisa tenía las mismas oportunidades que Chloe.

—¡Luisa estaba sentenciada desde el principio! —exclamó Orion—. No tenía ni idea de nada, todo esto le venía grande. Por eso estaba tan pendiente de ella. No es lo mismo.

—Bien. ¿Crees que *yo* tengo las mismas oportunidades que Chloe?

Sabía que yo tenía razón, y era algo que obviamente lo cabreaba. Desvió la mirada y dijo:

—Te cargas tus oportunidades tú solita.

Me levanté y le dije:

—Pues vete a la mierda y aléjate de mí.

Notaba un nudo en la garganta.

Resopló sin siquiera mirarme, como si creyera que lo decía de broma.

—Sí, a eso me refiero. Apenas me diriges la palabra, y eso que te he salvado la vida cinco veces.

—*Seis* veces —apunté.

—Las que sea —dijo él—. ¿Sabes que, literalmente, todos mis conocidos llevan tres días intentando decirme que me ande con ojo contigo porque eres una maléfice? Te comportas como una.

—¡De eso nada! —repliqué— Jack se comportaba como un maléfice. Porque los maléfices son majos con los demás.

—Bueno, nadie te acusará de eso.

Volvió a concentrarse en sus libros, todavía con el ceño fruncido. Ni siquiera se había dado cuenta de que estaba a punto de lanzarle un puñetazo. Quería golpearlo, y quería gritarle que los demás daban por hecho que era malvada sin que yo hiciera nada, que siempre había sido así, pero la cuestión era que... con él había sido diferente. Solo pensó que era una maléfice después de que yo le diera una muy buena razón para ello; y no solo eso, sino que ahora estaba sentado en mi escritorio, hablando conmigo y tratándome como a un ser humano, y yo no quería que aquello acabase. Así que en vez de darle un golpe, terminé mi posición de flor de loto y luego volví al escritorio y seguí trabajando.

Cuando sonó el timbre de aviso para el toque de queda y comenzamos a recoger, Orion me preguntó con vacilación:

—¿Quieres que volvamos mañana después de desayunar?

—Algunos no podemos endilgarle a nadie nuestras tareas de mantenimiento —respondí, pero ya no estaba enfadada—. ¿Quién te hace las tuyas?

—No tengo tareas de mantenimiento —dijo con total sinceridad, y solo pareció desconcertado después de que yo le lanzara una mirada. Todos debemos llevar a cabo una tarea de mantenimiento a la semana. Ni siquiera ser el hijo de la futura Domina de Nueva York te exime de que el colegio te las asigne. Aunque sí te libras de tener que hacerlas tú mismo. Por lo general, los miembros de los enclaves se asocian en grupos de diez e intercambian con algún alumno todas sus tareas de mantenimiento a cambio de la promesa de que dicho alumno pueda unirse a una de sus alianzas durante la graduación. Llamamos a eso «rama de mantenimiento», aunque es estrictamente extraoficial, y se trata de una de las formas más fiables de entrar a formar parte de un enclave tras la graduación. No tienen ningún problema en aceptar a cualquiera que esté dispuesto a encargarse, literalmente, del trabajo sucio, y los chicos de la rama de mantenimiento salen del colegio con experiencia en reparar el mismo tipo de infraestructuras que los enclaves más grandes utilizan.

Aunque también es una de las mejores maneras de morir. Los alumnos de la rama de mantenimiento terminan saltándose la mitad de sus clases, de modo que siempre están a un pelo de cagarla estrepitosamente, y se pierden mucha teoría y hechizos avanzados. Aun peor, son los que deben meterse en estancias que tienen agujeros misteriosos en las paredes, fugas en las tuberías y luces fundidas: aquellos lugares donde las protecciones son más débiles y es más fácil que se cuelen los mals. Y no puedes comprometerte a hacer las tareas de mantenimiento y luego pasar de ellas. Si no terminas las tareas que te corresponden dentro del plazo límite, se te prohíbe la entrada a la cafetería hasta que lo hagas. Y si no llevas a cabo las tareas de mantenimiento que le has prometido a alguien, ese alguien no podrá entrar en la cafetería, de modo que los miembros de enclave vigilan muy de cerca a sus queridos colaboradores. Al menos, la mayoría.

—Alguien de tu enclave le endosó tus tareas a otro, ¿no? Y tú ni siquiera te has dado cuenta —le dije—. Menudo morro, Lake. Por lo menos podrías darle las gracias de vez en cuando al pobre desgraciado.

Pobre desgraciado. Ja. Yo misma habría escogido con los ojos cerrados la rama de mantenimiento de haber tenido oportunidad: ya tenía una diana enorme adherida a la espalda de todos modos. Pero lo cierto es que la competencia es bastante dura, y yo tuve que rendirme a los quince días de entrar en el colegio porque ningún miembro de enclave quiso contratar mis servicios. No se dignaban siquiera a hablar conmigo, así que no tuve demasiada oportunidad de lamerles el culo. Para ser justos, la falta de oportunidad no fue mi único impedimento.

Orion se sonrojó.

—¿Qué tarea te toca?

—Limpiar los laboratorios —le dije. Encargarse de la limpieza de los laboratorios de alquimia es una mierda, igual que es una mierda llevar a cabo cualquier tarea de mantenimiento, pero al menos esta no es tan horrible como intentar reparar un agujero en la pared o restaurar un hechizo protector. En una ocasión, tuve que reparar la guarda mágica deteriorada de uno de los conductos de ventilación en una de las aulas de seminario junto al taller. La barrera protectora se había desgastado tanto que había literalmente una manada de escurridizos esperando para salir. Los de detrás habían empujado a los de delante, aplastándolos contra la protección mágica. Cinco o seis criaturas de ojos redondos parecidos a los de un lémur me contemplaban con anhelo mientras se les hacía la boca agua (una boca llena de dientes afilados como agujas, por cierto). Al final me harté y gasté una pizca de maná en lanzarlos hacia el interior del conducto, lo bastante lejos como para no tener que mirarlos hasta que hube urdido el nuevo hechizo protector.

Limpiar no entraña tanto peligro, ni siquiera en los laboratorios. Puede que haya manchas de ácido o veneno tóxico al contacto con la piel o alguna que otra sustancia alquímica de dudosa procedencia, pero no es difícil librarse de ellas. La mayoría de los alumnos ni se molestan, solo se limitan a llenar un cubo de agua con jabón y a encantar algunos trapos y una fregona con un hechizo de animación para que limpien el interior del laboratorio mientras ellos vigilan el proceso desde la puerta. Pero a no ser que esté hecha polvo, yo lo limpio todo a mano. En la comuna, todos teníamos nuestros turnos de limpieza, y como mi madre no me dejaba usar magia, sé apañármelas bastante bien con un cubo y una fregona. En aquel momento me repateaba, pero ahora aprovecho para generar maná en vez de gastarlo, y de vez en cuando encuentro algún que otro material útil entre los residuos. Aun así, no se trata de ningún paseo por el campo.

—Te acompañaré —dijo Orion.

—¿Que qué? —me sorprendió, y me eché a reír cuando me di cuenta de que no era una broma. Todo el mundo pensaría de verdad que estaba enamorado de mí—. Tú mismo.

Con su ayuda acabé mucho antes mi tarea de mantenimiento, y ambos pasamos el resto del fin de semana juntos en la biblioteca. Debo admitir que el modo en que la cuadrilla de Nueva York me lanzaba miradas preocupadas cada vez que pasábamos por su lado en la sala de lectura al ir y volver de la cafetería me complacía de una manera mezquina y objetivamente estúpida. Sabía muy bien que debía haberme hecho amiga de todos ellos. No estaba saliendo con Orion, pero era mi amigo de verdad: no se trataba de una ilusión temporal. Tenía posibilidades reales de entrar en el enclave de Nueva York. Si me aceptaban, no tendría que preocuparme por encontrar más aliados. Podría ponerme uno de esos prestamagias

que usaban ellos y deslizarme sin esfuerzo hasta las puertas del salón de grados y atravesarlas igual que si llevara patines. Sospechaba
que ni siquiera tendría que humillarme ante ellos, tan solo pedirlo
con educación.

Pero no lo hice. No les dí bola a ninguno de los que intentaban
hacer las paces conmigo; los ignoré a todos. Y además de un modo
poco sutil. El sábado por la noche, mientras nos dirigíamos a lavarnos los dientes, Aadhya me preguntó tímidamente:

—El, ¿tienes algún plan?

Supe al instante a qué se refería. Pero permanecí en silencio, porque quería dejarme convencer con argumentos razonables para que
abandonara mi estúpida actitud. Después de una pausa, Aadhya dijo:

—Mira, es lo que hay. Yo era muy popular en mi colegio anterior. Jugaba al fútbol, hacía gimnasia rítmica y tenía un montón de
amigos. Pero mi madre habló conmigo un año antes de la incorporación y me dijo que aquí iba a ser una perdedora. No me lo dijo en
plan: «te lo cuento por si acaso sucede, para que estés preparada»,
sino que me lo soltó sin paños calientes.

—No eres una perdedora —le dije.

—Sí que lo soy. Soy una perdedora porque debo pensar a todas
horas en cómo voy a salir de aquí. Nos queda un año, El. Ya sabes lo
que ocurrirá en la graduación. Los chicos de los enclaves elegirán
entre los mejores de nosotros. Repartirán escudos y prestamagias,
usarán lanzas temporales o encenderán un impulsor y saldrán disparando de aquí, dejando que los mals se abalancen sobre el resto.
No querrás formar parte de ese *resto*, ¿no? De todas formas, ¿qué
harás después de salir del colegio? ¿Irte a vivir a una cabaña en medio de la nada?

—A una yurta de Gales —murmuré, pero Aadhya tenía razón,
desde luego. Es más, ya había pensado en todo aquello, pero había
un problema—: No me quieren a mí, Aadhya, sino a Orion.

—¿Y qué? Aprovéchate mientras puedas —respondió ella—.
Oye, solo te lo digo porque me has hecho un favor y creo que eres

lo bastante inteligente como para oírlo, así que no te enfades. Pero sabes que provocas rechazo en la gente.

—¿Y a ti no te lo provoco? —le dije, intentando aparentar que no me importaba, cuando en realidad me importaba mucho.

—No es que no me afecte ni nada de eso —explicó—. Pero mi madre también me dijo que fuera educada con los marginados, porque cerrarse puertas es de idiotas, y que desconfiara de aquellos que son demasiado amables, porque siempre tienen segundas intenciones. Y tenía razón. Jacky W resultó ser Hannibal Lecter, mientras que tú eres tan terca que has pasado de los chicos de Londres y Nueva York para quedarte conmigo solo porque nunca te he estafado demasiado al hacer intercambios. —Se encogió de hombros.

Habíamos llegado al baño, así que tuvimos que guardar silencio. Estuve echando humo por las orejas mientras cepillaba mis dientes y me lavaba la cara y guardaba las espaldas a Aadhya, pero al volver no pude reprimirme más y le solté:

—¿Por qué? ¿Qué he hecho yo para provocarles rechazo a los demás?

Esperaba que dijera lo típico: «Eres una borde, eres fría, eres cruel, siempre estás enfadada», aquello que siempre me decía todo el mundo para echarme la culpa a mí, pero Aadhya me contempló y frunció el ceño como si realmente estuviera reflexionando sobre ello, y luego respondió sin titubear.

—Estar contigo es como sentir que va a ponerse a llover.

—¿Qué?

Pero Aadhya ya estaba agitando las manos y explicándose.

—Ya me entiendes, como cuando estás en mitad de la nada, sin paraguas y llevando tus botas buenas de piel porque al salir de casa hacía sol; pero de repente se oscurece todo y sabes perfectamente que va a ponerse a llover a cántaros y entonces piensas: «menuda faena». —Asintió con la cabeza, muy satisfecha de su espléndida analogía—. Esa es la sensación que provocas cuando apareces. —Hizo una pausa y volvió la cabeza para asegurarse que no nos oía nadie, y luego me dijo sin rodeos—: Hacer demasidas trampas puede desbaratar el aura que desprendes. Conozco a alguien de la rama de alquimia que tiene una receta buenísima para purificarla…

—Yo no hago trampas —dije entre dientes—. *Nunca* he hecho trampa.

Aadhya no parecía muy convencida.

—¿En serio?

Aquello me abrió los ojos. Desde luego, debería habérmelos abierto. Aadhya tenía toda la razón, y yo debería haberle hecho caso y haber aprovechado mi semana como novia falsa de Orion para que me invitaran a unirme al menos a tres enclaves distintos, y luego haber conseguido media docena más de invitaciones por cada semana que pasara fingiendo salir con él. Porque *provoco la sensación de que va a ponerse a llover.*

Pero en cambio lo que hice a la mañana siguiente fue decir: «Lo siento, estoy ocupada», con inmensa frialdad cuando Sarah me invitó a intercambiar hechizos con su grupo de repaso de galés de los domingos. Era un grupo lleno de alumnos pertenecientes a enclaves de Reino Unido, y cada uno de ellos tenía un libro de hechizos repleto de conjuros fenomenales cuya eficiencia había sido comprobada a fondo. Estos eran aún más valiosos debido a que el galés es un idioma completamente fonético: cualquiera que sea capaz de pronunciar el nombre completo de *Llanfairpwllgwyngyll* —este, por cierto, no es el nombre completo del pueblo— puede aprenderse la mayoría de los hechizos sin saber siquiera qué significan todas las palabras, de modo que obtienes todas las ventajas de un idioma poco común pero con un grupo de intercambio más grande. Mi nivel de galés es más que decente, gracias al bueno de Ysgol Uwchradd Aberteifi, aunque nunca he llegado a usarlo fuera de clase. Cada vez que entraba en alguna tienda o en un pub, todos se pasaban automáticamente al inglés para dirigirse a mí, a veces incluso cuando yo seguía la conversación en galés. Sarah tampoco pareció demasiado convencida cuando me dijo: «Me han dicho que creciste en Gales, así que había pensado...». Esas son las palabras que usó. Ah, y además quería que me sentara con ellos en la biblioteca después de desayunar, y por supuesto, podía *llevar a un amigo* si me apetecía.

—No me importa ir —me dijo Orion mientras nos sentábamos con nuestras bandejas. Había oído la conversación.

—Pues a mí sí —le gruñí de mala leche, y si Orion me hubiera dirigido una sola palabra más de forma condescendiente, le habría volcado las gachas sobre la cabeza, pero en vez de eso se puso completamente rojo, se quedó mirando fijo su bandeja y tragó saliva con fuerza; su aspecto era igual a cómo yo me había sentido por dentro cuando Aadhya se sentó conmigo. Como si el hecho de que alguien que no quisiera aprovecharse al máximo de su amabilidad fuera una experiencia totalmente nueva para él. Me dieron ganas de volcarle las gachas de todas formas, pero en lugar de eso rechiné los dientes y compartí con él la jarra medio llena de leche que me había agenciado esa mañana.

En conclusión, estaba tan metida en el fango, sino más, como hacía una semana, cuando Orion había irrumpido en mi habitación igual que un caballero a lomos de su corcel. Al parecer, no iba a servirme de su amistad para lograr mis objetivos, y de él tampoco podía esperar nada: saltaba a la vista que el día de la graduación no saldría del salón de grados hasta que no hubieran abandonado la estancia todos los demás. Mientras tanto, yo iba camino a que todos los alumnos del colegio que pertenecían a algún enclave me odiaran con todas sus fuerzas en vez de odiarme moderadamente; con el ritmo que llevaba, era probable que lo consiguiera antes de que acabara el curso. Y aunque Aadhya, Liu y Nkoyo ya no me evitaban a propósito, no dudarían en darme la patada si estaba en juego su supervivencia. Las alianzas empezarían a formarse en serio al año siguiente, y ellas no tardarían en ser reclutadas por algún enclave. Por mucho que Aadhya diga que es una perdedora, tiene una reputación impecable. Las tres la tienen. Mi reputación empezó estando por los suelos y ahora se encuentra en proceso de acabar enterrada para siempre por culpa de mi estúpido orgullo.

De acuerdo, ya que no podía moderarme lo bastante como para tragármelo y comportarme como una cretina zalamera durante el tiempo suficiente para salvar mi propia vida, no me quedaba más remedio que encontrar el modo de que todos se enteraran de lo poderosa que era. Así, algunos de ellos se interesarían por mí por mis propios méritos, y entonces, tal vez, dejaría de sabotear cada posible oferta de alianza que se me brindara.

En cualquier caso, ese había sido siempre mi plan: sacrificar algunos de mis cuarzos y labrarme una buena reputación, y ahora era el momento de pasar a la acción, ya que la presencia de los maleficaria disminuye bastante después de la graduación. Muchos mals mueren en el salón de grados a manos de los alumnos de último curso que intentan salir del colegio o acaban siendo devorados por otros mals en pleno frenesí alimenticio, y el resto, una vez saciados, están ocupados buscando algún rincón tranquilo donde engendrar montones de crías monstruosas. En cambio, en los pisos superiores, el sistema de exterminio de plagas se encarga de eliminar a la mayoría de los que viven entre los alumnos. Los constructores del colegio sabían que algunos mals conseguirían llegar hasta nosotros, por lo que dos veces al año los pasillos se purgan a fondo. Suena una alarma muy alta y todos corremos a nuestro dormitorio y trabamos la puerta tan bien como podemos. Entonces aparecen unos muros enormes de llamas mortíferas que recorren cada centímetro del edificio y achicharran a las hordas de mals que huyen despavoridas. Este proceso también ayuda a calentar los engranajes del colegio durante la graduación, justo antes de que los dormitorios desciendan a los pisos inferiores y ocupen sus nuevos lugares.

Si te preguntas por qué no se utiliza este excelente método en el salón de grados para eliminar a los mals antes de arrojar dentro a los alumnos de último curso, la respuesta es que ese era el plan, pero el mecanismo de allí abajo se estropeó más o menos cinco minutos después de la inauguración del colegio. Y nadie va a meterse en el salón de grados para hacer tareas de mantenimiento.

En cualquier caso, ese es el motivo de que la incorporación se lleve a cabo, literalmente, la misma noche después de la graduación. Es el día más seguro del año en la Escolomancia, y el colegio permanece más o menos tranquilo uno o dos meses después de aquello. Así que si para entonces no encuentro ninguna excusa decente para llevar a cabo una magnífica exhibición de poder —como, por ejemplo, enfrentarme a un devoralmas, aunque no es como si le guardara rencor a nadie ni nada— no conseguiré otra mejor hasta finales del primer trimestre, y a esas alturas se habrán formado ya un montón de alianzas.

Apenas adelanté trabajo durante la mañana. Los enclaves de la dinastía Zhou, que se destruyeron unos a otros hace unos tres mil años, lo tuvieron crudo para captar mi atención frente a la apremiante cuestión que no dejaba de rondarme la cabeza: ¿qué podía hacer para lucirme? Podría montar un numerito en la cafetería uno de estos días y desintegrar una hilera de mesas, pero aborrecía la idea de desperdiciar maná de esa manera, y el simple hecho de usarlo tan alegremente me haría parecer una zopenca. O peor aún, quizá los demás pensaran que dispongo de cantidades tan absurdas de poder que me daba igual despilfarrarlo, lo cual sería imposible a no ser —sí, lo has adivinado— que fuera una maléfice. Y todos querían creerse aquello de todas formas.

Me di por vencida con mi trabajo y empecé a hacer las traducciones que le debía a Liu. El único diccionario de sánscrito que había encontrado ese día en la estantería era uno monstruoso que pesaba seis kilos, pero al menos la tarea de pasar las páginas era mecánica, y dejó una parte considerable de mi cerebro disponible para seguir cavilando acerca del problema que tenía entre manos. Decidí que me pondría como fecha límite el final de la semana siguiente para que se me ocurriera algo. De lo contrario, tendría que fingir que alguna criatura me había sobresaltado, tal vez en el taller, donde Aadhya vería cómo…

Mis pensamientos quedaron interrumpidos en ese momento, cuando Orion volvió la cabeza y yo advertí que era la tercera vez que lo hacía. No había reparado en ello antes porque es algo normal, echo un vistazo por encima del hombro de forma automática cada cinco minutos. Pero aquello no era, ni mucho menos, propio de él, y antes de que tuviera ocasión de preguntarle si había notado algo raro, se levantó de la mesa, dejó tirados sus libros y todas sus cosas, y echó a correr hacia la sala de lectura.

—¡Pero qué mierda pasa, Lake! —le grité, pero ya estaba alejándose.

Si me hubiera dado prisa, tal vez hubiera logrado alcanzarlo, salvo que entonces me habría dirigido a toda velocidad hacia aquello, fuera lo que fuera, a lo que se dirigía Orion, que tenía toda la pinta de ser peligroso. Si Orion se encontraba ya lo bastante lejos, puede que los pasillos se alargaran lo suficiente como para evitar que lo alcanzara, y entonces estaría corriendo entre las oscuras estanterías yo sola, lo cual era una idea tan magnífica como parecía.

Podría haberme quedado donde estaba, pero entonces seguiría sin saber qué era «aquello», y, además, si una criatura muy peligrosa había logrado llegar hasta la biblioteca, esta también sería capaz de esquivar a Orion con la misma facilidad y llegar hasta mí. De todos modos, había estado buscando una excusa para lucirme: ¿qué más podía pedir? Cargarme a un monstruo enorme en la sala de lectura me haría quedar de lujo, siempre y cuando Orion no lo hubiera matado antes. Tal vez incluso pudiera salvarlo *a él*.

Embargada por la gloriosa sensación que esa visión me provocó, me levanté y fui tras él, aunque sin dejar de lado la prudencia. En cuanto volví a adentrarme en el pasillo de sánscrito, oí la seductora melodía que había cautivado a Orion: unos gritos lejanos que provenían de la sala de lectura. Ignoraba qué era lo que provocaba los gritos, pero el elevado número de voces me hacía pensar que debía de tratarse de algo impresionante. Sin embargo, había hecho bien en avanzar despacio. Apenas había llegado a las estanterías del periodo védico y, al otro extremo del pasillo, Orion ya estaba doblando la esquina hacia la sección principal de encantamientos y perdiéndose de vista otra vez. Vi cómo las luces se atenuaban a su paso, dejándome por delante un tramo largo y oscuro de pasillo.

Me concentré en los lomos de los libros y seguí avanzando al mismo ritmo de forma deliberada, pues era la mejor manera de evitar que la biblioteca me jugara una mala pasada. Pero ya estaba tardando mucho en recorrer el reticente pasillo, y acto seguido la situación empeoró aún más. Mientras buscaba libros que me sonaran para usarlos como puntos de referencia, divisé dos volúmenes que había anotado en mi pequeño catálogo personal, escritos por el mismo autor durante la misma década, pero separados por una estantería entera. Tuve que empezar a leer adrede el último lomo de cada fila en voz alta y dejar que mis dedos golpearan el extremo de cada estante para que el pasillo me permitiera seguir avanzando.

Lo cual resultaba de lo más extraño, porque oía los gritos de la sala de lectura cada vez más cerca. Al otro lado del pasillo, vislumbré unos destellos de luz roja y violeta. Se trataba de la magia combativa de Orion, que había empezado a reconocer gracias al ritmo de las ráfagas de hechizos. Era obvio que se avecinaba un enorme enfrentamiento. Por lo general, el colegio está más que dispuesto a dejar que te metas en semejante alboroto si eres lo bastante idiota como para dirigirte hacia allí. A no ser, pensé, que el maleficaria en cuestión contara con posibilidades reales de eliminar a Orion. Después de todo, iba hacia la sala de lectura con la intención de ayudarlo, y cuando se trata de magia, las intenciones cuentan. Sin duda al colegio le encantaría librarse de él, ya que ha estado desequilibrando la situación y matándolo de hambre.

No me gustó nada esa idea, y menos aún me gustó el hecho de que no me gustara. En este colegio, sentir apego por alguien salvo en términos prácticos, es como abrirle la puerta al sufrimiento para que campe a sus anchas en tu interior, incluso si ese alguien no es un imbécil que se pasa el día metiéndose en la boca del lobo. Pero era demasiado tarde. La idea me provocaba tanto rechazo que tuve que poner especial ahínco en no echar a correr como una estúpida. Me obligué a ir más despacio y a contemplar de forma deliberada cada libro que había en las baldas. Aquello iba en contra de mis instintos, pero no existía ningún modo mejor de obligar a la biblioteca a que me dejara pasar. Si estás tardando más de lo normal en recorrer un pasillo, eso significa que hay más estanterías sobre un mismo tema, por lo que el colegio tiene que sacar más libros del vacío para llenarlas. Si avanzas lo bastante despacio como para contemplar todos los lomos, seguramente te topes con algún libro de hechizos muy raro y valioso. Así que lo más probable es que, para evitar que eso pase, el colegio te deje seguir adelante.

Pero lo que ocurrió a continuación fue que un montón de libros y manuscritos extraños comenzaron a aparecer en las baldas. Muchos de ellos con números que nunca había visto antes, y eso que he pasado mucho tiempo en el pasillo de sánscrito durante los últimos dos años. Algunos de los números eran sorprendentemente largos, de manera que habían sido catalogados hacía eones y no habían vuelto a etiquetarse desde entonces. El colegio tenía muchas ganas de que no llegara al final del pasillo. Entorné los ojos y me fijé todavía más en los volúmenes, y tres estantes más adelante, vislumbré un destello dorado en el lomo de un volumen no muy grueso que se encontraba casi oculto entre dos pilas de manuscritos de hojas de palma. Estaba situado en un estante alto que me costaba alcanzar y no tenía ninguna etiqueta.

El que un libro carezca de etiqueta significa que acaba de sacarse del vacío y que nunca ha estado en las estanterías, por lo que es lo bastante valioso como para que el colegio lo oculte por todos los medios. Y un libro embutido entre manuscritos de hojas de palma significaba que eran unos hechizos lo suficiente interesantes como para que alguien los copiara siglos después y, además en este caso, se molestara en encuadernarlo con grabados dorados. Atisbé el libro mientras me encontraba a dos pasos de distancia, me acerqué sin quitarle los ojos de encima ni un segundo, y luego me agarré al borde de la balda con una mano, di un salto y me aferré a él. Prácticamente pude sentir como la estantería se sacudía con resentimiento bajo mi contacto al volver al suelo. No fui tan estúpida como para intentar echarle una hojeada, pues aquello supondría tener que responsabilizarme de él. Seguí con la mirada fija al frente y me lo metí en la mochila sin detenerme siquiera. Pero me di cuenta al deslizar los dedos sobre el volumen que era un libro muy bueno. El lomo no era lo único dorado, sino que tenía un diseño estampado por toda la cubierta y una solapa plegable para mantenerlo cerrado.

Después de aquello, pude avanzar con más rapidez por el pasillo. Me permití sentir una oleada de satisfacción durante un momento, como si le hubiera ganado la partida a la biblioteca. La había obligado a proporcionarme algo muy valioso y ahora tendría que dejar que siguiera mi camino si no quería que encontrara más tesoros. Y no me faltaba razón, desde luego, pero aun así estaba siendo una idiota. Aquí todo tiene un precio. *Todo*.

Me desplacé a toda velocidad a través de las secciones de idiomas más modernos hasta que por fin me acerqué lo suficiente y, durante el siguiente destello provocado por la magia de Orion, pude echar un vistazo a la distancia que me separaba del pasillo principal de encantamientos. Apreté el paso y me aproximé hasta ser capaz de vislumbrar el final del pasillo incluso después de que la luz del hechizo se hubiera desvanecido. Había tardado, por lo menos, el doble que Orion en llegar hasta allí. Oí los gritos más de cerca, pero también percibí otros ruidos. Primero un graznido estridente y agudo, apenas parecido al de un pájaro, y luego, mientras me adentraba en el pasillo principal, un gruñido más grave. Tras

avanzar un par de pasos más de forma cautelosa, oí un tercer sonido, similar al silbido del viento a través de las hojas secas durante
los primeros días de invierno.

Los dos primeros sonidos podrían haber pertenecido a la misma
criatura. Existen un montón de cruces ridículos entre mals de tipo
animal o híbrido. Son seres creados por un alquimista demasiado inteligente que cruzó dos criaturas incompatibles por diversión y para
obtener beneficios... si con «beneficios» nos referimos a acabar devorado por tus propias creaciones, lo cual parece ser el caso de casi todos
los maléfices que se decantan por ese camino en particular. Cruzar a
un lobo con una bandada de gorriones puede parecer estúpido, pero
no es ni mucho menos insólito. Sin embargo, el tercer sonido me
había dejado totalmente descolocada. No era idéntico al de la aparición que mi madre había eliminado en la isla de Bardsey durante
aquel verano en el que me arrastró a pie por todo Gales, en plan pe-
regrino, ya que aquel sonido había sido más similar al de unas campa-
nas, pero se parecía lo bastante como para resultar inconfundible.

Si por alguna casualidad una aparición se hubiera materializa-
do dentro del colegio, la biblioteca sería su lugar favorito. Pero
me sorprendió que se hubiera aparecido en la sala de lectura. ¿Por
qué no se había ocultado en un rincón oscuro y agradable, donde
probablemente podría haber pasado años alimentándose de algún
que otro estudiante perdido? ¿Y por qué había aparecido a la vez
que otra criatura? *Otras dos criaturas*, me corregí mentalmente, ya
que los graznidos y los gruñidos se oían ahora desde dos zonas
diferentes de la sala de lectura, demasiado lejos los unos de los
otros como para que provinieran de una criatura con dos cabezas.
Aquello no tenía ningún sentido, y menos aún después de oír a
Orion gritar: «¡Magnus! ¡Coloca un mucoscudo!». Estos solo son
útiles contra los légamos, que el único sonido que emiten es el de
un chapoteo. Con aquel ya eran cuatro los mals que danzaban a
sus anchas en la biblioteca. Al mismo tiempo. Parecía haber una
fiesta previa a la graduación.

Y si Magnus seguía allí lanzando hechizos defensivos en lugar de salir disparando, eso significaba que uno de los mals estaba impidiendo que los chicos de Nueva York, y por lo tanto también muchos otros alumnos, huyeran. Era la oportunidad de oro perfecta para lucirme. Es más, el pasillo principal se encontraba iluminado hasta la sala de lectura como la pista de aterrizaje de un aeropuerto.

Decidí no echar a correr para meterme de lleno en el maravilloso y, ahora visible, enfrentamiento. Me había rezagado un poco al sacar el libro, pero nunca soy tan lenta. La biblioteca había querido retenerme en el pasillo de sánscrito, pero ahora quería que me dirigiera a la sala de lectura. Eso significaba que no intentaba impedir que salvara a Orion. Lo que ocurría es que no quería que estuviera en *este pasillo*. Y tenía tantas ganas de que me marchara de aquí, que incluso me estaba sirviendo en bandeja todo lo que había imaginado y anhelado sentada en mi escritorio.

Así que en lugar de seguir avanzando me detuve justo allí, en el pasillo, y acto seguido me di la vuelta y contemplé la oscuridad a mi espalda.

Los conductos de ventilación de la biblioteca, que son unas viejas rejillas de latón deslucido, se encuentran en el suelo de los pasillos. Sus extremos captan la luz mientras caminas y reflejan unas líneas finas y brillantes, incluso en la penumbra. No veía el conducto que debería haber estado detrás de mí. No oía el molesto ruido de los antiguos y mugrientos ventiladores, ni siquiera el omnipresente crujido de las páginas al pasar. Era como si incluso los libros de las estanterías se hubieran quedado inmóviles, igual que los gorriones cuando hay un halcón dando vueltas. No se trataba solo de que el bullicio en la sala de lectura hubiera ahogado el ruido ambiental. Aguanté el aire para poder escuchar con atención y capté el débil sonido de la respiración de muchas otras personas; suave, oscuro y pesado. Las luces sobre mi cabeza se habían apagado del todo, pero Orion no tardaría en lanzar otra ráfaga de hechizos que me proporcionarían un destello de luz. Aguardé con todo el cuerpo en tensión, y durante el siguiente estallido de luz roja, vislumbré media docena de ojos humanos que me contemplaban, repartidos sobre los gruesos pliegues de la masa translúcida y brillante que salía de la rejilla de ventilación, así como muchas bocas abiertas intentando tomar aire.

Como en clase de Estudios sobre Maleficaria tengo que sentarme casi siempre en las primeras filas, puedo observar con todo lujo de detalles la parte central del mural del día de la graduación, donde aparecen dos gigantescos milfauces ocupando su lugar de honor a cada lado de las puertas. Son los únicos mals que tienen nombre, ya que hace años algunos miembros del enclave de Nueva York empezaron a llamarlos Paciencia y Fortaleza, y los nombres cuajaron. Sin embargo, la ilustración es meramente decorativa, pues aquí no estudiamos a los milfauces. No tiene ningún sentido. Es imposible evitar que un milfauces te mate. Solo puedes escapar de ellos si atraviesas las puertas lo bastante rápido. O si alguna otra criatura te mata antes. Aquel era el único consejo práctico que brindaba el libro de texto: si puedes elegir, es mejor que te decantes por la otra criatura. Porque en cuanto te pongan los tentáculos encima, aunque sea uno pequeñito alrededor del tobillo, estarás perdido. No podrás librarte de ellos tú solo.

El destello de luz del hechizo de Orion se extinguió a mi espalda, y yo me quedé ahí plantada, contemplando la ciega oscuridad, hasta que llegó el siguiente, un largo y brillante estallido de color verde y azul. El milfauces seguía allí. Parpadeó en mi dirección con algunos de sus ojos prestados. Había ojos marrones de muchas formas y tonos, y unos pocos azules y verdes, que recorrían la superficie suavemente en direcciones opuestas o en la misma dirección, mientras la criatura seguía emergiendo de la rejilla; algunos de los ojos acababan enterrados y otros se deslizaban hacia la luz, con sus pupilas contrayéndose por el brillo. Varios de ellos tenían la mirada perdida, otros parpadeaban con rapidez, y en unos cuantos se apreciaba una expresión vidriosa y embotada. La media página dedicada a los milfauces del libro de texto también nos explicaba de forma impasible que nadie sabe con seguridad qué sucede con aquellos que acaban siendo devorados por estas criaturas, pero existe una corriente de pensamiento que cree que, aunque su consciencia nunca se apaga, el agotamiento termina por silenciarlos. Puedes encontrar más información consultando el artículo pionero de Abernathy, Kordin y Li incluido en la *Revista de Estudios sobre Maleficaria*. Los tres descubrieron que era posible dirigir un hechizo de comunicación a las víctimas de un milfauces que llevaban mucho tiempo digeridas y recibir una respuesta, aunque estas eran siempre gritos incoherentes.

Obligué a mi madre a que me contara cómo murió mi padre a los nueve años. No quería contármelo. Hasta entonces solo me había dicho: «Lo siento, cariño, soy incapaz. No puedo hablar de ello». Pero a la mañana siguiente tras lo ocurrido con el desollador, mientras estaba sentada en la cama, con los brazos alrededor de mis nudosas rodillas, y contemplaba la pasarela de metal producto de la primera criatura hambrienta que había surgido de la oscuridad para devorarme, le dije: «No me digas que no puedes hablar de ello. Quiero saberlo». Así que me lo contó, y luego se pasó el resto del día sollozando e hipando mientras llevaba a cabo sus rituales, ordenaba la yurta y cocinaba. Como casi siempre, no se molestó en calzarse. Atisbé las cicatrices, similares a las de la viruela, alrededor de su tobillo; había visto aquel anillo muchas veces. Hasta entonces me había gustado. Me fascinaba. De pequeña, había intentado tocarlo siempre que lo veía, y le había pedido a mi madre que me hablara de él muchas más veces que de lo que le había ocurrido a mi padre. Ella siempre había eludido la cuestión, pero no me había dado cuenta de que se trataba de la misma pregunta.

La única manera de detener a un milfauces es provocarle una indigestión. Si corres hacia un milfauces con un escudo lo bastante poderoso, puede que tengas la oportunidad de meterte en su interior antes de que comience a devorarte. En teoría, si logras llegar al núcleo, puedes reventarlo desde allí. Pero la mayoría no llega tan lejos. Solo se conocen tres casos en los que se haya conseguido, y en todos fue un grupo de magos quienes llevaron a cabo la hazaña. La única posibilidad viable para un solo mago es distraerlo. Eso es lo que hizo mi padre. Agarró el tentáculo y lo alejó de mi madre antes de volver a meterlo en el interior del milfauces. Le dio tiempo a darse la vuelta y a decirle que la quería y que me quería a mí, el bebé que acababan de descubrir que estaba en camino. Justo después, el milfauces atravesó su escudo y se lo tragó.

Puede que incluso se tratara de este milfauces. Sabía que no había sido Paciencia ni Fortaleza. Esos dos son tan grandes que ya ni siquiera se mueven, y casi nunca se comen a ningún estudiante, salvo por accidente. Dedican el día de la graduación a devorar a otros milfauces más pequeños que pasan de manera despreocupada por al lado de sus tentáculos y a otros maleficaria más grandes. Evidentemente, este era más vivaracho. Nunca antes se había paseado un milfauces por los pasillos propiamente dichos del colegio. Que yo sepa, claro, pues no son la clase de maleficaria que dejan a nadie con vida para contarlo. Los gritos y los golpes de las víctimas suelen poner sobre aviso a los demás, pero los milfauces del colegio siempre han esperado de buena gana en el salón de grados para el banquete anual.

Hubo otro destello proveniente de la sala de lectura al tiempo que el milfauces salía por completo de la rejilla de ventilación. La criatura conservó durante un instante la forma cuadrada que había adoptado al apretujarse para poder pasar, y luego volvió a convertirse en una masa informe. Se quedó inmóvil, tomando largas y profundas bocanadas de aire con sus silenciosas bocas, como si estuviera recuperándose del enorme esfuerzo que conllevaba subir hasta la biblioteca para cazar. No eché a correr, ya que no era necesario. Ni siquiera los milfauces más pequeños devoran a sus víctimas de una en una. Si me engullía, tendría que permanecer ahí plantado digiriéndome antes de poder seguir adelante, y para entonces los demás ya habrían huido. Por eso la biblioteca había intentado mantenerme alejada, para que no diera la voz de alarma. Pretendía brindarle al milfauces la oportunidad de comerse no solo a Orion, sino a todo aquel que se encontraba en la sala de lectura. Por no mencionar que aquellos cuatro poderosos maleficaria habían subido hasta la biblioteca probablemente para *huir* del milfauces.

Lentamente, di un paso hacia atrás en la oscuridad, en dirección a la sala de lectura. Luego di otro más mientras el siguiente hechizo de Orion estallaba a mi espalda, y acto seguido el milfauces dejó escapar un profundo suspiro desde todas sus bocas y se alejó de mí. Me quedé inmóvil, preguntándome si me lo había parecido, pero Orion acababa de lanzar algún tipo de hechizo para crear una cúpula de contención, y un brillo rosa fosforito permaneció en el ambiente e iluminó los relucientes pliegues de la criatura mientras esta se desplazaba sobre sí misma a una velocidad sorprendente, con sus ojos y sus bocas susurrantes subiendo y bajando como la marea.

No se dirigía a la sala de lectura. Si no en dirección contraria, hacia las escaleras del final del pasillo, que bajaban desde la biblioteca hasta los dormitorios de los de primero. Allí, los alumnos más jóvenes, por lo menos aquellos que no contaban con ningún enclave que les proporcionara un hueco en una de las mesas más seguras de la sala de lectura, se encontrarían ahora mismo en sus habitaciones haciendo los deberes en grupos de dos o de tres. El milfauces extendería su cuerpo a lo largo del pasillo y bloquearía tantas puertas como pudiera, y entonces comenzaría a introducir sus tentáculos en el interior de las habitaciones para extraer a las tiernas ostras de sus conchas.

Y no había modo alguno de salvarlos. La otra forma más rápida de llegar a los dormitorios de los de primero era atravesar corriendo la sala de lectura y la otra mitad del pasillo de los encantamientos hasta la escalera que estaba situada allí, la cual me conduciría al extremo opuesto de los dormitorios. Para cuando llegara al otro lado, ya no haría falta que diera la voz de alarma, pues los alumnos ya se habrían puesto a chillar.

Pero no podía hacer otra cosa, ni yo ni nadie; no había alternativa, porque era imposible matar a un milfauces. Incluso cuando atacan a un enclave, el objetivo de este último es defenderse: se atrincheran, bloquean los accesos y ahuyentan a otros mals para que el milfauces se aleje y cace en otro lugar. Los magos vivos más poderosos son incapaces de eliminar a un milfauces y ni siquiera lo intentan, porque si lo intentas y no consigues matarlo, este te devora y sigue devorándote para siempre. Es preferible acabar muerto a manos de un devoralmas, es preferible que una arpía te arrastre hasta su nido para alimentar a sus polluelos y es preferible que un kvenliks te despedace. Nadie en su sano intentaría enfrentarse a uno, nadie, a menos que la chica con la que hubieras empezado a salir hace unos meses fuera a morir junto con alguien a quien ni siquiera conocías, alguien que todavía no era una persona, sino solo un puñado de células que apenas habían empezado a dividirse, y, como un estúpido, te preocuparas lo bastante por ambas como para sacrificarte y sufrir en su lugar una agonía de mil años.

Aquel milfauces no iba a comerse a nadie a quien yo quisiera. Ni siquiera conocía a ningún alumno de primero. Después de darse un festín con unas cuantas decenas de ellos, se iría a reposar para digerirlos y recuperarse del esfuerzo que le había supuesto llegar hasta aquí arriba. Probablemente permanecería en los dormitorios de primero, y descendería con ellos año tras año hasta que les tocara graduarse. Cuando volviera a tener hambre, se arrastraría un poco por el pasillo y devoraría a otros novatos que no tuvieran ningún otro sitio adonde ir. Al menos no los tomaría desprevenidos. Los alumnos que se comiera hoy seguirían suplicando, llorando y susurrando durante mucho tiempo, o, en todo caso, es lo que harían sus bocas.

Y entonces caí en la cuenta. En caso de que pudiera, de algún modo, detener al milfauces, nadie se enteraría. Con todas las explosiones y gritos provenientes de la sala de lectura, no quedaba ni una sola persona entre los pasillos de la biblioteca. Y los de primero no saldrían de sus dormitorios si oían algo fuera. Estábamos a final de curso, a estas alturas ya habrían aprendido a bloquear sus puertas, igual que cualquiera que estuviera cuerdo. Nadie más sabía que había un milfauces correteando por aquí arriba, y absolutamente nadie me creería si intentaba contarles que me había cargado a uno. Y no quería ni saber cuánta cantidad de mi valioso maná tendría que emplear. Después no podría alardear, pero mi reputación sería la menor de mis preocupaciones. Pasaría mi último año arañando hasta la última gota de maná que pudiera acumular para intentar sobrevivir a la graduación.

Hubiera preferido no darme cuenta de aquello. Lo hubiera preferido porque era demasiado importante para mí. Aquí todo tiene un precio. Acababa de conseguir un libro realmente valioso, y a unos pocos pasos, en la sala de lectura, se hallaba todo lo que había anhelado con tantas ganas, mi mejor oportunidad para sobrevivir y labrarme un futuro. Sabía que el colegio no me ofrecía aquello a cambio de nada, y justo delante de mí se encontraba todo lo contrario. Era un soborno por partida doble. Pero ¿por qué ibas a sobornar a alguien si no tenías ninguna razón para ello? El colegio no se molestaría en intentar mantenerme alejada del milfauces si no pensara que... tenía una posibilidad de derrotarlo. Que la hechicera destinada a causar estragos y destrucción podría eliminar al monstruo que nadie más era capaz de eliminar.

Miré a mi alrededor y, a través la entrada del pasillo, vi cómo Orion salía volando; la llamarada de luz blanca de su fantástico portaescudo se activó al tiempo que él se estrellaba contra lo que estuviera al otro lado. Una nube de rilkes lo persiguió, borboteando, y las alas de las criaturas emitieron un graznido parecido al de un pájaro, mientras derramaban sangre a su paso, como si fuera lluvia.

Podría correr hasta allí, evaporarlos a todos con el maná de un único cuarzo, igual que había hecho con el desollador, y alzarme de forma heroica frente a un agotado Orion y un montón de miembros de enclave. Y nadie pensaría mal de mí cuando se enterasen de lo del milfauces. Tampoco tendría que fingir que no lo había visto. Podría contárselo a todos y seguirían pensando que había sido una heroína. Ni siquiera los héroes intentan enfrentarse a ellos.

Me di la vuelta y fui tras el milfauces. Quería enfadarme, pero tan solo sentía ganas de vomitar. Mi madre nunca llegaría a saber qué había sido de mí. Nadie me vería morir. Tal vez algunos de los alumnos oyeran mis gritos ahogados desde el otro lado de la puerta, pero ignorarían que se trataba de mí. Y los alumnos que me oyeran gritar no tardarían en hacer lo mismo. Mi madre no llegaría a saberlo, aunque… en realidad estaba convencida de que sí, lo sabría del mismo modo que sabría si usaba la malia alguna vez. Lo más probable es que en aquel momento, durante una agradable noche de verano en el bosque, se encontrara guiando una sesión de meditación. Cerraría los ojos y pensaría en mí, como siempre, y entonces sabría qué es lo que me había ocurrido, qué es lo que me estaba ocurriendo. Tendría que vivir con ello, y con la muerte de mi padre, durante el resto de su vida.

Me había puesto a llorar de la única manera que me permitía llorar en el colegio, con los ojos abiertos de par en par, parpadeando con fuerza y dejando que las lágrimas rodaran por mi cara y gotearan por mi barbilla para que no me empañaran la vista. La entrada de las escaleras estaba más iluminada. Pude ver la resplandeciente dermis del milfauces brillando con reflejos iridiscentes mientras se deslizaba escaleras abajo. No dejó huella alguna a su paso, ningún rastro de baba ni sustancia resbaladiza. Ni siquiera polvo. Recorrí un camino totalmente limpio, bajé las escaleras y me dirigí por el rellano hacia los dormitorios de los de primero. La iluminación era mejor allí. Vi con toda claridad cómo el milfauces desplegaba sus tentáculos frente a las puertas, un gesto que parecía parodiar unos brazos abiertos a modo de invitación. Me contempló, totalmente estirado, con decenas de ojos; y algunas de sus bocas emitieron quejidos leves mientras otras se limitaban a respirar ruidosamente. Una de ellas dijo algo parecido a: «Nyeg», como si se tratara de una palabra.

Agarré el cuarzo que llevaba en la mano para vincularme con los otros que tenía guardados en el baúl de mi habitación, y acto seguido, eché a andar hacia la criatura. No estaba segura de si podría obligarme a mí misma a tocarla, pero no tuve que comprobarlo. Cuando me acerqué lo suficiente, el milfauces extendió por fin un tentáculo en mi dirección, me envolvió la cintura y tiró de mí; me pareció una sensación horrible incluso a través del escudo, como si un hombre muy grande y sudoroso con las manos pegajosas me hubiera agarrado con demasiada fuerza y estuviera estrechándome contra su cuerpo. Las bocas que se encontraban más cerca de mí empezaron a murmurar palabras ininteligibles, cargadas de saliva, como si ese mismo hombre estuviera susurrándome borracho al oído, solo que por ambos lados a la vez. Era incapaz de alejarme de esta criatura que anhelaba devorarme con desesperación, que quería introducirse en mi interior y abrirme en canal. Lo intenté. No pude evitarlo. No fue una decisión consciente. No pude reprimir el instinto de intentar alejarme de ella, de intentar retorcerme y luchar, pero no sirvió de nada. Me encontraba atrapada en sus garras y no había nada que hacer.

Lo único que había logrado mi escudo era impedir, de momento, que el milfauces se introdujera en mí. Era como si una lengua estuviera haciendo fuerza contra mis labios pero yo hubiera conseguido mantenerlos cerrados, como si no pudiera abrirme las piernas. Pero acabaría cansándome y no me quedaría más remedio que rendirme. No sería capaz de aguantar eternamente. Y la sensación de terror y rabia que aquella idea me produjo fue lo único que me empujó a cambiar mi estrategia. Me apreté un poco contra la criatura y entonces una parte de ella se derramó sobre mi cabeza y me envolvió. Aquello ya no se parecía en nada a que una persona, por muy desagradable que fuera, me estrechara contra su cuerpo. Ya no eran bocas ni ojos ni manos lo que me rodeaban, sino intestinos y órganos que intentaban abrirse paso a toda costa hasta mi interior. La criatura pretendía hacerme trizas y convertirme en parte de ella, aplastarme contra sí misma. Sus entrañas eran horribles y asquerosamente húmedas, como las de un ser agonizante que nunca llega a morir del todo, un ser que se pudre y sigue rezumando sangre. Me puse a chillar debido a la impresión que me causaba notarlo a mi alrededor.

Y sabía que por mucho que gritara, nadie vendría a ayudarme, así que al principio seguí adelante. Me introduje más profundamente y me agarré a sus vísceras, igual que si me estuviera aferrando a una especie de cuerda que se me resbalaba de las manos tan pronto como me asía a ella. Intenté nadar a través de la carne. Notaba cómo el maná fluía en mi interior, un torrente de poder que me recorría y mantenía activo mi escudo, impidiendo que el milfauces se hundiera en mí, pero ignoraba cuánto maná estaba usando y cuánto me quedaba, no sabía si tendría lo suficiente para destruir a aquel monstruo cuando llegara a mi destino, dondequiera que estuviese ese lugar. No dejé de gritar ni sollozar ni avanzar a ciegas, sin llegar realmente a ninguna parte, y lo cierto es que no podía soportarlo más. El libro de texto tenía razón: habría sido mejor decantarse por cualquier otra cosa, elegir cualquier otra muerte, porque prefería estar muerta a seguir adelante, aún con mi escudo.

De modo que no seguí avanzando. Me detuve, y lancé el mejor hechizo de los diecinueve que conocía para arrasar una habitación abarrotada de personas, el más corto, pues está compuesto de tres palabras en francés, *à la mort,* pero debe lanzarse de forma despreocupada, haciendo un ademán con la mano que a la mayoría le sale mal, y si te equivocas aunque sea un poco, te mata a ti en su lugar. Por lo que así es muy difícil adoptar una actitud despreocupada.

Pero me trajo sin cuidado. ¿Sería capaz de mover la mano adecuadamente allí dentro? Lo ignoraba. Me daba igual. Tan solo puse en práctica algo que me salía de forma natural, un hechizo que brotó de mi boca con la misma facilidad que una bocanada de aire, y acto seguido moví la mano, o tal vez simplemente pensé en moverla. Toda la porquería a mi alrededor se volvió aún más asquerosa y se transformó en carne putrefacta, pero el hecho de lanzar el hechizo me había resultado sencillo, me había hecho sentir bien y me había dado la sensación de estar haciendo lo correcto, así que lo lancé una y otra vez, solo para desahogarme. Empleé otros hechizos mortales, hasta el último del inmenso repertorio que conocía, por si acaso alguno de ellos funcionaba y terminaba con todo aquello. Pero no fue así. La podredumbre y la descomposición siguieron extendiéndose a mi alrededor, mientras los órganos de la criatura flotaban en medio de una masa chorreante. Numerosos ojos emergieron de esta y me contemplaron, presionándose contra mi escudo, pero al menos se nublaron y se descompusieron cuando arremetí contra ellos, así que continué matando y matando hasta que de repente, entre un instante y el siguiente, el milfauces se fragmentó sobre mi cabeza, se deslizó a ambos lados de mi cuerpo y formó un charco, parecido a un saco vacío, a mis pies, desintegrándose; los últimos ojos, ya muertos y vacíos, se hundieron en sí mismos mientras lo que quedaba de aquel monstruo se desmoronaba.

Creía haber estado abriéndome camino en su interior durante kilómetros, pero apenas había dado dos pasos desde el lugar donde el milfauces me había agarrado. Había algo en el suelo a unos metros de mí, un bulto grotesco que se asemejaba a un pollo deshuesado, salvo que se trataba de una persona, un cuerpo aplastado en posición fetal. Acto seguido, este se desmoronó también, dejando a su paso un rastro de porquería por todo el pasillo, que acabó empapado de sangre, bilis y los últimos trozos de carne podrida.

Toda aquella inmundicia ya estaba vertiéndose por el sistema de drenaje del suelo, que se hallaba ligeramente inclinado. Los desagües habían sido instalados a conciencia para estas ocasiones, para hacer desaparecer todo indicio de cualquier desafortunado acontecimiento que pudiera ensuciar el pavimento. Estos comenzaron a atascarse por la cantidad de porquería y pensé que las tuberías acabarían rebosando, pero entonces los pulverizadores del techo se activaron de forma automática emitiendo unos ruidos muy fuertes, y mira tú por dónde, se unieron a la tarea de drenar los restos de un milfauces. Ignoraba a cuántas personas había matado. Había perdido la cuenta de cuántos hechizos mortales había lanzado. Por supuesto, estoy convencida de que todas lo agradecieron. De otro modo, ellas habrían acabado conmigo.

Tenía que despojarme del hechizo de escudo, que aún seguía envolviéndome. Ya no me hacía falta, e iba a necesitar con urgencia hasta la última gota de maná que estaba consumiendo ahora mismo. Pero era incapaz de hacerlo. La superficie exterior estaba empapada de porquería. Los pulverizadores se habían detenido, y la sangre y los fluidos seguían vertiéndose por los desagües, dejando un rastro de color rojo intenso y amarillo pútrido alrededor del contorno de mis zapatos, tan solo separado de estos últimos por el margen de diez centímetros de mi escudo. No quería sacar las manos afuera.

Permanecí allí, temblorosa, mientras las lágrimas continuaban rodando por mis mejillas, y cuando la nariz comenzó a gotearme y sentí mis propios fluidos calientes y pegajosos en la cara, me entraron ganas de vomitar y se me hizo un nudo en el estómago. Entonces oí una voz desde las escaleras: «¡El! Galadriel! ¿Estás ahí abajo?», y volví en mí. Levanté las manos y atravesé el escudo por la parte superior, y acto seguido lo abrí y lo deslicé hasta el suelo, desperdiciando una pizca más de maná para quitármelo de ese modo y que la suciedad del escudo se uniera a la porquería que estaba vertiéndose por los desagües.

Orion apareció por las escaleras y entró en el pasillo, sin aliento y chamuscado. La mitad de su pelo se había quemado y ahora lo llevaba corto por un lado. Cuando me vio, se detuvo en seco y dejó escapar un profundo suspiro, igual que alguien que ha estado preocupado por ti porque no llegabas a casa y que no puede evitar cabrearse en cuanto ha comprobado que estás bien.

—Me alegro de que pudieras escapar —me dijo mordazmente—. Ya ha acabado todo, por cierto.

Prorrumpí en sollozos y enterré la cara entre las manos.

7
SUFRIMIENTO

Orion tuvo que cargarme, más o menos, hasta mi habitación. Probablemente menos que más, dado que pesaba demasiado para él y tuvo que detenerse y bajarme unas cuantas veces; yo caminé por mi cuenta un poco antes de quedarme inmóvil, echarme a llorar otra vez y que él volviera a cargarme presa del pánico. En algún momento, cayó en la cuenta de que no salí escopetada de la sala de lectura porque sí, sino que algo más debía de haber ocurrido, y cuando llegamos a mi habitación, intentó que se lo contara. Supongo que me habría creído, y si hubiera sido así y luego él se lo hubiera contado a otras personas, ¿no habría cumplido mi objetivo? Lo más seguro es que no. Después de todo, los demás pensaban que se había enamorado como un imbécil por mí, así que le habrían preguntado si lo había visto; pero no lo había hecho.

No quise averiguarlo. No quería hablar de ello. No respondí a ninguna de sus preguntas, excepto la última, cuando por fin me preguntó si quería estar sola y yo le dije que no. Se sentó a mi lado en la cama con cierta vacilación, y al cabo de unos minutos me pasó el brazo por los hombros de forma aún más vacilante. Aquello me hizo sentir mejor, lo cual fue horrible a su manera.

Me quedé dormida en algún momento. Orion permaneció conmigo toda la tarde, incluso durante el almuerzo, y me despertó a la hora de cenar. Me notaba los ojos llenos de legañas y la garganta dolorida. Pasé la cena totalmente embotada, sin tomar ninguna de mis precauciones habituales. Por suerte, Orion no me dejó sola ni un segundo. Un tallo ocular salió de los desagües de debajo de la mesa en la que me había sentado, que aunque era una de las peores, me había traído sin cuidado. Un ojo gelatinoso de color verde miró alrededor, echó un vistazo a los tobillos de Orion, y volvió a meterse en el desagüe discretamente. No dije nada.

Aadhya preguntó:

—¿Acaso le rebotó un hechizo o algo así?

—¡No lo sé! —dijo Orion, que parecía un poco crispado—. No lo creo.

—Me han dicho que acabaste con una aparición en la biblioteca —repuso Liu—. A veces son capaces de dividirse. Tal vez le hayan absorbido parte de la energía.

Orion agarró la cadena que llevaba colgada al cuello con un dedo y sacó el cuarzo de debajo de mi camisa. Estaba oscuro, resquebrajado y vacío. El motivo de aquello era que no lo había resguardado como es debido al despojarme de mi hechizo protector, aunque tenía el mismo aspecto que si hubiera estado defendiéndome de una aparición y esta hubiera conseguido atravesar el escudo. Aun así, no le dije a Orion que Liu se equivocaba; no dije nada en absoluto. Parecía que aquella conversación estuviera llevándose a cabo en una serie de la tele que ni siquiera veía, con actores a los que no conocía.

—Bien —dijo Orion apesumbrado—. Quédate con ella, ¿de acuerdo? —Y entonces se quitó el prestamagia de la muñeca y se levantó.

Se dirigió hasta uno de los extremos de la cafetería, donde estaban las fregonas que se usaban para las tareas de mantenimiento, agarró una y recorrió toda la estancia golpeando con fuerza los azulejos del techo. Los alumnos protestaron cuando empezaron, literalmente, a llover mals, aunque estos eran en su mayor parte de los de tipo larva, los cuales merodean por el techo a la espera de alguna que otra migaja. Orion los ignoró hasta que finalmente se topó con un nido de lanzadores en un rincón. Tras acabar con los nueve, volvió a la mesa, me colocó la mano en el pecho y me introdujo el equivalente a un año de maná acumulado en el cuerpo, que ya estaba a rebosar de energía.

Cuento con una capacidad considerable para acumular maná, pero aquello era demasiado para mí. Mi cuarzo de almacenamiento no funcionaba, de modo que no podía desviar ni un ápice. Si en aquel momento hubiera estado un poco menos ida, habría usado aquel maná para el espectacular numerito que tenía en mente. Si hubiera estado más ida, habría lanzado por instinto el conjuro con el que estoy más familiarizada, que en ese momento en particular era el hechizo letal que había empleado una y otra vez en las últimas horas. Me encontraba lo bastante en mis cabales como para saber que no quería hacer eso, pero si no se me ocurría algo pronto acabaría envenenada por exceso de maná. Así que lo que hice en su lugar fue volcar todo aquel poder en el único hechizo que me salía de forma completamente natural y no implicaba matar a nadie. Se trataba de un ejercicio de meditación que mi madre me obligaba a poner en práctica día y noche, justo después de lavarme los dientes. Me lo enseñó de pequeña haciéndome cantar un breve himno religioso, y era lo más parecido a un encantamiento que había sin serlo, pues en realidad no hacen falta palabras para llevarlo a cabo. Simplemente tienes que tomar la decisión consciente de ponerte bien, sea lo que sea que eso signifique para ti. En las pocas ocasiones en las que le preguntaba si de verdad era un monstruo y que cuál era mi problema, me contestaba que no tenía ningún problema que no fuera un problema y me obligaba a poner en práctica la meditación hasta que volvía a encontrarme bien. Si crees que lo que acabo de decir carece de todo sentido, te invito a que visites la comuna y lo hables con ella.

Normalmente es un hechizo que no requiere maná, pues basta con tener la intención de lanzarlo. Me encontraba tan mal que ni siquiera era capaz de desarrollar esa intención, pero el hecho de verter tanto poder en el conjuro fue suficiente como para obligarme, casi como si me agarrara a mí misma por el pescuezo, me sacudiera con fuerza y me cruzara la cara unas cuantas veces. Me puse de pie de un salto con un bramido y comencé a hacer aspavientos con las manos como una loca. Aquello tan solo consumió el equivalente a un mes acumulado de maná, pero debía gastar once meses más si no quería acabar reventando, de manera que —todavía actuando por instinto— les lancé el hechizo a los demás, lo que provocó que todos en mi mesa excepto Orion saltaran y dejaran escapar un grito, igual que había hecho yo hacía unos instantes. De ese modo me desprendí de nueve meses más de maná. Un par de chavales que pasaron por al lado tropezaron y dejaron caer sus bandejas cuando el hechizo los golpeó, y luego por fin el exceso de poder se agotó.

Volví a dejarme caer en el banco con un golpe seco. Desde luego me sentía yo misma de nuevo, es decir, llevaba un cabreo monumental. Todos los de la mesa parecían sentir una felicidad intranquila y sus rostros resplandecían, excepto Liu, sentada al otro extremo, que temblaba con violencia mientras se miraba las manos: sus uñas habían vuelto a la normalidad. Miró fijamente a Orión.

—¿Qué mierda has hecho? —dijo, temblorosa.

—¡No lo sé! —respondió Orion—. Nunca había pasado eso.

—La próxima vez —le dije con voz áspera—, pregunta primero. —Me miró preocupado y añadí—: Y estoy *bien*. —Lo cual era cierto, aunque no había sido algo intencionado, porque no quería estar bien todavía. Nunca había estado de acuerdo con mi madre sobre lo de dejar que cada proceso siguiera su curso, pero por primera vez comprendí lo que quería decir. Sin embargo, la Escolomancia no es el lugar ideal para procesar nada, y al cabo de un momento me sentí más o menos agradecida. Bueno, más bien menos.

—Deja de revolotear a mi alrededor —murmuré, y aparté la vista de Orion para comprobar rápidamente si la comida de mi bandeja estaba envenenada, ya que no lo había comprobado hasta ese momento. Tuve que tirar más de la mitad, pero como me había perdido el almuerzo, me moría de hambre.

Aadhya me dio la mitad de su pudín de chocolate y dijo: «Ya me devolverás el favor cuando puedas», y Cora me dio a regañadientes la manzana que quería guardarse para más tarde después de que Nkoyo le propinara un codazo. Orion se había sentado a mi lado lentamente y parecía un poco menos asustado. Liu seguía mirándose las manos, mientras las lágrimas le corrían por la cara en dos líneas paralelas. Era evidente que no me había equivocado y ella había usado la malia con muchísima moderación. Si se hubiera pasado aunque solo fuera un poco, el hechizo no habría sido capaz de devolverla a la normalidad. Aunque puede que a ella le hiciera todavía menos gracia que a mí. Ahora sabía exactamente cómo acabaría si volvía a usar malia, pero no le quedaba más remedio que hacerlo o cambiar su estrategia completamente.

Orion no dejó de revolotear a mi alrededor. Después de cenar me acompañó a mi habitación con la intención de pasar dentro. Seguro que el muy idiota se hubiera quedado toda la noche conmigo de nuevo.

—Te lo repito, estoy bien —le aseguré—. ¿No te preocupa que alguien necesite los servicios del héroe del colegio? Vete a merodear por los dormitorios de los de último curso si tanto te aburres.

Por lo menos aquel comentario hizo que me fulminara con la mirada.

—De nada —dijo Orion—. En serio, ni lo menciones, ya son siete las veces que…

—*Seis* —respondí entre dientes.

—¿Y lo de esta mañana? —dijo con énfasis.

Hoy no me has salvado de nada, estuve a punto de decirle, pero no sabía muy bien si aquello era cierto, y de todos modos seguía sin querer hablar del tema, así que me di la vuelta con frialdad, me metí en mi habitación y le cerré la puerta en las narices.

Como lo cierto es que sí me encontraba bien y ya no me hallaba inmersa en una cómoda y agradable niebla disociativa, me dispuse a evaluar los daños, que eran considerables. El cuarzo que había usado como canal para vincularme con el resto de mi reserva de maná también se había roto. Había vaciado un total de diecinueve cuarzos. Solo me quedaban ocho llenos. Y había salido con vida tras enfrentarme a un milfauces, lo cual hacía que me planteara las cosas desde una perspectiva diferente. Me senté en la cama con los cuarzos resquebrajados y los contemplé. Una cosa era tener la corazonada de que podía lanzar todos los hechizos letales e increíblemente poderosos que quisiera, Y otra muy distinta haberlo demostrado de forma tan espectacular, aun cuando yo había sido la única testigo.

Y menos mal. Llevo mucho tiempo imaginando con todo lujo de detalles numerosos escenarios en los que llevo a cabo impresionantes rescates en público —y para ser sincera, en algunos de ellos aparece un Orion rebosante de agradecimiento y admiración— mientras mis compañeros reaccionan boquiabiertos y llenos de remordimiento por no haber sido capaces hasta entonces de ver a la persona que era en realidad. Pero la *persona que era en realidad* acababa de matar a un milfauces ella sola, empleando de forma indiscriminada uno de los hechizos más poderosos e implacables que existían, así que si mis compañeros veían esta faceta de mí, no creo que llegaran a la conclusión de que, después de todo, era una persona encantadora y deberían haber sido amables conmigo desde un principio. No, pensarían que soy violenta y peligrosa, y que por eso mismo deberían haber sido amables desde el principio. Me tendrían miedo. Por supuesto que sí. Ahora me daba cuenta de aquello con absoluta claridad, a pesar de haberme aferrado a esos patéticos sueños durante tanto tiempo, porque yo también me tenía miedo.

Me levanté, saqué el libro de texto de segundo curso de Estudios sobre Maleficaria de la balda superior   comprobé la parte de abajo de la balda así como el estante de arriba, y recorrí todos mis libros con el dorso de la mano antes de sacarlo— y busqué las páginas donde mencionaban a los milfauces. Sabía que había una referencia al artículo de la revista. La encontré, levanté la mirada del escritorio y dije contemplando la oscuridad: «Quiero una copia legible y en inglés del número 716 de la *Revista de Estudios sobre Maleficaria*».

Pude especificar porque localizar esa revista es superfácil . Puede que el nombre *Revista de Estudios sobre Maleficaria* suene muy académico y aburrido, pero no es más que teatro. Existen lectores muy entusiastas a los que les chifla cualquier información nueva sobre los monstruos que quieren devorarnos. Todos los enclaves del mundo apoyan la investigación a cambio de una caja llena de copias cada mes, y los magos independientes que pueden permitírselo se suscriben a la publicación. Aquellos que no tienen dinero suficiente, se asocian con otros magos y comparten una copia entre todos.

Este número era bastante reciente, no de hace veinte años. La madre de Orion ya formaba parte del comité editorial: Ofelia Rhys-Lake, Nueva York; su nombre aparecía el octavo en la cabecera. Ahora aparece más arriba. El artículo sobre el milfauces ocupaba la mitad del contenido de la revista, y el apartado histórico ahondaba en el único relato serio y moderno que narraba la derrota de uno.

Un grupo bastante grande de magos pertenecientes al enclave de Shanghái, en China, habían sido expulsados por parte de las autoridades durante la Gran Revolución Cultural Proletaria —no por ser magos, sino por su aspecto adinerado, que resultaba sospechoso—, por lo que las guardas mágicas del enclave empeoraron bastante tras la repentina pérdida de tantos magos poderosos. Un milfauces atravesó las puertas y devoró a la mitad de los residentes que quedaban en un día; el resto huyó, igual que habría hecho cualquiera que no hubiera perdido la cabeza.

Aquella era una historia bastante común. Así es cómo los enclaves acaban siendo destruidos. No siempre se trata de un milfauces, pero un enclave debilitado siempre resulta de lo más tentador para los mals más peligrosos. Sin embargo, al cabo de unos diez años, los magos a los que habían expulsado regresaron, reunieron a los supervivientes y a los niños que seguían con vida, y decidieron intentar recuperar el enclave.

Fue una locura, ya que en aquel momento los únicos casos en los que se afirmaba haber acabado con un milfauces carecían de toda credibilidad, pero, por otro lado, se jugaban mucho. Construir un enclave no es tarea sencilla, nadie abandonaría el suyo de buenas a primeras, y mucho menos si era uno con mil años de historia y todo tipo de protecciones.

Leyendo entre líneas, también me di cuenta de que en este caso la ambición había tenido mucho que ver en todo el asunto, ya que «el futuro Dominus del enclave, nuestro coautor Li Feng», fue el que organizó la reconquista del mismo. El grupo entero se pasó un año almacenando maná, posiblemente el equivalente a mil de mis cuarzos. Li incorporó al grupo a un círculo de ocho poderosos magos independientes y les prometió a todos cargos importantes en el enclave si el plan funcionaba, y él mismo se ofreció para meterse en el interior del milfauces. Se vinculó al círculo y se introdujo en la criatura protegido con los escudos de los demás y equipado con todo el maná que habían acumulado. Tardó tres días en destruir al milfauces y dos de los magos del círculo perdieron la vida dos días después.

Estaba buscando información que me tranquilizara, pero el artículo solo empeoró mi nerviosismo. Yo era una chica de 16 años, tenía 29 cuarzos, y los había llenado casi todos con ejercicios aeróbicos. Era obvio que no me correspondía a mí acabar con un milfauces durante un paseo mañanero de fin de semana. Tal vez la Escolomancia había sabido que tenía una oportunidad de acabar con la criatura, pero *no debería* haber sido así. Arrojé la revista de nuevo a la oscuridad y me senté en mi cama con los brazos alrededor de las rodillas, mientras pensaba en la profecía de mi bisabuela. Si alguna vez me convertía en una maléfice, si alguna vez comenzaba a usar la malia, exprimiendo a los demás como a un pomelo, y a lanzar hechizos asesinos a diestro y siniestro, sería imparable. Tal vez, literalmente. Llevaría la muerte y la destrucción a todos los enclaves del mundo igual que un milfauces, aunque sería mucho más poderosa que cualquiera de ellos. Y además acabaría con estos últimos también, ya que serían mis *rivales*.

Todo el mundo parecía estar esperando a que se me cruzaran los cables y comenzara mi reinado del terror; todos excepto mi madre, que ni siquiera llamaría mala persona a Hitler. No es que creyera que había sido el resultado de un contexto histórico inevitable ni nada de eso. Ella dice que es demasiado sencillo tildar a alguien de malvado en vez de a sus elecciones, y eso permite que la gente justifique sus actos de maldad, ya que se convencen a sí mismos de que no pasa nada porque dentro de su propia cabeza siguen siendo, en términos generales, buenas personas.

Y sí, me parece bien, pero creo que después de que una persona tome cierto número de elecciones malvadas, no es descabellado llegar a la conclusión de que esa misma persona es malvada y no debería tener la oportunidad de tomar más decisiones. Y cuanto más poder tiene alguien, menos permisivos deberíamos ser. De manera que, ¿cuántas oportunidades había tenido yo? ¿Cuántas me quedaban? ¿Había conseguido puntos por haberme enfrentado al milfauces? ¿O solo por haber sentido el alcance de mi poder me dirigía hacia un futuro horrible y tan inevitable que alguien que había tenido la intención de quererme ya lo había predicho hacía más de una década?

Llevo pensando toda la vida en esa profecía. Es una de las primeras cosas que recuerdo. Ese día hacía calor. Por aquel entonces debía de ser invierno en Gales, un período de lo más frío y húmedo; no recuerdo el invierno, pero sí me acuerdo del sol. Había una fuente cuadrada en el patio interior de la que salía un chorro de agua que atravesaban algunos arcoíris; estaba rodeada de arbolitos en macetas con flores de color rosa púrpura. Toda la familia se reunió a nuestro alrededor. Eran personas que se parecían a mí, al rostro que contemplaba en el espejo y que provocaba comentarios desdeñosos entre los niños del colegio, solo que aquí ese rostro encajaba a la perfección. La madre de mi padre se arrodilló para darme un abrazo y, tras apartarse un poco para contemplarme, dijo: «Oh, es la viva imagen de Arjun», mientras unas lágrimas de felicidad le recorrían las mejillas.

Mi bisabuela estaba sentada a la sombra; lo único que yo quería hacer era meter las manos en la fuente y jugar con los arcoíris, pero los demás me acercaron a ella. Mi bisabuela me contempló sonriendo y alargó los brazos para tomar mis húmedas manos entre las suyas. Tras devolverle la sonrisa, su expresión cambió por completo: aflojó el cuerpo, se le nublaron los ojos y comenzó a hablar en maratí, una lengua que yo no hablaba con nadie más que con mi profesor de idiomas una vez a la semana, por lo que fui incapaz de entender las palabras. Lo que sí pude interpretar fueron los gritos ahogados de aquellos a mi alrededor, que comenzaron a discutir y a sollozar, y el hecho de que mi madre tuvo que alejarme de mi bisabuela, llevarme hasta el otro extremo del patio y protegerme con su cuerpo y su voz del miedo que se había apoderado de los demás. Todo rastro de amabilidad había desaparecido.

Mi abuela nos metió apresuradamente en casa, nos llevó a una pequeña habitación fresca y tranquila, y le dijo a mi madre que nos quedáramos allí; acto seguido, me echó una mirada llena de angustia y volvió a salir. Esa fue la última vez que la vi. Alguien nos trajo algo de cenar, y a mí se me olvidaron la confusión y el miedo que había sentido y quise volver a la fuente, pero mi madre me cantó hasta que me quedé dormida. Mi abuelo fue uno de los hombres que irrumpieron en plena noche para alejarme de ella. Sé lo que dice la profecía porque se la tradujo a mi madre; se la repitió una y otra vez intentando persuadirla, porque no la conocía lo suficiente como para entender que nunca me sacrificaría por el bien común. Lo que hizo mi madre fue llevarse a casa a la siniestra de su hija para criarla, cubrirla de amor y protegerla con todas sus fuerzas. Y aquí me tienes ahora, preparada para poner en marcha mi reinado del terror cualquier día de estos.

Lo más seguro es que me hubiera pasado unas cuantas horas más dándole vueltas al asunto, pero tenía tareas demasiado tediosas de las que ocuparme. Me levanté de la cama y comencé a preparar otro de mis cuarzos para que sirviera de vínculo con los demás. El proceso consistía en generar maná mediante larguísimas canciones que hablaban de abrir puertas, dejar fluir los ríos, etc., aunque debía concentrarme en todo momento para conseguir introducir un hilo de maná por uno de los extremos del cuarzo y sacarlo por el otro. Después de que empezara a dolerme la garganta de tanto cantar, lo dejé a un lado, agarré en su lugar uno de los cuarzos que había agotado y comencé a rellenarlo. Como no podía hacer abdominales o saltos de tijera debido a que el vientre aún me dolía, tuve que decantarme por el ganchillo.

No hay palabras para describir lo mucho que lo odio. Prefiero hacer mil flexiones que tejer una sola fila. Me obligué a aprender porque es una forma bastante sencilla de generar maná en el colegio, lo único que hace falta traerse es una diminuta aguja de ganchillo. Las mantas del colegio son de lana, de modo que puedes deshacerlas y volverlas a tejer, sin necesidad de utilizar ningún otro material. Pero se me da fatal. Me despisto y olvido cuántos puntos he dado, de qué tipo son, qué mierda intento hacer y por qué no me he sacado los ojos con la aguja todavía. Viene fenomenal para acabar echando espumarajos de rabia por la boca después de haber deshecho los últimos cien puntos por novena vez. Pero a cambio, puedo acumular una cantidad decente de poder.

Tardé una hora en conseguir que el cuarzo dejara de derramar maná y volviera a almacenarlo. Para entonces ya tenía los dientes apretados a causa de la furia y me recorría una nueva sensación de ansiedad: ¿eso que sentía era maldad? Sí, ahora me preocupaba pasarme al lado oscuro por culpa de tanto ganchillo. Era algo tan estúpido que casi parecía posible. Pero no me quedaba más remedio que continuar y almacenar al menos una cantidad considerable de maná, porque de lo contrario, estaba convencida de que al día siguiente el cuarzo volvería a bloquearse. Tendría que rellenar cada uno de los cuarzos agotados del mismo modo. Debía decidir si invertir mi esfuerzo en recuperarlos, o cortar por lo sano y centrarme en llenar los cuarzos que todavía me quedaban intactos. No podía dejar los agotados para el final; de lo contrario, se estropearían del todo y sería imposible rellenarlos.

Se me ocurrió pedirle a Orion que me rellenara unos cuantos. Pero si empezaba a compartir su poder conmigo de forma sistemática, los demás alumnos del enclave de Nueva York acabarían bloqueándolo tarde o temprano. Y con razón. Se servía del maná del enclave cada vez que lo necesitaba. Eso era lo que le había permitido ir por ahí rescatando alumnos a diestro y siniestro, en vez de preocuparse por si le quedaba maná suficiente para pasar el día, como hacíamos el resto de desgraciados. Tenía que dar algo a cambio de ese derecho. Naturalmente, podía unirme yo misma al enclave de Nueva York. Tras ver a Orion correteando por la cafetería en plan caballero andante por mí, justo después de un fin de semana en el que todo el mundo había dado por hecho que nos lo habíamos estado montando en la biblioteca, lo más seguro es que, a estas alturas, Magnus, Chloe y los demás se hubieran sentido aliviados si me hubiera unido a ellos. Y tras lo ocurrido, habría sido una decisión aún más sensata por mi parte.

Así que, por supuesto, no era eso lo que iba a hacer. En cambio, pensaba pasarme el próximo mes tejiéndole a mi manta un diseño de hojas y flores tan precioso que quitaría el aliento. Si no llevaba cuidado, puede que acabara entretejiendo mi rabia en la lana, con lo que la expresión «quitar el aliento» cobraría un significado literal. Supongo que al menos me serviría como proyecto para el taller.

El toque de queda sonó, pero yo seguí a lo mío. Gracias a la larga siesta que me había echado antes, podía permitirme el lujo de quedarme despierta hasta tarde. Después de otra hora de trabajo, me di permiso para descansar por fin y guardé mi aguja de ganchillo —me entraron ganas de lanzarla con fuerza al vacío, pero si hacía aquello, jamás la recuperaría, de manera que me limité a rechinar los dientes y volví a sujetarla cuidadosamente a la tapa de mi baúl— y luego, como premio, me senté en la cama para hojear lo único bueno que había conseguido aquel día: el libro que había sacado de la estantería de sánscrito en la biblioteca.

Nada más tocarlo había sabido que se trataba de un volumen valioso, pero intenté no hacerme demasiadas ilusiones al sacarlo de la mochila, ya que tras el día —la semana, el año, la vida— que había tenido, no me habría extrañado nada que alguien hubiera intercambiado las páginas por las de un libro mundano de cocina o que estas estuvieran pegadas unas a otras debido a la humedad o que se las hubieran comido los gusanos o algo así. Pero la cubierta se encontraba en perfecto estado. Había sido hecha a mano con cuero de color verde oscuro, y unos intrincados y hermosos grabados dorados adornaban toda su superficie; cubrían, incluso, la larga solapa plegable que servía para proteger el lado exterior de las páginas. Me coloqué el libro en el regazo y lo abrí lentamente. La primera página —o la última, según pude comprobar, pues se leía de derecha a izquierda— estaba escrita en lo que parecía árabe, y mi corazón empezó a latir con fuerza.

Muchos de los conjuros en sánscrito más antiguos y poderosos que siguen en circulación, cuyos manuscritos originales llevan siglos perdidos, provienen de las copias que se hicieron en el enclave de Bagdad hace mil años. El libro no daba la sensación de tener mil años, ni siquiera al tocarlo, pero eso no significaba nada. Los libros de hechizos acaban extraviándose incluso en las estanterías de los enclaves, a no ser que estos últimos cuenten con un sistema de clasificación excelente y un enérgico bibliotecario que lleve un registro de cada volumen. No sé adónde van cuando desaparecen, si al mismo vacío que rodea nuestras habitaciones o a algún lugar diferente, pero allá donde estén permanecen inalterables. Cuanto más valiosos son, más probable es que se esfumen, pues se apodera de ellos el deseo de protegerse a sí mismos. Este parecía estar tan nuevo que lo más probable es que hubiera desaparecido de la biblioteca de Bagdad apenas un par de años después de haber sido escrito.

Contuve el aliento mientras hojeaba su contenido hasta llegar a la primera página, la cual tenía muchas anotaciones en los márgenes. Seguramente me vería forzada a aprender árabe, aunque desde luego merecería la pena, porque la primera página decía más o menos lo siguiente: «He aquí la obra maestra del sabio de Gandhara», y cuando leí aquello, no pude evitar soltar una especie de graznido horrible en voz alta y llevarme el volumen al pecho como si fuera a salir volando en cualquier momento.

Los sutras de la Piedra Dorada son famosos porque son los primeros hechizos para la creación de enclaves que se conocen. Antes de ellos, los enclaves solo se formaban por accidente. Si una comunidad de magos vive y trabaja en el mismo lugar durante el tiempo suficiente, unas diez generaciones más o menos, dicho lugar comienza a desvanecerse del mundo y a expandirse de formas extrañas. Si los magos entran y salen siempre por los mismos puntos, estos se convierten en las puertas del enclave, y el resto del lugar acaba separado del mundo y situado en el vacío, al igual que la Escolomancia, que se encuentra flotando en su interior. Llegados a este punto, los mals son incapaces de dar con los magos a no ser que consigan abrirse camino a través de las puertas, con lo que la vida de estos últimos corre mucho menos peligro. Además, como hacer magia se convierte en algo más sencillo, su existencia se vuelve también mucho más agradable.

Sin embargo, no existen demasiados enclaves que se hayan formado de manera natural. Ya me dirás tú cómo encontrar un lugar con la suficiente estabilidad histórica a lo largo de diez generaciones como para formar uno. Ser mago no te libra de palmarla cuando tu ciudad se incendia o alguien te atraviesa con una espada. Es más, ni siquiera formar parte de un enclave te garantiza salir indemne. Si te ocultas en su interior y los accesos son bombardeados, tu enclave también se va al carajo. No creo que nadie sepa con seguridad si este vuela en pedazos o si acaba desapareciendo en el vacío contigo dentro, pero esa es una cuestión bastante teórica.

Por otro lado, sigue siendo preferible formar parte de un enclave que quedarte acurrucado en el sótano. El enclave de Londres sobrevivió a los bombardeos de la Segunda Guerra Mundial porque abrieron muchas entradas por toda la ciudad, y reemplazaron de inmediato las que habían sido destruidas. Aunque eso les ha generado hoy en día otros problemas. Hay un grupo de magos macarras independientes que sobreviven buscando las antiguas entradas. Las abren lo suficiente como para colarse en algo así como el revestimiento del enclave —desconozco los aspectos técnicos, y ellos también, pero funciona— y se instalan allí hasta que el concilio del enclave los descubre, los expulsa y vuelven a obstruir las entradas. Conozco a algunos de esos magos porque todos acuden a mi madre cuando se encuentran mal, lo cual ocurre a menudo, pues viven en espacios semirreales, desvían el maná del enclave a través de canales mugrientos y antiguos y se alimentan en su mayor parte de comida y bebida que elaboran a partir de ese maná contaminado.

Mi madre los ayuda a que se encuentren mejor y no les cobra, a no ser que obligarlos a meditar durante un buen rato y echarles la bronca por pulular cerca del enclave en vez de ir a vivir a los bosques como ella en plan espiritual cuente como pago. A veces hasta le hacen caso.

Pero Londres no es un enclave natural, desde luego; ninguno de los grandes enclaves lo es. Han sido construidos. Y por lo que sabemos, los primeros enclaves que se construyeron, hará unos cinco mil años, fueron los de la Piedra Dorada. En menos de un siglo, aparecieron diez a lo largo de Pakistán y el norte de la India; y tres de ellos siguen existiendo incluso después de todo este tiempo. Todos esos enclaves afirman haber sido creados por el autor de los sutras de la Piedra Dorada, un tipo llamado Purochana que algunos historiadores de magos creen que es el mismo tipo que aparece en el *Mahabharata*, y que más o menos trabajaba para el príncipe de Gandhara. A menudo, las fuentes medievales se refieren a él como «El sabio de Gandhara». En el *Mahabharata*, es prácticamente un villano que construye una casa de cera para intentar quemar vivos a los enemigos de su príncipe, así que no sé muy bien cómo lo anterior encaja con la idea de que era un heroico creador de enclaves, pero las fuentes mundanas no siempre son demasiado benevolentes con los magos. O tal vez lo que ocurrió es que intentaba construir esa casa tan sumamente inflamable, y sin querer dio con algún modo de crear un enclave en su lugar.

En cualquier caso, podemos afirmar casi con toda seguridad que los diez enclaves no fueron creados por la misma persona. Una vez que has creado un enclave en el que vivir tranquilo, ni se te pasaría por la cabeza abandonarlo y volver a empezar desde el principio, ¿verdad? Pero existía un conjunto de hechizos específicos para llevar a cabo esta labor. Y llevan perdidos una eternidad.

Eso no ha impedido que se construyan enclaves, obviamente. En cuanto los magos se dieron cuenta de que se podían crear, aquello pasó a ser objeto de gran interés; a los artífices se les ocurrieron nuevos métodos para crear enclaves mejores y más grandes y los hechizos de la Piedra Dorada se perdieron con el tiempo al caer en desuso. Apenas sé nada sobre cómo se lleva a cabo hoy en día la creación de los enclaves, pues se trata de un secreto muy bien guardado, pero lo que sí sé es que es imposible explicar todo el proceso en un libro cuyo grosor no llega a los tres centímetros, por muchas notas en los márgenes que tenga. Es la diferencia entre tener las herramientas para construir una cabaña de madera y el Burj Khalifa.

Pero a pesar de los progresos que se han llevado a cabo en cinco mil años, algunos de los hechizos de construcción fundamental de la Piedra Dorada siguen siendo muy conocidos, pues son hechizos excelentes, sobre todo en lo que respecta a la manipulación de los elementos, y más concretamente, los estados de agregación de la materia, lo cual es mucho más importante de lo que podría parecer. Para obtener vapor, no hay más que aplicar el calor suficiente a una olla llena de agua. Pero es un derroche en cuanto a maná se refiere. Como cuando yo agoté un cuarzo entero a los nueve años para volatilizar a aquel desollador. Pero si tienes la suerte de conseguir el hechizo para controlar los estados de la materia de Purochana, puedes saltarte el paso intermedio de generar el calor para calentar el agua, la olla, el aire que la rodea, etcétera. Simplemente conviertes la cantidad exacta de agua que quieres en vapor, con lo que no gastas más maná del necesario. Llegar a controlar el maná a este nivel es algo asombroso; es lo que hizo posible la construcción de los enclaves.

Y ahora tenía en mis manos el hechizo controlador de estados. Estaba en la página dieciséis del libro. Cuando lo encontré, tras pasar las primeras páginas con las manos temblorosas, tuve que dejar de leer y volver a llevarme el libro al pecho mientras intentaba no llorar, porque eso significaba que, después de todo, lo más probable es que saliera del colegio con vida, cosa que había empezado a dudar al ver lo mucho que habían disminuido mis reservas de maná. Además de usar el hechizo yo misma, podría intercambiarlo por cosas de lo más jugosas.

En el exterior, se necesita el equivalente al maná acumulado por un grupo de veinte magos durante cinco años más o menos para comprar el hechizo controlador de estados de la Piedra Dorada. Y es aún más complicado de lo que parece. No es como si pudieras almacenar maná durante cinco años y luego ir a comprar el hechizo a la librería del barrio. La única manera de conseguir un conjuro tan valioso es haciendo trueques: debes encontrar algún enclave que esté dispuesto a intercambiarlo contigo, ofrecerles algo que quieran pero no puedan conseguir fácilmente —por lo general, si no pueden conseguirlo, es porque se trata de algo desagradable, doloroso o peligroso— y luego pasar penurias durante cinco años para llevarlo a cabo y entregárselo. Por no hablar de que deberás cruzar los dedos para que no se echen atrás o te pidan algo más, lo cual es bastante común.

No seguí leyendo más. En lugar de eso, humedecí el trapo más decente que tenía y limpié con mucho cuidado hasta la última mota de polvo en todas las hendiduras de cada uno de los grabados de la cubierta. Mientras lo hacía, no dejé de dirigirme al libro en ningún momento, diciéndole lo contenta que estaba de haberlo encontrado, lo asombroso que era y las ganas que tenía de enseñárselo a los demás, de llevárselo a mi madre en cuanto saliera de aquí y limpiarlo adecuadamente con el aceite especial para cuero hecho a mano que elabora uno de los miembros de la comuna. Ni siquiera me sentí como una imbécil. Mi madre arrulla de esta manera a sus siete libros de hechizos y, a pesar de ser una bruja independiente y de que son volúmenes con hechizos muy valiosos, nunca ha perdido ninguno. Los guarda juntos en un cofre bastante espacioso, y si alguna vez encuentra uno nuevo en el interior del cofre, lo cual sucede de manera espontánea en alguna ocasión —es algo que solo le sucede a ella—, piensa que es porque uno de los otros quiere marcharse, así que los coloca a todos en círculo sobre una manta extendida bajo el agujero de nuestra yurta, los bendice, les da las gracias por su ayuda y les dice que cualquiera de ellos es libre de marcharse si así lo desean, y, efectivamente, cuando vuelve a guardarlos en el cofre, solo hay siete.

—Te fabricaré un cofre solo para ti —le prometí—. Había pensado no volver a pisar el taller porque ya he acabado los proyectos de este curso, pero ahora seguiré yendo y empezaré a fabricarlo. Tiene que ser perfecto, así que me llevará algún tiempo.

Y a continuación me acosté con el libro entre los brazos; no pensaba correr ningún riesgo.

—No me jodas, El —dijo Aadhya al día siguiente cuando se lo enseñé, antes de que sonara el primer timbre—. ¿Qué has tenido que hacer para conseguirlo?

Intentaba olvidar con todas mis fuerzas esa parte.

—La biblioteca trató por todos los medios de dejarme encerrada ayer con los mals. Dejó el libro en una de las baldas de arriba en cuanto empecé a leer en voz alta los títulos, y yo estuve de suerte y lo vi.

—Es increíble —dijo con anhelo—. No sé sánscrito, pero te ayudaré a organizar una subasta para el hechizo controlador de estados si quieres.

—¿Una subasta? —pregunté. Solo pretendía que me ayudara a intercambiarlo.

—Sí —respondió ella—. Esto es algo muy gordo, no querrás intercambiarlo por cualquier cosa. Reuniré las ofertas en secreto y se lo intercambiaremos a los cinco mejores postores. Y tendrán que prometer que no harán copias para intercambiarlo con nadie. ¿Sabes hacer maldiciones anticopia?

—No —dije con rotundidad. En realidad sí sabía, era pan comido, y habría sido una maldición de las buenas, pero me negaba a llevarla a cabo.

—¿Quieres pedírselo a Liu?

—Nada de maldiciones —respondí—. A nadie se le va a pasar por la cabeza fotocopiar el hechizo o algo así. Es un arcano mayor en sánscrito védico. Es más, tardaré una semana en hacer cinco copias perfectas.

—¿Ya te lo has aprendido? —Aadhya me miró entornando los ojos—. ¿Cuándo? Si ayer eras un deshecho humano.

—Después de cenar —respondí enfurruñada. Obviamente, había sido posible gracias al chorro de maná que me había proporcionado Orion.

Después de un momento, Aadhya dijo:

—Bueno, ¿te importa enseñármelo? ¿Qué tal el miércoles en el taller? Eso me dará un par de días para hacer correr la voz. Y luego lo subastaremos el fin de semana. Los de último curso querrán que hagamos la subasta lo antes posible para que les dé tiempo a aprendérselo antes de la graduación. Y oye, si tenemos suerte, los cinco ganadores serán de último curso y podremos volverlo a subastar el año que viene cuando se hayan marchado.

—Me parece genial —le dije—. Gracias, Aadhya. ¿Qué porcentaje quieres?

Me miró mordiéndose el labio durante un momento y luego dijo de repente:

—¿Te importa si lo hablamos tras la subasta? Así veremos qué nos dan a cambio y llegaremos a un acuerdo justo. Tal vez consigamos un montón de cosas que pueda intercambiar después y no necesite nada exclusivo.

Tuve que reprimir el impulso de no apretarme el libro contra el cuerpo con demasiada fuerza.

—Si estás segura, a mí me parece bien —dije como quien no quiere la cosa, pero noté un nudo en la garganta.

8

ORUGA

Nos dirigimos al baño y nos preparamos juntas para clase, y al salir nos reunimos con Nkoyo y Orion para ir a desayunar.

—Madre mía —dijo Nkoyo cuando le enseñé el libro: lo llevaba conmigo, y puede que siguiera llevándolo durante el resto de mi vida; lo había colocado en una especie de fardo improvisado para colgármelo al cuello y mantenerlo separado de mis otros libros—. ¿Te interesa hacer algún intercambio? Conozco a un par de chicas somalíes que estudian sánscrito.

Estaba tan contenta que cuando Chloe salió a toda prisa del baño sin haber acabado de peinarse (obviamente para poder alcanzarnos) y exclamó: «¡Esperadme, que ya voy!», le dije de forma magnánima: «Claro», como cualquier persona educada, e incluso le enseñé el libro de camino a la cafetería. Me comentó lo asombroso que le parecía, pero tuvo que echar a perder mis cinco segundos de amabilidad al lanzarle una mirada a Orion que no me costó nada interpretar: creía que me lo había dado él. A estas alturas no podía echarla de nuestra mesa, igual que ella no podía apartarme de un empujón cuando me veía con Orion; esas cosas no se hacen, pero me habría encantado poder hacerlo.

Aun así, tenía muchas ganas de ir a desayunar. En cuanto Aadhya y yo corriéramos la voz en la cola de la comida de que tenía mercancía muy interesante, todos se pasarían por nuestra mesa para echar un vistazo rápido. Sería una buena manera de conocer a más gente, sobre todo a otros alumnos que estudiaran sánscrito, por lo que podría hacer más intercambios en el futuro. Sin embargo, cuando llegamos a la cafetería supe de inmediato que mi libro no sería la comidilla de la mañana. Había un estudiante de último curso sentado solo en una de las mejores mesas. Completamente solo, y encorvado sobre su bandeja.

Los de cuarto nunca se sientan solos, por mucho que los odien sus compañeros de curso. Los de primero, e incluso los de segundo, ocupan los asientos libres de sus mesas por la protección que entraña sentarse con ellos. Los alumnos de último curso tienen acceso a magia mucho más avanzada, y para cuando se acerca la graduación, rebosan de poder, sobre todo si los comparamos con los típicos chavales de catorce años. La clase de mals que acechan a los de primero y los de segundo los evitan. Pero a este lo habían marginado de forma tan brutal que ni siquiera había alumnos de cuarto sentados en las mesas de alrededor, sino que estas estaban abarrotadas de novatos desesperados.

No sabía quién era, pero Orión y Chloe se habían quedado mirándolo paralizados.

—¿Acaso no es... de Nueva York? —preguntó Aadhya en voz baja, y Chloe dijo de forma inexpresiva: «Es Todd. Todd Quayle». Su comentario hacía que aquello tuviera aún menos sentido. ¿Rechazar a un miembro de enclave? Y Todd no se había convertido en un maléfice manifiesto ni nada; tenía un aspecto totalmente normal.

Un alumno de primero volvía a toda prisa de la zona de limpieza de las bandejas, tras haber colocado la suya en la cinta transportadora sin ningún problema. Orion alargó el brazo y lo agarró.

—¿Qué ha hecho? —le preguntó, señalando a Todd con la cabeza.

—Desahuciar a alguien —respondió el crío sin levantar la cabeza; les lanzó una mirada cautelosa a Orion y Chloe desde debajo de su flequillo sin cortar y se apresuró a seguir adelante; Orion había dejado caer el brazo y parecía enfermo. Chloe sacudía la cabeza sin poder creérselo.

—Imposible —dijo.

Pero era lo único lo bastante grave que explicaría la situación.

El reparto de habitaciones se realiza el día que llegamos, y no podemos cambiar de cuarto ni siquiera si alguien muere. Las habitaciones vacías se limpian a final de curso, cuando los dormitorios descienden a los pisos inferiores, pero es la Escolomancia la que decide cómo reorganizar las paredes para repartir el espacio adicional. La única manera de cambiar a otra habitación a propósito es ocupándola, pero sin matar a nadie. Hay que entrar en la habitación y empujar a su inquilino al vacío.

Nadie sabe lo que eso significa en realidad. El vacío no está, de hecho, vacío ni supone la muerte instantánea ni nada parecido. De vez en cuando algún que otro alumno pierde la cabeza e intenta entrar en él —lo cierto es que sí se puede entrar—. Al parecer, carece de importancia que también puedas dejar caer cosas por el borde. Es como esa masa viscosa de juguete: puedes apretarla entre los dedos o convertirla en una bola supuestamente sólida, todo depende de cómo la manipules, solo que en este caso debes emplear la voluntad en vez de las manos.

Sin embargo, esos alumnos nunca llegan muy lejos. Se asustan y vuelven corriendo, y ninguno de ellos ha sido capaz de describir el interior. Si alguien está realmente motivado y toma carrerilla, de vez en cuando el impulso lo adentra un poco más en el vacío antes de que pueda dar la vuelta, pero al salir, es incapaz de hablar, al menos de manera comprensible. Emite sonidos como si estuviera hablando, pero no es un idioma que nadie conozca ni pueda entender. La mayoría termina muerto por algún otro motivo, pero un par de ellos han conseguido salir con vida del colegio. Siguen teniendo magia, pero nadie más entiende sus hechizos, y si son artífices o alquimistas, cualquier cosa que fabriquen o elaboren resulta inservible para los demás. Como si hubieran dejado de encajar en esta realidad.

Nadie puede meterse más profundamente en el vacío por su cuenta. Pero sí se puede empujar a alguien hasta el fondo con magia, para meterlo tan adentro que desaparece por completo, aunque esa persona no quiera. Y si haces eso, si entras en la habitación de alguien tras el toque de queda y lo empujas a la oscuridad igual que un libro de hechizos que ya no quieres, aunque esté gritando, suplicando e intentando salir, puedes pasar la noche en su habitación después de que haya desaparecido sin que los mals vayan a por ti, ya que solo hay una persona en el interior. Después de eso, la habitación es tuya.

Cabe decir que hay personas a las que no les hace mucha gracia, por ejemplo, a cualquiera que tenga habitación. Y tampoco puedes cubrir tus huellas. En cuanto los demás te ven salir a la mañana siguiente de tu nueva habitación, saben lo que has hecho. Orion parecía dispuesto a ir a encararse con Todd en ese mismo instante, por lo que tuve que empujarlo hacia la cola de la comida.

—Ya nos perdimos la comida de ayer. Si quieres una explicación, podemos ir a sentarnos con él después de desayunar. Hay sitio de sobra.

—No pienso sentarme con un ladrón de habitaciones —dijo Orion.

—Pues entonces trágate la curiosidad un rato —respondí—. Seguro que para la hora de la comida todo el mundo estará al tanto de los detalles morbosos.

—No puede ser —insistió Chloe en un tono agudo y tembloroso—. Es imposible que Todd haya desahuciado a nadie. ¡No le hace falta! Va siempre con Annabel, River y Jessamy, y se han aliado con la mejor estudiante del curso. ¿Qué motivo tendría?

—Tampoco es que vayamos a tener que verle la cara mucho tiempo. El timbre de los de cuarto está a punto de sonar —repuso Aadhya de forma práctica, y Orion apretó los puños y luego salió disparado hacia la cola de la comida.

Había subestimado lo rápido que corren los rumores en este lugar. Nos enteramos de casi todos los detalles morbosos antes de que fuéramos a limpiar nuestras bandejas. Todd se había cargado a un tío llamado Mika, uno de los pocos rezagados que quedaban, los chicos marginados que no habían conseguido ninguna alianza para la graduación. A no ser que los rezagados sean maléfices, no logran salir con vida, y Mika no lo era. Tan solo era un pobre infeliz sin habilidades sociales que no disponía del talento suficiente como para que los demás perdedores pasaran por alto aquella carencia. Si piensas que nadie merece una sentencia de muerte por ello, debo decirte que estoy de acuerdo contigo, sobre todo porque si no me lo monto bien, el próximo año acabaré como Mika. Pero así son las cosas, más o menos. Lo que significaba, por supuesto, que Mika había sido el blanco perfecto.

Orion salió primero de la cola, se dirigió hasta donde se encontraba Todd sin perder ni un instante y dejó su bandeja en la mesa con un golpe, pero no se sentó.

—¿Por qué? —le preguntó sin rodeos—. Formas parte de una alianza, tienes un cinturón escudo, un prestamagia y un montón de maná... ¡El trimestre pasado forjaste una guja espiritual! ¿No te bastaba con eso? ¿Querías también una *habitación mejor*?

Coloqué mi bandeja al lado de la de Orion, me senté y empecé a comer mientras tuve la ocasión. Aadhya se sentó a mi lado e hizo lo mismo. Al final, Chloe no vino con nosotros. Tras enterarse de lo ocurrido en la cola de la comida, se sentó en otras de las mesas de Nueva York. Todos los miembros del enclave de Nueva York se habían alejado tanto de Todd como era posible sin salir de la cafetería. Chloe había hecho lo correcto. Me di cuenta enseguida de que Orion no iba a recibir ninguna respuesta satisfactoria, si es que recibía alguna. Todd ni siquiera se había inmutado ante sus preguntas. Se encontraba cabizbajo, comiendo como si nada pasara, pero le temblaban las manos y estaba engullendo la comida a la fuerza. No era un maléfice, ni siquiera era lo bastante sociópata como para quedarse tan tranquilo después de matar a alguien. Ignoraba por qué lo había hecho, pero la malia no había sido el motivo. Se había tratado de un acto desesperado.

—¿Dónde estaba su antigua habitación? —pregunté.

—Junto a las escaleras —dijo Orion, todavía mirando a Todd como si pudiera perforarle el cráneo y sacarle las respuestas. Esa habitación es una porquería. Las escaleras sirven para desplazarse por el colegio, y los mals las utilizan tanto como nosotros, así que encontrarse junto a las escaleras de los dormitorios de último curso es como ser el primer plato del bufé de la cafetería.

Pero aquello no significaba el fin del mundo. Ninguno de nosotros se decanta por el primer plato si vemos que está tapado, no mientras la siguiente bandeja sea una opción más segura. Y en el caso de Todd había tapa, pues pertenece a un enclave y dispone de maná más que suficiente para colocar un buen escudo en la puerta todas las noches; por no mencionar que sus compañeros de enclave habrían evitado reclutar a algunos de sus vecinos en solidaridad con él. No parecía que valiera la pena cargarse su alianza e incluso, tal vez, destrozarse la vida, porque los enclaves no aceptan entre sus filas, al menos de forma manifiesta, a maléfices y asesinos, y literalmente todo el colegio sabía lo que Todd había hecho.

—Contéstame —dijo Orion, y alargó el brazo hacia la bandeja de Todd, quizá porque pensaba apartarla a un lado o tirársela a la cara. Sin embargo, Todd fue más rápido. Tomó su bandeja y la de Orion, y le arrojó a este último toda la comida encima antes de inclinarse sobre la mesa y darle un buen empujón. Aquí no usamos los puños para pelear, pues todo el mundo lo considera algo propio de mundanos, pero no hace falta demasiada práctica cuando eres un chaval de 1,80 que no ha tenido reparos en aceptar comida de los demás durante los últimos cuatro años y el chico que tienes delante no es más que un alumno delgaducho de tercero. Orión se tambaleó hacia atrás, empapado en leche y huevos revueltos, y casi se resbala y acaba en la mesa de al lado.

—Vete a la mierda, Orion —gruñó Todd, pero dejó escapar un gallo que echó a perder toda su fanfarronería—. ¿Piensas echarme algo en cara? Te crees el protector del colegio, salvando a todo el mundo de los mals. Pues a ver si te queda claro: no ha servido de nada. Los más peligrosos siguen ahí abajo y, por tu culpa, se mueren de hambre. Se les ha acabado el picoteo con los más pequeños. Así que este año han decidido no esperar a que les llegue la cena. Llevo una semana oyendo golpes en la escalera, hacen tanto ruido que no me dejan dormir por las noches. Y algunos de ellos ya han conseguido colarse. —Se apretó las sienes con los puños y la cara se le arrugó igual que a un niño con una rabieta, mientras las lágrimas le rodaban por las mejillas—. Ayer pasó un puto milfauces por al lado de mi habitación y subió las escaleras. A ese no te lo cargaste, ¿verdad que no, campeón?

Numerosos murmullos y gritos sofocados se extendieron a nuestro alrededor como una onda expansiva mientras las mesas colindantes escuchaban la conversación. El comedor entero aguardaba en vilo, pendiente de cómo iba a desarrollarse la situación. Algunos chicos incluso se habían subido a los bancos para asomarse por encima de las cabezas de sus compañeros. Todd soltó una carcajada histérica.

—Sí, me pregunto dónde se acomodará. ¡Llevad cuidado en el almacén, gente! —advirtió con un falso tono amistoso, volviéndose hacia los demás y extendiendo los brazos para que los alumnos de la zona del entrepiso lo vieran bien—. Pero sí, Orion, tenemos mucha suerte de que estés aquí para protegernos. ¿Qué haríamos sin ti?

Aquello era casi palabra por palabra lo que yo pensaba de las heroicas andanzas de Orion, y después de la última semana, resultaba aún más acertado: un devoralmas en los dormitorios de tercero, miméticos y arañas cantoras en el taller, y apariciones y milfauces en la biblioteca. Todd tenía razón. Debían de estar metiéndose por algún agujero, un agujero que habían hecho debido al hambre y la desesperación.

Orion guardó silencio. Se quedó allí plantado con trozos de huevo resbalándole por la cara y restos de avena pegados al pelo, con el semblante pálido y desconcertado. Todos estaban lanzándole miradas llenas de incertidumbre. Me levanté y le dije a Todd:

—Tú, enchufado, te lavarías las manos y dejarías que los mals devorasen a tu vecino en vez de a ti. Pero sí, adelante, encárate con Orion. Perdona, ¿te importa explicarme por qué tienes más derecho a vivir que todos los demás a los que ha salvado? ¿Más que Mika? ¿Cuánto tardó en dejar de gritar cuando lo empujaste al vacío? ¿Acaso lo sabes o te tapaste los oídos y desviaste la mirada hasta que todo acabó?

El comedor se había quedado tan en silencio que pude oír cómo Todd tragaba saliva mientras me contemplaba con los ojos inyectados en sangre. Seguro que todos estaban conteniendo el aliento para no perderse el más mínimo detalle de esta magnífica y jugosa trifulca. Recogí mi bandeja, me volví hacia Orion, que me miró con una expresión todavía desconcertada, y le dije:

—Vamos, busquemos otra mesa. —También volví la cabeza hacia Aadhya, que me observaba con la boca abierta. Esta se levantó apresuradamente, agarró su bandeja y se alejó conmigo, lanzándome miradas de reojo. Orion echó a andar tras nosotras con paso lento.

Las únicas mesas vacías que quedaban eran las que nadie quería. Las de los extremos, las más cercanas a la puerta o las que se encontraban bajo los conductos de ventilación —obviamente nadie había abandonado la cafetería para no perderse detalle de este alboroto—, pero mientras nos alejábamos de Todd, Ibrahim soltó en medio del silencio sepulcral: «El, aquí hay sitio», y les dirigió un ademán con la mano a algunos chavales de su mesa para que nos dejaran un hueco. En ese instante sonó el timbre, y nosotros nos sentamos mientras la cafetería recuperaba su actividad habitual después de que los alumnos de cuarto se levantaran a la vez, engullendo los últimos bocados de su comida y recogiendo sus cosas para marcharse de forma apresurada. Todd salió con ellos, aunque extrañamente separado del resto, que mantenía la distancia a su alrededor.

Orion se sentó en un extremo del banco con las manos vacías. Yaakov, que estaba sentado frente a él, agarró su servilleta con vacilación y yo estiré el brazo para alcanzarla y se la di a Orion.

—Vas hecho un desastre, Lake —le dije, y Orion tomó la servilleta y empezó a limpiarse—. ¿Podéis darle algo? —Dejé uno de mis panecillos frente a él, y luego todos y cada uno de los chicos sentados a la mesa empezaron a pasar trozos de comida, aunque fuera media mini magdalena o un gajo de naranja. Un chico de la mesa de detrás me dio un golpecito en el hombro y me alcanzó un cartón de leche para que se lo diera a Orion.

Al principio, nuestra mesa permaneció en completo silencio. Con Orion delante, nadie quería mencionar el tema del que todo el mundo se moría por hablar. Aadhya fue la que tomó la iniciativa. Se bebió hasta la última gota de leche de su cuenco de cereales —aquí eso es lo normal, no de mala educación—, se limpió la boca y dijo:

—¿Alguno de aquí estudia sánscrito? No os vais a creer lo que ha encontrado El. El, enséñaselo.

En ese instante me alegré todavía más de haber mimado tanto al libro y de haberlo colocado en el fardo, porque durante unos cuantos segundos me había olvidado por completo de él, y estoy segura de que si lo hubiera dejado en la mochila, habría desaparecido.

—¡Es del enclave de Bagdad! —exclamaron Ibrahim y otros dos alumnos en cuanto lo saqué (cualquiera que sepa árabe es capaz de reconocer los libros del enclave de Bagdad a tres estanterías de distancia), y como no podían cotillear acerca de lo que acaba de ocurrir, se conformaron con hablar de mi libro.

Tenía clase de Idiomas después de desayunar y Orion, Alquimia. Colocó los restos de su variado desayuno en mi bandeja y fue
a limpiarla por mí, y luego, mientras salíamos de la cafetería me
dijo en voz baja:

—Gracias, pero sé que no lo decías en serio.

—Sí que lo decía en serio —respondí molesta, porque ahora tenía que analizar el porqué—. Siempre habrá alguien que tenga que
pagar el pato, pero ¿por qué debería el criminal de Todd ir un paso
por delante de cualquier otro? Eres imbécil por quedar mal con los
de tu enclave, pero también el único que quiere que las cosas sean
justas para todos. No pienso darte un abrazo, así que vete a clase de
una vez.

Me molestó aún más que me lanzara una mirada de agradecimiento antes de dirigirse a las escaleras.

Como era de esperar, una hoja de ejercicios en árabe apareció
en mi escritorio en cuanto me senté en clase. No había ni una sola
palabra en inglés y el colegio ni siquiera me proporcionó un diccionario. A juzgar por los alegres monigotes dibujados junto a las
frases —en particular uno de un hombre en su coche a punto de
atropellar a un par de desventurados peatones—, tenía la firme
sospecha de que se trataba de árabe moderno. Debí haber sacado
un libro de árabe clásico de la biblioteca antes de ir a clase. Cuando
has estado en contacto con un idioma que no tenías la intención de
aprender, lo mejor es rendirse y establecer algunos límites. Lo que
pasa es que el día anterior había estado un poco ocupada.

Sin embargo, ya me había resignado a mi destino, y una chica
saudita que había estado sentada en la mesa de Ibrahim esa mañana
se encontraba en uno de los cubículos cercanos al mío. Me prestó
su diccionario a cambio de que le prometiera que corregiría su trabajo final de inglés. Primero copié el alfabeto en mi cuaderno y
luego empecé a sudar tinta con la hoja de ejercicios, anotando cada
palabra que buscaba. Lo único bueno es que tampoco entendía ni
una palabra de la ponzoñosa perorata que la voz del cubículo me

susurraba al oído entre una explicación y otra de cómo pronunciar قتل y تاخرص. Imagino que estaría describiéndome todo tipo de horrores dantescos.

Oí un montón de susurros no mágicos a mi alrededor durante todo el día, provenientes de los demás alumnos. Se me ocurrió, demasiado tarde, que había pasado de ser una arpía de mucho cuidado a alguien que odiaba los enclaves. Todos sabemos lo injusto que es el sistema, pero nadie abre la boca, porque si lo haces, los miembros de los enclaves no te invitan a unirte a ellos y formar parte del grupo privilegiado. Puede que la popularidad de Orion disminuyera de forma drástica si un número suficiente de miembros de enclave decidían que Todd tenía razón. Tal vez ambos acabáramos sentándonos solos. Sería una pasada. La antipatía que provocaba en los demás era tan colosal que incluso podía hundir al mismísimo Orion Lake en el fango conmigo.

Las cosas no pintaban bien cuando llegué a la cafetería a la hora de la comida. Ninguno de los enclaves que habían intentado acercarse a mí últimamente me dirigió la palabra, y Sarah tampoco me invitó a su grupo de estudio. Pero mientras salía de la cola de la comida, Aadhya, que venía del taller, apareció con otros tres alumnos de la rama de artífices y me saludó mientras iba a por su bandeja.

—Guárdanos sitio, El —dijo desde el otro extremo del comedor. Nkoyo y sus amigos, que se encontraban a unos cuantos chicos de distancia detrás de mí en la cola, la oyeron. No sé si eso tuvo algo que ver o no, pero me dijo—: Yo voy a buscar el agua si tú te encargas del perímetro. —Y aunque Jowani y Cora se miraron algo preocupados, fueron tras ella.

Para cuando establecí el perímetro y nos sentamos, Aadhya y sus acompañantes habían llegado, e incluso me habían traído otro trozo de tarta para darme las gracias, algo habitual cuando le pides a alguien que te guarde sitio. Aunque no era una situación que hubiera experimentado personalmente hasta ese momento, ya que los demás siempre me habían puesto alguna excusa cuando se lo había pedido. Liu se unió también a nosotros y se sentó discretamente a mi lado. Su rostro seguía reflejando una expresión conmocionada, aunque esta no encajaba demasiado con el color de su piel, que había adquirido una tonalidad por lo menos diez veces más saludable y ahora en vez de parecer un zombi estaba simplemente pálida. Hasta su pelo tenía matices castaños bajo las lámparas solares.

—¿Te has tomado una poción de rayos uva, Liu? —preguntó una de las amigas de Aadhya—. Tienes muy buen aspecto.

—Gracias —dijo ella, en voz baja, y desvió la atención a su comida.

Apenas había espacio cuando Orion e Ibrahim llegaron del laboratorio. Un par de personas se cambiaron de sitio para dejar que se sentara a mi lado sin decir ni una palabra. Ya me había resignado a eso también. Tras mi numerito de aquella mañana, los demás creerían que éramos pareja aunque le tirase encima el cuenco de sopa. Si por casualidad Orion empezaba a salir con alguien de verdad, todos pensarían que formábamos parte de un triángulo amoroso durante el tiempo que quedaba de curso.

Todd también se encontraba en la cafetería, pero ya no estaba marginado del todo: unos cuantos raritos de primero se habían sentado en uno de los extremos de su mesa. Lo más probable es que lograra aliarse con alguien más a tiempo para la graduación, o puede que su antigua alianza decidiera volver a aceptarlo entre sus filas para que fueran los adultos los que lidiaran con el problema al salir del colegio. Y tal vez no hubiera ninguna consecuencia. Si una alianza con él garantizaba la entrada en su enclave, y no había duda de que era así si había conseguido reclutar a la mejor estudiante de la clase, eso significaba que los padres de Todd eran poderosos e influyentes. Él les contaría que el milfauces había pasado por delante de su habitación y ellos lo entenderían, desde luego que sí, tenía que protegerse, y tampoco era como si hubiera matado a alguien de verdad. Mika habría muerto de todas formas dentro de una semana.

Era lógico sacrificarlo por la seguridad de un miembro de enclave, alguien que tenía la oportunidad de salir de allí y labrarse un futuro. Solo el hecho de pensar en ello me cabreaba lo bastante como para querer empujar a Todd al vacío.

Aún no tenía claro qué iba a hacer durante la hora de trabajo libre, pero, sin necesidad siquiera de mencionarlo, había más o menos supuesto que Orion y yo volveríamos a ir juntos a la biblioteca. Sin embargo, mientras estábamos limpiando nuestras bandejas, Orion me dijo de forma abrupta:

—Adelántate tú, yo iré luego.

—Como quieras —dije sin más. No hacía falta ser un genio para adivinar lo que planeaba hacer, pero no le dije que no encontraría a ningún milfauces acechando por el colegio ni que era un imbécil por ir a buscarlo. Simplemente me dirigí a la biblioteca.

Tenía la intención de sentarme en mi escritorio, pero cuando llegué, la biblioteca estaba medio vacía. La mayoría de las mesas y los sillones se encontraban muy chamuscados, y en el ambiente había un persistente hedor a humo mezclado con algo que recordaba un poco a las coles de bruselas de la cafetería. Las coles son la única comida que nunca está envenenada. Pero incluso teniendo en cuenta todo eso, el lugar se hallaba inusitadamente desierto. Había alumnos de primero sentados en sillas en lugar de estar en el suelo. Después de un momento me di cuenta de que lo más probable es que todo el mundo pensara —y con razón, como siempre— que la biblioteca era un terreno de caza ideal para un milfauces. Seguro que cualquiera que no estuviera desesperado pensaba evitar también el almacén, tal y como Todd había sugerido.

Se trataba de una oportunidad demasiado buena como para dejarla pasar.

—Lárgate —le dije a uno de los alumnos de primero más lanzados, que se había atrevido a acomodarse en uno de los codiciados conjuntos de mesa y sillón del rincón que normalmente ocupaban los alumnos del enclave de Dubái. De estos últimos no había ni rastro en ese momento.

El chico se apartó sin protestar, sabía que había ido demasiado lejos.

—¿Puedo sentarme a tu lado? —preguntó. Era la primera vez que alguien me decía eso. Seguro que esperaba que Orion apareciera en cualquier momento.

—Haz lo que quieras —respondí, y se sentó en el suelo junto al sillón.

El respaldo tenía la tapicería desgarrada de una esquina a otra, pero yo lo había elegido precisamente por eso. Saqué los restos de una manta medio chamuscada de debajo de un sofá y me puse a trabajar en ella con mi aguja de ganchillo. Me ocupó la mayor parte de la hora de trabajo libre y perdí unas cuantas capas de esmalte de mis muelas, pero conseguí que el extremo de la manta volviera a su estado deshilachado habitual. Acto seguido la doblé unas cuantas veces, la coloqué sobre el desgarro de la tapicería atándola con algunos trozos de hilo sueltos y sacrifiqué todo el conjunto y el maná que había generado para lanzar un hechizo reparador sobre el respaldo del sillón. Me aseguré de garabatear «El» en la zona remendada. La regla no escrita del colegio es que si arreglas alguna picza de mobiliario escolar deteriorada, te la quedas durante el resto del curso. Es una regla que suele irse al carajo cuando alguien más poderoso reclama el objeto para sí, pero tenía la sospecha de que ni siquiera los miembros de enclave se atreverían a buscar pelea con la novia de Orion Lake, por mucho que esta fuera una presumida odiaenclaves y él fuera por ahí salvándoles la vida a los don nadies del colegio a su costa.

A continuación, saqué los sutras de la Piedra Dorada, acaricié con cariño el libro durante un rato y pasé el resto de la hora de trabajo libre buscando un diccionario de árabe clásico para poder empezar a traducir las primeras páginas. Estas resultaron ser solo las páginas introductorias habituales de cualquier libro. En ellas se le daban las gracias a varios importantes mecenas —en este caso, se trataba de notorios magos del enclave— y se explicaba lo complicado que había sido elaborar una copia exacta. No es que fuera una actividad inmensamente productiva, pero me dio la oportunidad de practicar el árabe, lo cual me venía bien porque estaba convencida de que un cuarto de mi examen final de Idiomas sería en esta lengua.

Orion no apareció, e incluso se saltó la clase de laboratorio de esa tarde. No volví a verlo hasta que llegué a la cafetería para cenar. Se encontraba ya allí, sentado solo en una mesa y engullendo como un animal una bandeja repleta de comida. Estaba claro que había sido el primero de la cola, lo cual era una manera estupenda de llenarte el plato hasta los topes y además acabar devorado por alguna criatura. O, al menos, así era para casi todo el mundo.

No le pregunté dónde se había metido, pero no hizo falta. Ibrahim ni siquiera estaba en nuestra clase de laboratorio y aun así se había enterado de que Orion se la había saltado. Le preguntó el motivo antes siquiera de sentarse.

—No di con él —dijo Orion, después de que los demás dejaran escapar las pertinentes exclamaciones de sorpresa cuando reconoció que había ido a buscar al milfauces. Había sido una idea de lo más estúpida, incluso aunque fuera el caballero andante del colegio. Orion se limitó a encogerse de hombros—. Busqué en el almacén, el taller, por toda la biblioteca…

Me centré en mi comida, haciendo caso omiso de la lista de lugares que había examinado, pero Liu, que estaba sentada a mi lado comiendo de forma casi tan mecánica como yo, levantó poco a poco la mirada de su bandeja mientras Orion continuaba hablando, y cuando este, frustrado, terminó su enumeración, le dijo, recuperando un poco de su antiguo yo:

—No lo encontrarás. —Orion volvió la mirada hacia ella—. Los milfauces no se esconden. Si estuviera en el colegio, se habría puesto a comer. Y a estas alturas todo el mundo sabría dónde está. Así que no hay ningún milfauces. Todd se lo inventó o se lo imaginó.

A todos les encantó la idea, desde luego.

—Es verdad que dijo que llevaba días sin dormir —comentó una de las amigas de Nkoyo, y antes de que acabáramos de cenar, la cafetería entera se había convencido de que el milfauces no existía y que, para alivio de todos, Todd habría sufrido un episodio de enajenación pasajera.

Hasta yo me sentí aliviada: al menos ahora todos dejarían de hablar de ello. Y con el milfauces fuera de juego, mi hallazgo se convirtió en la comidilla del colegio. Para cuando terminamos de cenar, catorce chicos —ocho de ellos eran alumnos de cuarto que estudiaban sánscrito— habían venido a echarle un vistazo a los sutras, y se quedaron tan entusiasmados que otros alumnos de cuarto que no estudiaban sánscrito manifestaron su interés por el libro. Eran, en su mayoría, chicos que pertenecían a grupos de magos algo más grandes que el de la familia de Liu y habían empezado a reunir los recursos necesarios para construir un enclave. Conseguir el hechizo controlador de estados a un precio relativamente asequible los ayudaría de forma considerable.

Después de cenar, volví a la biblioteca bastante satisfecha a pesar del montón de deberes de árabe que me quedaba por hacer. Ibrahim incluso se ofreció a ayudarme con las traducciones a cambio de que le echara una mano con el inglés, cosa que no le hacía falta y era, claramente, una disculpa por haberse portado como un idiota conmigo en el pasado. Acepté su ayuda, aunque un poco a regañadientes; después de todo, me había sentado en su mesa.

Él y su amiga Nadia, la chica que me había prestado el diccionario, me acompañaron a la biblioteca después de cenar. La sala de lectura ya volvía a llenarse, y a los chicos de Dubái no les hizo mucha gracia cuando me acerqué a ellos y le dije al que estaba sentado en mi sillón: «Mi sitio, gracias». Al parecer la gente ya no se esforzaba tanto en quedar bien conmigo. Pero tenía razón. No protestaron cuando me senté ni cuando Nadie e Ibrahim se acomodaron en el suelo junto a mí. Simplemente volvieron a distribuir los asientos, y el chico al que había hecho levantarse se sentó en otro lado, ateniéndose a la jerarquía establecida, y nos ignoró. No me importó, pues siguieron hablando entre ellos en árabe. Aún no entendía las palabras, pero conocer el ritmo característico de un idioma ayuda bastante; además, resultaba más agradable escuchar a un grupo grande de personas manteniendo una conversación que soportar la tabarra de la Escolomancia en los cubículos de idiomas.

Acabé los deberes de árabe a duras penas, me hice unas cuantas tarjetas con anotaciones sobre gramática y luego me puse a traducir las notas a pie de página del hechizo controlador de estados. Había esperado encontrar algo útil, a ser posible algún que otro consejo para lanzarlo. Cuanto más antiguo es un hechizo, más probable es que tus conjeturas inconscientes sobre la postura y la entonación que debes adoptar sean erróneas, y aún más que el resultado acabe siendo desastroso como consecuencia de ello. Pero en lugar de eso, las notas no eran más que una sarta de tonterías, pues afirmaban que el hechizo controlador de estados solo se había incluido en aras de la minuciosidad, ya que por supuesto ese hechizo en particular acababa de ser reemplazado por un conjuro nuevo en árabe. Ya, claro. Por lo que sé, nadie ha creado nunca un hechizo controlador de estados que funcione ni la mitad de bien que el de Purochana; por eso se utiliza bastante a menudo aunque esté escrito en sánscrito muy antiguo. Tenía la firme sospecha de que la nueva versión del hechizo en árabe había sido escrita por un importante mago de Bagdad al que el traductor intentaba lamerle el culo.

Traduje todas y cada una de las alabanzas dedicadas al mago con la esperanza de hallar escondido algo útil entre tanta zalamería, pero no encontré nada. Al menos el hecho de estar trabajando con el libro ayudó a que este se tranquilizara. Para cuando acabé, empezaba a notarlo a gusto entre mis manos, como si fuera mío, en lugar de haberme topado con él de casualidad.

Orion apareció entonces para hacer sus deberes de laboratorio. Los chicos de Dubái lo miraron un poco indecisos, e intercambiaron miradas entre ellos que pude interpretar perfectamente. Incluso si tus privilegios estaban viéndose comprometidos a largo plazo por culpa de Orion, a *corto* plazo, tú, como individuo, preferías que se sentara contigo por si, por ejemplo, un montón de mals aparecían en la biblioteca otra vez.

Al cabo de un momento, una de las alumnas de último curso le hizo un gesto con la barbilla a una de las de segundo, y esta última se levantó y dijo como quien no quiere la cosa: «Me voy a la cama. Orion, siéntate aquí. Buenas noches a todos», y se marchó.

El resto no tardó ni un segundo en cambiar de idioma y dirigirle a Orion la habitual retahíla de agradecimientos por salvarles la vida el día anterior, hasta que los interrumpí y dije:

—Dejadlo ya. No le hacen falta más palmaditas en la espalda. ¿Has trabajado algo hoy, Lake, o es que intentas ser la primera persona en suspender la Escolomancia?

Puso los ojos en blanco mientras se dejaba caer en la silla —ni siquiera le extrañó que la chica le hubiera cedido el sitio, debía de ser algo habitual para él— y me dijo:

—Gracias por preocuparte, pero me ha ido bien. Esta vez no había nadie intentando chamuscarme la cara en el laboratorio.

Todos los que oyeron el intercambio —incluidos Ibrahim y Nadia—, me lanzaron una mirada molesta y perpleja al mismo tiempo. Un par de chicas de Dubái se dijeron algo en árabe que prácticamente no necesitó traducción. Sí, era obvio que Orion era un chiflado y un masoquista por salir conmigo. Tuve que contenerme con todas mis fuerzas para no ladrarles a todos que no estábamos saliendo, gracias, y que ya le gustaría a él.

Permanecí una hora más allí por puro rencor. No iba a ser capaz de absorber más árabe ese día, y para hacer mis otros deberes me hacían falta cosas que tenía en mi habitación, por no mencionar que me vendría muy bien almacenar algo de maná. Pero simplemente me quedé allí, dándole mimos a mi libro e intercambiando pullas con Orion. Me encantaría decir que no era capaz de marcharme, pero cuando se trata de mis responsabilidades, soy el epítome de la fuerza de voluntad. Lo que ocurre es que en lo referente a no dejarme llevar por el resentimiento soy todo lo contrario. Pretendía seguir allí hasta que se hubieran marchado a la cama un número suficiente de alumnos de Dubái y quedaran otros asientos libres, pues no quería darles a ninguno de ellos ni la más mínima migaja.

Pero me avergüenza más admitir que ni siquiera se me había pasado por la cabeza lo acogedora que le parecería la situación a alguien que estuviera contemplando la escena desde, por ejemplo, el rincón de Nueva York, al otro lado de la sala de lectura. A ellos les daría la impresión de que por fin me había decidido a aceptar una de las muchas invitaciones para unirme a un enclave y que Orion me había seguido como un perrito faldero, por lo que ahora nos habíamos acomodado tranquilamente en el rincón de Dubái con algunos de los marginados que había decidido reclutar.

Decantarse por Dubái no hubiera sido ninguna decisión descabellada. Es un enclave relativamente nuevo y cuenta con un fuerte componente internacional. Goza de una reputación excelente en lo que se refiere a encantamientos en inglés e hindi, y también reclutan a muchos artífices y alquimistas. Además, tenía perfecto sentido que Ibrahim actuara como nexo de unión: su hermanastro mayor se encontraba en Emiratos Árabes Unidos trabajando para el enclave, y lo más seguro es que también lo invitaran a él a unirse si los ayudaba a echarle el guante a Orion. De modo que lo más obvio es que los chicos de Nueva York llegaran a esa conclusión, y si me hubiera parado a pensar en ello, su reacción también me habría parecido obvia. Pero como no había sido así, simplemente me quedé allí sentada como si fuera una imbécil tomando algo en un bar con mis amigos, y no presté la más mínima atención cuando Magnus pasó por nuestro lado para dirigirse al pasillo de alquimia, a pesar de que no tenía ningún sentido que fuera él mismo hasta allí, ya que podía mandar a alguno de sus seis palmeros a por cualquier libro que quisiera.

Dudo que hubiera hecho aquello por iniciativa propia. Lo más probable es que hubieran barajado varias opciones entre todos para resolver el problema llamado *Galadriel*. Y apuesto a que el asunto de Todd había tenido algo que ver también. Una cosa era que los propios chicos de Nueva York lo dejaran de lado, y otra muy distinta que una chica como yo le cantara las cuarenta en la cafetería delante de todos y, para colmo, se llevara a Orion con los chicos de Dubái el mismo día, después de que este hubiera compartido maná conmigo y —tal y como pensaba Chloe— me hubiera conseguido un libro increíblemente poderoso de hechizos.

Debía reconocérselo a Magnus, era una oruga muy buena. Y tengo que admitir que me la habría colado de pleno. Estaba hecha de papel, era un trocito arrugado y retorcido cubierto con lo que a simple vista parecían ecuaciones matemáticas en lugar de una inscripción para animar objetos. Por lo general, la biblioteca estaba siempre llena de trozos de papel, y mucho más después de haber sufrido un asalto descomunal que había hecho trizas decenas de libros y arrojado por todos lados los apuntes de los estudiantes; por no mencionar que muchos papelitos se mueven a voluntad. De hecho, me di cuenta de que se desplazaba ligeramente en mi dirección, pero no le di más importancia. Mi escudo básico habitual ni siquiera se encontraba activo, ya que estaba sentada en la sala de lectura de la biblioteca, con una buena visibilidad y muchos otros pares de ojos y necesitaba conservar hasta la última gota de maná. Si hubiera estado sentada en una silla normal, o si hubiera estado haciendo los deberes, o algún proyecto, con los pies apoyados en el suelo, la oruga habría sido capaz de situarse en la piel desnuda de mi tobillo, un segundo después habría perforado mi carne igual que un sacacorchos y habría introducido en mi interior unos filamentos mágicos; yo no habría podido hacer nada para evitar que me succionara la vida. Pero como me encontraba acurrucada en mi cómodo sillón, sentada sobre mis pies, tuvo que trepar por la pata del mismo y pasar por encima del brazo. Dio la casualidad de que Orion estaba mirándome y pudo agarrarme y lanzarme al suelo delante de todos los alumnos de Dubái antes de desintegrar a la oruga junto con tres cuartas partes del maravilloso sillón que acababa de reparar.

Caí en la cuenta de lo que había pasado casi de inmediato, sobre todo porque Magnus volvía a estar sentado en el rincón de Nueva York. Todos nos dirigieron a Orion y a mí la típica mirada conmocionada que le lanzas a alguien cuando algo estalla en pedazos de repente, pero Magnus y algunos otros chicos de Nueva York reaccionaron de manera algo más lenta. Y no parecía hacerles mucha gracia que estuviera vivita y coleando. No tenía ninguna prueba, desde luego, y Orion me miraba muy ufano, dirigiéndome totalmente a propósito una insufrible expresión satisfecha —«con esta ya van ocho, ¿no?»—. Me dieron ganas de soltarle que aquella no contaba porque habían sido los idiotas de sus amigos intentando asesinarme.

—Mil gracias —dije entre dientes—. Dicho eso, me voy a la cama.

Me apreté los sutras contra el pecho —por suerte, los había tenido apoyados en mi regazo—, agarré mi mochila de la única correa que quedaba intacta y salí de la sala de lectura sin perder ni un segundo.

No era mi forma de dar las gracias ni de ser borde, es solo que no podía quedarme en la biblioteca ni un momento más. Estaba enfadada conmigo misma por ser una estúpida y necesitar que Orion me salvara la vida, estaba enfadada con los alumnos de Dubái, y también con todos los demás, por pensar que el hecho de que a Orion pudiera gustarle una chica tan inquietante como yo lo convertía en un chiflado y un pervertido, pero sobre todo, estaba enfadada con Magnus, con Todd y con todos y cada uno de los alumnos del enclave de Nueva York, porque me habían proporcionado una excusa perfecta para atacarlos. Habían intentado matarme. Según las reglas de la Escolomancia, eso me daba derecho a vengarme. Y si no lo hacía, entonces creerían que era porque les tenía miedo. Pensarían que coincidía con ellos, que llevaban razón al mirarme y no ver nada más que un trozo de basura al que había que quitar de en medio. Alguien que no valía tanto como ellos.

Para cuando llegué a las escaleras, las lágrimas provocadas por la rabia me inundaban los ojos. Por suerte, había más alumnos dirigiéndose hacia los dormitorios, por lo que fui capaz de divisar, aunque de forma borrosa, a al menos una persona hasta que llegué por fin a mi cuarto y cerré de un portazo al entrar. Comencé a caminar de un lado a otro con los sutras todavía abrazados al pecho. Recorrí los cinco pasos que medía mi habitación una y otra vez. No podía meditar, y ni siquiera podía intentar hacer los deberes. Si agarraba papel y lápiz ahora mismo, sabía lo que pasaría a continuación: crearía un hechizo, un hechizo en plan supervolcán.

Lo malo de que mi madre sea mi madre es que sé cómo dejar de estar enfadada. Me ha enseñado muchas maneras de lidiar con la ira, y todas funcionan. Lo que nunca ha sido capaz de enseñarme es a *querer* lidiar con ella. Así que siempre sigo estando hecha una furia, aunque soy consciente de que es culpa mía, porque conozco un modo para dejar de estarlo.

Esta vez era peor, porque no podía justificar el comportamiento de los demás. Todos estos años, cada vez que alguien se aprovechaba de mí, que me apartaba y me dejaba desprotegida en beneficio propio, al menos había sido capaz de justificarlo. Me había dicho a mí misma que tan solo hacían lo que haría cualquiera. Todos queríamos sobrevivir, todos hacíamos lo posible para poder salir de aquí y ponernos a salvo, y daba igual lo crueles que tuviéramos que ser para conseguirlo. Yo hacía lo mismo. Le había quitado el sillón a un alumno de primero y había gastado maná en repararlo para poder acoplarme a un grupo de chavales que no querían verme ni en pintura, y al sentarme allí con ellos, con mi actitud cruel y borde de siempre, había asustado a los chicos de Nueva York. Necesitaban a Orion, el cual llevaba esa pequeña alarma atada en la muñeca que le avisaba si ellos estaban en peligro, necesitaban el maná que él vertía en el depósito de poder que todos compartían. ¿Qué derecho tenía yo a monopolizarlo? Ya eran ocho las veces que me había salvado. ¿Por qué merecía vivir más que ellos?

Pero ahora tenía la respuesta a aquella pregunta. Me había negado a usar la malia incluso cuando Jack me puso un cuchillo en el vientre y, además, me había enfrentado a un milfauces para salvar a la mitad de los alumnos de primero en vez de salir huyendo, y mientras tanto Magnus había intentado asesinarme porque a Orion le caía bien y Todd se había cargado a Mika porque tenía miedo. Y por eso mismo no podía evitar pensar que en realidad sí merecía vivir más que ellos. Soy consciente de que la gente no vive o muere según lo mucho o poco que se lo merezcan; el hecho de merecer algo no cuenta para nada, pero la cuestión era que ahora sentía con todo mi ser que sí era mejor persona que Magnus o Todd. *¡Yuju!* Que alguien me dé un pin. Sin embargo, aquella creencia no me ayudaba en nada, porque en realidad lo que necesitaba eran razones para no quitarlos de en medio.

Seguí dando vueltas por mi habitación durante lo que pareció una hora. Me dolía el vientre y estaba malgastando tiempo y esfuerzo que podría haber dedicado a algo útil, como a hacer los deberes o a acumular maná. En lugar de eso, imaginé con todo lujo de detalles un escenario en el que Magnus me pedía perdón delante de todos mientras sollozaba y me suplicaba que no lo despellejara vivo tras haberle arrancado uno o dos trozos de piel; y Orion, enfadado y decepcionado, se quedaba de brazos cruzados, sin mover ni un dedo para ayudarlo, dándoles la espalda a sus amigos y a su enclave por mí. Cada pocos minutos, la culpa se apoderaba de mí y yo decía en voz alta: «De acuerdo, doy tres vueltas más y me pongo a meditar», intentando tomármelo en serio. Luego daba otras dos vueltas y volvía a imaginármelo todo desde el principio, aunque desarrollaba la fantasía cada vez más. Incluso llevé a cabo algunos de los diálogos en voz baja.

No soy ninguna idiota, sabía que aquello era peligroso. Estaba a un tris de lanzar un hechizo. La magia no es más que eso, después de todo. Comienzas con un objetivo en mente, reúnes el poder necesario y lo proyectas, orientándolo lo mejor que puedas, ya sea mediante las palabras, los mejunjes o el metal. Cuanto mejores sean las instrucciones, cuanto más transitado esté el camino, con más facilidad llegará el poder a su destino; por eso la mayoría de los magos son incapaces de crear sus propios hechizos y recetas. Pero yo podría abrirme paso hacia Mordor sin despeinarme, y aún me quedaban nueve cuarzos llenos de maná en el baúl. ¿Y qué si los agotaba? Tenía una cantidad de poder ingente a mi disposición. Después de todo, si Magnus merecía morir, ¿por qué no darle buen uso a su vida?

Y justo ese pensamiento es el que me indicó que debía parar, que debía olvidar lo que habían hecho o de lo contrario me convertiría en una persona mucho peor que Magnus, Todd y Jack juntos, y ya nadie me daría ningún pin. Pero era como cuando te zampas cinco galletas seguidas y sabes que te arrepentirás si te comes una sexta, porque te encontrarás mal y además tampoco es que estén tan buenas, pero aun así eres incapaz de dejar de comer.

Por eso abrí cuando Aadhya llamó a la puerta. Esta vez comprobé que era ella de verdad y permanecí a una distancia prudencial, pues no pensaba tropezarme dos veces con la misma piedra. La dejé entrar, a pesar de que prefería estar sola. Por lo menos si estaba allí conmigo me resultaría más complicado seguir engullendo galletas metafóricas y fantasear con la idea de cobrarme mi venganza.

—¿Sí? —dije de forma breve, aunque sin sonar demasiado borde. Aquel era el concepto que tenía en ese momento del autocontrol.

Aadhya pasó y dejó que cerrara la puerta, pero guardó silencio durante un momento, lo cual es extraño en ella, porque nunca vacila. Echó un vistazo a su alrededor. Era la primera vez —sin contar a Jack y a Orion— que alguien entraba en mi habitación. Solo unas pocas personas han venido alguna vez a intercambiar cosas conmigo, y nunca han entrado lo suficiente como para que pudiera cerrar la puerta tras ellas. Mi habitación es bastante espartana. Me pasé todo primero convirtiendo mi armario en una estantería empotrada, que son mucho más seguras que cualquier mueble que cuente con espacios cerrados y un hueco oscuro por debajo. Además, me sirvió como proyecto para el taller. Desmonté los cajones de mi escritorio por la misma razón, los intercambié por trozos de metal para reforzar las patas y la parte superior, motivo por el cual no acabó hecho cenizas tras la visita de la llama encarnada. Sobre el escritorio hay una tambaleante rejilla de metal oxidado para colocar papeles que me construí yo misma usando el metal más barato que pude conseguir. No poseo nada más, además de la cama y el baúl de herramientas a los pies de esta, donde guardo cualquier cosa que sea lo bastante importante como para desaparecer si la dejo tirada por ahí. La mayoría de los alumnos decoran un poco sus habitaciones con alguna que otra foto o tarjeta; todos se regalan piezas de alfarería o dibujos en año nuevo. A mí nunca me han regalado nada, y yo nunca he perdido el tiempo con esas tonterías.

No me daba la sensación de que mi cuarto estuviera vacío, pero yo había crecido en una yurta de una sola habitación, con un par de cajas guardadas bajo la cama y la mesa de trabajo de mamá bajo la única ventana de la estancia. Aunque allí había todo un paisaje verde al otro lado de la puerta y esta era obviamente la habitación de una pobre marginada, alguien como Mika, que ni siquiera podía correr el riesgo de tener un armario. Contemplar mis circunstancias a través de los ojos de otra persona me cabreó aún más. Seguro que Magnus tenía un edredón y una almohada de repuesto que habían sido confeccionados en algún momento por otro estudiante de Nueva York y este se los había legado el día de su graduación. Las paredes de su dormitorio se encontrarían cubiertas de afectuosas tarjetas y dibujos que le habían hecho los demás alumnos o incluso de papel pintado, si es lo que quería. Sus muebles estarían elaborados con madera pulida y los cajones tendrían cerraduras protegidas. Tal vez hasta poseyera una despensa, y seguro que sobre su escritorio había un flexo estupendo. Y nunca le desaparecían los bolígrafos.

Podría ir a averiguarlo. Magnus ya estaría en su habitación, pues no faltaba mucho para el toque de queda. Podría entrar a la fuerza y decirle que sabía lo que había intentado hacerme, y acto seguido lo empujaría al vacío. No hasta el fondo, como había hecho Todd con Mika, solo lo suficiente para dejarle claro que era capaz de hacerlo; que podría arrojarlo a la oscuridad en cualquier momento y quedarme con su cómoda y lujosa habitación, ya que él y sus amigos del enclave no tenían ningún problema en hacerle lo mismo a otro ser humano.

Volvía a tener los puños cerrados y casi se me había olvidado que Aadhya estaba allí, hasta que esta me soltó a bocajarro:

—¿Fuiste...? El, ¿fuiste tú la que acabó con el milfauces?

Fue como si me hubieran echado encima un cubo de agua gélida. Es más, la vista se me oscureció durante un instante. Era como volver a estar en el interior del milfauces y sentir el pálpito de su húmedo apetito. Me dirigí apresuradamente al centro de la habitación y vomité sobre el desagüe del suelo; expulsé trozos de mi cena a medio digerir entremezclados con el ácido de mi estómago. La sensación de notar los restos de comida en mi boca me hizo devolver de nuevo, sollozando entre una arcada y otra. Seguí teniendo arcadas hasta mucho después de haber vaciado el estómago. Apenas me di cuenta de que Aadhya me apartó el pelo de la cara y me lo sujetó, pues se me había deshecho la trenza. Cuando se me pasó el malestar, me dio un vaso de agua y yo me enjuagué la boca una y otra vez hasta que dijo: «Ya no queda más agua en la jarra», y yo me obligué a tragar un poco para intentar eliminar los últimos restos de bilis de la garganta.

Retrocedí unos pasos y me senté apoyada contra la pared, con las rodillas levantadas y la boca abierta, intentando no olerme mi propio aliento.

—Lo siento —dijo Aadhya, y yo levanté la cabeza y la miré fijamente. Estaba sentada en el suelo a pocos centímetros de mí, con las piernas cruzadas y la jarra de agua en las manos. Ya se había puesto el pijama, o lo que aquí consideramos pijama: un par de andrajosos pantalones cortos que le estaban demasiado pequeños y una camiseta de manga larga remendada. Era como si hubiera estado a punto de meterse en la cama, pero en vez de eso hubiera decidido venir a preguntarme... venir a preguntarme si...

—Lo mataste, ¿verdad?

No me encontraba en condiciones para reflexionar acerca de cuál era la respuesta correcta o qué consecuencias tendría el hecho de decírselo. Me limité a asentir con la cabeza. Permanecimos sentadas durante un rato sin decir nada. Parecía que había pasado mucho tiempo, pero el toque de queda aún no había sonado así que no podía ser ese el caso. Seguía sin poder pensar con claridad. Simplemente me quedé allí sentada, existiendo.

En algún momento, Aadhya dijo:

—Me puse a fabricar un espejo para el curso que viene. Le pregunté a Orion cómo había conseguido que la plata quedara tan bien, y me dijo que no había hecho nada especial. De todos modos no es un alquimista de primera. Simplemente sale del paso, ¿sabes? Y luego recordé que tú usaste algún tipo de conjuro tras llevar a cabo el encantamiento. Así que intenté dar con él, pero lo único que encontré en mi manual para manipular metales fue un pasaje que afirmaba que usar conjuros para alisar la plata era una estupidez, ya que era como intentar forzar tu voluntad en los materiales en contra de su naturaleza, y casi nadie lo conseguía a no ser que fuera increíblemente poderoso, por lo que era mejor no molestarse en intentarlo. No le encontré ningún sentido a aquello. ¿Cómo es que el colegio te asignó como proyecto un espejo mágico si vas a tercero y cursas la rama de encantamientos? Es imposible.

Solté un resoplido, pero enseguida tuve que sorber por la nariz, ya que seguía moqueando. Si se trata de mí no es imposible.

Aadhya siguió hablando cada vez más rápido; parecía casi enfadada.

—Me dijiste que te aprendiste el hechizo controlador de estados en un par de horas después de cenar. Y mientras tanto, los alumnos de cuarto interesados en pujar andan debatiendo si serán capaces de aprendérselo a tiempo para la graduación. Además, me parece una locura que encontraras ese libro. Nadie tiene tanta suerte. Tendrías que haber hecho algo horrible de verdad para conseguirlo, o algo asombroso. Y el domingo estabas hecha polvo... Todd no alucinaba; era imposible. Solo un milfauces podría haberlo asustado tanto, era la única criatura que podía mandarlo seguro al otro barrio. —Acto seguido me preguntó—: ¿Cómo conseguiste el maná?

Prefería no hablar. Me dolía mucho la garganta. Alargué la mano hacia mi cajita y le enseñé los cuarzos: los dos que se habían resquebrajado, los que se encontraban totalmente oscurecidos, los que estaban vacíos pero listos para ser usados y mis últimos nueve cuarzos llenos.

—Haciendo flexiones —dije de forma escueta, y volví a cerrar la caja y la guardé.

—Flexiones —dijo Aadhya—. Claro, por qué no, flexiones. —Dejó escapar una carcajada y desvió la mirada—. ¿Por qué no se lo cuentas a nadie? Todos los enclaves del mundo van a querer echarte el guante.

Sus palabras, que desprendían cierto tono de reproche, me cabrearon y me dieron ganas de llorar al mismo tiempo. Me levanté y saqué de la estantería una jarra llena hasta la mitad de miel. Todos los fines de semana me la llevo conmigo a la cafetería para rellenarla, pero hacerse con la miel no es tarea sencilla, así que la tomo con mucha moderación. Aunque ahora la necesitaba. Susurré el conjuro de mi madre para calmar la garganta irritada sobre una pequeña cucharada de miel y me la tragué junto con el último sorbo de agua tibia del vaso antes de volverme hacia Aadhya y extenderle la mano de forma burlona.

—Hola, soy El. Soy capaz de mover montañas, literalmente —le dije—. ¿Tú te lo creerías?

Aadhya se puso de pie.

—¡Pues demuéstralo! Deberías haberlo demostrado en primero. Podrías haberles pedido a algunos miembros de enclave que te prestaran el maná. Se habrían dado de tortas para que te unieras a ellos…

—¡No quiero unirme a ellos! —grité con voz ronca—. ¡Ni en un millón de años!

9
DESCONOCIDO

Me encanta sufrir crisis existenciales a la hora de meterme en la cama, es de lo más relajante. Me quedé despierta por lo menos una hora después de que sonara el último timbre, contemplando con furia la llama azul de la lámpara de gas junto a la puerta. Cada cinco minutos más o menos me decía a mí misma que abriera los puños y me pusiera a dormir, pero me resultó imposible. Me levanté para beber agua —supongo que a Aadhya le había sabido mal que no estuviera en mis cabales, así que me había acompañado hasta el baño para rellenar la jarra— e incluso intenté hacer los deberes de Matemáticas, pero aun así fui incapaz de quedarme dormida.

Había estado dándole la murga a mi madre para que nos uniéramos a un enclave desde que fui lo bastante mayor como para saber que, si los miembros de enclaves tan lejanos como Japón se presentaban en tu yurta para pedirte consejo, seguramente estuvieran deseando contar contigo entre sus filas. Tras el ataque del desollador, mi madre incluso fue a visitar uno. No quiso ni oír hablar del de Londres, pero tanteó un lugar antiguo de Bretaña especializado en curación. Una tarde me recogió del colegio y me dijo: «Lo siento, cielo, pero no puedo», y se limitó a sacudir la cabeza cuando le pregunté el motivo. Entonces le dije sin rodeos que, si algún enclave me aceptaba tras la graduación, me uniría a ellos, y ella se limitó a mirarme y dijo: «Harás lo mejor para ti, cariño, por supuesto». En una ocasión —aún me pongo enferma solo de recordarlo—, a los doce años, incluso le dije entre gritos y lágrimas que si me quisiera ya nos habríamos unido a un enclave, que lo que ella quería era que alguna criatura me devorara para que nadie la culpara por mi muerte y su perfecta reputación siguiera intacta. Tres mals me habían atacado aquella tarde.

Mi madre permaneció imperturbable frente a mí, pero luego se dirigió al bosque y lloró amargamente donde yo no pudiera verla, o al menos, donde yo no hubiera podido verla si no la hubiera seguido para continuar gritándole. Cuando la vi sollozar, volví a la yurta y me arrojé a la cama con los ojos inundados de lágrimas, decidida a dejar que el próximo mal que viniera a por mí se me llevara, porque era una hija horrible. Pero no lo hice. Quería vivir.

Todavía quiero vivir. Quiero que mi madre viva. Y no sobreviviré si sigo intentando hacerlo todo sola. Así que debería mostrarles a los demás mi poder y dejarles claro a todos los enclaves que estoy dispuesta a dejarme conquistar: el mejor postor se llevará el premio gordo, un arma nuclear para eliminar a los mals —o quitarse de en medio a otro enclave— y hacerse más poderosos. Para mantenerse a salvo.

Eso es lo único que quería Todd. Lo único que quería Magnus. Sentirse a salvo. No creo que sea demasiado pedir. Pero no es algo que podamos dar por sentado, y para conseguirlo y mantenerlo ninguno de los dos dudaría en empujar a otro chaval a la oscuridad. Ningún enclave dudaría tampoco en acabar con otro por lo mismo. Y no se conformarían con sentirse a salvo. También anhelaban una vida llena de comodidades, llena de lujos, llena de excesos, pero querían estar protegidos durante cada etapa del camino, incluso mientras se convertían en un objetivo cada vez más tentador; y la única manera de permanecer a salvo era albergar el poder suficiente como para mantener a raya a aquellos que ansiaban lo que ellos tenían.

Cuando los enclaves construyeron la Escolomancia, el hechizo de incorporación solo trasladaba al colegio a los niños que formaban parte de los mismos. Cuando el hechizo se modificó para trasladarnos a todos los demás, los miembros de los enclaves hicieron que pareciera un acto de enorme generosidad, pero naturalmente la generosidad no tuvo nada que ver en el asunto. Somos carne de cañón, escudos humanos, savia nueva de lo más conveniente, lacayos, conserjes y criadas, y gracias a todo el trabajo que realizan los menos afortunados del colegio para lograr formar parte de alguna alianza y más tarde unirse a un enclave, los miembros de estos últimos duermen mejor, obtienen más raciones de comida y reciben más ayuda que si solo estuvieran ellos aquí. Y a cambio los demás vivimos inmersos en la fantasía de poder conseguir lo mismo algún día. Pero la única oportunidad que nos dan es la de serles útiles.

¿Y por qué deberían comportarse de otro modo? No hay ninguna razón para que se preocupen por nosotros. No somos sus hijos. Somos las otras gacelas del grupo, y todas intentamos huir de la misma manada de leones. Y si resulta que somos más rápidas o más poderosas que sus hijos, estos acabarán devorados. Ya sea mientras estemos aquí o cuando salgamos al mundo exterior decididos a disfrutar de los mismos lujos que los enclaves. Si somos demasiado poderosos, podríamos incluso amenazar sus propias vidas. Así que les importamos un comino. Al menos hasta que estampamos nuestra firma en la línea discontinua y nos unimos a sus filas. Es lo más sensato. No se puede culpar a la gente por querer que sus hijos sobrevivan. Lo entiendo perfectamente.

Y yo deseaba querer entrar. Me gustaría tener una hija en el futuro, una hija que sobreviva, que jamás tenga que chillar sola de noche cuando los monstruos vengan a buscarla. Y yo tampoco quiero pasar las noches sola. Quiero estar a salvo, y no me vendría nada mal disfrutar de algunas comodidades e incluso de algún que otro lujo de vez en cuando. Es lo único que he anhelado en la vida. Quería fingir que se trataba de un sistema justo, igual que hacía Orion al clamar que todos teníamos las mismas oportunidades.

Pero soy incapaz de fingirlo, porque yo no crecí viviendo esa mentira, así que en realidad no quiero formar parte de ella. No quiero vivir a salvo, con todas las comodidades y los lujos imaginables a expensas de las vidas de otros alumnos Al margen de que me una o no a algún enclave, los alumnos del colegio seguirán muriendo de todos modos. Pero solo porque se trate de una cuestión llena de matices y aristas, no significa que no sepa qué parte de la cuestión representa un problema.

Y creo que lo he sabido desde siempre, tal vez incluso desde antes de llegar al colegio, porque de lo contrario Aadhya tendría razón y yo debería haber volado las putas puertas en primero para enseñarles a todos el alcance de mi poder. En cambio, llevo tres años posponiéndolo y trazando planes enrevesados para llevar a cabo mi dramático numerito, pero luego, a la primera oportunidad que se me presenta, me pongo en plan borde con cualquier chico de enclave que se cruza en mi camino. Desde luego había hecho todo lo posible para ahuyentar a Orion. Si no fuera un gigantón tarado al que le gusta que los demás le den caña, lo habría logrado. Y Aadhya me había dicho: «No se lo contaré a nadie», y en vez de contestarle: «¡No, no, cuéntaselo a todo el mundo!», le había dado las gracias.

Pero no pienso unirme a ningún enclave; después de todo, no quiero que nadie se entere. Si los demás se enteran de que acabé con un milfauces, algunos de ellos consultarán el mismo artículo sobre el tema que consulté yo, y descubrirán lo que soy, lo que soy capaz de hacer. Y entonces ya no tendría que seguir enfadada con Magnus, pues la mitad de los enclaves intentarían quitarme de en medio. Sobre todo si a alguno de ellos les llega algún rumor sobre la profecía de mi bisabuela. Y yo prefiero seguir con vida.

Sumida en aquellos alegres y relajantes pensamientos, pasé una noche de lo más agradable en la que dormí como mucho tres horas de forma intermitente. Mis sueños estuvieron plagados de maravillosas pesadillas en las que volvía a estar dentro del milfauces; por no mencionar que me desperté más de una vez presa de la ansiedad y sopesé las posibilidades que tenía de salir con vida del colegio usando los nueve cuarzos repletos de maná para enfrentarme a un salón de grados lleno de maleficaria. El hambre también hizo su aparición estelar, ya que había vomitado la mayor parte de lo que había comido durante el día. A la mañana siguiente, todavía me dolía la garganta y tenía los ojos llenos de legañas.

Aadhya había estado llamando a mi puerta por las mañanas para ir juntas al baño. Casi esperaba que ese día no apareciese, pero vino a buscarme, y entonces Liu asomó la cabeza y nos dijo: «¿Podeis esperarme?». Aguardamos frente a su puerta mientras ella iba a buscar el cepillo de dientes, la toalla y el peine, así que ni siquiera tuve que preocuparme por si salía a colación el tema que quería evitar por todos los medios. De camino, Liu y yo hablamos sobre nuestros trabajos de Historia, y cuando llegamos al baño, Aadhya y yo hicimos la primera guardia mientras Liu se deshacía con tristeza de los misteriosos enredos que habían aparecido en su larga melena, que le llegaba hasta la cintura. Ahora sufriría las consecuencias de haber pasado tres años con un pelazo de infarto. La malia te proporciona un aspecto sensacional hasta que todo acaba yéndose al traste.

—Tengo que cortarme el pelo —dijo entre dientes. Era lo más sensato, y no solo para ahorrar tiempo: no es buena idea que los mals tengan un lugar donde agarrarse. Casi todos los alumnos del colegio llevan el pelo a medio crecer tras habérselo cortado lo máximo posible y a toda prisa la última vez que se les presentó la oportunidad. La única razón por la que yo lo llevo a veces por debajo del hombro es que casi nunca puedo hacerme con unas tijeras decentes. Acercarse una herramienta que se ha corrompido a partes vitales del cuerpo como los ojos o la garganta es una idea bastante cuestionable.

Puede que te preguntes si existe un método infalible para averiguar si unas tijeras se han echado a perder, pero, de momento, nosotros no hemos encontrado ninguno. Okot, un alumno de cuarto originario de Sudán que cursa la rama de mantenimiento, empleó la mayor parte del peso permitido del equipaje en traerse una maquinilla de afeitar eléctrica y un cargador de manivela. Ha hecho un negocio redondo prestándosela a los demás a lo largo de los años, y a principios de curso prometió dejársela a un grupo de cinco estudiantes de primero, quienes, a cambio, se han pasado cada segundo de su tiempo libre acumulando maná para que Okot pueda usarlo durante la graduación. Ahora se ha unido a una alianza con otros tres alumnos del enclave de Johannesburgo.

Aadhya me lanzó una mirada para asegurarse de que seguía prestando atención, y luego rompió el silencio.

—¡No fastidies!

—Ya casi he acabado —dijo Liu jadeando, mientras dejaba caer los brazos para tomarse un descanso.

—Si quieres te lo compro —se ofreció Aadhya—. Podría fabricarte algo el curso que viene, durante el primer trimestre.

—¿En serio? —dijo Liu.

—Sí —repuso Aadhya—. Está lo bastante largo como para poder usarlo de cuerda para el laúd que estoy fabricando con partes de araña cantora.

—Me lo pensaré —respondió Liu, y volvió a su tarea de desenredarse el pelo, aunque con más entusiasmo.

Aadhya siguió vigilando. No tenía derecho a exigir una respuesta de inmediato. Formar equipo con alguien para ir al baño o a la cafetería no es moco de pavo, pero tampoco es lo mismo que una alianza. Y si Aadhya quería hacerse con el pelo de Liu, seguro que habría más interesados: alumnos pertenecientes a enclaves que cursaran la rama de artificios y quisieran fabricarse armas de primera para la graduación; algunos de ellos podrían ofrecerle a cambio mercancía de lo más jugosa o incluso una alianza.

Le di muchas vueltas al asunto mientras me duchaba. Estaba claro que, en aquel momento, Aadhya constituía mi mejor oportunidad para formar una alianza. Era la única persona que estaba al tanto de lo mío, y al menos no le importaba acompañarme al baño. Pero yo no era ni mucho menos la compañera ideal. Desde luego, si estuviera en su lugar, no me decantaría por mí. Si lograba fabricar un laúd de araña cantora, le saldrían ofertas para formar alianza de debajo de las piedras. Seguro que nadie más tenía un instrumento de araña cantora, ya que son demasiado grandes para traerlos al colegio; bueno, alguien podría haberse traído una flauta diminuta o algo así, pero los instrumentos de viento no son demasiado adecuados para la graduación. Es mejor que reserves tu capacidad pulmonar para lanzar hechizos, correr y, si te apetece, ponerte a chillar. Con un artefacto semejante, puede que incluso consiga una plaza asegurada en algún enclave, igual que la que Todd y sus amigos le habían ofrecido a la mejor estudiante del curso. Los enclaves tienen más en cuenta las solicitudes de los alumnos que han formado alianzas con sus hijos, pero no aceptan a todo el mundo.

Cada vez tenía más claro que no recibiría ninguna oferta por parte de ningún miembro de enclave y, al parecer, yo tampoco pensaba aceptarlas en caso de recibirlas. Ni siquiera podía ofrecerle a Aadhya la estrategia de formar un pequeño equipo lo bastante bueno para que alguno de los chicos menos populares de los enclaves se uniera a nosotras. Si pretendía que se le pasara siquiera por la cabeza la idea de arriesgarse a formar una alianza conmigo, tendría que ganar muchos puntos de aquí a año nuevo.

Así que, tras prepararnos y mientras esperábamos en el punto de encuentro a dos alumnos más para ir a desayunar, le dije a Liu como quien no quiere la cosa:

—Por cierto, Liu, ¿te hace falta el hechizo controlador de estados?

Los dos me miraron. Liu dijo de forma pausada:

—A mi familia le vendría muy bien, pero... —Pero no eran lo bastante ricos como para que ella pudiera participar en la subasta. Liu apenas podía contar con nadie, estaba casi tan sola como nosotras. Uno de sus primos mayores, que se había graduado hacía seis años, le había dejado una caja con unos cuantos artículos y prendas de segunda mano, pero aparte de eso no disponía de más ayuda. La caja había llegado hasta ella a través de un chico que se había graduado durante nuestro primer año y que había accedido a ser el intermediario a cambio de poder usar el material hasta que Liu llegara al colegio.

—Podrías usar tu pelo para pujar —dije yo—. Aadhya ha organizado la subasta por mí, así que se queda con una parte de las ganancias.

Aquello significaba perder una de las cinco pujas, y no solo eso, sino también ayudar a Aadhya a convertirse en un objetivo mucho más atractivo para cuando los miembros de enclave comenzaran a reclutar a otros alumnos para formar alianzas. Un laúd de araña cantora encordado con pelo de bruja sería un instrumento increíblemente poderoso. Pero era también una oportunidad que no podía dejar pasar. Después de esto, Aadhya me debería un favor y...

—O podrías dármelo a mí —dijo Aadhya de pronto—. Y El te daría el hechizo a cambio. Tendríamos el laúd listo para la graduación. Tú crearías algunos hechizos para el laúd, y El cantaría.

Me quedé ahí plantada mirándola como una idiota. La cara de Liu reflejaba bastante sorpresa y no era para menos. Aquello era una oferta de alianza. En este colegio las cosas no se dan sin más. Cuando prestas un bolígrafo en clase, sabes que luego tendrás que darte un paseo por el almacén para reponer la tinta gastada, pero la persona a la que se lo has prestado te deberá un favor. Por eso sabes que estás saliendo con alguien si no tienes que devolverle nada.

Aunque sí puedes romper tu relación de pareja. Las alianzas no pueden romperse a no ser que tus compañeros hagan algo realmente horrible, como Todd, o todos estéis de acuerdo en separaros. Si dejas en la estacada a un aliado, aunque se trate de una desgraciada a la que todo el mundo odia, nadie más se ofrecerá a aliarse contigo. Es imposible confiar en que alguien te guarde las espaldas en el salón de grados durante la graduación si no confías en que ese alguien no vaya a dejarte tirado durante el curso.

Liu me miró, y una pregunta se reflejaba en su semblante: *¿la oferta de alianza era cosa mía también?*

Ni siquiera podía asentir con la cabeza. Estaba a punto de echarme a llorar de nuevo, o tal vez de vomitar, pero entonces oí un alarido terrible al lado de mi oído derecho que me dejó medio sorda, y los restos carbonizados y encogidos de algún mal que supongo que había estado a punto de morderme pasaron volando junto a mí y describieron una magnifica curva en el aire antes de estrellarse contra un montón no identificado de cenizas en el suelo.

—¿Acaso ya no prestas atención a propósito? —exigió saber Orion, acercándose a mí por detrás. Le saqué el dedo con la mano que no estaba utilizando para cubrirme de manera protectora mi maltratado oído.

Así que la oferta de alianza estuvo flotando sobre nosotras durante todo el desayuno, y tampoco podíamos mencionar el tema delante de los demás. Sería como enrollarse con alguien en la mesa. Seguro que hay personas que lo hacen, pero yo no soy una de ellas. Sin embargo, me fue imposible dejar de darle vueltas al tema, sobre todo porque veía a Liu dándole vueltas también; ahora contemplaba a los alumnos que venían a echarle un vistazo al hechizo controlador de estados de forma diferente. No solo con curiosidad, o para hacerse una idea de la demanda, sino como si estuviera considerando qué beneficio podría sacar ella de sus pujas, qué cosas ofrecerían a cambio que le fueran útiles. Aadhya había sido muy astuta al sugerir una alianza entre las tres ahora, antes de que se llevara a cabo la subasta. Si al final formábamos equipo y se lo dejábamos saber a los demás, algunos de los alumnos ofrecerían a cambio del hechizo cosas que fueran útiles para las tres, no solo para mí.

Al menos, había sido inteligente por su parte sugerirlo en estos momentos, si es que pensaba de verdad formar una alianza con nosotras, lo cual todavía no me entraba en la cabeza. Pero Aadhya no dio señal alguna de habérselo pensado mejor; desayunó abundantemente, les dio coba a los chavales que vinieron a interesarse por la subasta —lo hizo mucho mejor que yo— y habló sobre los portaescudos que le sobraban del proyecto que había hecho para clase, lo cual obviamente llamó aún más la atención de Liu.

Sin embargo, yo no tenía muy clara cuál sería la respuesta de esta última, y la oferta estaba pensada para formar una alianza de tres personas. Pero si la rechazaba, tomé la repentina decisión durante el desayuno de proponerle a Aadhya la alternativa de buscar a alguien más que se uniera a nosotras, o acceder a pactar una alianza entre ambas sin comprometernos de inmediato, dialogando en términos provisionales. Aquello era lo contrario a una demostración de poder, pero ella ya sabía que mis opciones eran bastante limitadas, así que me traía sin cuidado.

El hecho de que esa idea se me pasara por la cabeza me hizo sentir rara, como si no encajara conmigo. Siempre me había preocupado por que mi dignidad no sufriera ni un rasguño, aunque la dignidad no importa una mierda cuando los monstruos bajo la cama existen de verdad. La dignidad era lo que tenía en lugar de amigos. Dejé de intentar hacerlos al mes de empezar primero. Ninguna de las personas a las que trataba de acercarme me hacían caso a no ser que estuvieran desesperadas, y nadie intentó acercarse a mí nunca. Me ha pasado lo mismo en cada uno de los colegios a los que he acudido, en cada club, curso o actividad.

Antes de la incorporación, albergaba la tenue esperanza de que las cosas aquí fueran diferentes, de que quizá con los magos no me ocurriría lo mismo. Fue una estupidez pensar aquello, ya que yo no era ni mucho menos la única maga que había ido a colegios mundanos. Si no perteneces a ningún enclave, lo más sensato es mandar a tus hijos al colegio mundano más grande que puedas, ya que los maleficaria suelen evitar a los mundanos. No es que estos sean invulnerables a los mals —un desollador puede clavarte una garra de medio metro en las tripas independientemente de que tengas maná en tu interior o no—, pero cuentan con una protección extremadamente poderosa: no creen en la magia.

Dirás que hay mucha gente que cree en todo tipo de magufadas, desde la diosa de las serpientes, pasando por ángeles teológicamente cuestionables hasta la astrología, pero siendo alguien que vivió sus primeros años rodeada de las personas más crédulas del mundo, te digo que no es lo mismo en absoluto. Los magos no tenemos fe en la magia, sino que sabemos que es real, del mismo modo que los mundanos saben que sus coches son reales. Nadie mantiene profundas conversaciones alrededor de una hoguera sobre si los coches son o no reales a menos que se haya pasado con las drogas, por lo que no es ninguna coincidencia que casi todos los encuentros entre mundanos y mals se den cuando los primeros están bajo los efectos de algún estupefaciente.

Hacer magia delante de alguien que no cree en ella es mucho más difícil. Y lo que es peor, si su escepticismo se impone sobre tu determinación o tu maná, y el hechizo no sale, lo más probable es que tengas problemas para lanzarlo la próxima vez que lo intentes, tanto si la persona escéptica se encuentra delante como si no. Si esto te ocurre unas cuantas veces más, dejarás de ser capaz de hacer magia. De hecho, apuesto a que hay montones de magos en potencia ahí fuera, personas como Luisa que podrían tener el maná suficiente como para lanzar hechizos, pero incapaces de hacerlo por haber sido criados por mundanos; al no *saber* que la magia existe de verdad, esta no funciona.

Y si resulta que eres un mal, y por lo tanto tu existencia depende solo de la magia, tendrás que convencer al mundano en cuestión de que, contra todo pronóstico, existes de verdad antes de poder devorarlo. En cierta ocasión, hacia el final de mi estancia en un instituto mundano, un yarnbogle excesivamente ambicioso me atacó en clase de Educación Física; la profesora lo vio de casualidad, absolutamente convencida de que se trataba de una rata, y le dio una buena tunda con un bate de críquet. Cuando dejó de golpearlo, era imposible distinguir a la criatura de una rata aplastada, a pesar de que yo no hubiera sido capaz de acabar con un yarnbogle con un bate de críquet ni aunque me hubiera pasado el día aporreándolo. El botín no compensa los riesgos, dado que los mundanos apenas tienen sabor o valor nutricional para los mals, por lo que estos últimos mantienen las distancias. Y esta es la razón por la que muchos niños magos van al colegio con mundanos.

Pero lo cierto es que, según los estándares de la comunidad mágica, mi madre vive en medio de la nada —demasiado alejada de cualquier enclave para trabajar con ellos o hacer trueques—, así que de pequeña no conocía a ningún otro niño mago, y en aquella época intenté convencerme de que la razón por la que no les caía bien a los demás niños era porque podían percibir el maná o algo así. Pero no. Los niños magos siguen siendo niños, y tampoco les caigo bien.

De acuerdo, desde hacía cinco días era amiga de Orion, pero él era demasiado raro y no contaba. Estaba bastante segura de que el único método que había puesto en práctica, el cual consistía en ser una chica de lo más borde, no era el modo en que la gente normal trababa amistad con los demás. Pero tal vez ahora tuviera que considerar a Aadhya y a Liu mis amigas. No lo tenía claro, pero si era así, ¿qué significaba? No notaba el resplandeciente y cálido sentimiento de triunfo que una espera que forme parte de la experiencia. Supongo que todavía estaba aguardando a que me regalaran una de esas pulseras cutres de la amistad que nunca me dieron en las Girl Scouts. Pero que alguien se ofreciera a formar una alianza conmigo, a cuidarme las espaldas y a hacer lo posible para sacarme de aquí con vida se encontraba a un nivel totalmente distinto y era evidente que yo me había perdido alguna etapa intermedia.

Aquello me hizo pensar también en Nkoyo mientras me dirigía a clase de Idiomas con ella y sus amigos. No me cabía ninguna duda de que a Cora y Jowani seguía cayéndoles tan mal como siempre. Pero el contraste de actitudes entre los tres me hizo pensar que aún si no podía considerar a Nkoyo una amiga, esta no sentía antipatía por mí. Me armé de valor y le pregunte:

—¿Sabes si hay algún grupo de repaso para el examen final de latín?

Hice un esfuerzo por sonar lo más despreocupada posible, como si me diera igual la respuesta.

—Sí —repuso con un tono despreocupado de verdad; por lo que pude ver, ni siquiera le dio vueltas a la respuesta—. Unos cuantos vamos a reunirnos el jueves en el laboratorio durante la hora de trabajo libre. Para venir hace falta traer dos copias de algún hechizo decente.

—¿Serviría aquel que intercambié contigo, el del muro de fuego? —pregunté, esforzándome por adoptar un tono tan tranquilo como el de ella, como si no tuviera ninguna duda de que sería bien recibida si cumplía los requisitos…

—Oh, no hace falta que lleves uno tan bueno —aclaró ella—. Con que sea útil basta. Yo voy a llevar uno para restaurar papiros.

—Tengo un hechizo medieval para curtir pieles —dije. Era un fragmento de un hechizo más complicado para fabricar un grimorio maldito que sustrajera un poco de maná cada vez que algún mago utilizara uno de los hechizos de su interior. Una técnica muy astuta para crear un robamaná que pasara desapercibido. Aunque la parte del hechizo para curtir el cuero funcionaba a la perfección sin necesidad de llevar a cabo el resto.

Nkoyo se encogió de hombros y asintió con la cabeza, como diciendo: «claro, por qué no», y acto seguido llegamos a la puerta

del aula de Idiomas. Los cuatro nos turnamos para meter los deberes del día anterior en el buzón de corrección, una fina ranura que
se encontraba en la pared metálica junto a la puerta. Habíamos
elegido el momento idóneo. Es mejor no dejar los deberes cuando
hay mucha gente entrando en clase, porque de lo contrario puedes
tener dificultades para salir disparando si alguna criatura se aba-
lanza sobre ti desde la ranura. Tampoco es buena idea dejarlos
demasiado temprano, porque las posibilidades de que te ataquen
son mayores. Pero meterlos aunque sea diez segundos después de
que haya empezado la clase es entregarlos tarde, así que tus notas
se resentirán.

Sacar una calificación baja en Idiomas significa que tendrás que
hacer trabajo de recuperación; y este consiste en repetir durante
días o incluso semanas las mismas tareas que ya has hecho anteriormente. Puede que no parezca algo demasiado terrible, pero como
los idiomas sirven para aprender hechizos, es una auténtica faena.
La próxima vez que pidas un hechizo, recibirás uno relacionado
con el tema que, en teoría, deberías estar estudiando pero que en
realidad desconoces, y no serás capaz de aprender nada más hasta
que termines todo tu estúpido trabajo de recuperación y llegues
por fin al tema en cuestión.

Entregué mis ejercicios de árabe y acto seguido me senté en un
cubículo y abrí la carpeta de los deberes para descubrir qué tarea
me tocaba ese día: nada menos que tres hojas de ejercicios de árabe
y un despiadado cuestionario en sánscrito clásico que me llevó toda
la clase en lugar de los veinte supuestos minutos que se tardaba en
hacer. Apenas había acabado de contestar las preguntas necesarias
para conseguir un aprobado cuando sonó el timbre de aviso. Gara-
bateé mi nombre en la hoja, recogí mis bártulos y, cargando la mochila con dificultad, como si fuera una cesta, me puse en la cola
para dejar el cuestionario en el buzón antes de que sonara el último
timbre. Tendría que hacer los ejercicios de árabe por la noche en
vez de ponerme a generar el maná que tanta falta me hacía.

Ni siquiera aquello podía agriarme el humor, el cual había sufrido tantos cambios últimamente que empezaba a sentirme como un yoyó. Me había acostumbrado a convivir con mis niveles habituales de amargura y desdicha, a agachar la cabeza y a soportar cualquier cosa. Estar contenta me descolocaba casi tanto como estar cabreada. Pero no tuve ninguna intención de hacerme la loca cuando llegué a clase de Escritura Creativa y vi que Liu estaba echando un vistazo a su alrededor. Me había guardado el escritorio que se encontraba junto al suyo. Me acerqué hasta allí y dejé la mochila en el suelo, entre nuestras sillas. Al tener a alguien al otro lado que no protestara, podría dedicar unos cuantos momentos a arreglarla.

Me senté y saqué mi proyecto más reciente, una pésima villanela en la que estaba evitando por todos los medios usar la palabra «pestilencia», aunque, como esta última no dejaba de intentar colarse en cada estrofa, pensé que, si llegaba a escribirla de verdad, el poema entero se convertiría en una invocación de lo más apañada de una nueva plaga. Seguramente soy la única alumna que intenta evitar que mis proyectos de escritura se conviertan en hechizos nuevos.

Trabajé en la villanela durante los primeros cinco minutos de clase antes de caer en la cuenta de que, si ahora Liu y yo éramos amigas, tal vez lo mejor sería hablar con ella.

—¿En qué estás trabajando? —le pregunté; las charlas triviales son un rollazo, pero al menos me aseguraban una respuesta.

Me miró de reojo y dijo:

—He heredado una canción conjuro de mi bisabuela. Estoy intentando escribir la letra en inglés.

Traducir hechizos es prácticamente imposible. Ni siquiera es buena idea hacer algo como tomar un hechizo en hindi, reescribirlo en alfabeto urdu y dárselo a otra persona para que se lo aprenda. Eso funciona tres de cada cuatro veces, pero la cuarta resulta ser un auténtico desastre. Las canciones conjuro son la única excepción. Aunque no se traducen exactamente, sino que se escribe un hechizo nuevo en otro idioma usando la melodía y el tema original. Muchas veces es más difícil que crear un hechizo nuevo desde cero, y la mayoría de las veces no funciona, al igual que la mayor parte de los proyectos de escritura no logran convertirse en hechizos. En ocasiones no son más que una burda imitación del original, pero de vez en cuando, si el hechizo nuevo es bueno por sí solo, el efecto de este se multiplica casi por dos. Consigues el efecto del hechizo nuevo y una parte significativa de lo que hacía el hechizo original. Pueden ser muy poderosos.

Pero yendo al grano, esto era lo que Aadhya había tenido en mente aquella mañana cuando había sugerido que formásemos una alianza. Liu dijo a continuación: «¿Quieres oírla?», y sacó un pequeño reproductor de música, de esos que no tienen pantalla y se reproduce durante un millón de horas habiéndolo cargado una sola vez. Aun así, el único modo de cargar el reproductor aquí es con un cargador de manivela, y teniendo en cuenta que podrías invertir ese esfuerzo en generar maná, no te pones a gastar la batería para cualquier tontería. Me puse los auriculares y escuché la música... sin letra, lo que estuvo bien, ya que ahora mismo no tengo tiempo para empezar con el mandarín. Tarareé la melodía en voz baja y me di golpecitos en la pierna con los dedos, intentando aprendérmela. A pesar de carecer de letra, transmitía la misma sensación que un hechizo; sutil pero desarrollándose poco a poco. No sé cómo describir una canción conjuro en comparación con una canción normal; lo mejor que se me ocurre es decir que es como tener una taza en la mano en lugar de un objeto totalmente macizo. Eres consciente de que puedes verter la cantidad de poder que quieras en ella. Esta era como un pozo que se extendía a mucha profundidad en lugar de una taza, una oquedad donde podrías dejar caer una moneda o un guijarro y oír un eco muy lejano. Me quité los auriculares y le pregunté a Liu:

—¿Es un amplificador de maná?

Ella había estado observándome con mucha atención. Dio un respingo y me dijo que era imposible que lo hubiera oído antes, lo que significaba que se trataba de un hechizo familiar con el que aún no habían hecho negocio con nadie. Supongo que se lo estaban reservando para intercambiarlo por algún elemento que les hiciera falta para construir un enclave propio.

—Y no lo he hecho —le dije—. Solo me ha dado esa sensación.

Liu asintió levemente, y me contempló pensativa.

Tras aquello, fuimos juntas a Historia y nos sentamos una al lado de la otra. Las aulas de Historia se encuentran dispersas en la misma planta que la cafetería, por lo que están relativamente elevadas. Lo peor de la clase de Historia es que nuestros libros de texto son un tostón, y además, a diferencia de las aulas de Idiomas, estas no disponen de cubículos, así que somos conscientes de todos y cada uno de los ruidos que hacen los demás: oímos susurros, toses, pedos y los interminables chirridos de los escritorios y las sillas. En la parte frontal del aula siempre hay puesto un monótono vídeo que se ve y se oye fatal y cuyo 90% de contenido es totalmente inútil e irrelevante para las notas, salvo unos cuantos trozos aquí y allá que luego salen como preguntas superimportantes en los cuestionarios. Todas las clases de historia se dan o antes de comer, con lo cual te mueres de hambre y eres incapaz de concentrarte, o justo después, cuando te entran ganas de echarte una siesta. Yo siempre voy antes de comer, ya que es más seguro, pero es una verdadera molestia.

El hecho de tener a alguien al lado, alguien que había venido conmigo, hizo que la clase fuera al menos cien veces más soportable. Nos turnamos para ver el vídeo y tomar apuntes cada quince minutos y entremedias nos pusimos con nuestros trabajos finales. Ya nos habíamos intercambiado las traducciones de nuestras fuentes de referencia, y me fijé en que Liu estaba usando las que yo le había dado, de modo que sí le servían. Las de Liu también me resultaron útiles. No tenía que autoconvencerme para pensar bien de ella solo porque ahora tal vez tuviera que soportar mi presencia.

Liu daba Historia en inglés para convalidarla por créditos de idiomas y tener más flexibilidad de horarios, así que en la mayoría de las ocasiones acabábamos en la misma clase. Pero casi nunca nos habíamos sentado juntas, tan solo un par de veces, cuando ella había tenido que ir al almacén a por material y había llegado tarde. Si tenía que elegir entre sentarse junto a alguien que estuviera enfermo y tosiendo, el chico que se pasa la clase con la mano metida en los pantalones —solo ha intentado sentarse a mi lado en una ocasión, y lo fulminé con una mirada tan letal que él frenó en seco y se sacó la mano de los pantalones— y yo, siempre me elegía a mí. Pero la mayoría de las veces aparecía con quien se hubiera sentado durante la clase anterior. Había una decena más de nativos de mandarín que cursaban Historia en inglés a los que no les importaba que se sentara a su lado, a pesar de que les llegara un leve tufillo a malia.

Aquel día no percibí ni rastro de malia. Se notaba que no había vuelto a usarla. Liu seguía teniendo un aspecto saludable y la mirada brillante, pero había algo más. Parecía más delicada, más reservada, como un caracol apenas asomándose de su caparazón. Me preguntaba si eran las secuelas de haber dejado la malia o si es que ella era así de verdad; probablemente lo segundo, ya que el hechizo de meditación de mi madre sirve para recuperarse y volver a la normalidad. Aunque en realidad aquello no encajaba con su decisión de utilizar la malia. Puede que su familia la hubiera obligado a hacerlo. Estratégicamente tenía sentido, y tras llegar al colegio con un montón de alimañas, que habrían acaparado la mayor parte del peso permitido de su equipaje, le habría resultado muy complicado hacer cualquier otra cosa.

No le pregunté qué estrategia pensaba poner en práctica ahora, si es que había pensado en alguna. No era como si hubiera estado empleando la malia de forma manifiesta, y aún no éramos aliadas, así que tal vez aquella pregunta la asustara un poco, sobre todo viniendo de la supuesta novia del héroe cazamaléfices del colegio. Es más, puede que ahora lo tuviera bastante crudo para salir con vida de la graduación si no volvía a las andadas. Seguro que durante todo este tiempo no se había molestado en almacenar maná si pensaba extraer un montón de malia de los animales que aún le quedaban.

Lo que la convertía en una pésima compañera de alianza, aunque me daba igual. Quería aliarme con Liu y Aadhya, y no solo porque no me quedara otra alternativa. Quería hacer esto que estábamos haciendo ahora mismo, ir juntas a comer después de haber trabajado codo con codo durante toda la mañana, quería experimentar la cálida sensación de estar juntas en el mismo equipo. No solo me interesaba que me ayudaran a salir de aquí con vida. Quería que ellas sobrevivieran también.

—La respuesta es sí —le dije de repente mientras nos dirigíamos a la cafetería—. Si tú quieres.

Guardó silencio durante un momento y luego dijo en voz baja:

—No he acumulado demasiado maná.

De modo que yo tenía razón. Liu había decidido no volver a usar malia, y ahora estaba con la mierda hasta el cuello. Pero… había sido sincera. No quería que nos aliáramos con ella sin poner todas las cartas sobre la mesa.

—Ni yo. Pero si contamos con la canción conjuro y el hechizo controlador de estados tampoco necesitaremos tanto —le dije—. Si a Aadhya le parece bien, a mí también.

—Pero aún no sé lanzar el hechizo —respondió Liu—. Mi abuela… mis padres están muy ocupados y aceptan muchos trabajos de enclaves, así que me crio mi abuela. Me dio la canción conjuro a escondidas para que me la trajera al colegio. Se trata de un hechizo avanzado y solo unos pocos magos muy poderosos de mi familia han logrado ponerlo en práctica con éxito. Pero pensé que… si conseguía traducirlo, tal vez resultara más fácil lanzarlo.

—Si no consigues que funcione para finales del próximo trimestre, dejaré algunos de mis idiomas y me pondré a estudiar mandarín —le dije.

Se me quedó mirando.

—Ya sé que sabes cantar, pero es muy complicado.

—Podré lanzarlo, de verdad —dije convencida. La amplificación de maná resulta más o menos imprescindible para lanzar cualquiera de los hechizos monstruosos que conozco, a pesar de que ya son hechizos que requieren cantidades ingentes de poder. Nunca he tenido la suerte de toparme con ningún conjuro que divida el paso de la amplificación lo suficiente como para poder separar ese trozo de las partes repletas de gritos y muerte, pero aun así forma parte del proceso.

Liu inspiró profundamente y asintió con la cabeza.

—Pues… si a Aadhya tampoco le importa…

No acabó la frase. Pero yo asentí con la cabeza y ambas nos miramos un momento mientras caminábamos por el pasillo. Liu me sonrió, alzando apenas las comisuras de la boca, pero yo le devolví la sonrisa. El gesto se me hizo raro.

—¿Quieres que sigamos con el trabajo de Historia después de comer? —le pregunté—. Le tengo echado el ojo a un sitio en la biblioteca, está en la zona de idiomas.

—Claro —respondió ella—. Pero ¿no suele acompañarte Orion?

No decía aquello para saber si Orion iba a venir y poder pasar el rato con él, sino que se refería a si habría espacio suficiente para los tres.

—Es un escritorio gigantesco —le dije—. No te preocupes, tomaremos una silla plegable de camino.

Pero después de comer, Orion me dijo a toda prisa:

—Me voy abajo, aún tengo cosas que hacer.

—¿En serio tienes cosas que hacer o lo que pasa es que prefieres marginarte a tener que relacionarte mínimamente con otros seres humanos? —le pregunté—. Liu no se va a poner pesada.

No pensaba pasar de ella por él, ni que estuviéramos saliendo de verdad.

—No, ya lo sé —dijo Orion—. Liu me cae bien, es maja. Es que tengo cosas que hacer.

Aquello no sonaba muy convincente, pero decidí no señalárselo. No era asunto mío. Me encogí de hombros.

—Intenta no acabar disuelto en ácido o algo parecido.

Liu y yo fuimos de lo más productivas. Acabamos casi la mitad de nuestros trabajos de Historia.

—Después de cenar tengo que bajar al laboratorio para acabar un proyecto en grupo, pero si quieres volvemos mañana —me dijo mientras salíamos de la biblioteca. Asentí con la cabeza y pensé que tal vez podría pedirles a Aadhya o a Nkoyo que vinieran conmigo después de cenar. Ahora había personas, en plural, a las que podía pedirles que me acompañaran a la biblioteca, e incluso si decían que no, en realidad no estaban diciéndome que no, solo rechazaban mi oferta en esa ocasión. Casi me alegré cuando Aadhya me dijo después de comer que no podía venir porque quería trabajar en su cuarto en un artificio, pues supe que no se trataba de una excusa, sino que estaba diciendo la verdad.

—Pero pasaos antes de que sea hora de acostarse —nos dijo—. Si tenéis fichas, podemos ir al quiosco.

Liu y yo asentimos; ya habíamos tenido la ocasión de reflexionar acerca de formar una alianza, era hora de hablar del tema, de decidir si íbamos a seguir adelante.

Me zambullí en aquel sentimiento durante las clases de la tarde, y ni siquiera dejé que me lo fastidiara el hecho de ver a Magnus y Chloe hablando con Orion delante de la cafetería durante la cena, invitándolo a ir a la biblioteca con el grupo de Nueva York después.

—Tráete a El —estaba diciendo ella, pidiéndole que me dejara a tiro para su próximo intento de asesinato.

—No puedo, me voy a… al laboratorio —murmuró Orion.

—Conque al laboratorio, ¿eh? —dijo Magnus—. ¿No vas a la habitación de nadie?

Es verdad que Orion parecía estar poniendo una excusa, pero Magnus me echó una mirada que dejaba en evidencia cuáles pensaba que eran las verdaderas intenciones de Orion. Este último, obviamente, se limitó a contestar, de forma tan convincente como hacía un momento:

—¿Qué? No, no voy a ninguna habitación.

—Bueno —respondió Magnus—. ¿Galadriel va a estar contigo en el laboratorio?

—Me temo que no —dije, con un chasquido. Al estar preguntando por mí, me sentía con todo el derecho de entrometerme en la conversación—. Tengo que terminar un trabajo.

—¿Quieres venir a la biblioteca con nosotros, El? —me preguntó Chloe directamente—. Hay sitios libres en nuestra mesa.

Aquella era una muestra inequívoca de lo desesperados que estaban. Los miembros de enclave jamás le pedían a nadie que fuera a sentarse con ellos. Como mucho, te decían de forma inmensamente condescendiente que no les importaba que te unieras a ellos. Es más, Magnus parecía bastante molesto por haber tenido que llegar a aquello.

—No —respondí. Acto seguido, entré en la cafetería sin despedirme, y Orion los dejó allí plantados para ponerse a mi lado en la cola.

—No me irás a decir que Chloe quería que le lamieras el culo —dijo.

—No, ha sido una oferta altruista y generosa nacida desde el fondo de su corazón —respondí—. Destinada, por cierto, a ensartar el mío. La oruga de anoche no me atacó por casualidad.

—Vamos, no me… Entonces, como están siendo amables, ahora crees que intentan matarte por gusto —resumió Orion. Tuvo la cara dura de parecer irritado—. ¿Estás de broma? ¿Quieres que te acompañe para protegerte de los malvados planes de Chloe Rasmussen?

—Quiero que te des un chapuzón en el puré —le dije, y para vengarme, me puse las dos últimas salchichas que quedaban. Pero le di una al llegar a la mesa. No era culpa suya que se hubiera criado con un hatajo de piojos homicidas y altaneros.

Me quedé atónita cuando, después de nuestro intercambio anterior, Chloe volvió a abordarme en la biblioteca. Me interceptó en la sala de lectura mientras me dirigía a las estanterías.

—La respuesta sigue siendo que no —le dije con frialdad.

—No, El, espera —insistió. Me alejé de ella y me metí en el pasillo de los encantamientos, pero Chloe vino detrás de mí y me agarró del brazo—. Oye, ¿podrías dejar de comportarte como una imbécil durante cinco segundos? —siseó, lo cual tenía mucha gracia viniendo de ella, y a continuación añadió—: No es… no vayas a tu escritorio.

Me detuve en seco y la contemplé fijamente. No podía mirarme a la cara. Lo cierto es que su rostro reflejaba cierto nerviosismo y culpabilidad; echó la vista atrás por encima del hombro, en dirección a la sala de lectura. Nos encontrábamos en una zona con poca luz, pero es probable que desde el rincón de Nueva York pudieran vernos, al menos parcialmente. Atisbé a Magnus en uno de los sofás.

—Ven… a sentarte con nosotros, ¿sí? —dijo Chloe—. O vete a tu habitación o algo.

—¿Cuánto tiempo pasará antes de que mi cuarto se convierta en un campo de minas? Seguro que a Magnus ya se le ha ocurrido alguna idea brillante.

Me imaginé con todo lujo de detalles cómo sería acercarme hasta él y hacerle una cara nueva. Un buen puñetazo desde arriba le aplastaría la nariz y produciría un crujido de lo más satisfactorio.

—O tal vez no. Supongo que preferirá no arriesgarse por si Orion está dentro también. Tendría mucha gracia que os lo cargarais vosotros tras tomaros tantas molestias para que no os lo birle.

Chloe se estremeció.

—¿Les has dicho que sí a los de Dubái?

—¡No me han pedido que me una a Dubái! Arreglé uno de los sillones de su rincón porque quiero aprender unas míseras palabras de árabe. Pero ¡aunque me lo hubieran pedido y hubiera aceptado su oferta, esa no sería razón para intentar asesinarme con una oruga! —añadí apretando los dientes, ya que Chloe tuvo el descaro de parecer aliviada.

—¿Qué? ¡No! Nosotros no… —Era obvio que Chloe se dio cuenta a mitad de frase que negarlo no serviría de nada, así que cambió de estrategia—. Mira, Magnus creía que eras una maléfice. La oruga solo tenía un hechizo absorbemalia. Mientras no fueras una maléfice de aúpa, lo peor que te hubiera pasado sería ponerte algo pachucha.

Hizo que pareciera un acto en defensa propia. Me la quedé mirando fijo.

—Uso exclusivamente maná.

Chloe me miró con la boca abierta, como si no se le hubiera ocurrido esa posibilidad. Estoy segura de que no se le había ocurrido, ni a ella ni a los demás. La oruga había estado a punto de convertirse en un magnífico y resplandeciente mal. Ese es el problema de llevar a cabo una creación que posee la capacidad de obtener poder por sí sola. Puedes ponerte serio y pedirle que se porte bien, pero si por casualidad no logra extraer el poder de fuentes autorizadas, hay un cincuenta por ciento de posibilidades de que empiece a extraerlo de cualquier otro lugar que tenga a mano. Y como Magnus había creado la oruga albergando la secreta esperanza de que absorbiera toda mi maldad y me dejara seca, estaba convencida de que las posibilidades eran mucho mayores. Por lo que me hubiera matado.

Y Chloe estaba de acuerdo conmigo; se había puesto tan blanca como el papel, y con razón, por mucho que sus motivos fueran egoístas. Cuando una creación se vuelve maligna, una de las primeras personas a las que ataca es a su creador, así como a cualquiera que pudiera haber contribuido a su creación. Es un punto débil.

Eso genera un cuidadoso sentimiento de estar indefenso que ayuda a la creación a succionarles el maná. Pero Chloe no me daba demasiada pena.

—¿Qué regalito me habéis dejado en el escritorio, una caja de ácaros chillones? —exigí saber.

Ella tragó saliva y dijo, con la voz algo temblorosa:

—No, un... un hechizo de sueño inquebrantable. Jennifer y él pensaban hipnotizarte y hacerte unas cuantas preguntas...

—Eso suponiendo que ninguna criatura me devorara antes de que llegaran.

Chloe tuvo la decencia de parecer avergonzada.

—Lo siento mucho, de verdad. Llevamos toda la semana hablando del tema... la mayoría de nosotros ni siquiera lo pensó bien, es solo que estábamos muy preocupados. Pero... el hecho de que uses exclusivamente maná es... genial. Es asombroso —me dijo de todo corazón (¡Sí, es asombroso que su amigo estuviera a punto de matarme sin querer!) y acto seguido añadió—: En serio, incluso sin saberlo, la mayoría de nosotros queríamos reclutarte. En cuanto les cuente lo del maná, conseguirás en el acto cinco votos a favor; seis, si contamos a Orion. Con eso bastará, entrarás en el enclave sin ninguna duda y...

—¡Vaya, muchas gracias! —dije incrédula—. ¡Y eso que habéis ido a por mí dos veces!

Chloe se mordió el labio.

—Magnus se disculpará contigo, te lo prometo —dijo después de una pausa, como si creyera que estábamos negociando, como si creyera...

En fin, como si creyera que quería una plaza asegurada en el enclave de Nueva York, que era más o menos lo que siempre había deseado con todo mi ser. Me había pasado la mayor parte de los últimos seis años trazando planes para conseguir unirme a un enclave, y aquí estaba ella, ofreciéndome la oportunidad en bandeja sin pedir nada a cambio.

Pero como no podía ser de otro modo, lo que sentí en ese momento fue un cabreo supino; no dirigido a ella, sino a mi madre, que ni siquiera se encontraba aquí para dedicarme una de esas radiantes y cálidas sonrisas que pone de uvas a peras cuando le he dado una alegría. Como aquella vez a los doce años, cuando acabamos teniendo una enorme discusión sobre el asunto de hacer trampas, ya que yo no entendía por qué no podía arrebatarle el último aliento de vida a un pájaro que había encontrado agonizando en el bosque, y salí de casa hecha una furia. Una hora después, volví a la yurta de mala gana y le dije con menos ganas todavía que me había sentado a la sombra de un árbol con el pájaro hasta que este había muerto y luego lo había enterrado. Detesté tener que decírselo, detesté comprobar lo feliz que me hizo ver su radiante expresión. Era como si me hubiera rendido, y no había nada que detestara más que rendirme.

Y lo detestaba con la misma intensidad ahora que mi madre no estaba aquí; aunque podía imaginar perfectamente su expresión de felicidad al saber que iba a rechazar lo que Chloe me ofrecía, el sueño imposible e inestimable que había pretendido hacer realidad a toda costa. Pero era incapaz de aceptar su oferta. Me parecía una birria después de oír a Liu decir en voz baja: «No he acumulado demasiado maná». Y no porque Liu y Aadhya quisieran aliarse conmigo de verdad y a Chloe solo le interesara aferrarse a Orion. Eran la mejor alternativa. Cuando me ofrecieron formar una alianza, estaban ofreciéndome sus vidas. Pensaban implicarse completamente, y me pedían lo mismo a cambio. La oferta de Chloe no era nada en comparación.

—No quiero que se disculpe —le dije con resentimiento—. No voy a unirme a Nueva York.

Chloe se quedó lívida.

—Y si... ¿Vas a unirte a Londres? —preguntó, con la voz temblorosa—. ¿Es por... es por lo que pasó con Todd? No te preocupes, lo vamos a echar, nadie en Nueva York querría...

—¡No tiene nada que ver con Todd! —dije aún más molesta, porque aunque Chloe no tenía el más mínimo derecho a pedirme explicaciones, daba la impresión de que la hubiera apuñalado por la espalda—. No voy a unirme a ningún enclave.

Chloe empezaba a parecer aturdida.

—Pero… ¿Orion y tú estáis…?

Ni siquiera se le ocurría cómo acabar aquella frase.

—No estamos haciendo nada. No sé a qué viene tanta histeria. No es que sea de tu incumbencia, pero Orion y yo no salimos juntos. Y aunque saliéramos, hace dos semanas no sabía ni cómo me llamaba. ¿Por qué me ofreces una plaza asegurada en el enclave? ¿Qué pasa si dentro de un mes se enrolla con alguna chica de Berlín?

Pensé que diciéndole eso al menos se quedaría más tranquila, pero Chloe no parecía convencida en absoluto. Su rostro reflejaba una expresión extraña y confusa, y acto seguido me soltó sin rodeos:

—Eres la única persona con la que Orion pasa el rato.

—Ya, lo siento, había olvidado que a los de tu clase no se os permite juntaros con plebeyos.

—¡No me refería a eso! —exclamó ella—. Tampoco pasa el rato con nosotros.

Aquel era un comentario de lo más raro, sobre todo teniendo en cuenta que llevaba tres años viendo a Orion pegado a ella. Debió de advertir mi perplejidad porque sacudió la cabeza y añadió:

—Nos conocemos, y su madre le pidió que cuidara de nosotros, pero no… habla con nadie. Se sienta con nosotros en la cafetería y en clase porque tiene que sentarse en algún lado, pero nunca dice nada a no ser que le hagamos alguna pregunta. Nunca pasa el rato con ninguno, ni aquí ni en nuestros cuartos. ¡Ni siquiera estudia con nadie! Solo contigo.

Me la quedé mirando.

—¿Y qué hay de Luisa?

—Pero Luisa no hacía más que suplicarle para que la dejara acompañarlo a todas partes, y a él le sabía mal pasar de ella —dijo Chloe—. Pero aun así la evitaba siempre que podía. Lo conozco de toda la vida, y la única razón por la que sabe cómo me llamo es porque su madre lo obligó a aprenderse nuestros nombres en segundo de primaria. Incluso de pequeño, lo único que le interesaba era ir a cazar mals.

—Ya, seguro que aquello le parecía mucho más divertido que irse a jugar a los toboganes —dije incrédula.

—¿Te crees que es broma? Cuando estábamos en preescolar, un gusano ventosa se coló en nuestra clase. La profesora se dio cuenta porque vio a Orion riéndose en un rincón, y cuando le preguntó qué es lo que le parecía tan gracioso, él levantó a la criatura con ambas manos para enseñárnoslo. Esta se retorcía y lanzaba dentelladas, intentando darle un mordisco. Todos nos pusimos a chillar, y él dio un brinco y partió al gusano en dos sin querer. Sus tripas nos salpicaron a todos.

Arrugué el ceño de manera involuntaria. *Qué asco*. Chloe hizo una mueca al recordarlo.

—Para cuando cumplió diez años, ya hacía rondas de vigilancia en las puertas del enclave. No me refiero a que alguien se las asignara, sino que así era cómo se divertía. Era hijo único y la Magistra Rhys, su madre, siempre lo arrastraba a nuestras casas para que jugara con nosotros e hiciera amigos. Pero él no dejaba de intentar escabullirse para irse a las puertas y abalanzarse sobre cualquier mal que se colara en el enclave. No es… normal.

No pude evitar echarme a reír. Era eso o abofetearla.

—¿Dirías que es alguien con un aura negativa? —me burlé.

—¡No estoy siendo cruel! —dijo con ímpetu—. ¿Crees que no queremos que nos caiga bien? Yo estoy viva gracias a él. Un verano, cuando tenía nueve años, hubo una plaga de moscas tóxicas en la ciudad. Nada del otro mundo, ¿verdad? —me dijo en un tono casi de autodesprecio, como si le diera vergüenza quejarse de algo tan trivial—. Los niños más mayores tuvieron que permanecer en casa mientras el Consejo reflexionaba acerca de cómo abordar la situación, pero las moscas tóxicas ni se acercaron a los que éramos menores de once años. Yo me encontraba en los columpios que estaban frente a la calle del enclave cuando tuve un brote de maná.

Conozco los brotes de maná gracias al alegre panfleto «Cuando tu maná se desarrolla» que mi madre me obligó a leer, pero nunca he sufrido ninguno. Por lo general, nuestra capacidad de acumular maná se ve incrementada de forma repentina, pero los brotes no nos afectan cuando no disponemos de suficiente maná como para llegar a nuestro límite de acumulación. Obviamente, la situación de Chloe había sido diferente.

—Estaba jugando bajo el tobogán con unas amigas. —Formó un espacio cerrado con las manos—. No había ningún niño mundano. Y el enjambre entero de moscas tóxicas se abalanzó sobre mí. Comenzaron a abrirse paso a través del escudo que mi madre me obligaba a llevar. Había tantas… —se interrumpió y tragó saliva—. Mis amigas se pusieron a chillar y salieron corriendo. No podía hacer nada. Era como si el maná se me saliera por la nariz, la boca y los ojos. No recordaba ningún hechizo. A veces aún tengo pesadillas con aquello —añadió, y yo sabía que decía la verdad. Se había envuelto el cuerpo con los brazos sin pensarlo siquiera, y tenía los hombros caídos—. Orion se encontraba en un extremo del parque dando patadas a algunas piedrecitas, pero no estaba jugando con nosotras. Echó a correr de inmediato y prendió fuego al enjambre entero. Me pareció la persona más asombrosa del mundo.

Intenté con todas mis fuerzas seguir enfadada con ella, pero resultó bastante complicado. No quería sentir ni la más mínima compasión. La única vez que un enjambre de moscas tóxicas se coló en la comuna, cuando era pequeña, mi madre tuvo que sostenerme en su regazo durante todo el día y toda la noche, llevando a cabo sin descanso un cántico para protegernos hasta que estas se cansaron y siguieron su camino. Si se hubiera quedado afónica, ambas habríamos muerto. Chloe podía resguardarse en el interior de su enclave y llevaba un poderoso escudo con ella, y si Orion no hubiera ido en su ayuda, seguro que alguno de los cuidadores habría acudido de inmediato. Era lo único que le había ocurrido, la única mala experiencia, no la primera de muchas. Pero no pude evitar sentir empatía hacia ella. Tenía nueve años, el maná rebosaba por todos sus poros y se encontraba acorralada por un enjambre de moscas tóxicas que se abrían camino a través de su carne. Me encogí al recordar el ruido del desollador al arañar las guardas mágicas que rodeaban mi yurta.

Por suerte, no tuve que regodearme demasiado en aquellos sentimientos porque Chloe siguió narrando su historia de inmediato:

—Después de aquello pasé meses siguiéndolo por todas partes, intentando ser su amiga, pidiéndole que hiciéramos cosas juntos. Siempre me decía que no a no ser que lo obligara su madre. Y no era que le cayera mal ni nada de eso. Todos hemos intentado ser sus amigos. A algunos incluso nos lo pidieron nuestros padres, aunque a nosotros eso nos daba igual, no es que quisiéramos caerle bien a la futura Domina ni nada por el estilo. Lo hicimos por él. Sabíamos que era alguien especial y nos sentíamos agradecidos. Pero no sirvió de nada. Tampoco es que fuera un estirado, nunca era cruel o borde. Simplemente… no tenía ningún interés en mí. Nunca antes había tenido interés en nadie.

Me señaló de arriba abajo y me dijo, con auténtica perplejidad:

—Pero entonces, habla contigo una vez y de repente, todo son excusas para pegarse a ti como una lapa. Un día tiene que ir a ayudarte a arreglar una puerta, al siguiente se cree que eres una maléfice, y luego tiene que cuidar de ti porque estás herida. Se sienta contigo en la cafetería y hasta te acompaña a la biblioteca si se lo pides. ¿Sabes cuántas veces he intentado que se venga a la biblioteca? Vino con nosotros solo dos veces, durante nuestra primera semana en el colegio, y no creo que haya subido desde entonces. ¡Hasta nos contaron que te acompañó a hacer tus tareas de mantenimiento! Así que ya sabes por qué nos hemos puesto histéricos. No discutíamos sobre si ofrecerte o no una plaza asegurada en el enclave. Si a Orion le gustara alguien de verdad, ni nos lo pensaríamos, ningún miembro pondría ninguna objeción. Lo que pasa es que no sabíamos si eras una maléfice que lo estaba manipulando.

Terminó su perorata y permaneció allí con expresión desafiante, como si creyera que iba a ponerme a chillarle, pero simplemente me quedé inmóvil, defraudándola, como hacía siempre. Era incapaz de hablar, sentía algo que no podía identificar. No era enfado exactamente. Me había enfadado con Magnus al creer que no tenía ningún reparo en asesinarme para tener a Orion atado en corto, pues ya sabía cómo se las gastaba el muy egoísta. Cielos, cómo había disfrutado desatando mi dulce y justificada ira; era mi droga favorita y casi me había dejado llevar por toda mi rabia homicida. Esta sensación era en comparación turbia como el fango, densa debido al agotamiento.

Ya me había dado cuenta de que lo que Orion quería era a alguien que no lo tratara como a un príncipe a lomos de su caballo blanco, pero no entendía por qué. Ahora lo tenía tan claro que se me revolvía el estómago. Chloe, Magnus, y todos los demás, probablemente el enclave entero, habían urdido una historia en la que Orion era una especie de heroico cazador de monstruos nunca antes visto, alguien que solo disfrutaba salvándoles la vida a todas horas y al que no le importaba su propia felicidad. Se habían inventado esa mentira porque necesitaban desesperadamente que fuera esa persona. Seguro que no les había importado mimarlo, cubrirlo de halagos y ofrecerle cualquier cosa a cambio. ¿Y por qué no? Tenían recursos más que suficientes y no suponía ningún esfuerzo para ellos. Habrían permitido de buena gana que me uniera a su espléndido enclave, yo o cualquier otra chica a la que Orion hubiera dedicado siquiera una sonrisa; hasta Luisa habría sido bien recibida solo porque a Orion le daba pena. Menuda ganga.

Tenían tantas ganas de aferrarse a él como las ganas que tenía mi comuna de perderme de vista. Nuestras historias eran igual de horribles, pero la de Orion constituía un reflejo inverso de la mía. Se había esforzado en darles lo que querían, en intentar encajar en la preciosa fantasía que habían creado para él, se había estudiado obedientemente sus nombres como su madre le había pedido para ser educado con ellos. Pues claro que no podía ser amigo suyo. Seguramente sabía que solo querrían seguir siendo sus amigos mientras interpretara el papel que a ellos les convenía. Y ahí estaba Chloe mirándome con ojos de cordero degollado, contándome lo maravilloso que era Orion y lo mucho que se habían esforzado todos por que se relacionara con ellos.

Pero no era solo enfado lo que sentía. Es cierto que tenía ganas de chillar a Chloe y prenderle fuego a su enclave, pero aquello era fruto de la costumbre. Lo que quería realmente, lo que anhelaba con todo mi ser, era hacerla cambiar de opinión, igual que quería cambiar la idea que los demás tenían de mí. Quería agarrarla de los hombros y sacudirla para que durante cinco segundos viera a Orion —me viera a mí— como una persona de verdad. Aunque sabía que era una esperanza vacía, pues aquello tenía un coste para Chloe. Si Orion pasaba a ser una persona de verdad, este no tendría por qué seguir llevando esa alarma en la muñeca que le avisaba cada vez que ella o alguno de sus amigos, los auténticos amigos de Chloe, corría peligro sin recibir nada a cambio. Si Orion pasaba a ser una persona de verdad, este tendría el mismo derecho que ella a estar asustado y a actuar de forma egoísta, y ella debería devolverle todos los favores que le había hecho. Y eso a Chloe no le interesaba, ¿verdad? Si era Orion el que necesitaba ayuda, ella no acudiría rauda a su rescate. No, saldría corriendo en dirección contraria.

La expresión de su rostro pasó a ser una de incertidumbre cuando vio que me quedaba allí plantada. Seguro oía cómo se avecinaba la tormenta a lo lejos.

—Ya —dije con amargura—. Lo único que tiene sentido es que sea una maléfice. Seguro que no hay más razones por las que Orion prefiera mi compañía a la de unos palurdos como vosotros.

—Chloe se estremeció—. Ofrécele el puesto en el enclave a alguien que esté interesado. Pero te agradezco que me hayas ahorrado la grata experiencia de tener a tus amigos taladrándome la cabeza. A cambio, te contaré mi secreto. Trato a Orion como a un ser humano normal y corriente. ¿Por qué no lo probáis alguna vez a ver qué tal os va, antes de que os toméis más molestias por mi culpa?

10

GROGLER

No busqué ningún otro lugar donde ponerme a trabajar, ya que sabía que no sería capaz de concentrarme. Le di un golpe con el hombro a Chloe al pasar junto a ella y me dirigí a las escaleras; bajé hasta nuestros dormitorios de forma apresurada, aunque sabía que no era buena idea. A lo largo del fin de semana, la maquinaria del colegio había empezado a ponerse en marcha para la graduación; el aceite fluía para lubricar los enormes engranajes del núcleo y estos comenzaban a aflojarse, ayudados por una sacudida previa. Las escaleras se movían con los engranajes, igual que si fueran unas escalinatas mecánicas increíblemente lentas que pueden ponerse a girar en sentido contrario en cualquier momento. Y mi imprudencia me costó cara. A un par de tramos de distancia del descansillo había en los escalones una pútrida y opalescente mancha: los restos de alguna criatura que alguien había eliminado recientemente. Al bajar los escalones corriendo, pisé aquella sustancia y me resbalé, por lo que tuve que lanzarme al descansillo rodando sobre mí misma para evitar caer de cabeza escaleras abajo.

Me dirigía a mi habitación cojeando, cuando pasé por delante de la puerta de Aadhya. Me detuve, y al cabo de un momento, llamé suavemente.

—Soy El —le dije, y ella entreabrió la puerta, se aseguró de que era yo de verdad y vio la sangre.

—¿Qué ha pasado? —preguntó—. ¿Quieres unas gasas?

Noté un nudo en la garganta. Casi me alegraba de haberme caído por las escaleras. ¿Qué importancia tenía intentar hacer cambiar a Chloe de opinión?

—No, no hace falta, solo es un rasguño —dije—. Soy imbécil, me he resbalado bajando las escaleras. ¿Me acompañas al baño?

—Sí, claro —respondió Aadhya, y al llegar al baño me guardó las espaldas mientras yo me enjuagaba la sangre del codo y de la rodilla, donde la herida era mayor. Volvía a dolerme el vientre, pero me daba igual.

Liu volvió a los dormitorios poco después de que hubiéramos terminado, y las tres nos dirigimos —esta vez con más cuidado— a la cafetería. La zona principal de las bandejas y las mesas se encontraba tras una pared móvil y era ahora inaccesible, pero olíamos el humo de las llamas depuradoras higienizando el área —los hornos con limpieza automática son una birria comparados con las llamas mortíferas—. Había un puñado de alumnos alrededor esperando su turno para el quiosco. La verdad es que «quiosco» es un término demasiado optimista, pues se trata solamente de una hilera de máquinas expendedoras que funcionan con fichas. Cada alumno consigue tres fichas a la semana. Yo tenía casi veinte ahorradas, ya que, a no ser que llevaras una mala racha con las raciones de la cafetería y estuvieras empezando a sentirte mareado o lento de reflejos, el aporte extra de calorías no merecía el viaje hasta aquí sin acompañante.

Por supuesto, no se puede escoger qué es lo que sale por la ranura. Los productos rara vez se encuentran contaminados, ya que vienen empaquetados, pero por lo general están caducados, y algunos llevan allí desde tiempos inmemoriales. En una ocasión, me tocó una ración de combate de la Primera Guerra Mundial. Había subido a la cafetería porque estaba mareada, de manera que me encontraba lo bastante hambrienta como para abrir el paquete, aunque ni siquiera entonces fui capaz de comerme nada más que el panecillo del interior, y por panecillo me refiero a las galletas marineras que se comían antaño durante los viajes marítimos que duraban todo un año. En esta ocasión me tocó una bolsa de patatas fritas, un paquete de galletitas de mantequilla de cacahuete hechas casi papilla, y el premio gordo, una chocolatina Mars que había caducado hacía apenas tres años. A Liu le tocó una bolsa de regaliz salado, que está increíblemente malo, pero se lo puedes intercambiar a los chicos escandinavos casi por cualquier cosa, otra bolsa de patatas fritas y un paquete ligeramente sospechoso de embutido. Aadhya se hizo con un paquetito de halva, un onigiri de salmón recién hecho (con fecha de esa misma mañana, increíble) y un tarro de crema de castañas tan grande que cayó a la ranura dando golpazos por toda la máquina.

—Espera, a ver si consigo algo donde extender la crema—le dije, y metí otra ficha. Cuando usas una ficha que tienes desde hace tiempo, lo más normal es que te toque o algo muy muy bueno o algo pésimo. Esta vez tuve suerte y salió un maravilloso paquete naranja de galletas de avena.

Nos servimos té y café de unas jarras tibias en unos vasitos de papel y volvimos a la habitación de Aadhya para compartir el botín. Esta había utilizado la tubería de gas de la lámpara de su habitación para fabricarse un mechero Bunsen, con el cual cocinamos el embutido en un recipiente de alquimia mientras devorábamos el onigiri; a continuación, extendimos la crema de castañas sobre las galletas de avena, pusimos encima el halva y las galletitas de mantequilla desmenuzadas y dimos buena cuenta de ellas. Cuando el embutido estuvo listo, nos lo comimos con las patatas, y rematamos el festín con unos trocitos de chocolatina Mars. Aadhya se sentó al escritorio para trabajar en la caja de resonancia de su laúd, y Liu y yo nos sentamos en la cama y seguimos con nuestros trabajos de Historia.

No hablamos demasiado. Ninguna de nosotras tenía tiempo que perder. Pero dijimos lo que había que decir y nos estrechamos las manos. Mientras el embutido había estado cocinándose, yo había ido un momento a mi cuarto para darles algunos cuarzos. Al terminar de cenar, antes de que tuviéramos que irnos a dormir, generamos un poco de maná. Yo me puse a hacer ganchillo, Liu hizo yoga en el suelo y Aadhya se decantó por los sudokus. Cuando sonó el primer timbre, fuimos juntas al baño, y después de lavarnos los dientes, nos dirigimos a la pared que separa el baño de las chicas y de los chicos y escribimos nuestros tres nombres juntos. Liu los escribió con caracteres chinos y yo hice lo mismo en hindi y en inglés. No éramos el primer grupo en escribirlos, pero casi. Solo había anotadas otras tres alianzas, y nadie que yo conociera. Al volver, Liu esperó frente a su puerta mientras yo llegaba a mi habitación, y ambas esperamos a que Aadhya llegara a la suya; acto seguido, nos dijimos adiós con la mano y entramos cada una en nuestro cuarto.

Dormí de maravilla. No suelo recordar los sueños, lo cual probablemente sea lo mejor, dadas las circunstancias, pero esa mañana me había despertado antes de que sonara el timbre, y mientras seguía tumbada en la cama tuve una especie de ensoñación en la que aparecía mi madre sentada en el bosque, mirándome preocupada. Dije en voz alta: «No te preocupes, mamá, estoy bien, no voy a unirme a ningún enclave, tenías razón», y ni siquiera me importó admitirlo, porque no quería que se preocupara. Aunque aún lo estaba, pues movía la boca en silencio, intentando comunicarse conmigo. «Mamá, he hecho amigos. Aadhya, Liu y Orion. Tengo amigos». En el sueño yo tenía la vista borrosa y sonreía, y me levanté esbozando todavía una sonrisa. Se supone que es imposible ponerse en contacto con alguien del exterior mientras estás en la Escolomancia, ya que si los hechizos de comunicación fueran capaces de abrirse camino al interior, también serían capaces de hacerlo algunas clases de mals, de modo que no sabía si había visto a mi madre de verdad, pero esperaba que así fuera, pues quería que lo supiera.

Aquello no significaba que de repente me hubiera vuelto una hermanita de la caridad con todo el mundo. Vi a Chloe salir de su habitación al tiempo que yo volvía a la mía después de asearme, y me las arreglé para volverme a enfadar. Orion no había acudido al punto de encuentro, e Ibrahim me comentó que tampoco lo había visto en el baño de los chicos esa mañana. Había estado empeñada en no esperarlo jamás de los jamases, pero, tras sentir una punzada de indignación, les dije a Aadhya y a Liu:

—Guardadnos dos sitios, ¿sí? —Luego fui a llamar a su puerta enérgicamente. Volví a llamar antes de oír en el interior algunos golpes, y entonces Orion abrió la puerta sin tomar la más mínima precaución. Iba sin camisa, llevaba el pelo de punta y me miró adormilado. Tenía aspecto demacrado.

—Venga, Lake, que el desayuno no se va a comer solo —le dije, y él murmuró algo incoherente y volvió a meterse dentro; se calzó las zapatillas de deporte, recogió una camiseta del suelo, volvió a dejarla donde estaba (tenía una enorme mancha azul en la parte delantera), se puso otra camiseta y se dirigió tambaleándose al baño.

—¿Acaso te colocaste anoche o qué? —le dije con curiosidad mientras llegábamos por fin a nuestro destino. Había tenido que agarrarlo y meterlo de un empujón en el piso de la cafetería después de que hubiera intentado meterse en el descansillo del laboratorio de alquimia primero y luego en el de los dormitorios de segundo.

La preparación de sustancias recreativas es un pasatiempo bastante popular entre los alumnos que cursan la rama de alquimia, pero Orion exclamó ofendido que no, como si lo hubiera insultado.

—No dormí mucho anoche —dijo, y recalcó sus palabras con un bostezo tan amplio que pareció a punto de desencajarse la mandíbula.

—Ya —respondí con escepticismo. Todos aprendemos a lidiar con la falta de sueño sistemática antes de acabar nuestro primer curso en la Escolomancia, porque para entonces, aquellos que no han sido capaces son historia—. Salvar el mundo no te deja pegar ojo, ¿eh? Ve a sentarte con Aadhya y Liu que ya te llevo yo la bandeja.

Tras nuestro festín nocturno, yo ni siquiera tenía demasiada hambre, así que me quedé con las gachas y le di a él el huevo y el bocadillo de beicon con los que había logrado hacerme. Tuve que darle un golpecito para que reaccionara, y acto seguido se comió el desayuno con los ojos medio cerrados, sin molestarse en responder siquiera cuando Ibrahim se dirigió a él directamente. Volvió a agachar la cabeza en cuanto devoró el bocadillo.

Aadhya y yo habíamos estado hablando sobre la demostración del hechizo que iba a llevar a cabo ese día en el taller, pero ella se detuvo de repente, le lanzó una mirada a Orion y preguntó:

—¿Va colocado o algo?

Esta vez Orion ni siquiera protestó por la insinuación.

Me encogí de hombros.

—No, según él. Dice que no ha dormido.

Por suerte, le tocaba clase de Idiomas a primera hora de la mañana, así que pude conducirlo hasta el aula y acomodarlo en un cubículo junto al mío. Él apoyó la cabeza de inmediato en el escritorio y se quedó dormido con el suave murmullo de unas voces que narraban su violenta muerte en francés. Solo había una página de ejercicios facilísimos en su carpeta, así que la rellené por él. Para cuando terminó la clase y le dí una sacudida para despertarlo, Orion parecía un poco menos grogui.

—¿Gracias? —me dijo algo vacilante cuando vio su hoja de ejercicios; luego llevó sus deberes y los míos hasta el buzón, y consiguió meterlos por la ranura sin amputarse los dedos ni nada por estilo.

—De nada —respondí—. ¿Podrás llegar de una pieza a tu próxima clase?

—¿Sí? —dijo, aún más vacilante.

—¿Quieres que te acompañe? —le pregunté lanzándole una mirada.

—No, no hace fal... ¿a qué viene esto? —soltó de repente.

—¿Qué?

—¿Por qué estás siendo tan maja? —preguntó—. ¿Te has cabreado conmigo o algo?

—¡No! —exclamé, y me dispuse a decirle que era un ser humano decente y a menudo, o por lo menos cada cierto tiempo, me comportaba con bastante amabilidad, cuando me di cuenta de que en realidad Orion tenía razón, solo que no estaba cabreada con él, sino con los inútiles de sus amigos del enclave. Él me daba *pena*. Y a mí me habría repateado que cualquiera sintiera pena por mí—. ¿Se me permite estar de buen humor de tanto en tanto, o debo dar parte a la policía cada vez que sufra uno de estos episodios de enajenación pasajera? Por mí puedes lanzarte de cabeza al cubo de basura, yo me voy al taller.

Aquello pareció tranquilizarlo, y yo me alejé de él.

El taller no es un lugar demasiado divertido cuando se acerca la graduación, y aquel día no era la excepción: el suelo se puso a temblar aproximadamente cada quince minutos, y hacía tanto calor que algunos chicos se habían quitado la camisa. Casi todos los que habían entregado ya su proyecto final se saltaban las clases, así que en circunstancias normales, el taller habría estado bastante vacío, pero aquel día una multitud relativamente grande se había presentado para ver mi demostración. Aadhya colocó a la gente de manera que todos tuvieran buena visibilidad, pero dando prioridad a los estudiantes de último curso. Lo que pretendía en realidad era conseguir que los alumnos de cuarto presentaran sus ofertas más suculentas, y luego volver a subastar el hechizo cuando acabara el curso y los compradores originales se hubieran marchado.

Mientras tanto, llevé a cabo unos meticulosos aunque algo dolorosos ejercicios para generar un poco de maná —el dolor moderado contribuye a ello— y luego recogí el trozo de madera con el que iba a poner en práctica la demostración. No quería malgastar mis energías, así que pensaba aprovechar para empezar el cofre que les había prometido a los sutras. Iba a tener el tamaño suficiente como para solo albergar aquel tomo. Además de transmitirle al libro lo especial que era para mí, necesitaba que fuera un objeto lo bastante ligero como para sacarlo del salón de grados al año siguiente. A Aadhya y a mí se nos había ocurrido un diseño que era una versión apenas más grande que el propio libro, pero tallado en madera; y mi amiga me había regalado un trozo realmente estupendo de madera de amaranto para fabricar el lomo.

—Voy a usar el hechizo para tornar líquida la lignina de la madera y así poder curvarla —les expliqué, e hice circular la madera entre los allí reunidos para que comprobasen que no mentía y que aquel era un trozo totalmente recto y macizo de más de un centímetro de grosor. Cuando me lo devolvieron, lo sujeté entre las manos y visualicé y recité el conjuro. Aadhya me había contado que la lignina era el componente que se encontraba en las paredes de las células de la madera y servía para proporcionarles consistencia, y aunque imaginaba que la cantidad que debía transformar no era demasiado grande, resultaba increíble el escaso maná que el hechizo necesitaba. La madera se volvió flexible con tan solo la mitad de lo que había generado. La curvé sobre la ancha tubería de acero que nos servía para darle forma, Aadhya y yo la sujetamos en su sitio, y acto seguido volví a lanzar el hechizo para devolver a lignina a su estado original. Retiramos el trozo de madera, que ahora se encontraba perfectamente curvado, y comprobamos que el lomo de los sutras encajaba a las mil maravillas. El proceso duró apenas unos cuantos minutos.

Todos emitieron murmullos emocionados mientras la tablilla curvada pasaba de mano en mano. Para la segunda demostración,

Aadhya agarró una herramienta de grabado y talló un sencillo diseño en la parte superior del trozo de madera. A continuación, colocó un embudo diminuto y metió una lámina de plata que había sacado de su caja de material. Yo transformé la plata en líquido y ella lo vertió sobre el diseño. Incluso experimenté un poco. Intenté solidificar la plata de inmediato mientras esta se posaba en la hendidura para que no rebosara por los bordes. Funcionó a la perfección.

Los demás comenzaron a preguntar si podía enseñarles más ejemplos, y no vi razón alguna para negarme si aún me quedaba maná. Mientras Aadhya y yo decidíamos qué hacer a continuación, una chica de último curso de la rama de alquimia sugirió de pronto que podíamos intentar convertir el nitrógeno que flotaba en el aire en líquido. Desde luego, aquello podía resultar increíblemente útil, aunque no estábamos seguras de qué ocurriría con el nitrógeno después de transformarlo: ¿no volvería a evaporarse de forma instantánea? Pero la idea les entusiasmó tanto a todos que un par de chicos de cuarto se ofrecieron a subirse a un banco para tomar uno de los recipientes de metal del estante más alto si los dejábamos quedarse con el contenido después de que acabásemos. A mí me pareció justo, ya que iban a ser ellos los que se arriesgaran a acercar la cabeza al techo sin saber con seguridad cuál sería el desenlace del experimento.

Uno de ellos se subió al banco, y entonces comenzó otra ronda de intensos temblores, solo que en esta ocasión no se detuvieron, sino que empeoraron hasta casi alcanzar los niveles que se perciben durante la graduación. Algunos objetos se precipitaron desde los estantes, y poco después hasta los taburetes cayeron al suelo. El chico subido al banco se había agachado para mantener el equilibrio, pero no le quedó más remedio que saltar agarrándose a la mano de su amigo justo antes de que tres de los recipientes metálicos se estrellaran sobre la mesa. Uno de ellos se abrió y una horda de crías de comecobres salieron en avalancha en dirección al suelo, como cuando se te derrama una lata de refresco después de agitarla.

Pero para entonces todos salimos disparados hasta la puerta. Por suerte aún llevaba el libro atado al pecho. Agarré el recién adornado lomo del cofre, y Aadhya y yo salimos al pasillo rodeadas de un montón de alumnos a la carrera. Todos nos dirigimos a las escaleras. Lo más sensato cuando se produce algún incidente en los pisos inferiores es irse a los niveles superiores, así que, naturalmente, vi a Orion bajando las escaleras a toda prisa en su lugar. Lo único que había por debajo del nivel donde nos encontrábamos eran los dormitorios de los alumnos de último curso, y las escaleras de esa planta no tardarían en abrirse al salón de grados.

—¡Lake, no seas capullo y vuelve arriba! —le grité, pero Orion pasó como una flecha, sin detenerse siquiera. Apreté la mandíbula y miré a Aadhya, que me devolvió la mirada, y acto seguido le dije de forma sombría—: ¿Puedes guardarme esto? —y me quité el fardo que llevaba colgado al cuello.

—¡No le pasará nada! —me dijo Aadhya, pero agarró el fardo mientras lo decía. Incluso tomó el trozo de madera de amaranto.

—Claro que sí, pienso lanzarle un ladrillo a la cabeza —respondí, y al llegar a las escaleras me abrí paso a duras penas entre la muchedumbre que se apresuraba a dirigirse a los pisos superiores y lo seguí escaleras abajo. Noté los temblores con más intensidad en cuanto dejé atrás la marabunta de alumnos. Las paredes que rodeaban las escaleras vibraban tanto que podía oír un zumbido.

—¡Orion! —volví a chillar, pero no había ni rastro de él, y lo más probable es que hubiera sido incapaz de oírme por encima de todo aquel ruido.

Ya que yo no era ninguna valiente heroína con cantidades ilimitadas de maná y el sentido común de una tumbona de playa, descendí los escalones lentamente y con cuidado. No me crucé con nadie que subiera corriendo. Estábamos en horas de clase, y, de todas formas, a estas alturas del curso, los alumnos de cuarto solo pisaban sus habitaciones para dormir. Los engranajes comenzaron a oírse con más intensidad en cuanto dejé atrás el descansillo de los dormitorios de último curso: claramente, los ruidos provenían del fondo de las escaleras, y yo tenía la horrible certeza de que encontraría a Orion allí abajo.

Casi había llegado al siguiente tramo de escalones cuando Orion volvió volando, literalmente, en mi dirección. Había salido despedido por los aires. Se estrelló contra la pared y cayó casi a mis pies, sin aliento. Me miró confundido, y acto seguido apareció por la esquina un enorme tentáculo transparente tanteando los alrededores en su busca. Orion se incorporó y le propinó un golpe con una delgada vara metálica que llevaba en la mano. Si te apetece visualizar los dramáticos resultados de aquello, llena un cuenco enorme con gelatina y a continuación presiona muy suavemente su superficie con un palillo y vuélvelo a levantar. Si la marca del palillo permanece en la gelatina durante más de un segundo, habrás tenido más éxito que él.

Orion contempló la vara metálica con una expresión desconcertada que dejaba ver lo traicionado que se sentía. Supongo que se trataba de algún artefacto que se había apagado. En respuesta, el tentáculo se dirigió derecho a su brazo. No me quedó más remedio que alargar la mano y tocarlo —lo rocé con la punta del meñique izquierdo— para provocarle una sacudida con el hechizo de descarga eléctrica que había intercambiado con Nkoyo. El tentáculo retrocedió lo suficiente como para que yo pudiera ayudar a Orion a levantarse y alejarlo unos cuantos escalones. Pero enseguida noté cómo mi amigo ofrecía resistencia.

—No, tengo que… —protestó.

—¿Que dejar que te espachurren los sesos? —le gruñí y lo obligué a agachar la cabeza mientras el tentáculo contratacaba por encima de nosotros.

—¡Allumez! —exclamó y la vara metálica estalló en ardientes llamas blancas a escasos centímetros de mi cara. Casi me quema las pestañas. Me caí de culo y me deslicé escaleras abajo hasta el siguiente tramo, donde contemplé la espectacular visión de una horrible maraña de tentáculos gelatinosos al pie de las escaleras. Los tentáculos se habían enroscado allí donde habían podido, envolviendo cada centímetro de la barandilla, y se habían introducido en los conductos de ventilación. Fuera cual fuera la criatura que se encontraba al otro lado, esta intentaba pasar por todos los medios a través de un hueco minúsculo en la esquina inferior de la pared. Lo que significaba que estaba básicamente tratando de abrir las escaleras de par en par. No recuerdo haberme fijado nunca al contemplar los planos del colegio en qué es lo que había al otro lado de esa pared, pero de momento, veía asomarse a uno de los mals del salón de grados, por lo que de alguna manera estos habían conseguido abrirse camino desde allí, a pesar de todas las guardas y barreras protectoras que había colocadas. La escalera era nuestra última defensa. Si esa criatura lograba pasar, sus amiguitos no tardarían en seguirla y entonces la graduación daría comienzo antes de hora. El único problema era que, como los dormitorios de los alumnos de último curso aún no habían quedado separados del resto del colegio, los hambrientos mals se lanzarían en masa a por todos nosotros.

Tras sentirme totalmente asqueada durante un momento, advertí unas formas deshinchadas en la parte inferior de las escaleras y grité: «¡No, espera!», pero era demasiado tarde. Orion acababa de rebanar el tentáculo que seguía intentando golpearle la cabeza. Un enorme trozo del miembro cayó al suelo y el resto del tentáculo retrocedió hasta el cuerpo principal de la criatura, donde presionó el extremo amputado en el centro de la maraña, curvándose de manera encantadora, y se dividió elegantemente en cuatro tentáculos que no tardaron en alcanzar el tamaño del original y comenzar a agarrarse a cualquier cosa.

Orion se acercó a mí dando tumbos y me levantó.

—¡Sal de aquí! —dijo, y se dispuso a abalanzarse de nuevo sobre la criatura. Tuve que agarrarlo del pelo y tirar de él—. ¡Ay! —gritó, y a punto estuvo de mutilarme el brazo con la espada flamígera—. ¿Qué estás...?

—¡Es un grogler, cretino descerebrado! —le chillé.

—Qué va, es una hid... mierda, es un grogler —dijo Orion, y permaneció allí plantado con la boca abierta durante un instante. Lo cual pudimos permitirnos, ya que en aquel momento el grogler decidió ignorarnos y volver a centrar sus esfuerzos en abrir una entrada al bufé libre para él y todos los demás mals del salón de grados.

—¿Cómo es que sigues vivo? —le dije con amargura. Para ser justa con Orion, que no es que quisiera serlo, el grogler era tan grande que era imposible ver los delgados hilos rosados que se extendían por el centro de los tentáculos o el gran nudo rojo que, era de suponer, se encontraba en el interior de aquella maraña. Lo más probable es que hubiera desarrollado un millón de tentáculos golpeándose por todas partes antes de que Orion llegara. Los groglers no son famosos por su paciencia o por su planificación de estrategias a largo plazo, pero al parecer el hambre era motivación más que suficiente—. Bueno, ¿qué?

—Eh... —dijo él—. Estoy pensando.

—¿En qué? —inquirí—. ¡No te quedes ahí pasmado y congélalo!

—¡No tengo ningún hechizo de hielo decente!

—¿Cómo que no tienes ningún hechizo de hielo decente? —le dije mirándolo fijamente—. Si eres de Nueva York.

Una expresión culpable cruzó su rostro y murmuró:

—Si congelo a los mals no puedo extraerles maná.

La escalera entera se sacudió.

—¿Y qué más da? —le dije—. ¡Ya se lo sacarás al siguiente!

—¡Pero es que no me sé ninguno! —chilló él.

—Oh, por el amor de la gran diosa madre —exclamé con todo el desprecio del que fui capaz, el cual se manifiesta ya de por sí en mi interior cada vez que pronuncio esa frase. Tomé mi cuarzo y comencé a visualizar una imagen en mi mente mientras me vinculaba a mi ya muy mermada reserva de maná. En el taller, la chica de último curso me había contado que el nitrógeno conformaba más de la mitad del aire, así que lo imaginé condensándose hasta formar un caparazón sólido de unos pocos milímetros de grosor sobre la piel de grogler.

—¿Qué haces? —me preguntó él. No le hice ni caso. El vientre me dolía horrores tras haberme caído por las escaleras, lo suficiente como para que se me llenaran los ojos de lágrimas, y los raspones del codo y la rodilla me escocían, así que me costaba muchísimo permanecer concentrada. Orion me dio por perdida, corrió escaleras abajo y comenzó a tirar de un tentáculo tras otro, desprendiéndolos de todos lados. Les lanzó hechizos de amarre e intentó comprimirlos hasta formar una esfera, mientras numerosos bultos sobresalían por todas partes, igual que si se tratara de una ameba gigantesca y cabreada.

—Ya estoy lista —dije con voz ronca.

—¿Qué? —preguntó él con esfuerzo, al tiempo que intentaba introducir otro tentáculo en el interior de la masa informe.

—¡Aléjate de él! —exclamé un poco más fuerte mientras apretaba los dientes. Orion desvió la mirada hacia mí y el tentáculo, tras zafarse a medias de él, se las arregló para propinarle un golpe y lanzarlo escaleras arriba. Fue un golpe bien merecido y sirvió para alejarlo lo suficiente de la criatura. Entoné el hechizo controlador de estados e intenté visualizar el nitrógeno volviéndose líquido.

Estoy bastante segura de mi éxito, pues la mitad del maná que contenía el cuarzo y que tanto me había costado rellenar desapareció de un plumazo. Imagino que el nitrógeno volvió a evaporarse de inmediato, ya que ningún efecto visual tuvo lugar a continuación. Se agitó, tal vez, una leve corriente de aire frío, pero nada más. Salvo por un pequeño detalle: la piel del grogler se congeló al momento y se resquebrajó, como la superficie de un estanque al llegar la primavera. La criatura se desmoronó y sus acuosas tripas se diseminaron en un charco gigante que se filtró por el desagüe al pie de las escaleras, formando un breve remolino que desapareció con un fuerte gorgoteo. Lo único que quedó atrás fue el diminuto tentáculo matriz que se había colado en primer lugar por el rincón de la pared, igual que un brote de planta araña. Aquello sí era idéntico a la ilustración que aparecía en el tercer capítulo del libro de texto de primero: un trozo de gelatina iridiscente rodeando una vena de color rosa fosforito. Volvió a introducirse por el agujero rápidamente, como si fuera un espagueti y alguien lo hubiera succionado desde el otro lado.

Orión se incorporó.

—¡Ja! —graznó, como si hubiera acabado él con la criatura, y me lanzó una mirada triunfante.

—Lake, no hay palabras que describan lo mucho que te odio —le dije con intensidad, y a continuación me senté, me apoyé contra la pared y me envolví el dolorido vientre con los brazos. Él se levantó algo avergonzado y tapó el agujero con un trozo de masilla que se sacó del bolsillo; lanzó rápidamente un hechizo reparador y luego se acercó a mí y creo que estuvo a punto de intentar cargarme en brazos. Yo lo fulminé con la mirada y lo obligué a que, en vez de eso, me ayudara a incorporarme.

Tras nuestra aventura con el grogler, se puso a bostezar antes incluso de llegar al descansillo de los dormitorios de último curso, como si de pronto se le hubiera agotado toda la adrenalina. Yo me encontraba bastante dolorida y aun así parecía estar diez veces más atenta a cualquier peligro que él. Lo observé mientras avanzábamos cojeando.

—¿Por qué estás tan hecho polvo? ¿Acaso tienes pesadillas horribles últimamente o…? —Pero di con la respuesta mientras él me lanzaba una mirada medio culpable—. ¡Serás imbécil! ¿Has estado patrullando por las noches? ¿Por culpa de los lloriqueos de aquel payaso homicida?

Orion evitaba mirarme a los ojos.

—Tenía razón —me dijo en voz baja.

—¿Qué?

—Tenía razón sobre los mals del salón de grados —dijo—. No se trata solo del grogler. Han debido de perforar las guardas mágicas de ahí abajo, y ahora intentan abrirse paso al interior del colegio. Por las noches es aún peor. Ya he arreglado esa pared siete veces...

—Y llevas cincuenta y cinco horas sin dormir, lo que explica el motivo de que te pasaras diez minutos seguidos cortándole los tentáculos a un grogler —lo interrumpí.

—¡Era el doble de grande que un grogler normal! —dijo a la defensiva—. ¡Creía que era un mal de tipo hidra!

—Una confusión comprensible hasta que le amputas el primer tentáculo —dije—. ¿Cuántos le habías cortado ya? ¿Siete? Y seguías dale que te pego cuando yo he llegado. Si hubiera conseguido echar abajo la pared de las escaleras, habrías podido apuntarte el tanto. —Apretó los labios y noté que ardía en deseos de dejarme allí plantada, lo cual habría hecho seguramente en otras circunstancias, pero en estos momentos no le habría quedado más remedio que arrastrarme con él—. ¿Qué pretendes conseguir exactamente? Aunque se te haya metido entre ceja y ceja morir en un magnífico derroche de gloria, no conseguirás tu objetivo si te vas al otro barrio cuando la fiesta acaba de empezar.

—¡Déjalo ya! Me trae sin cuidado la gloria —dijo él—. Es solo que... ¡todo esto es culpa mía! Tú misma lo dijiste. Me cargué el equilibrio universal y...

—Ah, ahora sí te atienes a las leyes de la realidad —lo interrumpí—. Cierra el pico, Lake. Todos sabemos que en este colegio no hay nada gratis. Nadie se ha quejado cuando les has salvado la vida, ¿verdad que no?

—Tú sí —respondió secamente.

—Y me encargaré de alardear de ello mientras la horda de la graduación me devora —le dije—. Llevas tres años en plan caballero andante. No puedes paliar las consecuencias de tus actos haciendo lo mismo, pero con más intensidad, durante una semana. La ley de equilibrio universal también funciona en ese sentido.

—De acuerdo, ya me has convencido. Supongo que iré a echarme una siestecita, eso lo arreglará todo —dijo, empleando una cantidad considerable de sarcasmo.

Lo miré con desprecio.

—Mejor eso que ayudar a un grogler a perforar el colegio.

Orion me devolvió la mirada de desprecio. Y luego volvió a bostezar.

11

LOS DE ÚLTIMO CURSO

La hora de la comida ya casi había terminado cuando llegamos arriba. Todos se encontraban en la cafetería como de costumbre pese al susto previo en el taller. Aadhya y Liu nos habían guardado sitio, e incluso algo de comida, a pesar de que aquello significaba que habían estado en una mesa casi vacía hasta que llegamos. El hecho de guardar dos sitios a dos alumnos que ni siquiera habían aparecido por la cafetería antes de que cerrasen la cola de la comida eran palabras mayores, sobre todo teniendo en cuenta que las cosas podían haberse torcido allá abajo. Incluso me alegré de que Ibrahim se hubiera quedado con ellas aún después de que la mayor parte de sus amigos hubieran puesto alguna excusa y se hubieran sentado en otras mesas. Pero el sentimiento de gratitud no tardó en desaparecer.

—Es imposible que fuera un grogler normal y corriente —dijo totalmente convencido cuando le contamos lo que había pasado—. Debía de tratarse de una nueva mutación.

Claro, ya que, de lo contrario, su querido Orion habría cometido un error, lo cual era obviamente inconcebible. Si hubiera tenido comida de sobra se la habría lanzado. Y si no hubiera estado tan echa polvo, le habría dedicado unos cuantos de mis insultos más creativos. Pero me encontraba demasiado dolorida.

Por suerte, en la mesa había gente con dos dedos de frente que se centraron en las partes más importantes de nuestro relato.

—¿Cómo has estado reparando exactamente el agujero? —le preguntó Aadhya a Orion— ¿Con hechizos reparadores y ya está?

—Sí —dijo Orion, agotado—. Usando la receta de masilla de mi padre.

Dejó de engullir por un momento y se sacó el engrudo que llevaba en el bolsillo y se lo enseñó.

Aadhya tomó un trozo, lo estiró hasta formar un cuadrado, y lo sostuvo a la luz. Acto seguido, lo colocó sobre la mesa, lo dobló unas cuantas veces y lo amasó. Lo extendió y volvió a enrollarlo antes de devolvérselo a Orion.

—No me malinterpretes, es una sustancia increíble, pero sigue siendo algo básico. ¿Y la has usado para tapar varios agujeros? —Sacudió la cabeza—. Es imposible que aguante la rotación de los dormitorios de final de curso. La verdad, no me extrañaría que se desmoronara en cuanto los primeros engranajes se pongan en marcha este domingo.

—No llegaremos al domingo si los mals de ahí abajo siguen aporreando la masilla —murmuré desde mi posición encogida. Apenas había tocado la superficie de mi puré; estaba pensando seriamente en limitarme a lamerlo como si fuera un helado con tal de no usar ningún utensilio que me obligara a mover los músculos de mi cuerpo para llevármelo a la boca—. Tendremos que encontrar un modo de retenerlos lo suficiente para arreglar los desperfectos como es debido. Y necesitaremos que un montonazo de gente nos ayude con el maná.

—¿Recuerdas cuando el laboratorio de alquimia se vino abajo? —le dijo Ibrahim a Orion con intensidad por encima de mi cabeza—. Daremos un aviso y reclutaremos alumnos que generen el maná necesario para arreglar los desperfectos.

—Ibrahim, te juro que te sacaré los órganos mientras duermes —le dije, sin siquiera moverme o subir el tono de mi voz. Vi cómo sus manos daban una sacudida sobre la mesa.

—Ni hablar —dijo Liu. Y ahí *sí* levanté la cabeza para escuchar su opinión—. No podemos dejar que los de último curso se enteren.

—¿Eh? —preguntó Orión, pero yo apoyé los codos en la mesa y me tapé la cara con las manos. Liu tenía razón, por supuesto. Los alumnos de último curso no iban a ayudarnos. Si se abría una entrada al salón de grados antes de que los dormitorios de los de cuarto quedaran aislados, estos pasarían a ser los platos más rancios y más difíciles de tragar de todo el menú. Si se enteraban de que aquello era posible, de que las guardas se habían debilitado tanto, lo más probable es que se dirigieran ellos mismos allí e intentaran echar la pared abajo. ¿Qué más les daba si los demás acabábamos jodidos? Pondrían la misma excusa que Todd: era comprensible, no tenían otra alternativa, la culpa era de Orion. Ni siquiera haría falta que todos se pusieran de acuerdo. Solo un número suficiente.

Todos éramos conscientes. Hasta Orion, que estaba totalmente hecho polvo, se dio cuenta al cabo de un momento y dejó de comer. Permaneció cabizbajo. Ninguno de nosotros pronunció ni una palabra más durante los siguientes diez minutos, hasta que sonó el timbre de los alumnos de último curso. Después de que todos ellos abandonaran la cafetería, dije:

—¿Cómo lo hacemos? ¿A cuántos alumnos se lo podemos contar para conseguir arreglarlo?

Lo mejor que se nos ocurrió fue intentar convertir *in situ* la pared de hierro de las escaleras en acero.

—A ver, sé que es una locura, pero tomadlo como el punto de partida —sugirió Aadhya de un modo nada alentador—. ¿Y si vamos allí abajo con un crisol portátil y un montón de carbón? Lo encendemos y luego El puede lanzar el hechizo controlador de estados para fundir una pizca de hierro de la pared dañada…, un trozo del tamaño de una moneda, no lo bastante grande como para dejar pasar a alguna criatura peligrosa de verdad. Conozco un modo de fusionar el carbón y el hierro y convertir este último en acero. Haré eso con el hierro que hayamos fundido y luego Él lo solidificará de nuevo. Llevaremos a cabo el proceso de forma continua, igual que hiciste en el taller durante la demostración —me sugirió a mí—. Y si alguna criatura se cuela mientras tanto por alguno de los agujeros que hagamos en la pared, Orion se encargará de ella.

Se trataba de un plan muy ambicioso, y la única alternativa que se nos ocurría era construir por partes paredes nuevas en el taller, llevarlas hasta allí abajo y pedirles amablemente a los mals que no se acercaran mientras sustituíamos unas por otras. Y todo eso después de pedirles primero a los alumnos de último curso que por favor no utilizaran el taller durante los próximos diez días mientras solicitábamos la ayuda de unos diez estudiantes de la rama de artificios para que construyesen las paredes nuevas.

—¿Cuánto maná haría falta?

—Un montón —dije yo—. El hechizo controlador de estados gasta una cantidad absurdamente pequeña de poder teniendo en cuenta para lo que sirve, pero no nos va a salir ni mucho menos gratis. Fundir toda una pared de hierro no es lo mismo que fundir un poquito de plata o modificar uno de los compuestos químicos de un trozo de madera. Por suerte, hay una solución. —Me di la vuelta y miré a Orion con toda la intención.

Este me miró y parpadeó.

—No sé si aparecerán los suficientes mals como para poder suministrarte maná todo el rato.

—Pues usa el prestamagia de tu enclave —dije—. Después de todo el maná que compartes con ellos, no tendrán la cara de quejarse.

—Bueno… le preguntaré a Magnus si…

—Espera, ¿qué? —pregunté—. ¿Por qué tienes que preguntarles nada?

Guardó silencio un momento de forma extraña, y luego tragó saliva y dijo:

—Yo no… Me cuesta bastante estar pendiente de… Si me dejan acceso libre al depósito de poder gasto demasiado maná sin darme cuenta, así que me han limitado el prestamagia. —Intentó decirlo como quien no quiere la cosa, pero había desviado la vista.

Ninguno de nosotros dijo nada. Ibrahim parecía totalmente horrorizado. Supongo que para él era como descubrir que su héroe no era tan perfecto como él creía: Orion Lake tenía el acceso restringido al depósito de su propio enclave porque carecía de un control básico del uso del maná. Es como admitir que aún llevas pañales porque de vez en cuando te meas encima.

Solo que en este caso, era más bien como si lo obligaran a llevar pañal y a mearse encima de vez en cuando para que sus compañeros de enclave pudieran seguir disfrutando alegremente del maná que él introducía en el depósito común, del enorme chorro de poder que esos cabrones egoístas le gorroneaban cada vez que acababa con un mal. Me daban ganas de arrancarle el prestamagia de la muñeca, ir a lanzárselo a Chloe a la cabeza y decirle que no me extrañaba que Orion pasara de todos ellos, que a partir de ahora *los dos* íbamos a ir por libre y, además, pensaba llevármelo a vivir a una yurta de Gales, y ya podían llorar en Nueva York todo lo que quisieran, no me importaría para nada.

Fui incapaz de decir algo por culpa del cabreo que llevaba encima. Y para colmo, había vuelto a subestimar a Ibrahim; fue él el que rompió el silencio y dijo:

—Pero… ¿no eres tú el que…? Me han dicho que sacas el maná de los mals.

Orion se encogió un poco de hombros sin mirar a nadie.

—Todos meten maná en el depósito. No es para tanto. Yo saco un poco cada vez que me hace falta.

—Pero... —protestó Ibrahim.

—Déjalo para luego —lo interrumpí, y él me miró y supongo que dedujo por mi expresión que pensaba encargarme de aquel puto despropósito en cuanto hubiéramos solucionando el asunto de nuestra, cada vez más, inminente y horrible muerte. Ibrahim se resignó y yo le dije a Orion—: A Magnus no. Le preguntaremos a Chloe.

La brillante aportación de Chloe a nuestro plan fue:

—Un momento, ¿por qué no rellenamos una solicitud para que se encarguen los de mantenimiento?

Lo dijo como si se tratara de la cosa más natural del mundo, y lo cierto es que Orion se pasó la mano por la cara y me miró algo avergonzado, como diciendo: «vaya, no se me había ocurrido, quizá sí debería ir a echarme una siesta». Acto seguido ambas nos enzarzamos en una competición de miradas que dejaban claro lo idiota que nos parecía la otra, y después yo le dije:

—¿Acaso serviría de algo?

—¿A qué te refieres? —preguntó Chloe—. Yo no hago más que rellenar solicitudes.

Aquello no debería haberme sorprendido. El formulario de solicitud para que se lleve a cabo una tarea de mantenimiento tiene una casilla para anotar tu nombre, pero yo llevo desde el segundo semestre de primero sin molestarme en rellenar ninguno. Había creído que los formularios acababan en la basura y que a todos se nos encargaba alguna tarea de mantenimiento de forma aleatoria e intencionada, pero ahora caí en la cuenta de que, por supuesto, los formularios iban a parar a un buzón que se encuentra en las salas de mantenimiento ocultas que solo los alumnos de esa rama conocen. Estos pescan las solicitudes de, por ejemplo, los miembros del enclave de Nueva York y se encargan de que dichas tareas se lleven a cabo. Es más, al cabo de un momento, aquello ya no me parecía tan sorprendente y no le di más vueltas.

—Bueno, ¿alguna vez has dejado alguna solicitud cuando se acerca la graduación?

—¡No! —exclamó Chloe como si le hubiera dicho algo totalmente ofensivo—. Ya sé que no debemos dejar solicitudes innecesarias durante los exámenes parciales y finales, pero ¡creo que en este caso es un asunto de vida o muerte!

—Y tanto que sí —respondí—. Sobre todo para los alumnos que tengan que bajar a arreglar la pared. No encontrarás a nadie que se preste voluntario para hacerlo. Una cosa es dedicar media horita de su tiempo a arreglarte el flexo, Rasmussen; y otra muy distinta enfrentarse a la horda de la graduación en tu lugar solo porque se lo pidas por favor. Además, lo más probable es que sean los alumnos de último curso los que repartan las tareas de mantenimiento. Así que, ¿piensas ayudarnos o no?

Chloe decidió por fin ayudarnos, sobre todo después de que yo hiciera algunos comentarios mordaces sobre las aportaciones de Orion a la reserva de maná de Nueva York, los cuales imagino que le transmitieron las ganas que tenía de tirarle el prestamagia de este último a la cabeza. Su única propuesta útil, aunque esta naciera de las poco halagadoras dudas que tenía acerca de que fuéramos capaces de llevar a cabo nuestro plan, fue: «¿No deberíamos hacer una prueba antes?».

Lo que pretendía era pedirles ayuda a un puñado de chicos de Nueva York, incluyendo a Magnus, que tenían muchos amigos de último curso. Solo accedió a mantener el pico cerrado temporalmente cuando acordamos poner en práctica primero un simulacro del plan. Fueran cuales fueran sus razones, me alegraba tener la ocasión de practicar, siempre y cuando fuera ella la que pusiera el maná.

Al día siguiente nos reunimos en el taller durante la hora de trabajo libre y Chloe nos dejó a Aadhya y a mí un prestamagia a cada una. Me lo até alrededor de la muñeca y probé a darle un tirón al vínculo que me conectaba con las reservas de maná de Nueva York. Noté un torrente de poder tan intenso que se asemejaba a una manguera siendo alimentada con el océano Atlántico. Yo sabía que los miembros de los enclaves tenían acceso a cantidades enormes de maná, mucho más grandes que el resto, pero desconocía que se tratara de algo tan desmesurado. Podía haber arrasado con una o dos ciudades sin que sus reservas bajaran apenas. Tuve que esforzarme por no empezar a absorber maná a lo loco, como si yo misma fuera incapaz de controlar su uso. No pude evitar darme cuenta de que podría haber llenado todos mis cuarzos dos veces con un par de pellizcos.

Orion se encargó, de forma tan despreocupada como de costumbre, de sacar de los contenedores de suministros los materiales que nos hacían falta. Aquella mañana no estaba tan cansado, pues anoche lo había obligado a acostarse temprano argumentando que cualquier alumno al que se cenaran de madrugada acabaría siendo devorado de todas maneras junto al resto del colegio si el domingo era incapaz de mantener a los mals a raya mientras nosotras arreglábamos la pared.

—Sigo pensando que sería buena idea pedirle ayuda a alguien más —insistió Chloe, mirando a su alrededor con nerviosismo. No había ni un solo alumno. Tras el alboroto del día anterior, nadie se iba a arriesgar a aparecer por el taller a menos que tuviera clase. En cualquier caso, dudaba que hubiera estado alguna vez en el taller con un grupo de alumnos menor de diez. Ibrahim y Liu habían venido con nosotros para vigilar. Bueno, más bien era Liu la que vigilaba mientras Ibrahim seguía a Orion por toda la habitación intentando charlar con él, pero no había nadie más.

—¿Lista? —me preguntó Aadhya ignorando a Chloe.

Pronuncié el conjuro controlador de estados y fundí los primeros centímetros de la vara de hierro forjado con la que estábamos practicando. Probablemente alguien la había dejado allí tras un proyecto fallido. Aadhya tenía el crisol preparado justo debajo, y en cuanto el metal líquido se vertió en su interior, espolvoreó el hollín por encima con su mano libre. Trazó un patrón uniforme y frunció el ceño concentrada a medida que fusionaba ambas sustancias. Acto seguido me dirigió un breve asentimiento con la cabeza, inclinó el crisol sobre el extremo de la vara donde había estado el hierro, y yo solidifiqué de nuevo el metal.

Este se volvió sólido, aunque no completamente. La masa de metal cayó sobre el banco de trabajo, chisporroteó con violencia, derritió la superficie haciendo un agujero y se precipitó a la balda de abajo. A continuación atravesó unos paneles de vidrio, incendió la lona que los cubría, derritió la segunda balda, cayó al suelo, lo *perforó* y desapareció.

Hubo gritos y aspavientos —puede que algunos de ellos fueran cosa mía— antes de que Aadhya echara mano a cuatro de los polvos que le había pedido a Orion, los mezclara y los arrojara al fuego, que ya estaba extendiéndose alegremente. En cuanto las llamas se extinguieron, todos nos acercamos y nos asomamos por el agujero con nerviosismo. La masa de acero había atravesado lo que resultó ser un suelo inesperadamente delgado. Lo único que pude distinguir en la oscuridad que se extendía allí abajo fue una tubería muy oxidada rodeada de viales antiguos, la clase de artificio que ya solo se encuentra en los museos. Los viales giraban e inyectaban, gota a gota, diferentes sustancias alquémicas por una abertura en la parte superior de la tubería.

—¿Creéis que algún mal intentará colarse por ahí? —preguntó Ibrahim.

—Mejor arreglamos el agujero para no tener que averiguarlo —respondió Aadhya—. Orion, ¿podrías traer...? —Pero entonces todos nos dimos cuenta, demasiado tarde, de que Orion no podía traer nada, porque no estaba a nuestro lado, sino que se encontraba en la puerta cargándose a un deslizador que se había acercado al taller atraído por nuestros gritos con toda la ilusión de su corazón, o al menos de su estómago.

—¿Sí? —dijo con la respiración apenas entrecortada cuando volvió a acercarse a nosotros, tras lanzar los restos del deslizador al pasillo. Este último había intentado zafarse de él librándose de su membrana exterior, pero Orion había agarrado la piel a medio mudar de la criatura, le había vuelto a cubrir la cabeza con ella, había hecho un nudo y lo había asfixiado. No era así como nos habían enseñado a matarlos, pero parecía haber funcionado a las mil maravillas.

Fue buena idea que decidiéramos practicar. Necesité varios intentos para conseguir que el metal adoptara de nuevo un estado sólido de verdad y que, además, volviera a su forma original, pero a pesar de haberle pillado el tranquillo, el proceso no acababa de salir bien del todo. No hice más agujeros en el suelo, aunque sí dejé un puñado de trocitos amorfos de un metal que no parecía acero pegados firmemente a la superficie de la mesa.

Chloe dijo de repente:

—Oye, ¿no hace falta doblarlo si es acero?

Resultó que su padre también era artífice, y por eso este último conocía al padre de Orion. Aadhya lo comprobó en el libro de texto de metalurgia que había traído consigo y descubrió que Chloe llevaba razón.

—Tienes que imaginarte que la forma final está hecha de una capa muy fina doblada sobre sí misma, como si fuera un hojaldre o algo así, en vez de un bloque macizo.

Con esa imagen en mente, conseguí una sustancia que se acercaba bastante a lo que buscábamos Pero a Aadhya y a mí nos resultó aún más complicado encontrar el ritmo adecuado para transformar el hierro mediante un proceso continuo y constante. Aproximadamente la mitad de la vara terminó esparcida en fragmentos de tres o cuatro centímetros por la mesa.

Pero entonces tomamos impulso, transformamos quince centímetros seguidos sin detenernos, y de repente, el proceso se volvió tan fácil como con la madera o la plata. Aadhya comenzó a reír a carcajadas.

—¡Madre mía, qué pasada! —exclamó sujetando la vara, que ahora tenía una parte de acero que se extendía en ondulantes líneas hasta el lugar donde este se encontraba con el viejo y ennegrecido hierro—. No me digáis que no mola.

No pude evitar sonreír, y hasta Chloe pareció, muy a su pesar, un poco impresionada cuando nos pasamos la vara los unos a los otros.

—Muy bien, repararemos la pared mañana, durante la hora de trabajo libre —les dije.

Llenamos un saco enorme de hollín, que es un ingrediente que no escasea por aquí, y nos dirigimos de nuevo arriba.

Pero en cuanto llegamos a las escaleras, oímos unas voces que provenían de abajo. Después de la fiestecita del día anterior, aún tenía menos sentido que hubiera alguien en los dormitorios de último curso en pleno día. Orion se detuvo y bajó las escaleras en silencio, y cuando fui tras él, todos los demás me siguieron, incluida Chloe, que lanzó una mirada medio desesperada a las escaleras de subida, pues lo más sensato era no seguir bajando; aunque no pensaba marcharse por su cuenta.

Al llegar a la planta de los dormitorios de último curso, oímos unos pasos que se acercaban a nosotros por la escalera. Agarré a Orion y lo aparté del descansillo; los demás hicieron lo mismo. Todos nos amontonamos en la oscuridad de los dormitorios al tiempo que tres alumnos de último curso a los que no conocía subían las escaleras hablando en voz baja:

—… un buen golpe a esas reparaciones —oímos que decían mientras pasaban de largo. No nos hacía falta escuchar el resto de la conversación.

—Oíd, se me acaba de ocurrir una idea, podríamos reparar la pared ahora mismo —dijo Aadhya en cuanto dejamos de oír los pasos.

—Sí, ahora es un buen momento —convino Ibrahim entre susurros mientras los demás asentíamos con la cabeza—. Un momento excelente.

—Podéis quedaros algo de maná del depósito para luego poneros al día con los deberes de recuperación de las clases —incluso ofreció Chloe.

Bajamos las escaleras hasta el final y empezamos a trabajar. Advertimos los lugares donde los alumnos de último curso habían hurgado para comprobar la firmeza de las reparaciones de Orion. Pero al margen de aquello, en la pared había un montón de bultos y surcos visibles fruto de la tensión, como si algo la hubiera golpeado desde el otro lado.

Aadhya encendió el crisol, agarró un puñado de hollín, y yo empecé a trabajar en el lado exterior de la pared. El hierro se derramaba en el crisol y salía convertido en acero. No había perdido el ritmo; llevamos a cabo la transformación con tanta facilidad como en el·taller. Seguí adelante y al llegar a la mitad de la pared, Aadhya se disculpó y dijo que necesitaba un descanso, y al desviar la vista hacia ella, me di cuenta de que parecía a punto de desplomarse. Dejó el crisol en el suelo, se sacudió el hollín de las manos y se dejó caer en el penúltimo escalón con un suspiro.

—A mí tampoco me vendría mal —dije, y me senté a su lado, aunque, aparte de estar sedienta, me encontraba bien. Podría haber vaciado de un trago la botella de agua que Liu nos ofreció, pero incluso el vientre ya no me dolía tanto. Se me ocurrió que el hecho de haberme esforzado demasiado el día anterior pudo haber acelerado mi recuperación. Los hechizos curativos de mi madre suelen actuar al tiempo que tu cuerpo trabaja, de modo que si llevas a cabo actividades que provoquen que tu organismo produzca más glóbulos blancos y regenere el tejido muscular, la magia también se acelera. Solo había pasado poco más de una semana, así que el parche de lino seguía, sin ninguna duda, teniendo efecto.

Los nuevos paneles de la pared eran muy diferentes a los anteriores; las resplandecientes ondulaciones se extendían por todas partes y les proporcionaban un aspecto realmente bonito. Pero Chloe, que estaba sentada en las escaleras al lado de Ibrahim, contemplaba la pared con el ceño fruncido. Orion no hacía más que subir y bajar las escaleras, recorriendo con la mano la superficie de los paneles abombados que quedaban y escudriñando las juntas. Chloe lo miró y luego volvió la vista hacia mí y Aadhya, mientras una expresión de perplejidad comenzaba a asomar en su rostro; pensé que se disponía a hacer algún comentario, pero de pronto volvió la cabeza, levantó la mirada en dirección a las escaleras y dijo con apremio:

—Chicos, creo que vuelven.

Todos nos levantamos. Quienesquiera que estuvieran acercándose aminoraron la marcha al darse cuenta de que había alguien abajo. Cuando por fin aparecieron, vimos que se encontraban preparados para luchar. Se trataba de un grupo de cinco. Había dos chicos altos en la retaguardia con las manos levantadas y listos para lanzar un hechizo; al frente, se hallaban una chica y un chico ligeramente agachados con un portaescudo cada uno en la parte exterior de las muñecas; y en el centro, protegida por los demás, una chica sostenía la empuñadura de un látigo de fuego. Esta es un arma terriblemente versátil, ya que, además de las llamas, cuenta con potencia cinética. Si eres hábil, puedes envolver objetos y hacerlos arder, o lanzar latigazos a diestro y siniestro y tumbar a los mals —o a las personas— que se encuentren a ambos lados para abrirte camino. Aquella era una alianza de graduación muy inteligente y bien concebida, y lo más probable es que llevaran meses entrenando para el gran día. Mientras estamos todos juntos en la cafetería engullendo la comida, las diferencias entre los alumnos de último curso y los demás no son siempre evidentes. Pero aquí frente a ellos, quedaba muy claro lo mucho que un año los cambia.

Sin embargo, Orion se colocó de inmediato delante de nosotros. La imagen resultaba un poco ridícula, ya que era un alumno flacucho de tercero plantándoles cara él solo a los mayores; pero al preguntarles: «¿Buscabais algo?», con los puños apretados, los otros vacilaron. Al no decir nada, Orion les dirigió un gesto con la cabeza y añadió:

—Tal vez deberíais volver arriba. Ya.

—Eso es acero —dijo de manera abrupta la chica que estaba delante—. Estáis sustituyendo los paneles.

—Eres Victoria, de Seattle, ¿no? Yo soy Chloe, de Nueva York —le dijo Chloe a la chica del centro. Intentó adoptar un tono desenfadado, pero el temblor de la voz le jugó una mala pasada—. La pared está dañada y los mals del salón de grados no hacen más que entrar. Por eso Todd Quayle se puso histérico. Hemos bajado a arreglarla, Orion no quería que otros mals se colaran y atacaran a nadie.

Victoria de Seattle no se tragó aquello.

—Ya, lo que quieres es que se queden ahí abajo para que nos ataquen a *nosotros* —dijo—. Dime, Orion, ¿piensas pasarte este año por la graduación para ayudarnos con la horda a la que has matado de hambre? Nos han contado que ayer acabaste con un grogler del tamaño de un camión. Puede que una vez dentro, no tengamos oportunidad ni de dar un paso.

—Aun así lo tenéis más fácil que los recién llegados, dado que vuestro plan parece consistir en abrir las guardas mágicas de par en par y dejarles vía libre a los mals —la interrumpí—. Y si eso ocurre ya podemos decirle adiós al colegio. Los mals anidarán en los dormitorios y probablemente destrocen el sistema de limpieza, igual que hicieron en el salón de grados. La tasa de mortalidad se duplicará o triplicará. ¿Acaso ninguno de vosotros quiere tener hijos?

—De momento me preocupa más vivir el tiempo suficiente para ello, gracias —respondió Victoria—. Lo mejor será que volváis arriba y decidáis en qué bando queréis estar. Vamos a abrir la pared.

—De eso nada —dijo Orion.

—¿Crees que podrás detenernos? —preguntó, mientras sacudía el látigo de fuego. El arma se encendió al instante y su extremo arrojó a Orion con fuerza contra la pared y lo envolvió rápidamente desde los pies hasta el cuello—. Yo lo sujeto. Golpead las paredes con cualquier cosa que tengáis a mano —dijo con algo de esfuerzo. Orion estaba sacudiéndose como un loco y ella necesitaba ambas manos para sujetarlo, pero este no iba a librarse del látigo así como así—. Lev, prepárate para activar el yoyó —añadió, y entonces me di cuenta de que todos llevaban puestos unos cinturones con el simbolito de un gancho. Habían fijado un hechizo unos cuantos pisos más arriba, en algún lugar del colegio, por lo que en cuanto consiguieran echar abajo la pared, lo activarían, y el hechizo tiraría de ellos hasta ponerlos a salvo antes de que los mals comenzaran a entrar al colegio en tromba.

—Descuida —respondió Lev, el chico que se encontraba al frente. Chloe profirió un grito y se agachó cuando los chicos de la retaguardia comenzaron a lanzar unas siempre socorridas bolas de fuego a los paneles que aún no estaban reparados. Las llamas golpearon la superficie de la pared y una lluvia de chispas cayó sobre nosotros.

—¡Orion! —gritó Ibrahim, y corrió hacia él. Se cubrió las manos con un hechizo protector y agarró el látigo de fuego para intentar liberar a Orion, pero era un arma demasiado poderosa. Las llamas atravesaron el hechizo antes de que Ibrahim lograra aflojarlo.

Liu exclamó algo en mandarín y colocó un escudo sobre nosotras. Uno muy bueno que se curvaba con cada impacto, con lo que el fuego fluía formando pequeños regueros en dirección al suelo. Aun así, no era la bastante grande como para proteger toda la pared, solo a nosotras tres.

—¡La pared! —dijo ella—. ¿Podéis arreglar los paneles que quedan antes de que logren abrirse paso?

Aadhya me miró. Yo tenía un millar de hechizos preparados en la recámara. Podría haber acabado con los cinco tan solo con una palabra, o para variar un poco, haber aprisionado sus mentes y convertirlos en mis esclavos. Y ni siquiera me habría hecho falta echar mano de la malia. Chloe se había refugiado tras su propio escudo, pero el prestamagia seguía activo y el maná fluía a borbotones. Podría haberlos obligado a que repararan la pared por nosotros e incluso a fregar el suelo al terminar. Si tan solo pudiera purgar mi mente con tanta facilidad después...

—Tendremos que reparar el resto de la pared de golpe —le dije a Aadhya de forma sombría— ¿Puedes agrandar el crisol?

Abrió los ojos de par en par.

—¡Si echas abajo toda la pared, seguro que se cuela alguna criatura!

—Si eso ocurre, nuestros amigos de último curso saldrán por patas, y entonces Orion podrá protegernos —respondí—. ¿Funcionará lo de mezclar el carbón si lo hacemos de una sola vez?

Aadhya tragó saliva, pero asintió con la cabeza.

—Sí, el proceso reduce... sí —interrumpió la explicación que le salía de forma instintiva. Agarró el crisol y sacudió con fuerza la parte inferior para abrirlo del todo—. Estoy lista.

Me levanté, apunté hacia la pared y transformé los cuatro paneles restantes en un charco de hierro.

Mientras habíamos estado trabajando, ninguna criatura había intentado atacarnos, y cuando retiré los paneles que quedaban comprendimos, horrorizadas, por qué. Una de las bolas de fuego de los alumnos de último curso atravesó la abertura que acabábamos de hacer y salpicó con preciosos destellos la lisa placa acorazada que coronaba la cabeza de un argonet, el cual ocupaba todo el hueco de mantenimiento al otro lado. La criatura tenía los ojos cerrados, al parecer estaba echándose una siesta antes de volver a ponerse manos a la obra para intentar colarse en el colegio. Una de sus garras, de aproximadamente dos palmos de ancho, descansaba sobre una escalera de mano. Debía de haberse apretujado para subir por el hueco. Tenía los lados de la cabeza manchados con un mejunje familiar y viscoso. Era obvio que había usado el grogler como lubricante.

—Cielo santo —dijo Chloe con un hilillo de voz. El argonet abrió primero uno de sus nueve ojos, luego seis y luego todos a la vez, tras darse cuenta de que la cena se había servido temprano, y comenzó a moverse en el interior del hueco.

—¡Lev! —gritó uno de los chicos, y de pronto se oyó un chasquido cuando el susodicho activó el yoyó y los cinco, incluida Victoria con su látigo de fuego, fueron arrastrados escaleras arriba, como si una cuerda elástica tirara de ellos. El látigo se estiró durante un instante, pero Victoria debía de estar muy concentrada, porque en vez de romperse, se llevó consigo a Orion, que seguía aprisionado, y a Ibrahim, que todavía intentaba liberarlo. Al cabo de unos momentos, oí gritar a Ibrahim débilmente desde alguno de los pisos superiores. Lo más probable es que hubiera soltado el látigo y se hubiera caído mientras los demás continuaban su camino.

—¡Volved a colocar la pared! ¡Volved a colocar la pared! —exclamó Chloe con un chillido y a continuación se dio la vuelta y subió corriendo las escaleras. Aadhya ya había vaciado el saco entero de hollín en el crisol y estaba mezclándolo con desesperación, pero el acero todavía no estaba listo. El argonet retorcía su enorme mano llena de garras, intentando agarrarla antes incluso de haber conseguido sacar el codo del hueco.

Por suerte, Chloe no había bloqueado el suministro de maná. Apunté al argonet con la mano y recité una maldición de cuarenta y nueve sílabas que habían utilizado hacía unos cuantos miles de años un grupo de maléfices para desintegrar al dragón custodio de un templo en Kangra. Los maléfices habían pretendido reclamar para sí las reservas de un misterioso polvo arcano que se encontraba en el interior del templo, pero resultó que el polvo eran las escamas pulverizadas que el propio dragón mudaba. Cualquiera habría pensado que era el tipo de información que los sacerdotes habrían difundido para evitar este tipo de cagadas.

El argonet pareció desconcertado cuando sus garras comenzaron a deshacerse. No creo que entendiera que estaba desintegrándose, así que siguió intentando entrar. Por suerte, mi hechizo cobró mayor fuerza más rápido de lo que el argonet atascado podía moverse, y para cuando asomó la cabeza por la abertura después de que el brazo se le hubiera desintegrado, los efectos le habían llegado al cuello. Incluso fui capaz de arrancarle un diente del tamaño de un puño que ya estaba aflojándose antes de que el hechizo se extendiera al resto de la mandíbula.

Aadhya y Liu se acercaron al borde del agujero y se asomaron conmigo, antes de contemplar el interior con la boca abierta; la primera se había aferrado al mango de su mezclador. Lo que quedaba del cuerpo atascado del argonet siguió desintegrándose, y dejó al descubierto más partes internas que las que nadie necesitaba ver. Entonces Liu soltó un grito ahogado y dijo: «¡Vamos, rápido!», y yo me di cuenta de que en cuanto el corcho desapareciera del cuello de la botella…

Aadhya se dio la vuelta y siguió trabajando en la carbonización. Liu permaneció a un lado de la abertura, en tensión, y taponó el hueco con su escudo. Unos instantes después, lanzó un grito de horror. Una pequeña bandada de verdugos se había abierto camino al devorar el cuerpo del argonet, sin esperar a que este se disolviera del todo. Subieron volando por el hueco, golpearon el escudo de Liu igual que si fueran gorriones estrellándose contra una ventana demasiado limpia y, acto seguido, comenzaron a arremeter violentamente con sus picos iridiscentes.

No podíamos hacer más que seguir transformando la pared. Aadhya exclamó: «¡Listo!» e hizo levitar el crisol hasta la parte superior de la abertura. A medida que el metal se derramaba, yo volví a lanzar el hechizo controlador de estados y transformé el líquido en una enorme lámina gigantesca que se extendía desde un extremo de la pared restante al otro.

Un verdugo logró perforar el escudo de Liu lo suficiente como para colarse y atravesó el último hueco como una flecha antes de que yo sellara la pared, dejando una pluma de su cola metida entre las juntas. A pesar de estar sin aliento, Aadhya comenzó a pronunciar un hechizo de escudo para protegernos, aunque este, probablemente, no habría evitado que alguna de nosotras perdiera, al menos, media extremidad. Sin embargo, el verdugo llevaba tanta velocidad que ni siquiera se molestó en dar la vuelta para dirigirse hacia nosotras, sino que siguió su camino escaleras arriba en dirección al bufé libre mientras piaba con emoción.

Aquella no fue la decisión más acertada. Pocos segundos después de que hubiera desaparecido, mientras nosotras, aún sin aliento, temblábamos debido a la adrenalina, advertimos cómo sus trinos se transformaron de repente en un agudo alarido hasta desvenecerse por fin. Un horrible chirrido metálico ocupó su lugar, oyéndose cada vez con más intensidad a medida que se acercaba. Antes de que pudiéramos recuperar la compostura para protegernos, Orion apareció por las escaleras sobre una de las bandejas de comida de la cafetería, se estrelló contra nosotras y nos derribó como si fuéramos bolos.

La parte positiva fue que la nueva pared de acero aguantó nuestra embestida la mar de bien. Había adquirido la textura ligeramente resbaladiza de un artificio protegido con magia. Nuestra reparación se había integrado en los hechizos de protección del colegio y los daños habían quedado solventados. Estaba totalmente segura de ello porque tenía la mejilla tan aplastada contra el metal que notaba, de forma literal, cómo los chillidos y gemidos se desvanecían mientras los mals que aguardaban al otro lado eran expulsados y el grave *clonc-clonc-clonc* de algún tipo de mecanismo protector descendía por el hueco de mantenimiento.

—Ay —protestó Liu a mi lado.

—Ya te digo —gimió Aadhya, y se quitó de encima. Había tenido que lanzarse sobre nosotras para evitar golpearse contra el crisol, que aún estaba caliente, y achicharrarse. Se incorporó en el suelo y miró el artefacto horrorizada, pues la esquina derecha se había doblado igual que un acordeón al impactar contra la pared—. Venga, no fastidies.

—Em, lo siento —dijo Orion, plantado delante de nosotras. Tenía agarrado el verdugo muerto con una mano y la bandeja, llena de abolladuras, en la otra. Había estado subido a ella—. He venido lo más rápido posible.

—Lake, uno de estos días acabaré contigo —dije por el lado de la boca que no estaba aplastado contra la pared.

—Bueno… —me dijo Liu algo vacilante mientras subíamos las escaleras cojeando. Orion iba detrás de nosotras cargando el crisol, que seguía abierto del todo (ya no podíamos volver a plegarlo), y disculpándose profusamente con Aadhya, quien sabía cómo sacar partido de cualquier situación. Sin duda, saldría de esta con el cuerpo sin vida del verdugo y con una cantidad de materiales más que suficiente como para arreglar el crisol. Lo más probable es que utilizara el pico de la criatura para seguir construyendo el laúd de araña cantora; yo ya le había regalado el diente del argonet para las clavijas. En cuanto lo hubiera terminado, sería monstruosamente poderoso—. Tu afinidad…

—Digamos que aquella escena de «me amarán y desesperarán» me pega bastante —le dije.

—¿Qué? —preguntó Liu.

—«Todos me amarán y desesperarán» —le expliqué. Liu me miraba confundida— ¿Galadriel? ¿En *El señor de los anillos*?

—¿Es esa película de los hobbits? Nunca la he visto. ¿Te pusieron el nombre por ella?

—Liu, me alegro tanto de que seamos amigas —le dije, en parte, porque me parecía la ocasión idónea para decirlo en voz alta. Si no tenía interés en ser mi amiga, podía tomarse mi comentario a broma. Pero lo cierto es que estaba siendo muy sincera, y por partida doble. Yo tampoco he visto nunca las películas. Mi madre me leía en voz alta los libros todos los años desde que nací, pero la violencia de las películas no le gustaba nada y no me dejó verlas. Sin embargo, los miembros de la comuna sí las habían visto. Tuve que aguantar muchas pullas por el contraste entre el personaje de la película y yo.

Pero Liu me dedicó una breve y tímida sonrisa.

—Ya me hago una idea —me dijo—. Pero... no usas malia.

—En realidad, no se trataba de ninguna pregunta.

—No —respondí con un profundo suspiro—. No uso malia. Ni una pizca. No sería capaz de... usar solo un poco. —Le dirigí una mirada cargada de intención.

Abrió los ojos de par en par durante un momento, y a continuación bajó la mirada, se envolvió con los brazos y se frotó los antebrazos.

—Nadie es capaz —dijo en voz baja—. En realidad, no.

Nos encontramos con Chloe mientras bajaba las escaleras. Había subido corriendo hasta los laboratorios de alquimia y sacado a Magnus y otros dos chicos de Nueva York de clase; los cuatro habían conseguido que prácticamente todo el grupo de alquimia bajara a ayudar. La otra opción era que se hubieran rodeado de tanta gente para intentar llegar a las puertas y huir. Al vernos, Chloe nos dijo totalmente asombrada:

—¡Madre mía, estáis vivas! —Lo cual habría sido ofensivo de no ser porque parecía alegrarse un poco de que fuera así.

Los acompañaban tantos alumnos, quienes se morían por saber qué había pasado, que durante un rato nadie se enteró de lo ocurrido, pues todo el mundo se puso a hablar a la vez y a repetir las mismas preguntas mientras intentábamos explicarnos. Al final, tuve que ponerme las manos alrededor de la boca y gritar:

—¡Hemos sellado la pared de la escalera! ¡No va a subir ninguna criatura más! —Eso respondió la cuestión más importante y tranquilizó al resto.

—¿Qué ha pasado con el argonet? —preguntó Chloe mientras todos volvíamos arriba a la vez, ya que a estas alturas, nadie pensaba regresar a clase, y, además, casi era hora de cenar. Chloe tragó saliva y añadió de forma precipitada y sin mirarme a los ojos—: Lo siento... pensé que lo mejor era traer ayuda...

—Liu conjuró un escudo, y Aadhya y yo pudimos acabar de arreglar la pared a tiempo —le expliqué, en vez de decirle que no pasaba nada, lo cual era lo que Chloe seguramente quería oír. Había hecho bien en no aceptar su oferta. Había salido corriendo, igual que hacen todos los miembros de enclave cuando las cosas se ponen feas, para dejar que su séquito se coma el marrón. Para eso mismo tenían un séquito, y los chavales que lo formaban no ponían pegas porque estaban desesperados por salir con vida del colegio y no tenían nada más que ofrecer. Usaban sus propios cuerpos para protegerlos, y si lograban llegar a la graduación, al menos los miembros de los enclaves les ofrecerían los puestos sobrantes en sus alianzas a los más entregados. Aquello no estaba bien, y ella lo sabía.

No volvió a intentar que le dorara la píldora. Tan solo se limitó a decir:

—Me alegro de que estéis bien. —Luego regresó con Magnus.

12
⌾LA HORDA DE LA GRADUACIÓN⌾

El timbre para la cena no había sonado todavía y la zona de las bandejas aún no estaba abierta. Pero éramos tantos que ni siquiera nos preocupamos, como haríamos normalmente si se nos ocurría ir solos a la cafetería antes de que las clases hubieran acabado. Juntamos seis mesas, las revisamos, nos encargamos de los perímetros y nos sentamos a esperar a que sirvieran la comida mientras cotilleábamos los unos con los otros.

—¿Qué ha sido de nuestros amiguitos de último curso? —le pregunté a Orion.

—Imagino que estarán escondidos en la biblioteca —dijo Orion—. Pude zafarme del hechizo yoyó al llegar al descansillo de esta planta, pero ellos siguieron subiendo.

—Volverán abajo diez minutos después de cenar e intentarán echar por tierra todo el esfuerzo —dijo Magnus. Chloe y él se habían sentado en nuestra mesa, pero Magnus solo se dirigía a Orion. Puede que no hubiera usado pronombres posesivos y la expresión «todo el esfuerzo» fuera bastante ambigua, pero en este caso sabía que se refería en exclusiva al esfuerzo *de Orion*—. Deberíamos convocar un tribunal.

Por mucho que en clase de literatura intenten venderos *El señor de las moscas*, la historia es tan realista como el libro del que mi madre sacó mi nombre. Aquí los alumnos no se vuelven unos salvajes en tropel. Todos somos conscientes de que no podemos permitirnos peleas estúpidas. Los estudiantes pierden los estribos bastante a menudo, pero si no recuperan la compostura enseguida, alguna que otra criatura hambrienta se da cuenta de ello y se los merienda. Si alguien intenta llevar a cabo algo demasiado perturbador, como organizar una banda de maléfices, y otros chavales lo averiguan pero no disponen de la capacidad necesaria como para detenerlos, pueden convocar un tribunal, lo cual no es más que una manera pedante de decir que se suben a una mesa de la cafetería durante la comida para informar a gritos de que Tom, Dick o Kylo se han pasado al lado oscuro y pedir ayuda al resto del alumnado para acabar con ellos.

Pero no tiene nada que ver con la *justicia*. No hay ningún organismo judicial que aparezca de forma solemne para darte unos azotes si te has portado mal. Todd seguía pululando con toda tranquilidad por el colegio; iba a clase, comía en la cafetería y seguramente también dormía, aunque, con un poco de suerte, quizá no a pierna suelta. Si alguien te lo hace pasar mal, es problema tuyo; si tú se lo haces pasar mal a alguien, es problema suyo. Y los demás ignorarán cualquier situación mínimamente ignorable porque todos tienen problemas con los que lidiar. Solo vale la pena convocar a un tribunal si estás más o menos seguro de que todo el mundo coincidirá en el acto contigo de que la persona a la que estás acusando supone una amenaza muy clara e inminente para las vidas del resto.

Lo cual no era así en este caso.

—Los de último curso estarán de su lado —dijo Aadhya, ya que, al parecer, Magnus necesitaba que alguien se lo dejara clarito.

Aquello no le hizo ninguna gracia. Supongo que siempre había dado por hecho que podría convocar un tribunal si alguna vez consideraba que *su* vida estaba en serio peligro, y los demás bailarían al son que él tocara. Igual que Chloe con sus solicitudes de mantenimiento.

—Los de último curso no serán capaces de enfrentarse al resto del colegio solos —dijo a la defensiva—. Y de todas formas, no pueden permitirse el lujo de montar bulla una semana antes de su graduación.

—Y nosotros tampoco —respondí yo—. ¿De qué serviría? Esos cinco se graduarán en una semana. ¿Quieres castigarlos por querer mejorar sus posibilidades de salir de aquí con vida? Sé de algunos de nuestro curso que harían lo mismo. —Magnus me miró boquiabierto, sorprendido de que hubiera insinuado siquiera que existía un paralelismo entre ellos y el grupo de cuarto.

Orion no abrió la boca, sino que se puso en pie. La zona de las bandejas acababa de abrirse y todos nos dirigimos a reclamar nuestra recompensa, que no era otra cosa que ser los primeros de la cola en un bufé lleno de comida recién hecha. Orion, que iba en cabeza, se deshizo de un par de mals que acechaban entre las bandejas y todos volvimos a la mesa cargados hasta arriba. Ninguno habló durante el resto de la cena. Seguramente hacía por lo menos un año, por no decir tres, que no disfrutábamos de una comida tan abundante, ni siquiera los miembros de enclave.

El resto del colegio se nos unió poco después. Cuando ya llevábamos un rato cenando, incluso nuestros ambiciosos amigos de último curso se atrevieron a abandonar la biblioteca, aunque con cautela. Supongo que se habían cansado de esperar a la turba enfurecida. Nos contemplaron desde la puerta y, tras una breve discusión, se dirigieron a la zona de la comida. Se toparon con muchas miradas hostiles de camino, ya que para entonces todos sabían lo que habían intentado hacer. Pero Aadhya había tenido razón: ninguna de las miradas hostiles provenía de los demás alumnos de último curso. Es más, para cuando salieron de la cola con sus bandejas, ya les habían hecho sitio en las mejores mesas, y los cinco se sentaron a cenar mientras el resto de los alumnos de cuarto les cuidaban las espaldas, algo que suele hacerse cuando alguien ha intentado ayudarte.

—Seguro que están tramando algo —dijo Magnus lanzándome una mirada malhumorada—. Si la nueva pared aguanta, intentarán echar abajo las demás. Y si nos quedamos de brazos cruzados, los demás alumnos de último curso los ayudarán.

—No, no lo harán —dijo Orion en voz baja. Apoyó las manos en la mesa y empezó a levantarse, pero yo estuve al quite. Le di una patada en la parte posterior de la rodilla y él emitió un fuerte quejido y volvió a caer en la silla agarrándose la pierna y resoplando—. ¡El, eso ha dolido, joder! —gritó.

—Ah, ¿sí? ¿Pero tanto como si alguien te hubiera lanzado contra una pared con una bandeja? —le dije apretando los dientes—. Deja los numeritos por una vez, Lake. No te vas a graduar antes de hora.

La mitad de los alumnos de nuestra mesa que habían empezado a fulminarme con la mirada, se volvieron en su lugar hacia Orion. Este se puso rojo, pues sus intenciones habían quedado claras. Cualquiera puede graduarse antes si quiere, basta con encontrarse en los dormitorios de último curso cuando llegue la hora de bajar al salón de grados. Es tan buena idea como saltarse la Escolomancia, pero como poder, puedes hacerlo.

Orion siguió en su papel:

—Están en esta situación por mi culpa…

—Y también será culpa tuya que nosotros acabemos igual si los ayudas y matas de hambre a los mals —le dije—. ¿Qué cambiará eso? Incluso suponiendo que no acabes muerto.

—Mira, si ellos no echan abajo las paredes, lo harán los mals. Si no ahora, el curso que viene. Y probablemente antes de que acabe el primer trimestre. Si están lo bastante hambrientos y desesperados como para empezar a golpear las guardas mágicas, seguirán intentando colarse. No solo planeo sacar a los alumnos de último curso de aquí, sino acabar con los mals del salón de grados.

—Las puertas permanecen abiertas durante media hora como mucho. Incluso si Paciencia y Fortaleza no te quitan de en medio, lo único que conseguirás es hacer hueco para que los mals más pequeños crezcan; es imposible que los mates a todos —le dije—. ¿O acaso habías pensado quedarte allí abajo para los restos? Acabarías muerto de hambre, a no ser que te dé por empezar a comer mals además de dejarlos secos. Sé que tienes muchas ganas de que levantemos una estatua en tu honor, pero esa no es razón para seguir comportándose como un tarado.

—Si se te ocurre una idea mejor, soy todo oídos —replicó.

—¡No me hace falta una idea mejor para saber que la tuya es una porquería! —exclamé.

—Yo sí tengo una idea mejor —dijo alguien ajeno a nuestro grupo: Clarita Acevedo-Cruz se había acercado a nuestra mesa y se encontraba plantada en uno los extremos. Nunca había hablado con ella, pero todos sabíamos quién era. La mejor estudiante de último curso.

Durante sus primeros años, el colegio colgaba a menudo una clasificación académica de los alumnos. En la cafetería hay cuatro rótulos enormes y estupendos: uno por cada curso con nuestro año de graduación colocado en la parte superior con números luminosos. Al final de cada trimestre, los nombres de los alumnos aparecen detalladamente en cada uno de los rótulos en orden de clasificación. Sin embargo, esta práctica fomentaba comportamientos tales como asesinar a los alumnos que sacaban mejores notas que tú. Así que ahora solo aparece la última lista de clasificación de los alumnos de cuarto en año nuevo, y el resto de los rótulos permanecen en blanco. Todo aquel que aspira a ser el primero de su promoción —y no es algo que se consiga por casualidad— hace todo lo posible por ocultar sus notas. Puedes hacerte una idea de los alumnos que intentan llegar a la cima fijándote en lo en serio que se toman los deberes, pero no resulta sencillo averiguar si les va bien o no. Aquellos que tienen la más mínima posibilidad de conseguirlo son chavales con un ego enorme y el ímpetu de un purasangre, y si no son unos cerebritos, se dejan la piel intentando compensar sus carencias.

Clarita no solo había conseguido ser la primera de su promoción, sino que había sido tan discreta que nadie había sospechado siquiera que tenía posibilidades de conseguirlo. A veces incluso había hecho las tareas de los alumnos de mantenimiento que necesitaban un descanso, de modo que la mayoría había supuesto que cursaba dicha rama. Incluidos la veintena de alumnos que habían acabado por debajo de ella en la clasificación tras haber dedicado su trayectoria académica a competir entre ellos de manera salvaje, y en ocasiones violenta, fisgoneando los exámenes de los demás y saboteando sus proyectos. Después de que el nombre de Clarita apareciera en primer lugar, no se habló de otra cosa durante días. La frase que usaba todo el mundo era alguna variante de: «Esa soseras de…» seguida de algún país de habla hispana al azar. Lo cierto es que era de Argentina, donde su madre llevaba a cabo de manera ocasional tareas de mantenimiento para el enclave de Salta, aunque esta información tardó dos semanas en extenderse por el colegio porque casi nadie sabía nada sobre ella. Hasta ese momento, había pasado desapercibida. Era bajita, delgada y no muy agraciada, y siempre iba vestida —mirándolo en perspectiva, a propósito— con ropa anodina de color gris y beis.

Fue una estrategia magnífica. Incluso si al final solo hubiera conseguido clasificarse entre los diez primeros, la sorpresa de haber aparecido de la nada la habría hecho quedar mejor que alguien que hubiera estado compitiendo por el puesto abiertamente. Se había pasado tres años oculta entre las sombras, haciendo tareas de mantenimiento además de los deberes, sin presumir ni una sola vez de las notas que había sacado en los exámenes o en los proyectos de clase. Tenía más disciplina de la que tienen la mayoría de los adolescentes a los que lo único que les importa son las notas. Bueno, y salir vivos del colegio.

Su disciplina se había visto recompensada con una plaza asegurada en el enclave de Nueva York. A nadie le importaba lo muermo que fueras si eras capaz de lanzar seis arcanos mayores seguidos, cosa que ella había hecho para llevar a cabo su proyecto final en el seminario de último curso. Todos estábamos al corriente, ya que después de que se anunciaran las clasificaciones, Clarita había colocado una carpeta en la pared junto a su puerta con todas sus notas de los últimos tres años y medio, para que cualquiera pudiera ir a echarles un vistazo con más detalle. Supongo que quería presumir todo lo que lo que no había presumido hasta ese momento.

Era una lástima que tuviera que seguir formando equipo con Todd. Orion no había querido hablar demasiado del tema, pero por lo que había entendido, el padre de Todd tenía un puesto importante en el consejo del enclave, y a pesar de lo que Chloe me había prometido en la biblioteca, parecía que los otros alumnos de Nueva York de su equipo se mostraban reacios a dejar tirado a su querido hijo. Lo más probable es que tuviera en su poder uno o dos artefactos defensivos potentes y los demás pensaran usarlos durante la graduación. Y la opinión de Clarita no contaba para nada, a no ser que quisiera abandonar la alianza… y, de paso, despedirse de su plaza asegurada en el enclave; a estas alturas del curso, nadie le ofrecería otro puesto similar.

Pero no era culpa suya que tuviera que cargar con Todd, y ninguno de nosotros necesitaba ningún aliciente para prestarle atención. Todos los que estaban sentados en las mesas colindantes habían dejado de susurrar e intentaban captar lo que iba a decir a continuación.

—He hecho cálculos —le dijo a Orion—. En la biblioteca no solo hay registros de los estudiantes que se incorporan sino también de los que se gradúan. Les has salvado la vida a seiscientas personas desde que llegaste al colegio. —En la cafetería se había hecho el silencio, pero los susurros comenzaron a extenderse al tiempo que la información pasaba de boca en boca. Yo sabía que había rescatado a una cantidad ingente de alumnos, pero ignoraba que fueran tantos—. A más de trescientas solo este año. Por eso estamos todos muriéndonos de hambre, no solo los maleficaria. Las bandejas de comida no tendrían por qué estar vacías si llegas a la cafetería antes de que suene el timbre.

Orion se puso de pie y la miró con la mandíbula tensa.

—No me arrepiento de haberlo hecho.

—Ni yo de que lo hicieras —respondió ella—. Solo un cabrón se lamentaría de que los hubieras salvado. Pero esa es la cantidad de maná que tenemos que devolver. Quedan novecientos alumnos de último curso. Cualquier otro año, lo normal sería que la mitad saliéramos con vida de la graduación. Pero si además de eso tenemos que compensar nosotros solos todas las vidas que has salvado este año, cuando todo acabe quedarán menos de un centenar de supervivientes. No es justo que nuestra clase tenga que pagar el precio.

—Entonces, ¿debemos dejar que los mals campen por el colegio a sus anchas? —dijo Chloe—. De ese modo, vosotros saldréis, pero todos los de primero morirán y seguirán muriendo año tras año, hasta que tengan que cerrar el colegio para eliminar a los mals, si es que pueden hacerlo. ¿Eso sí es justo?

—Por supuesto que no —dijo Clarita cortante—. Si saliéramos del colegio así, sacrificándoos a los demás, sería como haber hecho uso de la malia, aunque fuera de forma indirecta. Y *la mayoría* no queremos eso.

No llegó a darse la vuelta para fulminar a Todd con la mirada, pero a ninguno de nosotros se nos escapó el énfasis de sus palabras. En su lugar, yo habría estado cabreada como una mona con él: tres años y medio esforzándose para llegar a la cima, y esto es lo que había conseguido. No solo tenía que preocuparse por si Todd la consideraba prescindible, sino que iba a salir con su reputación ligada a él. Por mucho que no le quedara otra alternativa, todo el mundo la recordaría por ser la primera de su promoción y por haber permanecido junto a un ladrón de habitaciones.

—Yo no quiero que eso ocurra —añadió—. Pero tampoco queremos que compréis vuestras vidas a cambio de las nuestras. Eso es lo que comentan mis compañeros de clase. No pretenden dejar vía libre a los mals, pero opinan que vosotros, que vuestro curso, debería graduarse con nosotros. Orion ha salvado a más alumnos de vuestra clase que de las demás. —Chloe se estremeció al oír aquello, y muchos de los alumnos sentados en nuestra mesa tensaron el cuerpo—. ¿Qué me decís? ¿Estáis dispuestos a graduaros un año antes para salvar a los pobrecitos novatos? Si no es así —hizo un gesto dramático con la mano, moviéndola en círculo—, ya podéis dejar de decir lo malvados que somos solo por querer salvar el pellejo. Eso no arreglará nada. Si no queréis que paguemos la deuda con sangre, ya sabéis lo que toca. Habrá que pagarla trabajando.

Clarita se volvió hacia Orion.

—Ahora mismo hay más de cuatro mil alumnos en el colegio. Un número de magos diez veces mayor que los que construyeron la Escolomancia en su día. Nos queda poco más de una semana. Todos trabajaremos, generaremos tanto maná como sea posible, y tú bajarás al salón de grados y usarás ese maná para arreglar el sistema de limpieza de ahí abajo. Así el salón de grados quedará despejado antes de que nos graduemos, al menos lo bastante como para que no tenga que morir nuestra clase al completo. Porque habremos pagado la deuda todos juntos. —Tuvo que levantar la voz para decir aquello último, pues toda la cafetería había empezado a hablar a la vez.

No era un mal plan. Si ignorábamos por un momento el desafío que suponía *llegar* hasta el equipo de limpieza del salón de grados, el desafío de arreglarlo no era ni mucho menos imposible. No tendríamos que crear maquinaria nueva. Los detallados planos del colegio que se encuentran colgados por todas partes incluyen un esquema de los motores que producen los muros de llamas mortíferas para la limpieza del edificio. A los mejores artífices del colegio no les costaría nada fabricar las piezas de repuesto, y los mejores alumnos de la rama de mantenimiento las instalarían sin problemas.

Por el tono que habían adoptado las voces de la cafetería, era evidente que a todo el mundo empezaba a entusiasmarle la idea. Si lográbamos hacer funcionar las llamas depuradoras del audiorio, todos nos beneficiaríamos de ello, no solo los alumnos de último curso. Habría menos mals paseándose por el colegio en años venideros y puede que el sistema de limpieza volviera a dar una pasadita al salón de grados para cuando a nosotros nos tocara graduarnos, así como a los de segundo.

Por desgracia, no podíamos ignorar eternamente el desafío que suponía llegar hasta el equipo de limpieza. Se estropeó por primera vez en 1886. El personal de reparación —lo que se les ocurrió originalmente a los enclaves para llevar a cabo el mantenimiento del colegio era pagar a grupos de magos adultos para que entraran de vez en cuando por las puertas del salón de grados y arreglaran los diferentes desperfectos del edificio, menudo chiste—, en fin, el personal de reparación que se envió por primera vez, no volvió a salir del colegio, y tampoco reparó nada. El segundo grupo que enviaron, que era mucho más grande, sí logró reparar el sistema de limpieza, pero solo dos miembros consiguieron salir con vida, aunque también con una historia terrorífica que contarles a los demás. Para entonces, el salón de grados se había convertido en el hogar de nuestros dos milfauces más antiguos y de varios cientos de criaturas terroríficas, las cuales eran lo bastante astutas como para darse cuenta de que una vez dentro del salón de grados, podían aguardar allí tranquilamente para disfrutar del festín anual de tiernos y jóvenes magos. El sistema de limpieza volvió a estropearse en 1888. Había guardas mágicas para proteger la maquinaria, pero los mals siguieron atravesándolas de algún modo. Supongo que no tenían otra cosa que hacer durante todo el año que ponerse a aporrearlo todo.

Debido a las continuas recriminaciones que se lanzaban los enclaves unos a otros, al propio Sir Alfred no le quedó más remedio que dirigir personalmente a un enorme grupo de heroicos voluntarios para llevar a cabo lo que él insistió que sería una reparación permanente. Era el Dominus de Manchester —había obtenido el puesto por haber construido el colegio— y se lo consideraba, en general, el mago más poderoso de su época. Fue visto por última vez desgañitándose mientras Paciencia, o quizá Fortaleza —las versiones de los testigos difieren sobre en qué lado de la puerta se encontraba el milfauces en cuestión— lo devoraba junto a la mitad del grupo. Su reparación «permanente» acabó hecha trizas tres años después.

Hubo algunos intentos más por parte de grupos de padres desesperados cuyos hijos no iban a tardar en graduarse, pero los padres acabaron todos muertos y sin haber reparado nada. Manchester se encontraba sumido en el caos después de que su Dominus y varios de los miembros del consejo hubieran muerto, y los magos pertenecientes a enclaves de todo el mundo fueron presa del pánico. Se hablaba de renunciar por completo al colegio, pero entonces los enclaves volverían al punto de partida y más de la mitad de sus hijos morirían. En medio de todo aquello, el enclave de Londres dio más o menos un golpe de estado, se hizo cargo de la Escolomancia, y luego duplicó el número de plazas —los dormitorios se hicieron bastante más pequeños— y permitió el ingreso de estudiantes independientes. Era básicamente el mismo espíritu que había llevado a los alumnos de último curso a querer que nuestra clase se graduara con ellos.

Y funcionó a las mil maravillas. Los alumnos pertenecientes a los enclaves logran salir con vida la mayoría de las veces; su tasa de supervivencia suele rondar el ochenta por ciento, una mejora considerable con respecto al cuarenta por ciento de posibilidades que tienen si se quedan en casa. Están rodeados de magos muchísimo más débiles que cuentan con menos protección; incluso en el salón de grados, los mals no son capaces de pescar a *todos* los salmones que nadan río arriba. Y dese hace más de un siglo, a ninguno de los magos más poderosos e inteligentes del mundo se les ha ocurrido una idea mejor. Ninguno ha intentado reparar el sistema de limpieza desde entonces.

Pero todos y cada uno de los rostros emocionados, felices y satisfechos de la cafetería, todos los que contemplaban a Clarita con admiración, la genial estudiante a la que se le había ocurrido el plan, no se plantearon en ningún momento que no tenían ningún derecho a exigirle a Orion que ejecutara dicho plan. Ni siquiera el propio Orión, que, según pude comprobar, se disponía a asentir con la cabeza al tiempo que desaparecía su expresión de sorpresa.

Empujé mi silla hacia atrás haciendo ruido a propósito y me levanté antes de que se levantara él.

—¿Piensas pedirlo educadamente o qué? —dije en voz alta. Clarita y Orion se volvieron para mirarme—. Lo siento, me preguntaba si la palabra «por favor» saldría en algún momento de tu boca mientras explicas esta magnífica idea tuya, ya que depende por completo de Lake. Como les ha salvado la vida a seiscientos alumnos… ¿ahora debe compensarlo salvando aún más vidas? ¿Podría decirme alguien si Orion ha sacado tajada alguna vez por salvarnos el culo? —Recorrí la cafetería con los ojos tan llenos de furia que los pocos alumnos que cometieron el error de devolverme la mirada se estremecieron y bajaron la vista—. A mí nunca me ha pedido nada a cambio, y ya son once las veces que me ha salvado. Pero, claro, tiene que bajar él solito al salón de grados para arreglar el sistema de limpieza. Imagino que lo hará con una mano, mientras que con la otra se enfrenta a los mals, ¿no? Lo veo un poco difícil. Y, de todas formas, ¿cómo va a encargarse él de las reparaciones? No cursa la rama de artífices, y ni siquiera ha hecho nunca tareas de mantenimiento.

—Le construiremos un gólem… —empezó Clarita.

—Ya, un gólem —dije con desprecio—. Seguro que a los mandamases no se les ha ocurrido nunca esa idea. No te atrevas a abrir la boca, pedazo de cretino —le solté a Orion, que me fulminó con la mirada a su vez, pues lo cierto es que había estado a punto de decir algo—. Nadie es capaz de salir con vida del salón de grados si entra solo. Ni siquiera tú. Y un gólem no nos solucionará la papeleta antes de que los mals te sobrepasen. Eso no es heroísmo, sino un suicidio. Y en cuanto estés muerto, volveremos al punto de partida…, solo que sin ti, los alumnos de último curso se encontrarán en mejor situación para hacer y deshacer a su antojo.

Aquel comentario provocó que un murmullo se extendiera por la cafetería.

Clarita había apretado los labios, y estos parecían aún más delgados que de costumbre. Desde luego, ese escenario en particular se le había pasado por la cabeza y no le había gustado nada que yo lo sacara a relucir.

—Tal vez tengas razón —dijo ella—. Si Orion necesita que alguien lo ayude, podríamos echarlo a suertes entre todos aquellos a los que les ha salvado la vida alguna vez. Quizá deberías acompañarlo tú también, ya que te ha salvado once veces.

—Puedo ir yo solo —soltó Orion de manera inoportuna—. Mantendré a los mals alejados del gólem.

—Se desmoronará antes de que lleguéis al centro del salón de grados. Y desde luego que lo acompañaré —le dije a Clarita, quien frunció el ceño; era obvio que había pretendido que diera marcha atrás—. Pero no vamos a bajar solos para que se nos zampen, ni tampoco lo echaremos a suertes. Si queremos que el plan funcione, también tendrán que venir con nosotros algunos alumnos de último curso, aunque no cualquiera, sino los mejores. Si Orion mantiene alejados a los mals y disponemos del maná de todo el colegio, tendremos una oportunidad de lograrlo.

No sé si Clarita había considerado su propuesta como algo más que un plan desesperado y astuto que, en el peor de los casos, quitaría de en medio a Orion. Pero la esperanza infunde valor a cualquiera, sobre todo si es otro el que va a lidiar con el problema. Un grupo de alumnos de último curso pertenecientes al enclave de Berlín conversaban entre ellos en voz baja y apremiante. Cuando terminé de hablar, uno de ellos se subió al banco de su mesa y dijo en voz alta en inglés:

—¡Cualquiera que acompañe a Orion tendrá una plaza asegurada en el enclave de Berlín! —Miró a las mesas de Edimburgo y Lisboa, que estaban cerca de la suya—. ¿Algún otro enclave hará la misma promesa?

La pregunta se extendió como la pólvora por la cafetería a medida que se traducía a varias decenas de idiomas; los alumnos de último curso de todos los enclaves se apiñaron rápidamente para debatir el asunto y los representantes de casi todos ellos se pusieron en pie, uno tras otro, para unirse a la propuesta. Lo cual cambiaba la situación de forma drástica. Los mejores estudiantes del colegio habían dedicado su paso por la Escolomancia a conseguir ese mismo trato con los alumnos pertenecientes a algún enclave: les brindarían su ayuda durante la graduación a cambio de un hogar en el exterior. Y a la mayoría ni siquiera les habían garantizado una plaza. A los tres primeros sí, pero la chusma que se encontraba por debajo en la clasificación tenía que contentarse con una alianza y la esperanza de lograr su objetivo tras salir del colegio; a no ser que hubieran intentado conseguir una plaza asegurada en algún enclave más pequeño, pero incluso dichos puestos estaban reservados en exclusiva para los diez mejores. Por eso la competencia para llegar a ser el primero de la promoción era brutal.

Y mientras tanto los alumnos de mantenimiento habían llegado a otro acuerdo. Lo más probable es que todos obtuvieran un hogar, pero no habían hecho otra cosa que el trabajo sucio de los demás, y seguirían haciéndolo durante el resto de sus vidas. En realidad, serían sus hijos los que se beneficiarían de pertenecer a un enclave, no ellos. Una oferta como esta significaba una oportunidad para *ellos mismos*, una oportunidad a la que habían renunciado en primero.

Cualquiera podía saber cuáles eran los alumnos de último curso que estaban considerando la idea y qué enclave tenían en mente: bastaba con ver en qué dirección volvían la cabeza. Eran un montón. La propia Clarita contemplaba con atención una de las mesas; no la de Nueva York, donde una de las chicas de último curso se había puesto en pie para proclamar que se unían a la propuesta, sino una de las mesas de los extremos, donde un lamentable séquito de alumnos de primero seguía haciéndole compañía a Todd.

Todos empezamos siempre la última semana del curso —la expresión «semana infernal» adopta aquí un significado totalmente nuevo— habiendo trazado planes bastante detallados, incluso aunque no nos graduemos. Además de tener que lidiar con los exámenes finales, los trabajos, los proyectos y los cada vez más agitados maleficaria, los cuales se encuentran en plena forma llegados a estas alturas, es la semana donde más intercambios hay. Los alumnos de último curso venden todo lo que no vayan a utilizar para salir del salón de grados, y los demás, las cosas que ya no necesitan o que pueden reemplazar por algo mejor que les venda alguien que vaya a graduarse. Cualquiera que pueda permitirse el lujo de acumular materiales o maná para los intercambios de fin de curso va de aquí para allá como un torbellino haciendo tratos de lo más suculentos; y cualquiera que se encuentre en la situación contraria, hace lo mismo para intentar, al menos, llegar a algún acuerdo (mucho más modesto, desde luego).

Por una vez, tenía la esperanza de poder conseguir algo decente. Además de la subasta que Aadhya iba a llevar a cabo para mí, yo le había dado a un estudiante de segundo un poco de mercurio a cambio de su manta medio chamuscada, ya que este había conseguido otra intercambiándole a un alumno de último curso un pequeño frasco que contenía tres gotas de una poción de vitalidad.

Podría deshacer la manta y tejerme la camisa nueva que tanta falta me hacía al tiempo que generaba maná.

Incluso en circunstancias más normales, esta podría parecer una preocupación frívola dado que estábamos a final de curso y cada dos por tres había una erupción, en ocasiones literal, de maleficaria en algún lugar del colegio, como los brotes de chillones que emergieron de todos los lavabos en uno de los baños de las chicas el viernes por la mañana. Pero en cualquier otro momento del curso, una camisa nueva me hubiera costado seis fichas del quiosco, suponiendo que hubiera podido hacerme con una en vez de tener que sacrificar la mitad de mi propia manta y dormir medio destapada por las noches. Lo que, en el mejor de los casos, habría significado acabar con los mismos lacerantes mordiscos de ekkini que se asomaban por encima de los deshilachados y manchados calcetines del pobre, o más bien afortunado, alumno de segundo curso. En el peor de los casos, un escorpión paralizante me habría picado y devorado viva. Si la suerte no te sonríe durante los intercambios de fin de curso, puede que acabes metido en un hoyo del que quizá no seas capaz de salir.

Como era natural, yo me disponía a meterme en un hoyo aún mayor, concretamente, en el salón de grados. Lo bueno de aquello —no, perdón, lo menos malo— era que no tendría que hacer ni un solo examen. Ya había terminado mis proyectos para el taller y Liu se había ofrecido a finiquitar mi trabajo de Historia por mí. Chloe lo había dispuesto todo para que un puñado de alumnos de la rama de alquimia acabaran mi trabajo final de laboratorio y el de Orion, y el inepto de Magnus les había ordenado a unos alumnos que hicieran nuestros exámenes de Idiomas. El colegio irá a por ti si las tareas no acaban hechas, pero lo de que hagas trampa se la refanfinfla. El viernes me salté todas mis últimas clases, salvo la de Estudios sobre Maleficaria, a la que acudí impulsada, posiblemente, por un mórbido deseo de contemplar el enorme mural del salón de grados. Lo único que me consolaba era la certeza de que, al menos, esta vez no tendría que acercarme a ningún milfauces. El sistema de limpieza se encuentra en el lado opuesto de las puertas de salida.

En su lugar, pasé el resto del día organizando los últimos preparativos.

—Te prometo que te fabricaré el cofre en cuanto acabe toda esta locura, que no es ni de lejos tan importante como tú —le dije al volumen de los sutras, acariciando la cubierta a modo de disculpa antes de dárselo a Aadhya, quien se iba a encargar de cuidarlo por mí—. Lo que pasa es que tengo que ayudar a Orion a salvarles la vida a todos, nada más. —Puede que me hubiera pasado de dramática, pero más vale prevenir que curar. El libro había permanecido oculto durante más de mil años, aun cuando lo más probable es que decenas de bibliotecarios de enclave y cientos de magos independientes hubieran intentado echarle el guante al menos a algunos de los hechizos de su interior. Era casi un milagro que me hubiera topado con él, y ahora que ya había usado el hechizo controlador de estados, me moría de ganas de seguir traduciendo el resto—. Aadhya te cuidará de maravilla. Te lo prometo.

—Así es —dijo Aadhya, recibiendo el volumen cuidadosamente con ambas manos—. No va a pasarle nada en absoluto al libro mientras estás ausente. Seguiré trabajando en el lomo del cofre, me aseguraré de lijarlo bien para que encaje a la perfección. —Colocó con exagerada reverencia una tira de seda en la parte posterior de los sutras para que al envolver el volumen junto al trozo de madera de amaranto este último no rozara la cubierta, y metió ambas cosas en la bolsa de la que yo acababa de sacarlas, antes de guardarla bajo su almohada. A continuación, apoyó la mano encima y dijo sin mirarme—: El, ya sabes que hay muchos alumnos de último curso dispuestos a probar suerte ahora que los enclaves ofrecen puestos asegurados.

Se trataba de algo a medio camino entre una propuesta y una petición. Yo ya no iba por libre, sino que formaba una alianza con

Aadhya y Liu; nuestros nombres se encontraban escritos juntos en la pared del baño más cercano, debajo de la lámpara. Aquello no era ninguna nimiedad, sino que lo era todo, y más para mí. Y si bajaba al salón de grados y no salía con vida, también sería el fin de nuestra alianza. Así que Aadhya tenía todo el derecho a presionarme, a decirme que tal vez no debería correr el riesgo, no solo por mí, sino también por ellas.

Pero mi intención no era pasearme por el salón de grados para entretenerme. Me había metido en esto para tener la oportunidad de salvarnos a todos, y en cierto sentido, estar aliadas conmigo significaba que debían cubrirme las espaldas, quizá, incluso, hasta el extremo de acompañarme también. El día de la graduación, dispones, como mucho, de quince minutos desde que pones un pie en el salón de grados hasta que sales por las puertas. No te alías con alguien si no estás dispuesto a cambiar de dirección cuando te gritan: «¡A la izquierda!». Al decir aquello, Aadhya prácticamente me invitaba a pedirles a ella y a Liu que vinieran conmigo.

Me abracé las rodillas, sentada en la cama. Me moría de ganas por usar esa excusa para echarme atrás. Incluso había una parte diminuta y egoísta de mí que deseaba con todas sus fuerzas aceptar la oferta de Aadhya. Desde luego, prefería que fueran ella y Liu las que me guardaran las espaldas, y no un puñado de alumnos de último curso a los que no conocía y que tendrían una excelente razón estratégica para dejarme tirada si las cosas se torcían. Pero no pensaba condenarlas a ellas también. Estaba bastante segura de que ni yo ni nadie conseguiría volver. ¿Diez, o tal vez quince, adolescentes metiéndose en el salón de grados solos para arreglar el sistema de limpieza? Había, como mucho, una posibilidad entre cien de que saliéramos de allí con vida. Después de todo, hubiera sido mejor quedarse en Gales.

Así que le dije a Aadhya:

—No puedo dejar a Orion solo con esos buitres de último curso. Alguien tiene que vigilarle las espaldas. Dejarán que les salve el culo a todos y luego lo desengancharán del yoyó para obligarlo a graduarse con ellos. Orion solo estará pendiente de los mals.

Imagino que se les podría haber pasado por la cabeza hacer algo así, pero aquella posibilidad no me preocupaba en realidad. Si conseguíamos arreglar el sistema de limpieza, lo más probable es que los alumnos de último curso pusieran a Orion en un altar. Se graduarían en una estancia libre de mals y, además, con plazas garantizadas en los enclaves. Pero era una situación lo bastante plausible como para servirme de excusa, una excusa que me permitiría ir yo sola, sin Liu y Aadhya.

Y no me quedaba más remedio que ir al salón de grados. Porque Orion iba a ir, y yo no podía hacer nada por evitarlo. El muy imbécil habría bajado incluso sin la ayuda de un gólem. Lo único que podía hacer yo, tal y como Clarita me había explicado amablemente, era acompañarlo y brindarle la oportunidad de luchar. Dicha oportunidad era ahora una realidad porque íbamos a contar con la ayuda de un puñado de los mejores alumnos de último curso, quienes podían llevar a cabo la reparación. Y eso solo era posible si yo me unía a la causa.

Nadie me consideraba una heroína. Sí, todos creían que salía con Orion, pero no que estuviera enamorada de él. Pensaban que me estaba aprovechando, y que era muy astuta por hacerlo. Los demás esperaban lo peor de mí, no lo mejor; al ofrecerme voluntaria, había conseguido que la idea de bajar allí no pareciera un puto disparate. Para ellos el hecho de que yo lo acompañara daba a entender que creía que era una buena idea, al menos para una desgraciada que no tenía ninguna posibilidad de unirse a ningún enclave en caso de perder a Orion.

Aquí todos tenemos que jugarnos la vida, no queda otra. El truco está en averiguar en qué momento vale la pena jugársela. Siempre nos fijamos en los demás en busca de alguna señal o información. ¿Crees que esta es la mejor mesa? ¿Crees que es buena idea ir a esta clase? Todos quieren aprovechar cualquier ventaja.

Que yo me ofreciera a ir significaba que al menos una persona supuestamente racional pensaba que tenía una mínima oportunidad de salir con vida, y los miembros de los enclaves no habían hecho otra cosa que incrementar el atractivo de la propuesta. Por eso ahora había más voluntarios de los necesarios, porque yo había inclinado la balanza.

Si me echaba atrás, ¿quién sabe cuántos alumnos de último curso se lo pensarían mejor? Tal vez creyeran que yo también jugaba a dos bandas: quizá solo intentaba eliminar a los mejores alumnos de último curso y demorar al resto lo suficiente como para que no pudieran echar la pared abajo ni obligar a todo mi curso a graduarse con ellos. Ahora que lo pienso, eso habría sido muy astuto por mi parte, y seguro que los cerebritos que iban a acompañarnos al salón de grados habían pensado en ello también y estaban vigilándome muy de cerca por si me rajaba en el último momento.

Clarita iba a ir; así como David Pires, el aún resentido segundón, o como quiera que se le llame al segundo mejor estudiante del colegio además de «el mejor perdedor», que era como yo solía llamarlo. La especialidad de David eran también los encantamientos y su trayectoria por el colegio, a diferencia de la de Clarita, no había sido lo que se dice discreta. Se había dedicado a informar a cualquiera que tan siquiera desviara la mirada en su dirección de que iba a ser el primero de su promoción, y blandía cada una de sus notas como si fuera un trofeo. A mí me lo dijo en primero, cuando derribé sin querer una de sus inestables pilas de libros en la sala de lectura. Se puso como un energúmeno y me preguntó entre gritos si sabía quién era, información que desconocía hasta ese momento, y que me trajo bastante sin cuidado después. David se había ofrecido a bajar al salón de grados porque, según me parecía a mí, no le bastaba con la plaza asegurada que le había prometido el enclave de Sídney. Él quería ser capaz de elegir. Para quedarse a las puertas del primer puesto hace falta tener un ego en muy buena forma, pero el suyo iba hasta arriba de esteroides.

Después de que se presentara la primera tanda de voluntarios, aquel chico de Berlín había reunido a unos cuantos alumnos de último curso de los enclaves más importantes, aquellos a los que todos considerábamos los más poderosos, y todos nos habíamos agrupado en la biblioteca —Orion había sido incluido por razones obvias, y mi presencia era apenas tolerada— para debatir sobre la situación con Clarita, David y el tercer candidato más evidente, Wu Wen. Lo cierto es que solo había conseguido el puesto número quince en la clasificación de último curso, y debido a él la conversación requería mucha más traducción, ya que era el único que no hablaba ni una palabra de inglés. Había optado por el camino fácil y había afirmado que el mandarín era su lengua materna para poder cursar shanghainés —su verdadera lengua materna— y convalidar dichas clases como créditos de idiomas. E incluso así casi había suspendido la asignatura. Es más, había aprobado por los pelos todas las asignaturas excepto la clase de Taller y Matemáticas.

Todos y cada uno de los demás alumnos que se encontraban entre los veinte primeros habían sacado sobresaliente en casi todas las asignaturas y además habían tenido que hacer trabajos adicionales para conseguir clasificarse, así que con eso puedes hacerte una idea de lo espectaculares que eran los artificios que había construido en el taller. Le habían garantizado la entrada en el enclave de Bangkok, pero se ofreció a acompañar a Orion en cuanto Shanghái prometió una plaza asegurada en su enclave.

Mi única aportación al debate consistió en sacar aún más de quicio a los alumnos de último curso al insistir en esperar hasta la mañana de la graduación para bajar al salón de grados.

—No digas sandeces —me dijo con frialdad el chico que pertenecía al enclave de Jaipur—. No podéis salir de vuestras habitaciones hasta que suena el timbre por la mañana, y la graduación tiene lugar un par de horas después. Necesitamos más tiempo. ¿Y si algo sale mal?

—Entonces acabaremos muertos y, durante los próximos años, los demás lo pasarán aún peor que de costumbre hasta que todo vuelva a equilibrarse. Cierra el pico, Lake —añadí para Orion, que había abierto la boca para decir que a él le parecía bien lo de bajar esa misma noche, o alguna otra estupidez similar—. Lo siento, pero no voy a dejar que os guardéis un plan de asesinato en la manga por si acaso todo se va al traste.

Mi comentario podría haber desatado más protestas, pero Clarita, David y Wen ya no les bailaban el agua a los miembros de los enclaves. No disfrutarían de los beneficios del plan de contingencias si no lográbamos salir. Wen incluso llegó a afirmar que cuánto más tiempo tuviéramos para construir las piezas de recambio y practicar la instalación de las mismas, mejor.

No obstante, aparte de eso, el plan resultaba bastante obvio. Hacía falta un grupo de artífices y de alumnos de mantenimiento que construyeran las piezas y llevaran a cabo la reparación, y otro grupo de encantadores que los protegieran mientras tanto. Orion se encargaría del ataque ofensivo; abandonaría la protección de los escudos a la menor oportunidad y, con suerte, eliminaría a un número de mals suficiente para que pudiéramos mantener los escudos levantados hasta terminar la reparación. Los alquimistas no participarían en la fiesta, por decirlo de alguna manera. En este caso, la maquinaria iba a necesitar un litro del lubricante común que se usa en el colegio y que los chicos de mantenimiento elaboran en cantidades ingentes.

—Tengo un hechizo de escudo que podríamos usar —dijo Clarita con algo de aspereza, cosa que entendí en cuanto lo sacó y lo compartió a regañadientes con David y conmigo. Lo había escrito ella misma, y yo nunca había visto nada igual. Muchos hechizos de escudo pueden potenciarse si se lanzan con la ayuda de un círculo de magos, pero aun así el poder debe canalizarse a través de un mago principal, y si esa persona cae, el escudo se viene abajo también. Clarita había concebido su hechizo para que lo lanzaran varias personas y proteger a un grupo. Utilizaba tanto palabras en inglés como en español y se leía casi como si fuera una canción, o una obra de teatro con diferentes papeles para cada mago. Había frases y versos que podíamos lanzar en solitario o todos juntos, encadenándolos uno tras otro para que todos los participantes pudieran tomarse un descanso de vez en cuando. Además, las frases podían modificarse, se nos permitía improvisar siempre y cuando el ritmo y el significado básico fuera el mismo, lo cual viene muy bien cuando te encuentras en pleno combate y eres incapaz de recordar qué adjetivo tenías que usar.

Sin duda alguna era una faena tener que compartir un hechizo tan valioso con otras personas sin recibir nada a cambio. Era tan potente que lo más probable es que la hubieran aceptado en alguna alianza incluso si no hubiera tenido nada más que ofrecer. Mi mejor hechizo protector es de lo mejorcito que hay, pero se trata de un escudo meramente personal. Y todo el mundo lo conoce, ya que fue mi madre quien lo creó, y ella les regala sus hechizos a cualquiera que se lo pida. Hay un mago que visita la comuna una vez al año, se lleva sus hechizos nuevos y envía copias a un montón de suscriptores. Y él sí cobra a los demás. Me he enfadado con mi madre muchas veces por darle los hechizos así sin más, pero ella dice que ese hombre está prestando un servicio y que si quiere cobrarles a los demás es asunto suyo.

—Necesitaremos cuatro encantadores, ¿no crees? —dijo David, levantando la vista de la parte inferior de la página con los ojos entornados antes de que a mí me hubiera dado tiempo a leer una cuarta parte.

—Cinco —respondió Clarita tras lanzarme una mirada poco halagadora, a pesar de que incluir a otra persona significaba disminuir el rendimiento. Cuanto más grande fuera el área a proteger, más maná necesitaríamos y más le costaría a Orion evitar que los mals golpearan el escudo en primer lugar. Pero mantuve la boca cerrada; por mucho que les dijera que era fuera de serie, no conseguiría convencerlos de que no necesitaban a nadie más.

El siguiente encantador de la lista de clasificación, el número cinco, ya tenía una plaza asegurada en el enclave de Sacramento y no estaba tan chiflado como Pires, así que no se había presentado voluntario para bajar al salón de grados. Pero la número siete era Maya Wulandari, una chica de Canadá que sabía inglés y español y que no había conseguido la plaza en Toronto que tanto anhelaba. El de Toronto es uno de los pocos enclaves que cuenta con la cívica costumbre de permitir que cualquier recluta nuevo se lleve a su familia consigo, lo que en el caso de Maya significaba que su hermano y su hermana, menores que ella, empezarían el colegio perteneciendo ya a un enclave.

Sin embargo, dichos enclaves son todos extraordinariamente quisquillosos. Si Maya hubiera estado entre los tres mejores estudiantes, los chicos del enclave de Toronto podrían haberle ofrecido una plaza asegurada, pero el hecho de quedar entre los diez mejores tan solo le garantizaba una alianza y la promesa de que su solicitud para unirse a ellos sería tomada en serio. Podría haberse unido a algún otro enclave, pero en vez de eso, había preferido arriesgarse a intentar convencer al enclave de Toronto, una vez fuera del colegio, de que su familia y ella serían excelentes incorporaciones. Y ahora había asumido otro riesgo: los alumnos del enclave de Toronto y ella habían acordado que, aunque no lograse salir con vida de lo que ahora habíamos empezado a llamar de forma dramática «la misión», la plaza sería considerada suya… por lo que su familia pasaría a formar parte del enclave.

El siguiente especialista en encantamientos que se había presentado voluntario y hablaba inglés y español era Angel Torres, que se había clasificado en decimotercer lugar. Una posición que tampoco le garantizaba un puesto en ningún enclave, a pesar de haberse pasado los últimos tres años y medio sudando la gota gorda para sacar buenas notas; era uno de esos empollones que no levanta la cabeza del libro, la clase de alumno que duerme cinco horas al día, se aprende diez hechizos adicionales a la semana y hace trabajos extra para subir nota en todas las asignaturas.

Con él ya éramos cinco. Wen examinó la lista de voluntarios y eligió a cinco artífices y a diez alumnos de la rama de mantenimiento, haciendo caso omiso a la clasificación de mejores estudiantes. Los miembros de enclave de último curso echaron un vistazo por encima de su hombro como quien no quiere la cosa, fijándose atentamente en aquellos a los que elegía y a los que descartaba de inmediato. Resulta muy difícil que un entendido en la materia te indique cuáles son los mejores artífices y alumnos de mantenimiento recién graduados. Se trata de una información muy valiosa, no aquí dentro, pero sí para los enclaves que buscan reclutar nuevos miembros. Se decantó, obviamente, por los que hablaban mandarín, así que no reconocí ninguno de los nombres excepto el de Zhen Yang, una chica de la rama de mantenimiento que había llegado al colegio conociendo ambas lenguas y que hizo lo mismo que Liu: dar sus clases de Matemáticas, Escritura Creativa e Historia en inglés para no tener que cursar clases de idiomas y así disponer de más tiempo para hacer las tareas de mantenimiento.

Los demás alumnos pasaron la semana infernal sumidos, como era habitual, en la típica vorágine de pánico y agitación, y para colmo, tuvieron que generar maná para la misión tres veces al día después de cada comida. Los enclaves más importantes cuentan con un enorme depósito en el colegio en el que se ha ido almacenando maná durante generaciones para que sus miembros puedan usarlo. Lo mantienen escondido en algún lugar de las aulas de los pisos superiores o en la biblioteca, y solo los miembros de enclave de último curso conocen su localización. Diez de los enclaves más grandes colaboraron dejándonos prestamagias —Chloe me dio el que me había prestado la última vez— y a cambio, todo el colegio donó un montón de maná. Había hileras de alumnos haciendo flexiones en la cafetería igual que si fueran un pelotón del ejército cumpliendo un castigo.

Nuestro grupo se pasó la semana en el taller, aunque también estuvimos sumidos en la misma vorágine de pánico y agitación. Obviamente, a los artífices les tocaba la peor parte. Tenían que hacer casi todo su trabajo por adelantado, mientras el resto les llevábamos la comida y las materias primas y los protegíamos de los cinco ataques diarios de maleficaria, lo cual no nos venía mal para practicar, supongo. La actitud de Clarita hacia mí se volvió un poco menos hostil después de que consiguiéramos lanzar el hechizo todos juntos el miércoles, durante una sesión de práctica. Tal vez parezca que habíamos tardado mucho en conseguirlo, dado que la graduación era el domingo, y es cierto, pero, seguramente, tampoco podíamos haber esperado nada mejor. Lanzar un hechizo en grupo no es como ir a una clase de yoga en la que el guía os anima a que todos sigáis vuestro propio ritmo; es como aprenderse una coreografía con otras cuatro personas a las que apenas conoces mientras el exasperado profesor te pega un berrido si te equivocas en alguno de los pasos.

Todos contemplábamos el escudo satisfechos cuando el enorme conducto de ventilación del techo se abrió con un estallido y una sibilerna del tamaño de un árbol se abalanzó sobre nosotros. Nos envolvió por completo con sus serpenteantes y palpitantes extremidades e intentó partirnos en dos, sin éxito. Debo confesar que proferí un grito, lo cual me avergonzó profundamente, ya que los alumnos de último curso permanecieron imperturbables. Habían pasado los últimos seis meses haciendo carreras de obstáculos en el gimnasio; lo más probable es que si te acercabas a ellos sigilosamente mientras dormían y hacías estallar un globo junto a su cabeza te mataran antes de haber abierto los ojos siquiera.

David Pires se limitó a decir: «Yo me ocupo», y se retiró, dejando que el resto nos encargáramos de mantener el escudo activo. Tomó aire profundamente para lanzar lo que, estoy segura, hubiera sido un conjuro impresionante, pero antes de que tuviera oportunidad de empezar a pronunciar las palabras, Orion despedazó a la sibilerna con la misma facilidad con la que se abren unas cortinas y apartó los restos flácidos de la criatura.

El viernes, cuando los cinco creamos el escudo protector, daba la sensación de que este era casi tan poderoso como la guarda principal del colegio que habíamos reparado en las escaleras. Y mientras nos felicitábamos los unos a los otros, el equipo de reparación empezó a gritar, a saltar y a abrazarse. Tras pasar aproximadamente cinco minutos desgañitándonos para que nos contaran lo que había sucedido, Yang y la otra angloparlante del equipo —Ellen Cheng, de Texas— nos explicaron que Wen había logrado una forma de dividir las piezas en tres partes plegables. Serían capaces de construirlas aquí arriba e instalarlas en el salón de grados en menos de cinco minutos.

Los alumnos de último curso del grupo se dieron cuenta de que había bastantes posibilidades de que saliéramos de allí con vida, y si lo conseguíamos, todos ellos abandonarían la Escolomancia convertidos en héroes y con una plaza asegurada en el enclave que quisieran. Antes de que llegara el día de la graduación, los chicos de mantenimiento habían estado compitiendo ferozmente entre ellos para ver quién era más rápido. Con el fin de que el escudo cumpliera su cometido lo mejor posible, solo los cuatro más veloces bajarían al salón de grados —dos para llevar a cabo la reparación y otros dos de reserva, por si los demás no éramos capaces de mantener a raya a los mals— junto con Wen, Ellen y Kaito Nakamura, que iban a acompañarnos en caso de que, una vez dentro, descubriéramos que hacía falta alguna otra pieza.

Fue una suerte que tuviéramos una excusa para permanecer optimistas, porque de lo contrario, estoy convencida de que al menos la mitad del grupo se habría echado atrás justo antes de que nos metiéramos en faena, es decir, de camino al salón de grados.

El diseño del colegio tiene como propósito mantener la zona donde están los alumnos separada de la zona donde se encuentran las puertas. Si fuera sencillo bajar al salón de grados, también sería sencillo subir desde allí. El hueco de mantenimiento que habíamos visto tras la pared de las escaleras, donde el argonet se había quedado atascado, no se encontraba en los planos. Ni siquiera los alumnos de último curso de la rama de mantenimiento sabían adónde conducía, ni si era seguro que atravesáramos las guardas mágicas que impedían el paso a los mals. Tenían la *sospecha* de que no pasaría nada, ya que al parecer se había construido para que lo utilizaran los equipos profesionales de mantenimiento que supuestamente debían venir al colegio para arreglar cosas, aunque no encontraron ni una palabra sobre el tema en ninguno de sus manuales, ni siquiera en los más antiguos.

Era una idea bastante prudente. Si todo el mundo olvidaba su existencia, la mayoría de las veces dejaría de estar ahí, por lo que se eliminaría un punto vulnerable innecesario. Probablemente, los mals del salón de grados habían provocado que volviera a aparecer debido al hambre y la desesperación, que los habían empujado a hallar una forma de llegar hasta nosotros. Y ahora era el único modo que teníamos para llegar hasta allí: adentrándonos en la oscuridad, sin saber qué criaturas aguardaban abajo.

Cuando la campana matutina sonó el día de la graduación, Orion vino a buscarme a mi habitación, y juntos bajamos a los dormitorios de último curso, donde nos reunimos en el descansillo con el resto del grupo. Wen nos entregó a cada uno un gancho para el cinturón, vinculado al hechizo yoyó que con suerte nos sacaría de allí con vida. El ancla del hechizo ya se había fijado al desagüe de la antigua habitación de Todd, que estaba justo frente al descansillo. Los trece nos dirigimos hasta la parte inferior de las escaleras y el líder del equipo de mantenimiento, Vinh Tran, desenrolló cuidadosamente una escotilla de mantenimiento sobre mi preciosa pared de acero nueva, usando una rasqueta para que quedara lisa. Al principio parecía un póster enorme de una trampilla de metal, pero a medida que lo alisaba de un lado a otro mientras murmuraba algún tipo de encantamiento, empezó a dar la sensación de que formaba parte de la pared. Vinh se sacó del bolsillo una gruesa manija de metal, la introdujo en el circulito negro que se encontraba en uno de los extremos y abrió la escotilla con un movimiento rápido; saltó hacia atrás con la mano en alto, listo para levantar un escudo.

No fue necesario. Ninguna criatura salió del hueco. Orion se acercó y metió la cabeza al tiempo que iluminaba el interior —el resto, literalmente, nos encogimos—; acto seguido, dijo: «parece despejado», sacó la cabeza y volvió a meterse, pero esta vez, con los pies por delante.

Incluso si nuestro intrépido héroe encabezaba la marcha, a nadie le apetecía demasiado ser la segunda persona en meterse en el hueco. Hubo un intercambio de miradas y tras un momento, estas empezaron, como era de esperar, a recaer en mí. No quería que acabaran empujándome, así que me limité a decir:

—Bueno, ¿qué pasa? Pongámonos en marcha antes de que Lake se adelante demasiado. —Fingí que no me importaba en absoluto tener que descender por un horrible y extenso pasadizo.

Todos sabemos lo gigantesco que es el colegio, pues tenemos que recorrerlo desde que nos levantamos hasta que nos acostamos. Pero no es lo mismo saberlo mientras subes a la cafetería que cuando desciendes una escalerilla interminable por un pozo tan estrecho que tienes la espalda pegada al otro lado y no dejas de golpearte los codos contra las paredes. Un ser humano no es ni mucho menos tan grande como un argonet, pero parecía que el hueco se hubiera encogido desde entonces. Con suerte, no tardaría en volver a desaparecer. Dentro hacía un calor sofocante y las paredes vibraban a nuestro alrededor debido al movimiento de los engranajes. El sonido de las cañerías al otro lado de las paredes iba y venía, sin ser lo bastante constante como para convertirse en un ruido de fondo. La única iluminación provenía del tenue resplandor que se elevaba desde la mano de Orion.

El estruendo que habíamos oído después de reparar la pared no había vuelto a producirse. Tras haber bajado los primeros mil kilómetros, me detuve y me apoyé contra la pared para recuperar el aliento y descansar los brazos; no permanecí ahí parada más que unos pocos segundos, pero entonces volví a oír aquel sonido, aunque no muy fuerte. Uno de los paneles de la pared, de tan solo un centímetro de altura, comenzó a abrirse justo a la altura de mi cuello.

No soy idiota; no me quedé ahí pasmada. Seguí descendiendo rápidamente y la pared volvió a cerrarse, así que no llegué a ver lo que había dentro, pero me imaginaba que era el artificio que se encargaba de mantener el hueco despejado. No podía tratarse de algo tan simple como una cuchilla giratoria. Era lo bastante ingenioso como para buscar el punto de mayor vulnerabilidad de cualquier criatura que trepara por el hueco, lo cual resultaba impresionante; y además, era capaz de distinguir a los seres humanos de los mals, al menos, lo suficiente como para dejarnos pasar. Intenté no sentirme ofendida por el hecho de que yo parecía haberle despertado dudas.

No volví a detenerme. Después de seguir bajando durante otra eternidad, una luz brotó de pronto bajo mis pies, y yo dejé escapar un silencioso pero intenso suspiro de alivio. Orion había salido por el otro extremo del hueco, y la ausencia de aullidos y ruidos de mandíbulas significaba que la estancia se encontraba moderadamente protegida. Oí unos cuantos suspiros más por encima de mí.

Al salir del hueco me encontré en una estancia estrecha que tenía las paredes y el suelo cubiertos de casi un centímetro de hollín y apestaba a lo que parecía ser humo bastante reciente. Tenía la firme sospecha de que estábamos sobre los restos de los esperanzados mals que se habían apiñado en el hueco tras el argonet y habían acabado hechos cenizas después de toparse con el artificio reparado. Odio este colegio más que cualquier otro lugar en el mundo, sobre todo porque de vez en cuando, te hace recordar, sin siquiera creerlo, que fue construido por un grupo de genios que intentaban salvarles la vida a sus hijos, y tú tienes la increíble suerte de encontrarte aquí a salvo gracias a su trabajo. Incluso si la razón de que se te haya permitido la entrada es porque eres otro de los útiles engranajes.

Eso es lo único que era yo, al igual que los demás integrantes de nuestro grupo. El cuarto equipo de reparación que los miembros de los enclaves habían enviado al salón de grados para intentar salvar a sus hijos. Todos menos nuestro magnífico paladín, que ya estaba examinando las paredes preparado para abalanzarse sobre cualquier mal. Su atenta mirada resplandecía bajo la pequeña luz mágica que llevaba en la mano e iluminaba su pelo plateado y su piel pálida. Esta última acabó manchada de negro tras empezar a palpar las paredes a través del hollín, seguramente en busca de una compuerta. Aunque no tengo ni idea de por qué pensaba que habría una. Cualquier persona a la que hubieran enviado aquí se habría traído una compuerta de mantenimiento, pues dejar una entrada de forma permanente habría sido una forma de lo más estúpida de añadir otra vulnerabilidad al colegio. Acabaría haciendo algún ruido que despertara a los mals y los alertara de nuestra presencia. Aunque a él le traía sin cuidado. Se encontraba tan concentrado intentando hallar la forma de abrirse camino que incluso cuando le di un golpecito en el hombro, me apartó la mano de forma ausente. Así que le propiné un capirotazo en la oreja, lo cual captó su atención; me fulminó con la mirada, pero yo me lo quedé mirando también y señalé el hueco, donde aún se encontraban los demás. Tras eso, adoptó una expresión avergonzada y detuvo su búsqueda para esperar al resto.

La habitación tenía una forma rara. Era estrecha y larga, y se curvaba ligeramente. Me di cuenta al cabo de un momento que debíamos de estar en el interior de la pared exterior del colegio. Muchos de los puntos de acceso de mantenimiento que he descubierto a lo largo de los años se encontraban en una especie de espacios intermedios que no aparecen en los planos. Espero que los alumnos de mantenimiento les sigan la pista igual que yo se la sigo a los libros de la biblioteca.

Vinh fue el siguiente en salir del hueco. Se dirigió de inmediato a la pared interior y apoyó cuidadosamente contra el metal un pequeño audífono de plata. Repitió la acción unas cuantas veces a lo largo de la parte inferior de la pared, mientras escuchaba atentamente. Para cuando el resto del grupo salió del hueco, ya había dado con el lugar que buscaba. Limpió el hollín y sacó un frasquito cuentagotas y un paño, que humedeció con tres gotas. Tras frotar la pared describiendo un pequeño círculo, el metal resplandeció y se volvió semitransparente, igual que un espejo unidireccional. Todos nos turnamos para agacharnos y contemplar lo que nos esperaba al otro lado.

Cuando era pequeña, mi madre me arrastraba cada dos por tres a partidos de rugby. La mayoría de la gente considera que no eres galés de verdad a no ser que te apasione el rugby, así que, naturalmente, a mí me importaba un bledo. Pero, a veces, a mi madre le regalaban entradas y ella insistía en que la acompañara para experimentar el ambiente. En una ocasión, incluso asistimos a un partido en el estadio nacional de Cardiff, uno de los más grandes del mundo, donde setenta mil personas berreaban a la vez «¡Gwlad! ¡Gwlad!». Así de grande era, más o menos, el lugar que se encontraba al otro lado de la pared, solo que en esta ocasión seríamos nosotros los que saldríamos al campo, y el monstruoso público intentaría devorarnos.

Lo cierto es que, desde nuestra posición, la enorme columna central que constituía el eje giratorio del colegio y perforaba el salón de grados parecía pequeña. Los mals y los hechizos habían arrancado algunos trozos del elegante revestimiento de mármol y ahora había al descubierto zonas de metal cubiertas de grasosas manchas negras. Unas delgadas columnas de bronce se extendían a lo largo de las paredes exteriores y se superponían unas con otras, formando por encima una bóveda parecida a la rueda de una bicicleta. El mármol se había desprendido entre muchas de ellas, dejando al descubierto el metal de debajo, y en el techo había un gigantesco agujero fruto de lo que parecían, por desgracia, graves daños estructurales. Unas redes resplandecientes y pegajosas se encontraban tejidas por todas partes entre la mayoría de las columnas de bronce y el eje central, como si se trataran de las típicas cintas decorativas que se cuelgan en cualquier celebración y estas se hubieran venido abajo. Sin duda alguna, las arañas cantoras estaban ocultas en algún lugar por encima de las redes, aguardando para abalanzarse sobre cualquiera que pusiera un pie en el salón de grados.

Pero estábamos de suerte: era evidente que los mals habían renunciado a intentar subir a través del hueco. Ahora trataban de situarse en las mejores posiciones; se habían agrupado en las enormes paredes corredizas a cada lado del salón de grados, las cuales se abrirían cuando los dormitorios de último curso descendieran. Al otro lado de la pequeña estancia donde aguardábamos, el terreno estaba vacío y Vinh señaló en silencio un par de gigantescas formas cilíndricas que había junto a la pared. Estas se hallaban blindadas, con dos enormes secciones de cristal en medio y un montón de tuberías y cables que salían desde el interior: nuestra meta. Teníamos el camino prácticamente despejado hasta la maquinaria.

Se había construido —de forma sensata— en la zona menos abarrotada del salón de grados, justo frente a las puertas de salida. La guía oficial que nos explica cómo proceder durante la graduación aconseja encarecidamente no aproximarse a esa zona, ni siquiera replegarse de forma temporal para lanzar hechizos más complejos. Puede parecer una idea sumamente tentadora, pero hay una razón por la que los mals no se acercan allí: es un disparate. Si eres capaz de conjurar unas luces árticas, inmovilizar a cualquiera que se encuentre en tu camino y largarte antes de que vuelvan a la normalidad, bien por ti. Pero si eres capaz de hacer eso, también puedes llevar a cabo algún otro hechizo que no requiera siete minutos de tiempo de invocación, pues hay muchas posibilidades de que algo te interrumpa. Como norma general, cualquiera que se aleja del grupo acaba llamando la atención de los mals y convirtiéndose en el postre, ya que todos los demás se han pirado ya o están muertos.

Y eso era lo que íbamos a hacer nosotros ahora, lo cual constituía un pensamiento nada alentador. No había ninguna criatura interponiéndose directamente en nuestro camino, pero estas abarrotaban el salón de grados; se arañaban y peleaban entre ellas para colocarse encima de las demás, obviamente demasiado hambrientas como para tomar ninguna precaución. Era una visión horrible, tanto como estar paseando por el bosque y toparte, de pronto, con un enjambre de hormigas, escarabajos, ratas y pájaros devorando los restos de un tejón muerto. Victoria, de Seattle, no había ido desencaminada al decir que, una vez dentro, tal vez no tuvieran oportunidad de moverse. Cuando los alumnos de último curso llegaran al salón de grados, los mals se abalanzarían sobre ellos como locos y no tardarían ni un momento en devorarlos. Tras contemplar lo que se les venía encima, el grupo había adoptado una expresión bastante sombría.

Al menos, quedaba claro que teníamos que seguir adelante con el plan. No hubo discusión alguna al respecto. Nos colocamos en fila tras Orion, y Vinh abrió otra compuerta, cuidadosamente vinculada al hechizo yoyó para que se cerrara y desprendiera en cuanto nosotros saliéramos del salón de grados y volviéramos disparados al colegio.

No sé muy bien cómo explicar la sensación que me inundó al entrar al salón de grados. Supongo que no me pareció *tan* horrible como meterme en el interior de un milfauces. Además, era una idea tan descabellada, que durante un instante, los mals no reaccionaron a nuestra presencia. Los de las paredes estaban demasiado ocupados luchando entre ellos, y el resto eran criaturas más débiles y oportunistas que permanecían acurrucados entre las sombras, protegiéndose, hasta que se les presentaba la oportunidad de llenar la panza. Los verdaderos monstruos se encontraban inmóviles en su sitio habitual. Paciencia y Fortaleza custodiaban las puertas mientras murmuraban suavemente para sí mismos fragmentos de canciones sin sentido y gemidos propios de un bebé amodorrado; tenían casi todos los ojos cerrados y manoseaban la zona despejada a su alrededor con los tentáculos.

Nuestro plan original había consistido en correr hasta la maquinaria, al tiempo que Orion nos protegía de los mals, para levantar el escudo en cuanto llegáramos. Pero como ninguna criatura se arrojó sobre nosotros al entrar, Clarita echó a andar totalmente erguida, de manera lenta y metódica. Los demás seguimos su ejemplo. Los mals de las paredes comenzaron a levantar la cabeza en nuestra dirección, pero como hasta ese momento nadie había sido lo bastante estúpido como para entrar en el salón de grados antes de hora, durante un instante no supieron cómo asimilar nuestra presencia. Por desgracia, hay muchos otros mals que carecen de los sesos suficientes como para asimilar nada y solo disponen del equivalente a una nariz, que les avisa si hay sacos de maná en las inmediaciones. Un puñado de escurridizas criaturitas se dirigieron hacia nosotros, produciendo unos chasquidos al golpear el suelo con las patas.

Aquello bastó para que algunos de los hiepardos más descerebrados se alejaran de su manada dormida para husmear; unos finos hilillos de baba violácea comenzaron a resbalarles por las comisuras de la mandíbula al tiempo que se acercaban a nosotros. Todos aceleramos el paso, y entonces advertimos que el enorme agujero de la cúpula no era ningún agujero sino un gigantesco volador nocturno, que se dejó caer del techo y se deslizó hacia nosotros.

—Vamos, corred —gritó Orion mientras su especie de espada se iluminaba y los demás salíamos disparados.

Los hiepardos echaron a correr hacia nosotros de inmediato. La creación de estos híbridos fue una soberana estupidez. Son producto del cruce de guepardos y hienas, incorporando a la mezcla búfalos de agua, rinocerontes y, probablemente, un par más de animales irreconocibles a simple vista. Fueron cruzados durante los días de gloria de la época colonial por unos idiotas que estaban formando un enclave en Kenya y buscaban añadir más emoción a sus cacerías. A una alquimista independiente que vivía entre mundanos no le hizo ninguna gracia. Aceptó unos cuantos trabajillos del enclave para poder aparecer por allí de vez en cuando, y, sin que nadie se enterase, les otorgó a los hiepardos el encantador atributo adicional de un mordisco paralizante y los dejó en libertad. Aquel fue el desagradable y sangriento final del enclave, pero los hiepardos sobrevivieron y hoy en día se los cría en ocasiones como el equivalente a los perros guardianes. No llegan a ser del todo mals: si se los educa adecuadamente no matan a nadie para arrebatales el maná aunque tengan hambre. Pero la mayoría de las veces su educación deja mucho que desear, puesto que los utilizan para eliminar a los intrusos y arrebatarles el poder. A mi madre le afecta mucho que los maltraten.

Sin embargo, en ese momento, yo no sentía ninguna compasión por ellos. Por lo general, cuando no estoy recuperándome de una herida en el vientre, me encuentro en bastante buena forma, pero no me he pasado los últimos seis meses entrenando en el gimnasio. Todo el grupo me había adelantado. Gracias al prestamagia, disponía del maná suficiente para acabar con todo un continente de hiepardos, así que tres ejemplares, sarnosos y medio muertos de hambre, no suponían ningún problema; pero si me volvía para lanzarles un hechizo acabaría rodeada y separada del grupo, e incluso si lograba abrirme camino, consumiría un buen pellizco del maná que todos compartíamos y que necesitábamos para llevar a cabo la reparación.

El primero de los hierpardos ya estaba arañando mi escudo individual, y si esperaba más tiempo, uno de ellos conseguiría atravesarlo con los dientes. Decidí que me daría la vuelta justo después de pasar un montón de escombros formado por mármol y huesos, pero mientras corría, Ellen se tropezó con una baldosa rota y cayó al suelo dos zancadas por delante de mí. Yo llevaba tanto impulso que pasé de largo, y no me giré a socorrerla. No había nada que hacer. Sus gritos se habían reducido ya a un gorgoteo agonizante, y sabía que si me daba la vuelta su muerte se convertiría en algo real. Mientras no echara la vista atrás, Ellen no tenía por qué estar muerta y yo no tenía por qué sentirme mal por ella ni recordar que hacía dos días me había lanzado una mirada resplandeciente al asegurarme que íbamos a lograrlo. Ahora mismo no podía permitirme el lujo de sentir nada.

Llegué hasta la maquinaria y me coloqué junto a David. Los innumerables mals amontonados en las paredes se volvieron hacia nosotros como si fueran una única y enorme criatura, antes de curvarse y deslizarse hasta el suelo. Los que habían estado en la parte posterior corrían hacia nosotros lo más rápido posible, intentando aprovecharse de su inesperada ventaja, al tiempo que los de delante trataban de ponerse en cabeza de nuevo. Clarita ya había empezado a pronunciar el hechizo. Yo pronuncié mis versos cuando me tocó el turno, y todos juntos levantamos el escudo protector mientras el equipo de reparación quitaba la lámina de latón pulido que recubría la maquinaria. Todo iba según lo previsto.

Por supuesto, fue entonces cuando Wen soltó en mandarín lo que parecía, por desgracia, una sarta de improperios.

Y oye, en mi defensa, diré que había excelentes razones para sospechar de las intenciones de los alumnos de último curso. Bajar al salón de grados justo antes de la graduación me había parecido lo más razonable. Dicho esto, y echando la vista atrás, lo más seguro es que estos no hubieran podido llevar a cabo con éxito un plan B ni siquiera aunque hubiésemos bajado la noche anterior, y tal vez lo mejor habría sido contar con algo más de tiempo por si las cosas se torcían. Había estado completamente convencida de que si las cosas se torcían, todos acabaríamos muertos de todas formas.

Y así debería haber sido. En circunstancias normales, todos habríamos muerto. Estábamos frente a la horda de la graduación, completamente solos. Disponíamos del maná de todo el colegio, así que imagino que hubiéramos podido mantener levantado el escudo de Clarita durante veinte minutos mientras los mals lo golpeaban con violencia. Y entonces se nos habría agotado el poder, el escudo habría desaparecido y nos habrían destrozado a todos.

Pero no nos encontrábamos en circunstancias normales, porque teníamos a Orion.

Fue una experiencia de lo más horrible. Debíamos quedarnos ahí de pie manteniendo el escudo activo mientras oíamos trastear al equipo de reparación a nuestra espalda, sin tener ni la más remota idea de cuál era el problema o cuánto tardarían en arreglarlo. Habíamos perdido a Ellen y, tras quedar en quinta posición durante las prácticas de la reparación, Zhen no había venido. La única manera de averiguar qué había pasado habría sido preguntarle a Vinh, quien nos lo habría explicado en francés, pero en ese momento estaba arrodillado en el suelo con el torso metido en la maquinaria, diciéndoles entre gritos amortiguados a Wen y Katio algo que parecía muy urgente; estos últimos se habían puesto a desmontar frenéticamente una de las piezas que tanto les había costado armar en el taller. Me arrepentía con todas mis fuerzas de no haber sacado tiempo para el mandarín.

Y mientras tanto, Orion siguió con sus heroicidades sin detenerse ni un segundo, nos proporcionaba más maná con cada mal que masacraba. La idea había sido que permaneciera tras el escudo y saliera solo cuando alguna criatura particularmente peligrosa se nos acercara o amenazara con derribar el escudo. Pero no había vuelto ni a por un trago de agua ni una sola vez. Permaneció ahí fuera, sin protección alguna, y siguió aniquilándolos delante de nuestras narices. Lo único que tenía que hacer yo era quedarme ahí plantada como un pasmarote y recitar mis versos para que el puñetero escudo siguiera activo, aunque esto no suponía ningún esfuerzo ya que casi ningún mal tenía la oportunidad de escabullirse de

Orion y golpearnos. Era como si estuviéramos viendo la escena por la tele, a salvo y tras un grueso panel de cristal.

En un momento dado, los mals llegaron incluso a retirarse. No sabía cuánto tiempo había pasado, podrían haber sido diez minutos o cien años; y la verdad es que me parecieron cien años. Orion estaba sin aliento, con el pelo empapado y unas enormes manchas de sudor por toda la espalda; a sus pies una masa de mals huecos, acuchillados, calcinados, despedazados o despachados de alguna u otra manera formaba en el suelo un semicírculo de al menos dos palmos de ancho. Los maleficaria congregados al otro lado conformaban un muro de ojos resplandecientes, fauces babeantes y metal destellante. Los únicos que seguían en acción eran media docena de carroñeros: cada uno de ellos se alejó encantado con una de las víctimas de Orion. Los demás permanecieron inmóviles durante unos cuantos minutos antes de que uno de ellos volviera a intentarlo de nuevo, pero incluso entonces, no se abalanzó sobre Orion, sino que trató de rodearlo para atacarnos a nosotros.

En cuanto ese mal salió disparado, otro puñado más se pusieron en marcha, aprovechando que Orion estaba distraído. Sin embargo, logramos mantener el escudo levantado sin ningún problema, o al menos a mí no me supuso ningún problema, ya que David Pires se desplomó de pronto. Alcancé a ver su rostro gris durante un instante. Creo que estaba muerto antes incluso de caer hacia delante y atravesar el escudo. Esperaba que fuera así. Orion salió disparado en su ayuda, pero para cuando llegó y los mals se dispersaron, no quedaba, literalmente, nada de David. Ni siquiera una mancha de sangre. Era como si se hubiera evaporado.

Un centenar de mals aprovecharon la situación y se arrojaron hacia nosotros; Orion fue incapaz de detener a toda la marabunta y muchas de las criaturas chocaron contra el ya debilitado escudo. Muchos hechizos grupales se desbaratan al instante si falta una de las personas. Pero el de Clarita contaba con un refuerzo por si algo salía mal, al igual que una conversación puede seguir adelante sin alguno de los interlocutores mientras los demás continúen hablando. Incluso habíamos llevado a cabo una sesión práctica en la que uno de los encantadores había tenido que retirarse. Aunque entonces no llevábamos una eternidad aguantando los ataques de los mals, y Maya, que había estado situada entre David y yo, emitió un resuello estrangulado y fue incapaz de pronunciar sus versos. Me soltó la mano y se tambaleó hacia atrás unos pasos hasta desplomarse en el suelo con las manos sobre el pecho.

Clarita pronunció el siguiente verso de David con la voz tensa; yo me encargué de la parte de Maya justo después, y alargué el brazo para tomarle la mano a la primera y cerrar el hueco. Con Angel Torres, que se encontraba al otro lado de Clarita, ya solo quedábamos tres. El escudo se distorsionó durante un instante, como el fenómeno óptico que se produce sobre el asfalto en verano, y un enorme gusano ventosa del tamaño de un camión surgió de manera explosiva de entre la multitud de mals y se lanzó hacia nosotros. Se estrelló contra el escudo como una lamprea, con su boca, redonda y similar a la de un Sarlacc, llena de dientes de color rosa fosforescente. La criatura intentaba adherirse para tener la oportunidad de retorcerse sobre sí misma y perforar el escudo.

El hechizo era como una conversación, así que recordé la forma en que los demás me habían dejado saber durante toda mi vida que no querían hablar conmigo: dándome la espalda y bajando la voz a propósito en cuanto me acercaba. Me concentré en aquella idea, como si David y Maya todavía siguieran allí, pero se hubieran dado la vuelta para que el gusano ventosa no pudiera oír lo que decían, ya que lo único que querían era que se largara. Fue de mucha ayuda que aquellos pensamientos me afectaran; susurré los siguientes versos de David e introduje más maná en el escudo en un arranque de furia, lo que provocó que el gusano ventosa se soltara de este y se deslizara hasta el suelo. Automáticamente, siete mals más pequeños saltaron sobre su espalda y lo despedazaron.

Clarita volvió la cabeza y se me quedó mirando, pero entonces Vinh profirió un grito de alegría detrás de nosotras y salió del interior de la maquinaria. No podíamos darnos la vuelta, pero oí al equipo de reparación recitar el canto final, lo primero que hacían que me resultaba familiar. La oleada de maná que se propagó a través de ellos fue tan inmensa que pude notarla a mi espalda, produciendo un crujido como de electricidad estática, y acto seguido Vinh y Jane Goh volvieron a colocar la cubierta sobre la maquinaria con un fuerte estruendo. El equipo de reparación se volvió y nos agarró por los hombros, la señal de que habían acabado. «¡Allons, allons!», estaba gritando Vinh, pero no nos hacía falta ninguna indicación. Kaito ayudó a Maya a levantarse y la sujetó, y yo empecé a gritar como una loca: «¡Orion, ven aquí! ¡Orion! ¡Orion Lake, te estoy hablando a ti, pedazo de secreción con patas!». Si crees que mis gritos deberían haber bastado para llamar su atención, sobre todo ahora que estaba, literalmente, a medio metro de mí, coincido contigo al cien por cien, pero no fue así. Ni siquiera podía poner la excusa de que se encontraba en plena pelea, pues acababa de cargarse a otro grupo de mals, que yacían de nuevo, en semicírculo, frente a él. Simplemente estaba agachado y esperando un nuevo ataque.

Por suerte, en el grupo había otras personas con dos dedos de frente. Angel, que estaba al otro lado de Clarita, agarró del suelo un trocito de mármol roto con la mano que tenía libre y se lo lanzó a Orion con la habilidad de, si te soy sincera, un niño de cuatro años, aunque consiguió golpearle suavemente el zapato. Aquello bastó para que Orion se diera la vuelta y atacara a Angel —menos mal que este último seguía protegido por el escudo—. Orion abrió los ojos de par en par durante un instante, dándose cuenta de lo que acababa de hacer, pero tuvo que seguir girando para eliminar a dos mals que se habían lanzado sobre él.

—¡Lake, so mamarracho! —le grité hecha una furia, aunque por suerte, esta vez, conseguí que mis insultos no le entraran por un oído y le salieran por el otro. Tras acabar con los dos mals, dejó de dar vueltas como una peonza, corrió hacia nosotros y agarró la mano extendida de Angel, y entonces Wen activó el hechizo yoyó en su cinturón.

Nunca antes había usado un hechizo yoyó. Si te va eso de hacer *puenting* desde un acantilado altísimo, este hechizo te encantaría. Yo, personalmente, lo detesto. El yoyó nos sacó de allí a toda velocidad mientras lo que quedaba de nuestro escudo derribaba a los mals que se interponían en nuestro camino. No dejé de chillar ni un instante. Subimos el estrechísimo hueco de mantenimiento dándonos golpes contra las paredes, y chillé todavía más durante la parte más divertida de todas: cuando atravesamos volando el descansillo de los dormitorios hasta la habitación de Todd, y gracias al impulso que llevábamos, *sobrepasamos el ancla*. La mitad del grupo acabó suspendida durante un instante en el interior del vacío, con su imposible vastedad rodeándonos por todas partes. Estuve a punto de proferir un grito totalmente distinto, pero entonces el yoyó se tensó y volvió a tirar de nosotros hacia fuera, que cruzamos la habitación de Todd y aterrizamos en medio del pasillo de los dormitorios de último curso.

Si mi cerebro hubiera sido reprogramado para que no fuera capaz de comunicarme con nadie, en aquel momento no habría notado la diferencia. Me encontraba de rodillas en el suelo, temblando y con los brazos envueltos alrededor del vientre. Me daba la sensación de que tenía la cara hecha de plástico y esta se había derretido en parte sobre mis huesos. Oí portazos por todo el pasillo y vi cómo los alumnos de último curso pasaban corriendo por nuestro lado en grupos. Algunos nos lanzaron miradas desconcertadas, pero no se detuvieron, y en un primer momento yo estaba todavía demasiado conmocionada como para darme cuenta de que...

—¡La graduación! —exclamó Clarita, y ella, Angel y Maya salieron corriendo en diferentes direcciones. Maya iba dando tumbos y su piel seguía teniendo una tonalidad azul, pero continuó avanzando y desapareció entre la multitud. El equipo de reparación había echado también a correr para reunirse con sus compañeros de alianza.

Orion me agarró del hombro y yo solté un grito sobresaltado. Era como si me estuvieran clavando alfileres por todo el cuerpo.

—¡El timbre ya ha sonado! —gritó por encima del vocerío.

Asentí con la cabeza, me puse de pie con dificultad y lo seguí, mientras esquivaba a alumnos de último curso. Orion se dirigió a las escaleras por delante de mí justo cuando oí que alguien nos gritaba:

—¡El! ¡Orion! —Me detuve un instante. Clarita estaba frente a una puerta apenas visible desde la curva del pasillo, y me hizo señas para que nos acercáramos—. ¡No lograréis llegar a vuestro cuarto antes de que purguen el colegio! ¡No seáis idiotas!

Vacilé un instante, pero Orion ya se alejaba subiendo las escaleras de dos en dos, así que le dirigí a Clarita un gesto de negación con la cabeza y corrí tras él. No fue una decisión demasiado acertada. Orion no estaba por ningún lado, y yo tuve que detenerme para recuperar el aliento casi de inmediato, agarrándome a la barandilla, que no dejaba de vibrar. Las escaleras se movían de un lado a otro, igual que un barco balanceándose y a mí se me revolvió el estómago. Orion reapareció de repente, me agarró del brazo y me arrastró escaleras arriba. Ni siquiera le solté ninguna bordería, sino que me limité a sujetarme con fuerza el vientre para amortiguar el dolor, y dejé que me ayudara a no caerme mientras avanzaba dando tumbos junto a él.

Pero antes de alcanzar el descansillo de la planta del taller, oímos unos ruidos de arañazos cada vez más fuertes, y al acercarnos, vimos una marabunta de mals diminutos que, entre chillidos y sacudidas, salían en tromba del pasillo en dirección hacia donde nos encontrábamos nosotros, aunque su desesperación era tal que ni siquiera se detuvieron para intentar devorarnos. Otros grupos de mals huían escaleras arriba o abajo, corriendo en direcciones distintas y derribando a los demás, igual que una horda demoledora. Subí los escalones que me quedaban con un gruñido de esfuerzo y llegué al descansillo jadeando, pero entonces oí un rugido ensordecedor, similar al crepitar de una hoguera, que amortiguaba los ruidos de los mals y provenía tanto de los pisos superiores como de los inferiores. Una luz deslumbrante bañó las escaleras, y estas se llenaron de sombras amenazantes. Orion permaneció inmóvil durante un instante, agarrándome del brazo, y luego me condujo al pasillo donde se encontraba el taller. Pero no había escapatoria. Frente a nosotros se alzaba un muro de llamas mortíferas de color blanco azulado que cubría el pasillo desde el suelo hasta el techo, igual que un chisporroteante tapiz, tan solo dividido por los mals que no habían logrado salir y quedaban atrapados bajo la cascada de fuego. Sus formas oscuras se sacudían entre estertores agonizantes y pequeños mals mecánicos se deshacían al perder su poder. Varias ráfagas de electricidad estática se extendieron a lo largo de los paneles de las paredes y las baldosas del suelo hacia nosotros.

Orion respiraba de forma entrecortada. En el salón de grados, no lo había visto asustado ni una sola vez, pero las llamas mortíferas son muy diferentes a los mals: devoran a estos últimos y a cualquier cosa que se interponga en su camino que tenga maná o malia. La magia combativa no sirve de nada, ya que no puedes enfrentarte a ellas. Aunque debía reconocerle algo a Orion, que a pesar de encontrarse frente a lo único que lo atemorizaba, no se dejó llevar por el pánico; simplemente permaneció allí con la vista clavada en las llamas, como si no pudiera creer que aquello estuviera pasándole a él.

Me erguí y cerré los ojos, preparándome para lanzar un hechizo, pero tuve que apartar a Orion, pues estaba intentando agarrarme la mano y en aquel momento yo la necesitaba con urgencia.

—¿Qué haces? —pregunté intentando zafarme del muy idiota, que no se estaba quieto. Sí, lo cierto es que no tenía ni la más remota idea de por qué Orion quería agarrarme la mano justo cuando él pensaba que llegaba su fin, pero entonces la respuesta me resultó tan obvia que me sentí como una auténtica palurda—. ¿Te crees que estamos saliendo? —le grité echa una furia, y entonces él se volvió hacia mí con una expresión decidida, me tomó la cara con las manos y *me besó*.

Le di un rodillazo con tanta intensidad como la situación requería, ya que también me hacía falta la boca para pronunciar el hechizo, y lo tiré al suelo de un empujón para poder volverme hacia las llamas, que cada vez se acercaban más. Conjuré a nuestro alrededor mi propio muro de llamas mortíferas a modo de barrera justo antes de que el fuego nos engullera.

13
LLAMAS MORTÍFERAS

asamos mucho calor en el interior de nuestro cuestionable refugio, pero no tuvimos que permanecer allí durante mucho tiempo. En menos de un minuto, la cascada de fuego pasó por delante de nosotros y siguió avanzando por el pasillo alegremente, devorándolo todo a su paso. Sofoqué mi propio muro de llamas —me costó un poco, pues parecía reacio a desaparecer sin antes haber incinerado algo, pero me las apañé para neutralizarlo— y ambos nos quedamos allí solos, en el recién chamuscado pasillo, mientras que por los conductos de ventilación se filtraba un leve aroma a champiñones carbonizados procedente de los maleficaria incinerados.

Permanecí de pie, contemplando fijamente el lugar por donde había desaparecido el muro de llamas, como si pensara que podía volver en cualquier momento. Pero no era así. La purga de fin de año se lleva a cabo a fondo y con rapidez. Los muros de llamas mortíferas aparecen por pares y cada uno de ellos se aleja del otro hasta encontrarse con el siguiente muro del pasillo. Todos están colocados y sincronizados de modo que no haya ningún hueco donde esconderse. Mientras el muro pasaba por donde nosotros estábamos, los dos muros de las escaleras se topaban en el descansillo. Ambos se habían apagado y lo más probable es que el nuestro se hubiera extinguido un poco más adelante, en el pasillo. Sin embargo, prefería vigilar por si volvían a aparecer las llamas que volverme hacia Orion, pues tendría que contemplar la expresión de su rostro e incluso dirigirle la palabra en algún momento.

A continuación estuve a punto de caerme, ya que el colegio entero comenzó a moverse y a sacudirse bajo mis pies. Las paredes y el suelo que se encontraban por fuera de donde había estado mi muro protector seguían ardiendo, por lo que tuve que permanecer acuclillada en el diminuto espacio con Orion mientras ambos nos aferrábamos al otro con un brazo y extendíamos el otro, como si fuéramos un surfista de dos cabezas bastante torpe, intentando desesperadamente no caernos y quemarnos con las paredes. Al menos de esa forma no podría oír ni una palabra si se dirigía a mí. Los engranajes se habían puesto en marcha, y yo los oía cien veces más fuertes que otros años, cuando había estado a salvo en el interior de mi habitación durante la graduación. Las escaleras empezaron a sacudirse con fuerza y emitieron unos chirridos horribles. El familiar descansillo de nuestros dormitorios apareció lentamente y siguió descendiendo. Desapareció antes de que las escaleras volvieran a afianzarse en su lugar con un fuerte golpe y los chirridos se detuviesen.

Al cabo de un instante todos los pulverizadores se encendieron a la vez y el pasillo se llenó de vapor de inmediato. Acabamos calados hasta los huesos y rodeados por una bruma tan espesa que durante un momento apenas pudimos ver nada o respirar; sin embargo, las paredes ya habían empezado a condensar la humedad y los desagües a absorber el exceso de líquido con un ruido hueco. Orion y yo jadeábamos en busca de aliento en medio del resplandeciente pasillo igual que dos ratas empapadas. La campana de fin de curso sonó, y el ruido de las puertas abriéndose y cerrándose de los pisos inferiores y superiores retumbó levemente por la escalera.

Seguimos oyendo un zumbido amortiguado debajo de nosotros. Eran los dormitorios de último curso, que descendían hasta el fondo. Si el sistema de limpieza había funcionado allí abajo, Clarita, Wen y el resto se toparían con un salón de grados casi vacío, pues un muro aún mayor de llamas mortíferas lo habría chamuscado de un extremo a otro. Algunos mals más pequeños se habrían resguardado bajo los más grandes o debajo de los escombros. Probablemente, unas cuantas arañas cantoras habrían sobrevivido gracias a sus caparazones. Al igual que Paciencia y Fortaleza, habría hecho falta sumergirlos durante una semana en un muro de llamas mortíferas para acabar con ellos. Pero sus tentáculos más delgados se habrían calcinado, así como los ojos que se encontraban sobre la superficie de su piel. Todos los alumnos de último curso podrían atravesar las puertas del salón de grados.

O tal vez, después de todo, nuestro esfuerzo había sido en vano, y los alumnos de último curso serían arrojados ante una horda hambrienta a la que habíamos agitado igual que a un nido de avispas, una horda que los aguardaba con las fauces abiertas. No descubriríamos el desenlace hasta el año siguiente, cuando nos tocara graduarnos a nosotros. A pesar de las estadísticas, habíamos conseguido llegar a nuestro último curso en el colegio. Pero Orion había incrementado nuestras probabilidades de sobrevivir al cambiar las reglas del juego. Esta vez, cuando me agarró de los hombros, no lo aparté.

—Me has salvado la vida —dijo desconcertado. Apreté los dientes y me volví para mirarlo, dispuesta a decirle que él no era el único que podía ser útil, pero estaba observándome con una expresión inconfundible. La misma que adoptan de vez en cuando los hombres al mirar a mi madre y que he presenciado a lo largo de toda mi vida. No es la expresión que imaginas; los hombres no babean por ella en plan guarro. Más bien la contemplan como si fuera una diosa, pensando que tal vez consigan que ella les devuelva la sonrisa si demuestran ser lo bastante dignos. Nunca creí que nadie fuera a dedicarme una mirada remotamente similar.

No sabía muy bien cómo reaccionar, salvo, tal vez, propinarle un segundo rodillazo aún más fuerte y salir corriendo. Cuanto más barajaba la idea, más me gustaba, pero no tuve la oportunidad de ponerla en práctica. En vez de eso, Orion me empujó al suelo y yo aterricé justo sobre un charco medio congelado y medio hirviendo. Disparó media docena de ráfagas por encima de mi cabeza a un pequeño grupo de glotones que, evidentemente, habían sobrevivido a las llamas mortíferas al permanecer en el interior de mi muro protector en el techo y ahora venían hacia nosotros para darse un banquete de celebración.

Aquel fue el instante exacto en que un puñado de alumnos aparecieron por el descansillo y me vieron tirada en el suelo a los pies de Orion, mientras él, que tenía las manos envueltas en un resplandeciente humo, se alzaba de forma heroica junto a mí. Los cadáveres chamuscados y humeantes de los glotones formaban un círculo impecable a mi alrededor al tiempo que la última de las criaturas se desplomaba en el suelo.

Lector, salí de allí corriendo sin pensarlo dos veces.

No fue difícil; todos querían hablar con Orion, escuchar la historia de cómo lo había hecho, de cómo había masacrado a los mals, reparado el sistema de limpieza del salón de grados y salvado a los alumnos de último curso. Estaba convencida de que antes de que acabara el día nadie se acordaría de que había sido un trabajo en equipo, y mucho menos de que yo había participado. Si hubiera querido quedarme allí, lo más probable es que hubiera tenido que rodearle la cintura con los brazos y agarrarme a él como si fuera una liana, pero la multitud me apartó a un lado como si nada.

Lo único que tenía que hacer era asegurarme de que los demás me empujaban en la dirección correcta para hacer lo que cualquier persona con dos dedos de frente haría a final de curso: ir al taller, donde dispondría de dos maravillosos minutos antes de que alguien más apareciera por allí. A final de curso, los contenedores de suministros se purgan por completo y se reponen todos los materiales, así que los mals no supondrían ningún problema. Junto al horno grande, había colgados cinco delantales de soldadura, elaborados con una tela pesada y resistente al fuego; agarré el que el que más se acercaba a la talla de Aadhya, lo extendí sobre uno de los bancos de trabajo y comencé a cargarlo con materiales.

Agarré primero los materiales que necesitábamos para el cofre del libro, ya que si tienes un proyecto en mente y eres la primera persona en llegar al taller tras un reabastecimiento, es más probable que encuentres lo que buscas. Localicé de inmediato cuatro trozos más de madera de amaranto, dos barras de plata para la incrustación, un juego de bisagras de acero y una bobina de alambre de titanio con la que podría fabricar un alambre hechizado que mantuviera la tapa tan abierta como quisiera. Incluso encontré un trozo de una tira con lucecitas LED. A los libros de hechizos les encantan los dispositivos electrónicos. Si fabricas un cofre para libros que se ilumine al abrirlo, lo más seguro es que nunca pierdas ninguno a no ser que seas muy descuidado.

Otros alumnos llegaron al taller justo cuando yo acababa de dejar todo aquello sobre el delantal, pero aun así dispuse de otro par de minutos para tomar materiales diversos antes de tener que empezar a preocuparme por proteger mi botín, ya que los recién llegados se dirigieron sin vacilar hacia los materiales más valiosos, como las barras de titanio y las esquirlas de diamante, para intercambiarlos después. Opté por no competir con ellos. En cambio, pensé en las cosas que Aadhya podría necesitar para su laúd, y encontré una bolsa llena de alambre metálico de primera, un paquete de papel de lija y dos botellas enormes de resina transparente. Lo envolví todo con el delantal y salí del taller justo cuando empezaba a abarrotarse.

Me dirigí por el otro lado del pasillo al descansillo que se encontraba en el extremo opuesto del colegio. No me apetecía nada tener que abrirme paso a través de la ferviente multitud que seguramente seguía obstruyendo la zona donde estaba Orion, y de todos modos, como nuestros dormitorios habían rotado hacia abajo, era muy posible que ese otro descansillo estuviera ahora más cerca de mi cuarto, por mencionar una de las muchas excusas perfectamente válidas que se me ocurrieron. Las escaleras se abarrotan siempre a final de curso, cuando todo el mundo va de aquí para allá como loco en busca de suministros, pero las que conducen a los dormitorios de último curso no están tan llenas, pues ya no hay nadie por debajo de nosotros.

El ambiente en nuestros dormitorios era bastante sosegado. Cualquiera que todavía estuviera allí había perdido una oportunidad de oro para ir en busca de materiales, así que en su mayoría eran miembros de enclave a los que no les hacía falta molestarse. Preferían disfrutar de una ducha caliente relativamente a salvo, o simplemente pasar el rato en el pasillo recién purgado mientras charlaban con sus amigos. Algunos de ellos me dirigieron un gesto con la cabeza cuando pasé por al lado, y una chica de Dublín me dijo:

—¿Has conseguido un delantal de soldadura? ¡Menuda suerte! ¿Hacemos un trueque?

—Es para Aadhya, su habitación es la novena tras la lampara amarilla —le respondí—. Seguro que estará encantada de alquilártelo.

—Es verdad, vi que habíais formado alianza. Mucha suerte —dijo, con un gesto de felicitación, tratándome como un ser humano o algo así.

Me llevé el botín a mi cuarto, pero entré con mucho cuidado, ya que no me había dado tiempo a atrancar la puerta para que los mals que huían de las llamas mortíferas no se colaran en el interior. El maná seguía fluyendo por el prestamagia que llevaba en la muñeca, y no tuve el menor reparo en usarlo para lanzar un hechizo de Luz Reveladora. Revisé hasta el último rincón de mi habitación con él, e incluso la parte inferior de la cama, tras colocarla de lado. Y menos mal: localicé una misteriosa crisálida oculta en el interior de uno de los enormes y oxidados muelles, a la espera de convertirse en una sorpresa nada agradable. Vacié un frasco con clavos y tornillos que tenía en el escritorio y metí la crisálida dentro. Tal vez le sirviera a Aadhya, o podría vendérsela a algún estudiante de la rama de alquimia.

Encontré unos cuantos maleficaria más de tipo parásito entre los libros de texto que estaban en los estantes, y mientras me libraba de ellos, un pequeño escurridizo saltó desde mi escritorio, donde se había escondido detrás de unos papeles. Su intención no era la de llenarse la panza, sino que se dirigió a toda prisa hasta el desagüe del suelo. Intenté desintegrarlo, pero era demasiado rápido. Se metió por la rejilla del desagüe meneando enérgicamente el trasero, que contaba con un brillante aguijón, y se escabulló antes de que se me ocurriera qué otro hechizo lanzarle que no derritiera gran parte del suelo o matara a alguien que pasara por el pasillo. En fin. El colegio volvería a acabar infestado de nuevo antes de que terminara el primer trimestre. No se podía hacer demasiado al respecto.

Agotada, devolví la cama a su posición original, la cual produjo un fuerte ruido metálico al golpear el suelo, y justo después, alguien llamó a la puerta. Extinguí la Luz Reveladora al instante, pues en un primer momento pensé en fingir que no me encontraba allí, pero seguro que la luz se había visto por debajo de la puerta y de todos modos, yo acababa de hacer mucho ruido con la cama. Me armé de valor y fui a abrir la puerta; tenía preparados unos cuantos comentarios, pero al final no tuve que usar ninguno de ellos, pues solo se trataba de Chloe.

—Hola —me saludó—. He visto que había luz. Me habían contado que Orion y tú habíais conseguido salir, así que he venido a ver qué tal te encontrabas. ¿Estás bien?

—Diría que estoy tan bien como cabría esperar, pero no creo que nadie esperara que fuera a salir de una pieza, así que supongo que estoy aún mejor —le dije. Inspiré profundamente y me obligué a prescindir del torrente de maná que tenía a mi disposición. Me desabroché el prestamagia de la muñeca y se lo extendí a Chloe.

Ella vaciló un instante y dijo tímidamente:

—Oye…, si cambias de opinión sobre lo de unirte a nosotros…

—Gracias —respondí escuetamente, sin retirar el brazo, y al cabo de un momento, ella tomó el prestamagia.

Pensé que eso sería todo, y me habría gustado no equivocarme. Era evidente que Chloe acababa de ducharse. Tenía el pelo rubio oscuro húmedo, que alguien le había cortado con esmero por debajo de las orejas, peinado hacia atrás y sujeto con dos delgados broches de plata. Llevaba un vestido de color azul con la falda volada y un par de sandalias de tiras, la clase de atuendo que ni siquiera un miembro de enclave se atrevería a llevar tras el primer mes del curso. El vestido no tenía ni una sola mancha y le llegaba casi a las rodillas. No podría habérselo puesto hasta este último año, pues le habría ido grande.

Mientras tanto, yo iba vestida con mi camisa más raída, que aún había quedado más hecha polvo debido a mis recientes aventuras; mis sucios y remendados pantalones cargo, a los que les había añadido un cinturón para que no se me cayeran y cosido un par de trozos de tela en la parte de abajo para alargarlos; y unas andrajosas sandalias de velcro que tenían seis años y le había cambiado a alguien a mediados de mi segundo año, cuando el par con el que había llegado al colegio se me quedó pequeño. En aquel momento había preferido hacerme con un par demasiado grande, pero ahora me iban justas. Llevaba la trenza que me había hecho antes de bajar al salón de grados prácticamente deshecha, y para colmo, hacía cuatro días que no me duchaba, a no ser que acabar empapada durante la limpieza del pasillo contara como ducha. Me traía sin cuidado el hecho de ir arreglada, no me molestaría en arreglarme ni aunque pudiera, pero el contraste entre ambas me hizo sentir, aún más que de costumbre, como si me hubieran arrastrado a través de un laberinto de setos.

Sin embargo, Chloe no se despidió de mí, sino que permaneció frente a la puerta dándole vueltas con las manos al prestamagia. Me disponía a ponerle una excusa para ir a desplomarme en la cama durante unas doce horas o así, cuando dijo de repente:

—Lo siento, El.

Yo me quedé callada, porque no sabía el motivo por el que se estaba disculpando. Al cabo de un momento añadió:

—Es solo que… ya sabes, te acostumbras a que las cosas sean de determinada manera. Y ni siquiera te planteas si se trata de algo bueno. O incluso justo. —Tragó saliva—. No quieres darle demasiadas vueltas al asunto. Y al parecer los demás tampoco.

—Y no parece que puedas cambiar la situación. —Una expresión de disgusto cubrió por completo el rostro y la mirada de Chloe. Yo me encogí de hombros—. Porque el sistema está hecho así adrede, para que todo siga igual.

Se quedó callada y luego dijo:

—No se me ocurre cómo mejorar las cosas. Pero no pienso empeorarlas. Y yo… —De repente era un manojo de nervios. Desvió la mirada y se humedeció los labios, incómoda—. Te mentí. En la biblioteca. No creíamos… no creíamos que fueras una maléfice de verdad. Queríamos creerlo, porque no nos caías bien. Habíamos estado comentando lo horrible y borde que nos parecías, y que estabas usando a Orion para que todo el mundo te quisiera. Pero era todo lo contrario. El día que Orion nos presentó, me comporté como si para ser tu amiga solo tuviera que dejarte saber que estaba dispuesta a hablar contigo. Como si fuera superespecial. Pero no lo soy. Lo que soy es afortunada. Orion es el especial —añadió con un resoplido que intentaba ser una risa, sin conseguirlo del todo—. Y él quiere ser tu amigo porque eso te trae sin cuidado. Te da igual que él sea especial, y yo una privilegiada. No vas a ser maja conmigo solo porque sea del enclave de Nueva York.

—La verdad es que no soy maja con nadie —dije a regañadientes. Sus palabras me provocaban una sensación extraña; se trataba de una disculpa demasiado sincera.

—Eres maja con los que son majos contigo —dijo ella—. Eres maja con los que no son unos falsos. Y yo no quiero ser ninguna falsa. Así que... lo siento. Y... me gustaría que quedásemos de vez en cuando. Si tú quieres.

Claro, porque lo que quería era hacerme amiga de una chica rica de enclave para restregarme en la cara todos los lujos de los que yo no podía disponer y que, aunque no pudieran compararse con las cosas que había elegido en su lugar, en realidad no estaban nada mal. Y si Chloe Rasmussen resultaba ser una persona decente y una amiga de verdad, aquello significaría que las cosas que yo no tenía no eran necesariamente incompatibles con las cosas que me importaban de verdad; y no sabía cómo reconciliar ambas realidades sin estar insatisfecha todo el rato, pero estaba bastante segura de que responderle: «no, y ya puedes largarte», solo me haría parecer la chica borde y engreída que creían que era, aunque de forma totalmente quijotesca y paradójica.

—Sí, claro —volví a decir a regañadientes. Lo bueno es que, tras aquello, Chloe me sonrió con timidez y me dijo que parecía agotada y que iba a dejarme descansar, así que se marchó y yo pude, por fin, cerrar la puerta y desplomarme sobre la cama, porque me moría —sorprendentemente, no de forma literal— de sueño.

Al cabo de un rato, alguien más llamó a mi cuarto, y oí cómo Liu decía: «El, ¿estás despierta?». Había estado dormida, pero la alarma de la puerta me había despertado, de manera que me levanté y fui a abrirles la puerta a ella y Aadhya. Me habían traído algo de comida de la cafetería. Le di a Aadhya el delantal de soldadura y los materiales que había encontrado para el laúd. Aunque no eran tan asombrosos como mi botín, ambas habían conseguido suministros bastante decentes, y Liu había tomado del almacén unos cuantos cuadernos y bolígrafos de repuesto para mí al ir a recoger los suyos.

—¿Quieres hablar de ello? —me preguntó Liu después de que yo hubiera engullido la comida y me hubiera vuelto a tirar sobre la cama.

—Fue de lo más emocionante. Resultó que el fallo de la maquinaria no era el que creíamos y el equipo de reparación tardó más de una hora en arreglarlo —dije mirando al techo—. Perdimos a una de las artífices de camino, a Pires le dio un patatús mientras llevábamos a cabo el escudo, salimos tarde del salón de grados, la purga nos pilló en la planta del taller y Orion me besó.

—Pero ¿cómo lograsteis sobrevivir a las llamas mortíferas? —preguntó Aadhya de forma inexpresiva, y Liu le dio un golpe en la rodilla y dijo:

—¿Qué más da eso ahora? ¿Te gustó? ¿Besa bien? —Y acto seguido se puso como un tomate, estalló en risitas y se tapó la cara.

Si fuera capaz de sonrojarme, probablemente me habría puesto del mismo color que ella.

—¡No me acuerdo!

—¡Y un cuerno! —exclamó Aadhya.

—¡Que no! Le… —solté un gemido, apoyé la cara contra las rodillas tras incorporarme y dije con un murmullo—: Le di un rodillazo y lo aparté de un empujón para poder levantar un cortafuegos a nuestro alrededor.

Tras eso, Aadhya soltó tal carcajada que se cayó de la cama y Liu me miró boquiabierta, con una expresión totalmente mortificada.

—No estoy saliendo con Orion, solo somos amigos —resolló Aadhya desde el suelo, repitiendo mis palabras de la noche anterior a que formáramos nuestra alianza. Había querido que supieran la verdad antes de que se aliaran conmigo—. Las relaciones se te dan de pena.

—Gracias, ya me siento mucho mejor —respondí—. ¡Y era verdad! *Yo* no salía con él.

—Ya, típico —dijo Aadhya—. Solo a un tipo se le ocurriría ponerse a salir con alguien sin mencionárselo antes a ese alguien.

Las tres nos echamos a reír, pero tras recuperar la compostura, Liu preguntó vacilante:

—Pero ¿tú quieres? —Tenía una expresión seria—. Mi madre me dijo que ni se me ocurriera salir con nadie.

—La mía me contó que todos los chicos llevan escondidos en los calzoncillos un mal, que es como su mascota secreta y que si te quedas a solas con ellos la sacan a pasear —repuso Aadhya. Liu y yo chillamos muertas de risa, y Aadhya también se echó a reír—. Alucinante, ¿verdad? Pero lo hizo a propósito, me dijo que mientras estuviera en el colegio fingiera que era verdad, porque si acababa preñada, estaría perdida.

Liu se estremeció y se envolvió las rodillas con los brazos.

—Mi madre me hizo ponerme un DIU.

—Yo probé a ponerme uno, pero me dio muchos calambres —dijo Aadhya en tono apesumbrado.

Tragué saliva. Yo no me había molestado en ponérmelo; aquella me había parecido la menor de mis muchas preocupaciones.

—Mi madre llevaba embarazada de mí casi tres meses en la graduación.

—Joder —exclamó Aadhya—. Debió de flipar.

—Mi padre murió ayudándola a salir del salón de grados —dije en voz baja, y Liu alargó el brazo y me apretó la mano. Notaba un nudo en la garganta. Era la primera vez que se lo contaba a alguien.

Permanecimos un rato en silencio, y luego Aadhya dijo:

—Supongo que eso significa que serás la única persona de la historia que se gradúe por segunda vez. —Y nos echamos a reír otra vez. En ese momento, no parecía que estuviésemos tentando al destino solo por el hecho de hablar de graduarnos como algo que iba a suceder seguro.

Me recosté para descansar hasta la hora de la cena, y estuve medio dormitando mientras hacíamos planes para el primer trimestre y calculábamos cuánto maná seríamos capaces de generar. Mientras Liu garabateaba la cantidad aproximada, no pude evitar pensar con nostalgia en el prestamagia. Me froté la muñeca donde lo había llevado puesto. Apenas podía culpar a Chloe o a los demás miembros del enclave de Nueva York por su actitud. Con tal cantidad de maná a tu disposición, este parecía ilimitado. Yo no había sentido el esfuerzo que había costado generarlo, me había parecido tan sencillo de conseguir como el aire que respiraba. Lo había llevado solo unas horas y ya lo echaba de menos.

Seguí dormitando, pero no logré quedarme dormida del todo. No sabía por qué; Aadhya y Liu lo habrían entendido, e incluso me habrían guardado las espaldas y despertado a la hora de cenar.

—Deberíamos pensar qué más podría sernos de ayuda, y si queremos reclutar a otras personas —dijo Aadhya—. Puede que consiga terminar el laúd lo bastante rápido como para fabricar más cosas durante el primer trimestre. Y también deberíamos revisar los hechizos de cada una.

Liu dijo en voz baja:

—Yo tengo algo más.

Y entonces se levantó y salió de la habitación, y yo me di cuenta muy indignada que el motivo por el que no conseguía quedarme dormida del todo es porque estaba esperando que cierta persona llamara a mi cuarto. Fulminé la puerta con la mirada, y al cabo de unos minutos oímos cómo alguien llamaba, pero solo se trataba de Liu, que había vuelto con una cajita. Se sentó en el suelo con las piernas cruzadas, abrió la tapa y sacó un ratoncito blanco. El animalito movió los bigotes y se paseó entre sus dedos, pero no salió huyendo.

—¡Tienes un familiar! —dijo Aadhya dijo—. Madre mía, qué monada.

—No es mi familiar —dijo Liu—. O no lo era. He empezado a… Tengo diez ratoncitos. —Lo dijo sin mirarnos a los ojos. Era casi una confesión de que había optado por la ruta maléfice, una rama del todo extraoficial. Nadie se trae diez ratones al colegio y los alimenta por ningún otro motivo—. Tengo afinidad con los animales.

Me percaté de que aquella era probablemente la razón por la que sus padres la habían obligado a llevárselos, porque sabían que sería capaz de mantener a sus sacrificios con vida. Y por eso Liu había detestado también servirse de ellos, hasta el punto de que después de tres años, había decidido no seguir adelante.

—¿Y ahora lo vas a convertir en tu familiar? —le pregunté yo. No sé muy bien cómo funciona el asunto. Mi madre solo ha tenido familiares de forma inesperada: de vez en cuando llega a la yurta algún animal que requiere sus cuidados, así que ella lo ayuda, y luego este permanece allí un tiempo devolviéndole el favor antes de marcharse y volver a ser un animal normal y corriente. Nunca intenta quedarse con ellos.

Liu asintió, acariciando al ratón en la cabeza con la punta del dedo.

—Si queréis os adiestro uno a cada una. Son nocturnos, así que podría hacer guardia mientras dormís, y se les da muy bien comprobar si la comida está en mal estado. Este me trajo hace unos días un trozo de una cadena con perlas de coral encantadas. Se llama Xiao Xing.

Liu nos dejó sostenerlo, y yo pude sentir cómo el maná recorría su diminuto cuerpo. Una especie de brillo azul cubría la superficie de sus ojos, el cual era también visible si contemplabas su pelaje desde cierto ángulo. El ratoncito nos olfateó con curiosidad, sin temor. Después de que cada una lo acariciara durante un rato, Liu lo dejó en el suelo para que se paseara por la habitación, y el animalito correteó olfateándolo todo y metiendo la cabeza en cada hueco que encontraba. Se subió hasta el escritorio y adoptó una actitud cautelosa cerca de donde había estado escondido el escurridizo. Se alejó de allí rápidamente y volvió con Liu, que tuvo que comprobar el lugar y enseñarle que no había nada; a continuación, ella lo acarició, le dijo que lo había hecho muy bien y le dio un trocito de fruta deshidratada que sacó de una bolsa que llevaba atada a la cintura. El ratoncito trepó hasta el bolsillo delantero de su camisa y se acomodó allí mientras mordisqueaba la fruta satisfecho.

—¿Has pensado en adiestrar al resto para otros alumnos? —le pregunté, mientras contemplaba al ratoncito embelesada—. Seguro que te darían un montón de cosas a cambio.

Después de que mi madre me convenciera para no querer diseccionarlos, nunca les presté demasiada atención a los animales. Por lo general, ignoraba a los perros de la comuna, y ellos, a su vez, me ignoraban a mí. Ni siquiera me han gustado nunca los vídeos de gatos adorables. Pero no me había dado cuenta de lo mucho que añoraba ver a una criatura viva que no intentara devorarme. No es habitual traerse a un familiar al colegio. Hay que tener en cuenta el límite de peso, y una vez dentro, resulta complicadísimo cuidar de ellos. Cuando tienes que elegir entre comer tú o darle de comer al gato, eliges la primera opción, porque de lo contrario, los mals acabarán contigo y también con el gato. Pero alimentar a un ratón es bastante asequible y no supone tanto quebradero de cabeza. Simplemente nunca me había planteado la posibilidad de que pudiera querer uno.

—Sí, después de que les adiestre uno a mis primos —respondió Liu—. Llegarán esta noche.

Su comentario me tomó desprevenida, y me hizo volver a recordar algo que ya sabía pero que todavía no parecía del todo real: ahora éramos alumnas de último curso. Era nuestro último año en el colegio. La incorporación se celebraría esa misma noche.

—¿Podemos ir a tu cuarto a elegir uno? —preguntó Aadhya. Estaba tan embelesada como yo—. ¿Qué les hace falta? ¿Una jaula o algo así?

Liu asintió, levantándose.

—Hay que construirles un lugar cerrado en el que puedan dormir durante el día mientras estáis en clase. Pero venid a elegir uno.

Tendréis que jugar con ellos al menos una hora cada día durante un mes o así antes de que podáis llevároslo. Os enseñaré cómo darles maná, tendréis que añadírselo a las chuches.

Saqué los pies de la cama, me puse los zapatos, y entonces Liu abrió la puerta y las tres dimos un respingo al ver a Orion plantado justo en frente como un acosador. Él dio un respingo también, así que no era como si hubiera estado esperando para abalanzarse sobre mí; me imaginaba que llevaba ahí un buen rato mientras se decidía a llamar a la puerta.

—Voy contigo a echarles un vistazo, Liu —dijo Aadhya en voz alta—. Seguro que se me ocurre la forma de fabricar una jaula.

Le dio un empujoncito a Liu —esta última se había vuelto a sonrojar e intentaba no mirar a Orion— y ambas salieron del cuarto. Acto seguido, Aadhya señaló con mucho ímpetu a Orion, que se encontraba de espaldas a ellas, y movió los labios de forma tan exagerada que yo no tuve ningún problema en interpretar sus palabras: «CUIDADO CON SU MASCOTA SECRETA». Tuve que morderme la lengua para no echarme a reír como una histérica. Ambas se alejaron por el pasillo.

Orion tenía aspecto de querer salir corriendo, y me habría sentido mal por él de no ser porque nada se lo impedía. Yo, por el contrario, ya estaba en mi habitación. Se había duchado, cambiado de ropa, cortado el pelo e incluso afeitado. Contemplé con recelo su recién rasurada mandíbula. No tenía la más mínima intención de salir con nadie en el colegio. Dejando de lado el asunto del embarazo, lo último que necesitaba era que me distrajeran. Y la presencia de Orion en mi vida ya era suficiente distracción como para, además, tener que ponerme a pensar si íbamos a morrearnos cada vez que estábamos juntos.

—Mira, Lake —le dije a la vez que él decía: «Oye, El», y solté un profundo suspiro de alivio—. Entendido. Solo querías tachar los besos de la lista antes de palmarla.

—¡No!

—No quieres salir conmigo de verdad, ¿no?

—Pues... —Parecía desconcertado y agobiado, y luego añadió—: Si tú... no lo... ¡lo que tú decidas!

Me lo quedé mirando.

—Ya, yo decido si aceptar o no. Pero tú también tienes que poner de tu parte. ¿O es que pretendes seguir con este noviazgo de pacotilla, sin preguntarle a la otra persona qué le parece la idea? Porque no pienso hacer todo el trabajo por ti.

—Por el amor de... —Dejó escapar un ruido ahogado de exasperación y se revolvió el pelo con las manos. Si no lo llevara tan corto, se lo habría dejado de punta. Y luego dijo sin mirarme a los ojos—: Lo que intento es seguir formando parte de tu vida. —Y por fin lo entendí, aunque vergonzosamente tarde. Ahora contaba con Aadhya y con Liu, no solo con él. Era lo mismo que pasaba con el prestamagia: te acostumbrabas tan rápido a disponer de una cantidad ingente de maná que casi podías olvidar cómo era la vida antes de llevarlo... hasta que volvían a arrebatártelo. Pero Orion no tenía a nadie más. Nunca había tenido a nadie, al igual que yo, y ahora que éramos amigos no quería renunciar a mí. Igual que yo jamás renunciaría a él, a Aadhya y a Liu por unirme al enclave de Nueva York.

No obstante, su actitud al respecto era imperdonablemente estúpida.

—Lake, si quisiera salir contigo de verdad, preferiría que no aceptaras solo por miedo a que yo te deje de lado —le dije.

—¿Te estás haciendo la tonta adrede? —Me fulminó con la mirada, pero yo hice lo mismo, indignada, y entonces me dijo, enunciando las palabras como si estuviera dirigiéndose a alguna criatura sin muchas luces—: Yo querría. Si tú quieres, yo también. Y si no quieres, pues... nada.

—Ya, así es cómo funciona el asunto —le dije, volviendo a ponerme a la defensiva, pues tenía la inquietante sensación de que en realidad sí quería salir conmigo—. De lo contrario, es acoso. ¿Me lo estás pidiendo? ¡Y lo hagas o no, no voy a dejarte de lado! —Añadí, aunque no sabía cómo reaccionaría si me lo pedía—. Ahí abajo he tenido que empujarte porque se me ocurrió la insólita idea de que tal vez preferirías que te salvara la vida, lo cual he hecho, para que conste, así que ya estamos en paz.

—Me parece que yo te la he salvado ya trece veces, aún queda mucho para que estemos en paz —dijo cruzándose de brazos, pero su gesto no tuvo el efecto que él esperaba. Se notaba que estaba aliviado.

—Tampoco hay que ponerse a discutir ahora por eso —le dije con altanería.

—Yo creo que sí —respondió él, y justo cuando creía que había reconducido la conversación a un tema menos incómodo y podía relajarme, Orion dejó caer los brazos y volvió a adoptar una expresión sincera; su rostro palideció un poco y unas manchas rosadas tiñeron sus mejillas—. El, me... me gustaría pedírtelo. Pero no... aquí. Después de... si salimos de...

—Ni se te ocurra. No pienso *prometerme* para salir juntos —le dije con rudeza, dando por zanjado el asunto antes de que a él se le ocurriera decir algo más—. ¡Si no vas a pedírmelo ahora, déjate de historias! Si salimos de aquí con vida y tú te dignas a cruzar el charco para preguntármelo, entonces consideraré la idea; hasta entonces te agradecería que te guardaras tus fantasías Disney —*Y tu mascota secreta*, añadió mi cerebro de forma inoportuna— para ti.

—Bueno, bueno, lo que tú digas —dijo en un tono que desprendía un diez por ciento de irritación y un noventa por ciento de alivio, mientras yo desviaba la mirada, intentando por todos los medios reprimir de nuevo otra carcajada. Muchísimas gracias, Aadhya. En realidad, su madre era un genio—. ¿Y puedo pedirte que quedemos dentro de una hora para ir a cenar?

—No, idiota —respondí, como si a mí no se me hubiera olvidado también—. Hoy es la incorporación. Tenemos como mucho media hora.

Orion pareció sentirse avergonzado al instante, aunque para ser justos, había sido la graduación más rara de la historia.

—Debería ir a ducharme. Y a cambiarme la camiseta por la otra que tengo, que está un poquito menos sucia.

—¿Quieres que te deje una? —me preguntó con vacilación—. Tengo de sobra.

Nuestra conversación previa había demostrado que Orion se montaba películas a la mínima, pero mi deseo desesperado por ponerme otra camiseta había hecho desaparecer toda precaución. Además, tras el breve vistazo que había echado a su cuarto hacía unos días, podía decir con toda seguridad que Orion tenía demasiadas camisetas para su propio bien.

—Sí, de acuerdo —dije suspirando para mis adentros. Al menos todo el colegio creía ya que estábamos saliendo.

Tenía toda la razón sobre las películas que Orion se montaba en la cabeza: me trajo una camiseta con el contorno de Manhattan delineado con purpurina plateada, donde en el centro, más o menos, aparecía marcado un punto del que se elevaba un remolino de colores; era probablemente la ubicación del enclave. Aquello no era para nada significativo o reivindicativo, qué va. Me habría gustado lanzársela a la cabeza, pero estaba limpia y además olía un poco a detergente. Seguro que la había tenido guardada en algún cajón, esperando a estar en último curso para ponérsela. Al menos tuve una excusa para salir de allí disparada hacia el baño de las chicas. No había nada mejor que ducharse y ponerse una camiseta limpia encima.

Me esperó frente al baño y luego fuimos los dos juntos a buscar a Aadhya y Liu, que estaban en la habitación de esta última. Eché un vistazo al enorme terrario donde estaban los ratones. Aadhya ya había elegido al suyo, y le había pintado un punto con un subrayador rosa fosforito.

—Ven esta noche a elegir el tuyo —me dijo Liu.

Se me hacía raro que las escaleras no se movieran mientras subíamos a la cafetería, como cuando bajas a tierra firme después de haber pasado un tiempo a bordo de un barco. Los engranajes habían vuelto a su lugar y solo se oía el leve *tic tac* de los mecanismos menos importantes, cuya función era más o menos medir el tiempo hasta finales del año siguiente. Todo el mundo se dirigía a la cafetería en masa, así que no tardamos demasiado en llegar y unirnos a los alumnos que ya estaban allí.

La zona de las bandejas seguía cerrada y casi la mitad de las mesas se encontraban plegadas y apoyadas contra la pared para dejar la parte del centro despejada, donde desembocaban unos amplios pasillos que comenzaban en los descansillos de las escaleras. Allí arriba estaban los nuevos dormitorios, que eran prácticamente los mismos que los antiguos, a la espera de que aparecieran los nuevos y temblorosos alumnos de primero.

Llegamos por los pelos. La incorporación dio comienzo momentos después. Notamos una débil sensación de vacío en los oídos debido a la cantidad de cuerpos que, uno tras otro, fueron apareciendo y desplazando el aire, seguida casi de inmediato por el fuerte ruido metálico de las puertas al abrirse en los dormitorios de primero. A menos que formes parte del escaso e increíblemente desgraciado grupo de alumnos que, como Luisa, no tiene ni idea de nada, tus padres te habrán explicado una y otra vez lo que debes hacer en cuanto llegues al colegio, por muchas ganas de vomitar que tengas o lo asustado que estés. Hay que salir del cuarto e irse corriendo a la cafetería. Los alumnos de primero aparecieron en tropel por las cuatro puertas; algunos de ellos sostenían bolsas de papel en las que vomitaban incluso mientras seguían avanzando a trompicones. El hechizo de incorporación es casi tan divertido como un hechizo yoyó, y dura más tiempo.

Al cabo de diez minutos más o menos, todos se encontraban acurrucados y temblando en medio de la cafetería. Parecían diminutos.

Yo no es que fuera de las alumnas más altas al llegar al colegio, pero no recuerdo haber sido nunca tan bajita. Los demás nos colocamos a su alrededor, pendientes del techo y de los desagües, y les dimos agua. Hasta los alumnos más ruines se acercan a proteger a los nuevos, aunque solo sea por razones egoístas. En cuanto estos últimos se tranquilizaron y bebieron un poco de agua, comenzaron a llamarnos por nuestro nombre. Traían cartas del exterior, en especial aquellos que venían de algún enclave.

Sabía que no habría ninguna carta para mí. No teníamos una relación estrecha con ninguna otra familia de magos que tuviera niños. En las pocas ocasiones en que mi madre había intentado organizar una quedada para que jugáramos juntos, la cosa no había ido muy bien. Y no habría sido capaz de pagar a alguien para que renunciara a parte de su equipaje por traerme una carta. Lo único con lo que ella podía comerciar y que valía tanto para otro mago como un gramo de equipaje eran sus habilidades curativas, y ella nunca cobraba por utilizarlas. Me dijo que no sabría si podría enviarme algo, y yo le dije que no pasaba nada.

Pero aun sabiéndolo, no me lo habría perdido por nada del mundo, y, además, esta vez pude disfrutarlo de forma indirecta. A Aadhya le entregó una carta una chica negra que llevaba un millón de trenzas en el pelo: cada una de estas contaba con una bolita protectora en el extremo, lo cual era muy buena idea. Liu me presentó a sus primos, dos niños idénticos con el pelo cortado a lo casco que me saludaron de forma educada con una reverencia, como si fuera una adulta. Supongo que para ellos lo era, porque les sacaba una cebeza y media. Ambos tenían unos mofletes enormes, así que imagino que sus padres, pensando en los años que les esperaban, los habían cebado como a un par de lechones.

Y entonces, un chico al que aún no le había cambiado del todo la voz exclamó indeciso:

—Tengo una carta de Gwen Higgins.

No lo oí la primera vez, pero la gente a mi alrededor guardó silencio tras aquello, y él volvió a repetirlo.

Aadhya se había acercado con su carta y con la chica negra, que era de Newark y se llamaba Pamyla. Una de las razones por la que los padres permiten que sus hijos destinen un porcentaje mínimo del peso permitido a traernos cartas es porque saben que, a cambio, estos contarán automáticamente con la ayuda de un alumno mayor al llegar.

—¿Crees que se trata de *esa* Gwen Higgins? ¿Tiene un hijo en el colegio? —le pregunto Pamyla a Aadhya, esperanzada.

Aadhya se encogió de hombros. Y Liu sacudió la cabeza.

—Si es así, se lo tiene bien callado. De lo contrario, todo el mundo iría a pedirle magia curativa.

Entonces el chico añadió:

—Es una carta para su hija Galadriel.

Liu y Aadhya —junto con el puñado de alumnos que habían estado prestando atención— me miraron extrañadas, y luego Aadhya me dio un golpecito en el hombro, indignada. Unos cuantos miraron de forma furtiva a su alrededor, como si pensaran que había otra chica llamada Galadriel en el colegio. Apreté los dientes y me acerqué al chico. Incluso él me miró vacilante.

—Soy Galadriel —le dije de forma escueta, y extendí la mano. Él me entregó una bolita del tamaño de una avellana; seguro que no pesaba ni un gramo—. ¿Cómo te llamas?

—¿Aaron? —lo dijo como si no estuviera del todo seguro—. Soy de Manchester.

—Pues venga —le dije, dirigiéndole un gesto con la cabeza, antes de alejarlo de un montón de miradas curiosas.

Aunque no había escapatoria. Aadhya y Liu también me miraban fijamente. Aadhya había entornado los ojos, lo que significaba que pensaba echarme un buen rapapolvo en cuanto estuviéramos a solas. Les presenté a Aaron un poco a regañadientes, y él y los otros tres alumnos de primero empezaron a hablar enseguida.

Los primos de Liu hablaban inglés con tanta fluidez como Aaron o Pamyla.

La carta de Aadhya traía una lámina de oro hechizada y ella nos la enseñó alegremente:

—La usaré para forrar las clavijas del laúd.

Liu había recibido una latita casi plana del tamaño de un sello que contenía un bálsamo fragante y dejó que Aadhya y yo metiéramos la punta del dedo meñique y nos frotáramos un poquito en el borde de nuestro labio inferior.

—Es el atrapaveneno de mi abuela —nos explicó—. Os durará más o menos un mes si lleváis cuidado al lavaros los dientes. Si notáis un cosquilleo en el labio al meteros algo en la boca, no os lo comáis.

Y por eso la incorporación era tan significativa para todo el mundo. Se trataba de una pequeña infusión de esperanza, amor y cariño; un recordatorio de que el colegio no duraría para siempre y que ahí fuera había todo un mundo esperándonos. Durante la incorporación tus amigos y tú compartís las cosas que os han enviado. Pero yo nunca la había vivido de ese modo. Era la primera vez que experimentaba aquello y los ojos habían empezado a arderme. Tuve que contenerme para no pasarme la lengua por el labio y lamerme el bálsamo una y otra vez.

Orion se unió a nosotros con su correo ya en la mano, conformado por un sobre gordo y una bolsita, y me susurró en tono cantarín: «Te han pillado» mientras me pasaba el brazo alrededor del cuello y me sonreía. Yo le hice una mueca, pero no pude evitar sonreír un poco también al tiempo que desenrollaba con mucho cuidado mi propia carta: un único trocito de papel cebolla tan fino que se transparentaba. Mamá lo había metido en una bolita no más grande que las que llevaba Pamyla en el pelo. A lo largo de todo el papelito, había, cada dos centímetros, unas marcas producidas por los dobleces; eran marcas para poder romper el papel en pedacitos y comérmelos. Cuando me llevé uno de los trozos a la nariz e inspiré, percibí el olor a miel y a flor de saúco. Era el hechizo de mi madre para regenerar el ánimo. Incluso esa única inspiración me provocó una sensación estupenda. Engullí un bocado de felicidad que me calentó el vientre mientras bajaba el papel y lo escudriñaba. Su letra era tan pequeña y tenue que tardé un instante en descifrar sus palabras.

Cariño mío, te quiero, sé valiente, había escrito mi madre, *y no se te ocurra acercarte a Orion Lake.*

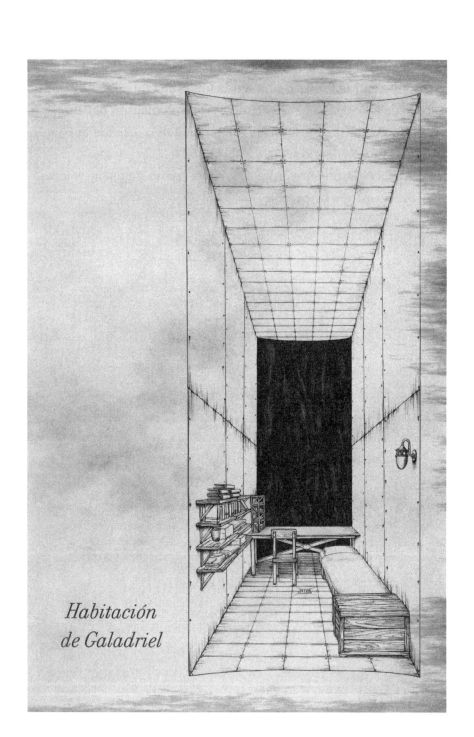

*Habitación
de Galadriel*

Habitación de Chloe

Agradecimientos

Estaré siempre en deuda con Sally McGrath y Francesca Coppa: mis aliadas durante la graduación.

Gracias también a los numerosos lectores beta que me animaron, en especial a Monica Barraclough, y a Seah Levy, Merry Lynne y Margie Gillis, quienes, además, me alentaron durante la frenética recta final del proceso de escritura. Katherine Arden escribió junto a mí y permitió que me perdiera en sus palabras cuando necesité alejarme de la Escolomancia de vez en cuando.

Gracias a mi infatigable agente, Cynthia Manson, y a mi editora, Anne Groell, por explicarme para quién era este libro (por cierto, Anne, sigo sin creerme que sean treintañeros), a su editor adjunto, Alex Larned, y a todo el maravilloso equipo de Del Rey Books, los mejores colaboradores que una escritora podría pedir, en particular a David Moench, Mary Moates, Julie Leung y Ashleigh Heaton. Les agradezco especialmente a Scott Shannon, Keith Clayton y Tricia Narwani que hayan pasado tantos años brindándome su apoyo y su entusiasmo.

También quiero expresar mi enorme gratitud al departamento de derechos de PRH, sobre todo a Rachel Kind, Donna Duverglas y Denise Cronin, y agradecerles su esfuerzo a los magníficos editores internacionales con los que he tenido la suerte de trabajar, en especial, en esta ocasión, a Ben Brusey y Sam Bradbury de Penguin Random House UK.

La Escolomancia constituyó un reto visual único, y tuve mucha suerte de que David Stevenson, de Del Rey, me ayudara a esbozar los detalles de mi mundo, así como de contar también con el trabajo de diversas artistas estupendas, entre otras, Elwira Pawlikowska, mi propia ayudante Van Hong, Miranda Meeks y Sally McGrath, quien llevó a cabo un trabajo magnífico con la página web de la Escolomancia.

Y, por último, como siempre, debo mencionar a Charles y Evidence: gracias por quererme, por estar orgullosos de mí, por apoyarme y sostenerme.

Sobre la autora

Naomi Novik es la aclamada autora de la saga **Temerario** y de las galardonadas novelas *Un cuento oscuro* y *Un mundo helado*. Es una de las fundadoras de la Organización para las Obras Transformativas y del Archive of Our Own. Vive en la ciudad de Nueva York con su familia y seis ordenadores.

naominovik.com
Facebook.com/naominovik
Twitter: @naominovik
Instagram: @naominovik

Acerca de la tipografía

La tipografía escogida para la elaboración de este libro ha sido la Dante, un tipo de letra diseñado por Giovanni Mardersteig (1892-1977). Concebida como una tipografía de uso privado para la *Officina Bodoni* en Verona, Italia, Dante fue, en un principio, tallada para composición manual por Charles Malin, el famoso punzonista parisino, entre 1946 y 1952. Se usó por primera vez en una edición del *Trattatello in laude di Dante* de Boccaccio que apareció en 1954. Una nueva versión de Dante fue llevada a cabo en 1957 por la Monotype Corporation. A pesar de estar inspirada en la tipografía Aldine empleada en 1495 para el ensayo del Cardenal Pietro Bembo *De Aetna*, Dante es una interpretación completamente moderna de aquel venerado diseño.

Ecosistema digital

Floqq
Complementa tu lectura con un curso o webinar y sigue aprendiendo.
Floqq.com

Amabook
Accede a la compra de todas nuestras novedades en diferentes formatos: papel, digital, audiolibro y/o suscripción.
www.amabook.com

Redes sociales
Sigue toda nuestra actividad. Facebook, Twitter, YouTube, Instagram.

EDICIONES URANO